John Mu

# QUELQUES NOTES
# SUR LES PAPILLONS TROPICAUX

## NOUVELLES

*Traduit de l'américain*
*par Cécile Deniard*

Ouvrage traduit avec le concours
du Centre National du Livre

**TERRES D'AMÉRIQUE**

# Albin Michel

**« Terres d'Amérique »**

Collection dirigée par Francis Geffard

# Quelques notes sur les papillons tropicaux

*À Valerie*

## La station climatique

Au premier matin de la formation à Bombay, quelques minutes avant son malaise, Elizabeth Dinakar, debout devant deux cents personnes dans la salle de conférences, désignait les bactéries responsables du choléra grossies sur le mur devant elle, avec ces mots : « Voilà votre ennemi. » La salle, longue et mal aérée, avait des murs lépreux et ses climatiseurs faisaient un bruit de ferraille. Les gens toussaient et remuaient des papiers. Les bactéries étaient grosses comme des voitures. Elizabeth Dinakar, grande et mince, avait d'épais sourcils noirs. Ses cheveux étaient ramenés en arrière et maintenus en chignon. Elle portait une chemise en soie, une jupe kaki, des chaussures à talons plats et pas de maquillage.

Elle parlait lentement et illustrait tous ses propos par des graphiques et des photographies. « Chaque enfant connaît cinq à sept épisodes de diarrhée par an, dit-elle, et ça fait un océan de diarrhée. Les gens nagent littéralement dedans. » Elle parlait comme un livre, possédait des organismes à l'origine des diarrhées infectieuses une connaissance précise et détaillée. Elle voyait dans le monde microscopique une beauté qu'elle savait incompréhensible aux autres. Elle prenait cela à cœur. Tout en parlant, elle frappait le sol d'une baguette en bois. Des gouttes de sueur lui coulaient dans le dos. À l'autre bout de la salle, deux bouilloires à thé en inox reposaient sur des tables recou-

9

vertes de nappes blanches. Pendant les pauses, on servait ce thé dans d'épaisses tasses du British Civil Service et, ce matin-là, par-dessus le bord de la sienne, elle avait regardé l'Inde moderne, dans l'encadrement des portes, bruyante et aveuglante sous le soleil.

Le sang quitta le visage d'Elizabeth Dinakar et elle fut prise de vertige. Elle avait commencé par un exposé sur le choléra, une maladie originaire du golfe du Bengale qui, à Calcutta, avait décimé les soldats britanniques à la peau blanche. « Le choléra fait partie des grands legs de l'Inde au monde, expliqua-t-elle, c'est une maladie qui a inspiré une terreur profonde à l'humanité. » Elle passa rapidement la diapositive d'une lithographie du XIXe siècle qui représentait le spectre du choléra planant au-dessus de New York comme La Faucheuse. L'image provoqua quelques rires au fond de la salle et Elizabeth fit remarquer que les progrès accomplis en quelques années à peine étaient stupéfiants ; grâce aux cultures en laboratoire, à la biochimie, aux anticorps, on connaissait désormais parfaitement le choléra. Il n'y avait plus aucun mystère, dit-elle, et pendant qu'elle parlait, sa voix lui paraissait de plus en plus faible, assourdie, comme lointaine. C'était une victoire, continua-t-elle, une victoire orchestrée par des microbiologistes qui avaient travaillé méthodiquement, en s'appuyant sur une science expérimentale rigoureuse. Elle se demanda si elle n'employait pas un ton un peu trop solennel, mais elle pensait réellement que c'était prodigieux ; cette victoire sur le choléra représentait un triomphe de la méthode scientifique sur le chaos.

Elle s'interrompit et laissa la baguette lui glisser des doigts. Elle tourna le dos à l'auditoire, et il lui vint à l'esprit qu'elle allait mourir. Sur le mur au-dessus d'elle, une grosse horloge blanche en bakélite, avec un cadran rond et des aiguilles immenses semblables à des harpons acérés. Elizabeth leva les yeux vers elle. En perdant connaissance, elle se revit petite fille en train de regarder son père dégager la neige à l'aide d'une pelle. Elle sentit des cristaux de glace sur ses joues, une odeur de cigarette, et, l'espace d'un instant, entendit son père lui parler. Puis elle s'effondra.

Une fondation privée américaine la payait pour former les médecins locaux aux principes de la microbiologie. À quarante ans, elle s'était fait un petit nom dans le domaine des diarrhées infectieuses en étudiant les organismes entériques qui ravagent les intestins. Au sein des Centers for Disease Control and Prevention [1], elle avait pris la direction du laboratoire d'entérologie et en avait fait un centre de référence international. Le jour de ses quarante ans, elle avait écrit en grosses lettres « VOTRE MERDE EST MON GAGNE-PAIN » sur une feuille de papier ordinateur qu'elle avait accrochée à sa porte. Son anniversaire l'avait rendue mystérieusement optimiste – elle était comme en apesanteur. Rien ne semblait avoir de consistance. Les autres, elle le savait, la croyaient sérieuse et rationnelle. Célibataire à quarante ans. Froide. Elle se sentait inexplicablement différente de l'impression qu'elle dégageait.

Une photo de l'*Escherichia coli*, grossie plusieurs fois, granuleuse et ovale, et qui, transportée dans du cidre de Nouvelle-Angleterre, avait provoqué des centaines et des centaines de cas de dysenterie, trônait au-dessus de son bureau, dans un mince cadre en bois. Elle travaillait seule, minutieusement, sur des paillasses de laboratoire fraîches. Des spécimens lui arrivaient du monde entier, même si, avant ce séjour à Bombay, elle n'était jamais allée ni en Asie ni en Afrique. En voyant le vibrion cholérique, elle s'imaginait sur l'île indonésienne de Célèbes d'où était partie la septième épidémie, sur un récif bigarré entouré d'eau, dans les odeurs de sel de mer et de bananes vertes. Sa thèse, sur les souches *Shigella* responsables de la dysenterie en Afrique, lui évoquait le beurre de chèvre salé dans de minuscules tasses de café éthiopien âcre, les eaux inson-

---

1. Centres de Contrôle et Prévention des Maladies. (*Toutes les notes sont de la traductrice.*)

dables des lacs Victoria et Tanganyika, bruissantes de perches du Nil, et des grands hommes émaciés marchant dans les basses broussailles avec des bâtons de bois dur.

Elle ouvrit les yeux et, pendant quelques secondes, ne sut pas où elle était. Un groupe d'hommes du premier rang la portait par les épaules et les chevilles pour la sortir de la salle de conférences. Ces hommes, vêtus de costumes en coton et de cravates à monogramme, sentaient l'après-rasage fruité et parlaient tous en même temps. Leurs visages étaient luisants. Ils la sortirent et l'allongèrent sur un banc en bois sous une rangée de manguiers. Il faisait plus frais sous les arbres, et le soleil filtré par le feuillage projetait des taches de lumière. Elle cligna des yeux et essaya de se redresser pour s'asseoir, mais ils la retinrent par les épaules.

Raj Singh, qui travaillait pour l'O.N.G. de Bombay responsable de la formation, s'agenouilla au sol à ses côtés et posa deux doigts sur son poignet. C'était un petit homme joufflu et, derrière ses lunettes, ses yeux semblaient nager comme des poissons dans un aquarium. Elle vit le reflet de son propre visage sur les verres.

« Dieu soit loué. Dieu soit loué, dit-il. Son cœur bat très vigoureusement. C'est certainement bon signe. » Des gouttes de transpiration s'accrochaient à son front. Une fine moustache noire courait horizontalement au-dessus de sa lèvre supérieure.

« Je suis désolée, murmura Elizabeth.

— Je vous en prie. C'est moi qui devrais m'excuser. Il fait trop chaud. » Quelqu'un lui tendit un mouchoir humide et il le pressa sur le front d'Elizabeth. Des gouttes d'eau froide lui coulèrent dans les oreilles et dans le cou.

« Ça ne m'arrive jamais, dit Elizabeth. Je ne suis jamais malade.

— Vous reprenez des couleurs. Vous vous êtes évanouie, il me semble.

12

– On devrait y retourner, dit Elizabeth.

– Je vous en prie, dit Raj Singh en se passant le dos de la main sur le front. Ils prennent le thé. Il n'y a aucune urgence.

– On perd du temps.

– Je vous en prie. Ce n'est pas le moment de jouer les héroïnes. Regardez les manguiers en pensant à des choses agréables. Je vous en prie. »

Les hommes, les mains dans le dos comme des oncles bienveillants, restaient sous les arbres et se penchaient périodiquement vers elle pour scruter son visage. Elizabeth se sentait gênée, mal à l'aise. Elle aurait préféré être seule sous les arbres. Elle ne pensait pas mériter une telle attention, se culpabilisait déjà, réfléchissait à ce qu'il lui faudrait faire dans la salle de conférences pour rattraper le temps perdu.

Un des participants sortit pour l'examiner. Il portait une mallette Samsonite. Il posa celle-ci au sol, l'ouvrit dans un bruit sec et en tira un stéthoscope qu'il brandit, comme un prestidigitateur. Le tube du stéthoscope était d'un noir luisant. Il ausculta attentivement son cœur et son cou, puis, dans un grand geste, sortit de la mallette un tensiomètre qu'il lui passa autour du bras. Il avait des mains charnues. Son haleine sentait le thé, et le plastron de sa chemise était maculé de minuscules éclaboussures de lait. Quand il eut pris sa tension en position allongée, il la fit asseoir pour la reprendre. « Parfait, conclut-il.

– Je crois qu'elle survivra, déclara posément Raj Singh.

– Elle nous enterrera tous, dit le docteur. Elle a une tension de fillette. Elle se porte comme un charme.

– Voilà une excellente nouvelle, dit Raj Singh.

– Simple malaise, je pense, continua le docteur en rangeant ses instruments dans sa mallette. Simple malaise. En somme, vous vous êtes évanouie, ma petite dame, tout simplement évanouie.

– Je suis désolée du dérangement, dit Elizabeth.

– Si ça, c'est du dérangement, j'en veux bien tous les

jours, répondit le docteur. Ça ne me dérange pas. Le choléra, par exemple, voilà une chose qui me dérange.
– Merveilleuse nouvelle », dit Raj Singh.

Elle se leva avec précaution et prit une profonde inspiration au goût de poussière et de caoutchouc. Plus grande que les hommes sous les arbres, elle se tenait devant eux en souriant. « Je vais bien », dit-elle à Raj Singh, avant de s'éloigner toute seule. Une brise fraîche soufflait sous les arbres et lui donnait l'impression d'avoir de l'eau sur le front. Elle se sentait écarlate et pataude dans la chaleur.

Les manguiers, chargés de fruits verts bulbeux, bordaient un parking en gravier. Des rafales de vent soulevaient des nuages de poussière blanche. Au-delà du parking passait une route étroite, ruban de bitume gris et craquelé encombré d'hommes et d'animaux. Elle s'avança dans le soleil et traversa le parking en posant ses mains à plat sur les toits métalliques brûlants des voitures entre lesquelles elle marchait. Au bord de la route, une équipe d'hommes et de femmes travaillait. Les femmes portaient sur la tête des paniers remplis de goudron bouillant qu'elles déversaient dans les nids-de-poule, tandis que les hommes aplanissaient et remplissaient ces trous à l'aide de pelles et de râteaux. Les plantes des pieds des femmes étaient noires de goudron. Des enfants assis au bord de la route jouaient sur des tas de sable et de pierres, lançaient des poignées de goudron chaud en l'air au passage des voitures.

Elle se sentit alors étrangère. Tout à fait étrangère même, si profondément qu'elle avait du mal à le comprendre. Elle avait toujours pensé qu'elle pourrait être indienne si elle le voulait. Elle avait l'air indienne. Ses parents avaient grandi à Bombay et émigré aux États-Unis avant sa naissance. Elle avait découvert l'Inde à travers les manuels de médecine tropicale de son père, assise dans un salon du New Jersey. L'Inde qu'elle avait imaginée de loin était un pays où régnaient le choléra, la dysenterie, la fièvre typhoïde et la peste bubonique d'antan. Où les gens

mouraient de tuberculose pulmonaire, vertébrale et cérébrale. Enfant, elle s'asseyait au milieu des livres pour
regarder les photographies d'ulcères, de spécimens patho-
logiques, et les cartes en couleurs des zones touchées par
le choléra. Et voilà qu'elle se trouvait à Bombay pour la
première fois. Elle ne s'était pas attendue à cette vie
intense, à ces couleurs, à ces odeurs épouvantables de
pourriture et d'animaux. Elle se demanda si une quelconque partie d'elle-même pouvait réellement être indienne.

Elle cligna des yeux dans la lumière vive et longea la
route. Deux fillettes, âgées de cinq ans tout au plus, les
genoux couverts de goudron, coururent vers elle avec des
paniers de paille remplis de paquets de biscuits sucrés, de
bananes noircies et de bouteilles chaudes de boisson
gazeuse à l'orange. Elizabeth acheta des biscuits et une
boisson à l'orange, puis regarda les enfants circuler entre
les gens sur la route. Un groupe d'hommes descendit d'un
bus et s'attroupa autour des deux fillettes. Ils plongeaient
la main dans les paniers, prenaient ce qu'ils voulaient et
laissaient ensuite tomber des pièces dans les paniers. Les
fillettes, immobiles sur leurs jambes poussiéreuses et leurs
genoux maigres, observaient Elizabeth. Au bout de quelques minutes, elles coururent çà et là pour récupérer les
bouteilles vides et, quand elles arrivèrent à Elizabeth, elles
prirent sa bouteille en tendant la main pour demander de
l'argent. Elle s'accroupit, regarda leurs mains, si adultes et
si délicates, et pourtant si petites, et mit quelques piécettes
dans leurs paumes. Quand elles lui tournèrent le dos et
partirent en courant, elle sut qu'elles ne garderaient
aucun souvenir d'elle.

Quelconque. C'était ainsi que sa propre mère l'avait
décrite. Trop grande et trop maigre, une poitrine trop
plate et un nez trop grand pour être qualifié de majestueux. Sur sa lumineuse et cruelle photographie de passe-
port, prise cinq ans auparavant, elle semblait triste et
abattue. Un peu moite. Résignée à son sort. Quand elle
était enfant, elle essayait de se cacher, laissait pousser ses

15

cheveux en longues tresses ondulées, portait des vêtements trop larges et jouait à des jeux de garçon. À douze ans, elle s'était cassé deux doigts de la main droite en jouant au base-ball. Quand son père était parti, elle avait cru que c'était à cause d'elle. Les Indiennes étaient censées être des beautés exotiques. Elle pensait avoir mérité que son père s'en aille. Sa mère fut si bouleversée de ce départ, si incrédule, qu'elles ne parlèrent pas de son absence pendant des semaines. Elles laissèrent la chose planer au-dessus d'elles comme un gros trou béant dans le toit. Trois mois plus tard, sa mère reçut de Toronto une lettre tout écornée qui lui donna au moins un motif de colère. Il était parti avec une programmeuse informatique à peine plus âgée qu'Elizabeth et vivait dans un studio avec quatre chats et du mobilier de location. « Je suis enfin libre, maintenant », dit sa mère en sanglotant dans ses mains à la table de cuisine où Elizabeth faisait ses devoirs en mordillant le bout de son crayon 2B.

Elle vivait seule à l'extérieur du périphérique d'Atlanta, dans une maison neuve de style californien sur un hectare de forêt. Des cerfs broutaient sa pelouse et laissaient des tiques rouges et dures pleines de maladie de Lyme sur les feuilles des arbustes. Elle avait fait des travaux dans la maison, ajouté des fenêtres et des lucarnes pour inonder de lumière les pièces en bois. Son salon lui servait d'espace de travail et, au milieu, elle avait mis un bureau énorme, le bureau de son père, seul vestige de l'homme qu'elle avait appris à oublier. Sur ce bureau, elle disposait ses revues, manuels, articles à écrire, lettres et autres papiers divers en piles nettes près d'un fax et d'un ordinateur portable. À l'extérieur de la fenêtre, il y avait une mangeoire à oiseaux et, sur le bureau, dans un vase en verre transparent, des fleurs fraîches qu'elle changeait tous les jours. Ces fleurs, achetées au centre commercial De Kalb, étaient son seul luxe. Le temps de les rapporter chez elle, elles ployaient déjà dans la chaleur, poignées de couleurs défraîchies qu'elle jetait immédiatement dans l'eau.

Raj Singh apparut à ses côtés au soleil, avec une tasse de thé sur une soucoupe. Il avait traversé le parking sans en renverser une goutte. Quatre biscuits plats brun clair étaient arrangés en éventail sur la soucoupe, tels les pétales d'une fleur tropicale géante.

« Il faut reprendre des forces, dit-il. Vous ne devriez peut-être pas rester au soleil. »

Elle prit la tasse et la tint devant elle. « Je me sens mieux, dit-elle.

– C'est une très bonne chose que vous soyez venue.

– Je suis contente d'être là.

– Les maladies infectieuses suscitent beaucoup d'intérêt ici. C'est un sujet qui tient à cœur aux gens. Ils avaient très envie de venir vous écouter. Vous êtes une autorité.

– J'espère que c'est utile.

– C'est mieux qu'utile. C'est motivant. Les gens aiment voir une Indienne qui a réussi en Amérique.

– Je suis née là-bas.

– Oui, mais au fond vous êtes indienne. C'est comme cela que je le vois. »

Raj Singh réajusta ses lunettes et lui enleva la tasse et la soucoupe. De son autre main, il lui prit le coude pour l'éloigner de la route et la ramener vers les arbres et la salle de conférences. Il portait une chemise blanche, avec un peigne dans la poche. La veille, il était venu la chercher à l'aéroport avec son Ambassador blanche. L'intérieur de cette voiture était impeccable et sentait l'ananas. Il lui avait expliqué qu'il la vaporisait chaque soir avec un pulvérisateur à insecticide pour exterminer les moustiques et autres créatures ailées.

Elle termina le premier jour de formation avec une heure de retard, mais réussit à rattraper le temps perdu. Raj Singh était ravi. Il considérait cette première journée comme une réussite et emmena Elizabeth voir la Porte de l'Inde en fin d'après-midi. Mais elle n'était pas remise ; elle se sentait faible et asphyxiée dans cette chaleur, trop grande dans cette foule grouillante, gênée quand on la dévisageait. Il y avait trop de monde. La tête lui tournait à tel point qu'elle tendit le bras pour s'appuyer sur l'épaule de Raj Singh. Il la fit entrer dans un salon de thé pour l'éloigner de la foule et lui acheta un coca et quatre samosas huileux sur une mince assiette en plastique. « C'est trop, quand on n'a pas l'habitude », dit-il en agitant ses mains dodues, et elle acquiesça en s'efforçant de sourire.


Dans l'avion au départ de New York, elle avait appris par cœur les noms des principales rues de Bombay et surligné son guide à grands traits de marqueur jaune. Chasser André de ses pensées exigeait d'elle un gros effort, et elle voulait à tout prix l'oublier. Quand elle se souvenait de lui, elle n'arrivait pas à le voir tout entier. Elle se rappelait seulement quelques détails : ses ongles, l'odeur de café de son haleine, l'angle de son menton.

Elle avait rencontré André l'été précédent. Argentin, il était venu à Atlanta pour un an afin de poursuivre ses recherches sur la maladie de Chagas, une infection transmise par les fèces des punaises triatomes de la famille des *Reduviidae.* On lui avait affecté un laboratoire libre au bout de son couloir pour travailler à la mise au point de ses tests sérologiques et elle l'y voyait de bonne heure le matin, premier arrivé. Concentré sur son travail, il levait les yeux vers elle, mais sans la voir. Il avait un grand calendrier au mur et chaque matin il barrait la date d'un gros trait rouge. Sa famille lui manquait, qui lui envoyait chaque semaine une lettre épaisse couverte de timbres argentins bleus et verts. Il lisait ces lettres lentement et attentivement avec un café et répondait au stylo-plume.

Ses sourcils se rejoignaient au milieu et il avait une fine cicatrice blanche au-dessus de la lèvre supérieure. Il aimait la viande rouge et le café. Elle se surprit à l'inviter dans un restaurant caribéen et s'aperçut à peine qu'elle avait bu quatre bouteilles de lager fraîche pendant le repas. Elle le dépassait de deux ou trois centimètres et c'était elle qui s'était jetée à sa tête dans l'allée entre le restaurant et la voiture, insinuant ses doigts sous sa chemise, là, sous l'éclairage orange de la rue. Elle s'étonnait elle-même, se moquait d'être en pleine rue, et elle se rendit compte qu'il y avait en elle des choses qu'elle refusait de comprendre. Des élans secrets. Le dimanche après-midi, elle fumait un paquet de cigarettes, parfois plus, assise dans son jardin face à la forêt, et le monde était d'une quiétude absolue, hormis le claquement du briquet, les chauds coussins de fumée qui s'enfonçaient dans ses poumons aussi profondément qu'elle pouvait les aspirer et le crépitement dur et sec des cigales dans les herbes hautes.

André avait une peau chaude couleur d'olive et une alliance. Quand elle pensait à lui, elle pensait à la pampa, océan brun doré d'herbes grouillantes de brucellose, de fièvre jaune et de typhus. La nuit, elle regardait la peau lisse de son torse, la caressait sur toute sa longueur de sa paume ouverte en songeant au moustique *Aedes aegypti*, à son gésier chargé de flavovirus, à sa minuscule trompe aiguisée plongeant jusqu'au sang dans cette douce peau olive. Quand elle l'avait à elle dans sa chambre, avec le bruit du vent dans les arbres, il paraissait fragile. Vulnérable. Précieux et unique.

Elle ramenait André chez elle, sans ses enfants ni sa femme, sans son esprit scientifique à elle, calme et méthodique, et sans conséquences. Il riait en gloussant, comme une petite fille, secoué jusqu'à la taille d'un rire étonnamment haut perché. Il avait d'épaisses mains carrées qui manipulaient les petits objets de tous les jours avec une telle délicatesse, une telle attention, qu'elle se surprenait à les contempler quand il était là, à le regarder soulever une fourchette ou un livre comme un objet dont il faudrait prendre grand soin.

Toute sa famille vivait à Buenos Aires, dans un triplex de Palermo Viejo. L'immeuble possédait les mêmes balustrades en fer forgé, balcons et jardinières, qu'un immeuble parisien et, quand il était chez lui, André petit-déjeunait d'empanadas et de vrais croissants au beurre dans des cafés enfumés où flottait l'odeur du café serré. Il lui montra des photos de sa vie dans son pays. Elle vit ses enfants aussi, le visage pâle, le nez retroussé et les cheveux blonds, vêtus d'impeccables uniformes et casquettes d'écoliers bleu marine. Elle vit une photo de son labo, où on le voyait debout les bras croisés devant un microscope, une paire de jumelles suspendue à son cou par une chaîne en or.

Les journaux, voilà la raison qu'elle avait invoquée pour lui interdire de rester toute la nuit avec elle. Elle avait son rituel. Chaque matin au réveil, elle lisait le *New York Times* et l'*Atlanta Journal-Constitution*, de bout en bout, avec un café et un bol de son aux raisins secs. Le matin, elle ouvrait son courrier, dressait des listes, lisait les journaux, et elle le faisait seule, en regardant les oiseaux se poser sur la plate-forme en bois de la mangeoire. Elle avait besoin de ce temps, lui expliqua-t-elle, comme d'autres ont besoin de faire du sport.

Un dimanche soir d'été, elle s'installa avec lui sous la véranda pour prendre une bière. La forêt résonnait de bruits et il faisait chaud dans l'obscurité.

« Je ne peux parler de toi à personne, dit-elle.

— Tu as honte de ce que nous faisons, répondit-il.

— Non, je n'ai pas honte.

— Mais tu ne peux pas en parler.

— Tu es marié. Et tu vas rentrer chez toi.

— Mais c'est pour cela que tu m'aimes bien. Parce que je suis de passage. Tu es terrifiée à l'idée d'avoir une relation permanente avec un homme. Terrifiée. Pour toi, avoir envie d'être avec quelqu'un est un signe de faiblesse.

— C'est faux.

— Mais si. Je te connais mieux que tu ne le crois. Ton travail, tes petites habitudes, ce sont des artifices. C'est toi qui ne veux pas t'engager. Tu es terrifiée par ce qui va t'arriver. »

Quand il était là, André voulait être le centre d'attention. Il considérait qu'il lui faisait une faveur, elle le savait,

20

et il escomptait de la gratitude et un bon petit-déjeuner. Quand elle l'imaginait le matin, avec ses bras blancs et lourds, sa barbe grise naissante, elle avait le sentiment d'avoir commis une erreur, de ne pas pouvoir le laisser passer la nuit avec elle. Elle savait qu'il ne l'aimait pas. Il avait une famille. Au lit, elle sentait son alliance contre sa peau, regardait le plafond et décidait de le faire partir dès que ce serait fini. Il se cognait aux meubles en sortant dans le noir. Alors elle se lavait, ouvrait la fenêtre et dormait seule dans les bruits de la forêt qui envahissaient sa chambre.

Au moment où elle arriva à Bombay, une épidémie de choléra sévissait dans les bidonvilles. Au deuxième jour de la formation, elle expliqua à Raj Singh qu'elle voulait visiter ces bidonvilles pour voir l'épidémie par elle-même. Ses parents étaient indiens, lui dit-elle, et elle voulait comprendre comment les gens vivaient. Et pour cela, elle avait besoin d'observer, de recueillir des informations sur le terrain. La densité et le chaos, les handicapés, l'absolue désespérance de la rue, ses parents ne lui en avaient jamais parlé. Eux se souvenaient de maisons avec arbres et domestiques. Ils avaient fréquenté des écoles anglaises où ils avaient lu Walter Scott et Conrad, écouté de la cornemuse pendant le rassemblement du matin et lu les noms des élèves responsables de la discipline inscrits en lettres d'or sur des panneaux de chêne dans la chapelle de l'école.

Elle n'avait jamais vu de cas de choléra. Dans son laboratoire d'Atlanta, elle avait admiré la croissance des colonies bactériennes jaune mat dans des boîtes de Pétri. Lorsqu'elles sortaient des lourds incubateurs en acier, celles-ci dégageaient une chaude odeur de levure, comme du pain. Elle connaissait parfaitement le mécanisme par lequel la puissante entérotoxine fabriquée par le vibrion cholérique amenait les cellules de la paroi de l'intestin grêle à expulser du sel et de l'eau dans le tube digestif. Elle savait que les gens atteints voyaient une rivière salée s'échapper de leur corps comme une eau sale, jusqu'à mourir de choc. Mais elle n'avait jamais vu de malade. Dans sa chambre d'hôtel, elle commença par déballer ses livres et ses articles pour les disposer en piles impeccables sur le lit. Elle passa les doigts sur ses exemplaires de *Hunter's Tropical Medicine and Emerging Infectious Disease,* l'*Atlas of Human Parasitology* et *The Manual of Clinical Microbiology.* Ce qu'elle vit par la fenêtre au-dessus de la ligne chaotique des toits de Bombay, derrière un voile de fumée brun clair, à moitié plongé dans l'obscurité, était aussi trouble que sa propre vision du pays qui avait vu naître ses parents.

Elizabeth retrouva Raj Singh sous les manguiers à la fin de la deuxième journée. Son O.N.G. travaillait dans le bidonville de Jogeshwari et il l'y conduisit dans son Ambassador. « Je vous emmène voir mon collègue. Il est docteur là-bas. Il a vraiment beaucoup de travail », dit-il en s'épongeant le visage avec un morceau de papier réglé pris dans le bloc-notes qu'il tenait à la main. Ils prirent des rues chargées de l'odeur puissante et métallique des gaz d'échappement. Des hommes minces en chemise blanche la dévisageaient, des enfants martelaient les vitres de leurs doigts bruns. Elle voulait voir l'Inde réelle et resta immobile sur le siège glissant en vinyle rouge, les deux mains pressées entre les genoux.

Ils parcoururent les dernières centaines de mètres à pied, par d'étroites ruelles bordées de boutiques de *chawls*[1] délabrés. Ces ruelles, sombres et humides, sentaient les égouts et le feu de bois. Sur une place de marché, ils découvrirent une grande tente érigée sur un espace découvert. La tente avait des poteaux en bambou, fermement attachés les uns aux autres avec de la corde, et un ample toit en jute qui se bombait sous les rafales de vent. Les côtés étaient ouverts et les gens du marché regardaient les lits de camp à l'intérieur. À une extrémité, une longue

---

1. Immeubles ouvriers du XIXe siècle, généralement très dégradés.

file attendait d'être examinée par une infirmière, debout derrière un petit pupitre d'écolier en bois. L'air autour de la tente sentait le désinfectant.

« Voilà un de nos centres de soins, dit Raj Singh. C'est la seule solution pour faire face à l'affluence. Vous voyez. Il n'y a pas assez de cliniques et pas de centre hospitalier pour ces gens. La seule solution, c'est de monter ces hôpitaux de fortune. Il faut qu'ils soient suffisamment grands pour accueillir la foule. Dans les bidonvilles comme celui-ci, il y a beaucoup de contamination et un grand nombre de gens tombent malades. »

Debout derrière le bureau, les bras croisés, l'infirmière jeta à Elizabeth un regard désespéré. Elle portait une tenue et une coiffe blanches. Le devant de sa blouse était taché de brun et les manches maculées de traînées d'encre bleue. Un homme de grande taille au cou délicat et à la pomme d'Adam proéminente sortit de la tente, vêtu d'une longue blouse blanche boutonnée jusqu'en haut en dépit de la chaleur. Ajit Koomar serra la main d'Elizabeth. Il repoussa en arrière une mèche épaisse de cheveux très noirs et plongea les deux mains dans ses poches.

« Attendez-moi quelques minutes et j'aurai fini ici. Nous manquons de personnel. Il y a beaucoup de cas de choléra. Je suis affreusement désolé que vous deviez voir ça. »

Il prit un marqueur rouge sur le bureau et longea à grandes enjambées bondissantes la file de ceux qui attendaient d'être examinés. Raj Singh lui demanda si elle voulait s'asseoir sous la tente, mais elle refusa et suivit Ajit Koomar. Les vêtements des gens qui attendaient près de la tente étaient mouillés de diarrhée parce qu'ils ne voulaient pas quitter la file. Un liquide couleur de paille s'écoulait continuellement des plus malades, le long de leurs jambes, sur leurs pieds. Ils tenaient des bouchons de tissu contre leurs fesses et ouvraient de grands yeux étonnés en voyant passer Elizabeth. Les femmes détournaient le regard, gênées. Beaucoup étaient sur des civières et Ajit Koomar se penchait pour examiner attentivement les yeux et la peau de ces malades. Il vit quarante personnes en quelques minutes. Sur le dos de leur main, il indiquait au feutre rouge quelle catégorie de soins ils devaient recevoir.

« Vous voyez, nous utilisons le système de l'Organisation mondiale de la santé, expliqua-t-il par-dessus son épaule : identifier le degré de déshydratation, classer, traiter. Ceux qui sont légèrement ou modérément déshydratés reçoivent seulement une boisson – une solution de réhydratation. Ceux qui sont sévèrement déshydratés reçoivent immédiatement du Ringer lactate en perfusion. Les cas sévères et modérés vont sous la tente. On explique aux malades légers ce qu'ils devront faire une fois chez eux et ils regagnent leur domicile. Tout le monde apprend comment éviter de transmettre le choléra, vous voyez. C'est tout ce que nous pouvons faire. »

Le marché tourbillonnait autour d'eux. Des gens passaient en courant, regardaient Ajit Koomar qui examinait les malades du choléra dans la rue. Elizabeth transpirait dans la chaleur de cette fin d'après-midi. Le soleil rasait les toits de tôle ondulée, se réverbérait sur le métal et l'aveuglait. Les bras ballants, les pieds gonflés et lourds dans ses chaussures, elle se sentait déplacée, inutile, et pensait encore au désespoir qu'elle avait lu sur le visage de l'infirmière derrière le pupitre. Au bout de la tente, une ligne de corbeaux, noir de jais même en plein jour, les yeux rivés au sol.

Vers la fin de la queue, une jeune femme en sari vert gisait, les yeux clos, les pommettes saillantes. Ses yeux étaient enfoncés et elle respirait superficiellement à travers des lèvres blêmes et gercées. Assis à côté d'elle, son mari, en chemise bleue et veste en laine à rayures blanches et marron, tenait un tissu humide dans une main et une banane dans l'autre.

« Celle-là est sévèrement déshydratée, dit Ajit Koomar. Elle va avoir besoin d'une perfusion immédiatement. Aidez-moi, s'il vous plaît. »

Il se baissa, attrapa la femme par les chevilles et Eliza-

24

beth la souleva par les épaules avant que Raj Singh puisse l'en empêcher. Les omoplates de la femme étaient pointues, anguleuses, et Elizabeth sentit le fin treillage de ses côtes sèches. Elle était légère comme un oiseau. Elle portait de fines boucles d'oreilles en or et sa peau avait une couleur de jaunes d'œufs battus dans un bol blanc.

« Elle allait bien, ce matin, dit son mari. Elle cuisinait. Je l'ai vu de mes propres yeux et puis je ne sais pas ce qui s'est passé. »

La femme était inconsciente. L'arrière de son sari était trempé de diarrhée et les mains d'Elizabeth en étaient à présent couvertes. Elle sentait la pomme aigre et la laine mouillée. L'arrière du sari de la femme se rabattit sur la jupe d'Elizabeth et le tissu imbibé lui trempa les jambes pendant qu'elle marchait. Ils la portèrent entre eux, près du sol, et entrèrent dans la tente cahin-caha. Certaines personnes en tête de file protestèrent à leur passage, mais Ajit Koomar les ignora.

À l'intérieur de la tente, la plupart des lits étaient occupés. Chaque patient avait droit à un membre de sa famille pour s'occuper de lui. Un unique égout à ciel ouvert sous une grille en acier courait au bord de la tente, et toutes les eaux usées y étaient déversées. Des chiens grouillaient au bord de cet égout, la truffe en l'air. Le sol y était couvert d'un épais tapis de mouches. Un grand conteneur à ordures en acier recevait les déchets solides et le bord de ce conteneur était flanqué d'une rangée de corbeaux. L'odeur était palpable. « Comme vous le voyez, nous avons un problème de gestion des déchets, dit Ajit Koomar en pénétrant dans la tente. Veuillez excuser le désordre. »

L'intérieur de la tente était calme et plus frais. Une fine lumière brune filtrait à travers la toile de jute au-dessus d'eux. Il régnait un ordre et une discipline militaires. À côté de chaque lit, un proche du malade était assis sur un tabouret, avec une tasse, une cuillère et une bouteille en plastique remplie de liquide. Ils donnaient des petites gorgées de fluide et vidaient les seaux de diarrhée. Les gens étaient heureux d'être dans la tente et on y sentait un sens du devoir, une ardeur à suivre les consignes. Tandis qu'ils avançaient, un vieillard à la peau parcheminée et à la longue barbe blanche leva les yeux vers Elizabeth ; il lui fit un signe de tête et elle lui répondit en essayant d'avoir l'air de savoir ce qu'elle faisait.

Ils trouvèrent un lit vide au centre de la tente. Ce lit était recouvert d'une housse en plastique bleu et un trou avait été découpé au milieu. Ils la placèrent au-dessus du trou de sorte que la diarrhée puisse couler directement dans le seau placé en dessous. Ils la couchèrent bien droite sur le lit et Ajit Koomar demanda une aiguille intraveineuse et un matériel de perfusion à l'un des membres du personnel soignant. Il lui fallut dix minutes pour trouver une veine sur le bras avec l'aiguille et installer la perfusion. Il transfusa rapidement le premier litre et nota des instructions pour les trois suivants sur un simple bout de papier fixé sur une écritoire à pinces au bout du lit. La poche était suspendue à un crochet fiché dans une des poutres en bambou au-dessus de leurs têtes.

Assis au bord du lit, la banane à la main, son mari se passa le bout de chiffon humide sur le visage. « Elle s'appelle Sangeeta, dit-il à Ajit Koomar. C'est ma femme. Elle est jeune et en excellente santé. Elle va s'en sortir, c'est sûr. C'est sûr. »

Mais Ajit Koomar n'écoutait plus et s'éloignait. Elizabeth se pencha vers le jeune homme et le saisit par l'épaule. « Elle va s'en sortir, dit-elle. Restez ici avec elle. Elle va s'en sortir. » Elle voyait qu'il était terrifié. Raj Singh la prit par le coude et la guida dans le dédale de lits jusqu'au bord de la tente. Alors qu'ils s'en allaient, le jeune homme se leva pour les interpeller : « Je suis comptable. Vous comprenez ? Comptable. J'ai de l'argent. Je ne suis pas pauvre. » Il avait une fine moustache, des oreilles proéminentes et de longs cils épais. Les autres gens sous la tente se retournèrent pour le dévisager et il se rassit rapidement, les mains sur les genoux, en regardant sa femme sur le lit

26

devant lui. « Maintenant que vous avez vu ça, murmura Raj Singh à Elizabeth, vous comprenez ce que c'est. Inutile de le voir une nouvelle fois. Tout cela est très regrettable. »

Elle s'arrangea pour que le taxi passe la prendre tous les jours après la formation. Elle attendait sous les manguiers. De grosses mangues vertes tombaient au sol autour d'elle pendant qu'elle attendait et, dans l'air chaud sous les arbres, de petits insectes volants attirés par les fruits mûrs se posaient sur ses paupières et sur ses bras. Le taxi la remmenait à la tente de soins dans le bidonville de Jogeshwari.

Le lendemain de sa première visite, elle arriva à la tente peu après cinq heures du soir. Elle essuya la sueur de son visage avec ses doigts. Ajit Koomar fut surpris de la voir. Son sourire dévoilait des dents de devant mal implantées et tachées de rouge. Sous la tente, les deux infirmières la considérèrent d'un air soupçonneux et lui apportèrent une chaise et un verre de thé sucré brûlant qui avait infusé avec du lait sur un réchaud à gaz posé au sol. Elles interrompirent leur travail pour l'entourer, et elle dut leur répéter qu'elle allait bien et qu'elles ne devaient pas s'occuper d'elle. Elle se sentait surveillée et lorsqu'elle passa près de l'égout, elle s'efforça de réprimer ses haut-le-cœur. La chaleur intense, le vomi et la diarrhée, les odeurs de cuisine qui venaient du marché l'étourdissaient, lui donnaient le vertige. Elle dit à Ajit Koomar qu'elle voulait voir la femme qu'ils avaient sauvée ; il lui répondit qu'elle n'était pas encore sauvée et la guida dans la tente.

Sangeeta, encore vêtue de son sari vert, reposait sur le lit, les yeux ouverts. Elizabeth vit qu'elle était très malade. Elle avait le teint jaune, sentait l'ammoniaque, et quelque chose de doux et de chaud. La peau de son visage était sèche et pâle et ses yeux étaient enfoncés. Ses cheveux, longs et noirs, avec des mèches argentées aux tempes, s'étalaient à côté d'elle sur l'oreiller. Le cathéter, scotché à son avant-bras, montait vers la poche de liquide près du plafond. Elle regarda Elizabeth et ne bougea que les yeux, clignant avec lenteur dans la lumière. Elle ne la reconnut pas, mais la regarda bien en face. Elle semblait petite et décharnée sur ce lit étroit, et elle avait de longs orteils aux ongles rose vif. Elizabeth prit l'une des mains de Sangeeta et la garda entre les siennes. Cette main était froide et sèche et elle la frotta avec précaution pour essayer de la réchauffer.

Un petit garçon, âgé de sept ou huit ans, était assis sur un tabouret bas à la tête du lit ; il tenait une tasse en plastique vert dans une main et une cuillère en plastique blanc dans l'autre. Il portait deux fins bracelets d'argent au poignet et une chemise à fleurs tachée sur un pantalon blanc. Il avait de grands yeux en amande et des cheveux noirs très courts coupés en brosse. Il proposait à sa mère de petites gorgées de liquide avec la cuillère, qu'il approchait de ses lèvres et renversait doucement dans sa bouche. Ses mains et ses poignets étaient minuscules et délicats. Quand il éloignait ses mains, il les gardait devant lui et baissait les yeux vers le sol, sans jamais regarder Elizabeth.

« C'est le fils de cette dame, expliqua Ajit Koomar. Son mari travaille et le petit garçon va rester là toute la journée et toute la nuit, si nécessaire. C'est son devoir de fils, vous comprenez.

– Où est le reste de la famille ? demanda Elizabeth Dinakar.

– Personne n'est venu, vous voyez. Elle est très malade. Son fils va rester.

– Mais ce n'est qu'un bébé.

– C'est son fils. »

Le garçon prit le seau en dessous de sa mère et se dirigea en titubant vers le bord de la tente pour le vider dans la fosse. Quand il se retourna pour revenir avec le seau rincé, ses vêtements étaient éclaboussés de liquide brun. Il avait des yeux bleu vif. Il reposa le seau sous le lit, s'assit

sur le tabouret et passa sur le visage de sa mère une serviette humide qui était accrochée à un poteau.

Elizabeth voulut dire quelque chose, mais il n'y avait
rien qu'elle pût dire. Elle se leva et sortit dans la poussière
et la foule de la rue. Une fois dans le taxi, elle s'enfonça
dans le siège et laissa les larmes couler sur ses joues, tomber sur ses genoux, en se demandant quand elle avait
pleuré pour la dernière fois et d'où ces larmes lui étaient
venues.

Sa mère avait tourné le dos à l'Inde. Elle rendait ce pays
responsable de ce qu'avait fait son mari et de son propre
sentiment d'échec quand il l'avait quittée. Elles s'installèrent toutes les deux dans un petit appartement aux cloisons minces. Elle nourrissait Elizabeth à l'américaine et
regardait la télévision le soir en versant des larmes de
désespoir sur les hommes aux mâchoires carrées et les femmes aux yeux de biche qu'elle voyait s'enlacer dans les
mélos ou les films du dimanche soir. Elle voyait la vie
comme un combat, n'apprit jamais à conduire et se déplaçait toujours en bus. Elizabeth la trouvait belle. Elle avait
des yeux noirs et un front haut encadré par une cascade
de cheveux noir d'encre.

Le week-end, sa mère rendait visite à d'autres Indiens
expatriés ; elle leur racontait que son mari était mort et
mangeait des parathas et du dhal. Quand elle rentrait, elle
sentait la cardamome et l'huile de moutarde. Ces jours-là,
elle mettait les saris de soie qu'elle conservait repassés et
empilés dans le placard à linge, généreusement parsemés
de camphre et de boules de naphtaline. Quand elle sortait
en sari, elle mettait des tennis roses pour le bus et emportait dans son sac à main de fines sandales en cuir qu'elle
enfilait dans la rue pour parcourir le dernier pâté de maisons avant d'arriver chez ses amis. Désireuse de faire
oublier à Elizabeth son héritage indien et son père, elle lui
acheta une encyclopédie, les œuvres complètes de Charles

Dickens, les poèmes de Robert Frost. « Instruire ou périr », disait-elle. Elles lisaient le dictionnaire ensemble tous les soirs, un volumineux et pesant Webster's, et elle faisait apprendre trois mots par jour à Elizabeth. *Artichautière, articulatoire, artificiel. Artillerie, artimon, artiodactyle.* « Je refuse que tu sois écartelée entre deux continents, disait-elle. Maintenant, tu es ici. Accepte-le. Oublie l'autre pays. »

Pour découvrir l'Inde, Elizabeth lisait les manuels de son père, étudiait des cartes vertes et orange, roulait sur sa langue des noms de lieux riches et improbables. L'Inde devint pour elle un pays impossible et exotique ; la seule constante de sa vie ; une chose sur laquelle il n'y avait aucun doute. Son père avait disparu. Sa mère coupa tout contact avec lui. Quand elle était petite, elle s'installait dans sa chambre pour lui écrire sur du papier rose des lettres qu'elle mettait dans la boîte sur le chemin de l'école, mais jamais elle ne reçut de réponse. Les vieux manuels de son père lui apprirent que tout ce qui semblait inexplicable pouvait trouver une explication. La précision et la symétrie du monde microscopique la poussèrent à s'y plonger. Elle était convaincue que les bactéries qui déclenchent des épidémies de diarrhée avec rapidité et efficacité, les souches *Shigella, Salmonella typhi, E. coli* et *Vibrio cholerae* var. *el Tor,* étaient parfaites. Adaptables à l'infini.

Sa mère avait fréquenté l'université en Inde, et elle avait étudié le latin et le français. Elle était instruite, mais n'avait jamais travaillé. Quand son mari la quitta, elle trouva un emploi de secrétaire dans une fabrique de pièces détachées de bicyclettes et travailla six jours par semaine. « Faire bouillir la marmite, disait-elle, est plus important qu'avoir une vie épanouissante. »

Une après-midi de septembre, alors qu'elle avait quatorze ans, l'école d'Elizabeth la renvoya chez elle plus tôt que d'habitude à cause d'un rhume. Elle rentra toute seule à pied avec son sac à dos en toile verte, transperçant à coups de pied les tas de feuilles brunes mouillées. La porte de l'appartement n'était pas fermée à clé. Sa mère, nue sur le divan, chevauchait un Indien dont le pantalon était descendu jusqu'aux chevilles. L'homme portait une chemise blanche, une cravate et des chaussures cirées en cuir noir. Sa mère était assise en hauteur sur lui, les seins lourds et ballants. Elle avait les yeux fermés. Une des mains de l'homme était posée sur son cou. Le dos de sa main était velu et il portait une montre en or brillante. Elizabeth resta à la porte et regarda les hanches larges et les cuisses lourdes de sa mère. Elle n'avait jamais vu sa mère nue. Une mince ligne de poils noirs courait entre son nombril et son pubis. Très concentrée, elle avait des cheveux devant les yeux. Elizabeth resta là, en jean trop large et doudoune rose, son sac à dos humide pesamment suspendu à ses épaules.

Elle savait ce que sa mère était en train de faire, mais ne comprenait pas pourquoi. Elle était plus intéressée par le corps dénudé de sa mère que par l'homme allongé sous elle. Quand celui-ci remarqua Elizabeth quelques instants plus tard, il s'écria : « Bordel de merde », et se redressa sur le divan avec la mère d'Elizabeth sur les genoux. Sa mère la regarda et ne dit rien. Elizabeth vit qu'elle était en colère, en colère contre elle-même, contre ce qu'elle faisait, contre l'homme à côté d'elle. Voilà ce qui risque de t'arriver si tu ne fais pas attention, disait son visage, et Elizabeth repassa la porte, sortit dans un vent froid qui soulevait les feuilles le long des rues grises trempées. Elle expliqua à son professeur qu'elle se sentait mieux, suivit son dernier cours un mouchoir à la main, écrivit son nom sur la table au marqueur rouge et en repassa les lettres jusqu'à se retrouver avec un gros pâté rouge.

Chaque matin de la première semaine de formation, elle se réveilla nauséeuse et fatiguée à l'hôtel. Le troisième jour, elle découvrit une pharmacie au rez-de-chaussée d'un immeuble de bureaux, un magasin lumineux avec des néons, des murs chargés de boîtes multicolores et une odeur de produits caustiques et de parfum. Elle acheta un test de grossesse avec des dollars américains. Comme elle ne trouvait pas de test sur les étagères, elle fut obligée de demander. Derrière le comptoir, le vieux pharmacien, un homme de grande taille avec une grosse tête chauve et des oreilles poilues, rajusta sa blouse blanche autour de sa poitrine et lui jeta un regard soupçonneux. Elle rougit en lui tendant l'argent et fit glisser la boîte dans son sac à bandoulière sans le regarder. Pas d'alliance, pensa-t-elle. Femme de mauvaise vie.

Tous les après-midi, elle attendait sous les manguiers et retournait voir la femme malade et son fils sous la tente. Elle apportait au petit garçon les menus présents qu'elle pouvait trouver près de l'hôtel : une boîte de crayons de couleur, des éléphants et des tigres en peluche bariolés, une boîte en teck sculptée de scènes de ferme et de pêche, de petits flacons de parfum, des barres de chocolat Cadbury enveloppées dans du papier d'argent. Agenouillée près du lit, elle tendait ces cadeaux, mais le garçon ne regardait jamais vers elle, toujours vers le sol, et Elizabeth les posait délicatement en équilibre au creux du corps de sa mère, rentrés sous les plis de son sari. Sur le lit, Sangeeta levait des yeux paisibles et ne disait rien. Elle ne bougeait jamais, regardait seulement, et Elizabeth, agenouillée sur le sol en terre battue, se sentait jugée sous le toit de toile brune qui claquait. Que cherchait-elle ? Qu'attendait-elle de cette petite femme et de son fils impassible, sous cette tente ? La façon dont elle pouvait les aider n'était pas évidente.

Elle se lavait furieusement les mains avec un mince éclat de savon blanc sous un robinet métallique. Dans la lumière brun pâle de la tente, ses mains semblaient lisses et douces. Elle se les frottait longuement avant de les rincer sous le filet d'eau claire qui s'écoulait du tuyau en métal. Aussi longtemps qu'elle les lavât, elle n'avait jamais l'impression qu'elles étaient propres. Ajit Koomar se promena lentement avec elle et lui montra les vendeurs de nourriture dans la rue, les fontaines publiques, la façon dont les gens stockaient et transportaient leur eau, la façon dont ils transmettaient le choléra. Il lui montra les réduits sombres où les gens vivaient et elle vit des malades qu'on sortait des maisons. Il lui parla de la campagne d'information qu'ils menaient avec l'aide des mollahs des mosquées. Elle entendait à peine ce qu'il disait. Il y avait tellement de monde, tellement d'enfants, qu'elle décrochait. La dureté et la franchise qu'elle lisait sur le visage des gens au marché l'accablaient.

Au quatrième jour, Sangeeta et son fils étaient partis et personne ne le lui dit. Elle se dirigea vers le lit et le trouva vide. Les infirmières gardaient leurs distances et les patients couchés sous la tente l'observaient. Elle retourna vers le bord de la tente et aperçut le jeune garçon, le fils de Sangeeta, près de l'entrée. Il se tenait absolument immobile, s'appuyant d'un bras mince contre un pilier en bois de la tente. Tandis qu'Elizabeth s'approchait, il ramassa un sac en plastique au sol derrière lui et le lui tendit. Elizabeth le prit et s'accroupit devant le garçon, qui la regardait pour la première fois. Il resta là un moment, les yeux bleu d'azur, les sourcils légers et duveteux, et contempla le visage d'Elizabeth sans sourire. Puis il partit en courant vers le marché, sur ses jambes maigres, dans la foule et l'après-midi poussiéreux.

Ajit Koomar était dehors au soleil.

« Elle est morte hier soir, dit-il. C'est arrivé très brutalement, dans la nuit. Ses reins ont lâché. Le fils est retourné dans sa famille.

– Je suis désolée, dit Elizabeth.

– Nous le sommes tous. »

Ajit Koomar l'emmena voir les ateliers de menuiserie où l'on fabriquait des lits pour la tente de soins. Au fond des ateliers se tenaient des vieillards aux mains osseuses, et le travail était fait par des jeunes gens alignés le long d'établis ébréchés, plongés jusqu'aux chevilles dans les copeaux et les chutes de bois, maniant le rabot et la scie. Des copeaux de bois secs, enroulés en frisettes serrées, s'accrochaient à leurs cheveux, au dos de leurs mains, à l'arrière de leurs jambes. L'odeur fraîche et sèche du bois coupé lui fit du bien. De la sciure se posa sur ses bras nus et sur ses chaussures. Elle en sentit l'odeur sur sa peau en montant dans le taxi.

Elle ouvrit le sac en plastique sur le siège arrière. Tous ses cadeaux s'y trouvaient, soigneusement emballés un par un entre deux feuilles de papier journal et entourés de ficelle épaisse. Rien n'avait été ouvert. Elle tint le sac rempli de petits paquets à côté d'elle, regarda les mains du chauffeur sur le volant et vit des particules de poussière s'élever lentement vers le plafond dans les derniers rayons du soleil de l'après-midi.

Quand elle arriva à son hôtel, le ciel au-dessus de la mer d'Arabie était saturé de lumière jaune et les rues plongées dans l'obscurité. Une fois dans sa chambre, elle ferma la porte à double tour, tira les rideaux, ôta ses chaussures et ses chaussettes pleines de sable. Dans le miroir, elle avait les yeux rouges, le teint pâle, de gros cernes noirs. Elle quitta rapidement ses vêtements, prit une douche bouillante d'une demi-heure, puis essuya la vapeur sur le miroir et resta nue devant. Sa peau était légèrement hâlée. Elle semblait bronzée, par contraste avec les carreaux blancs du mur de la salle de bain et la porcelaine immaculée du lavabo. Ses cuisses étaient longues, lourdes, duvetées de fins poils noirs. Son ventre était plat et ses seins petits avec de petits mamelons bruns.

Elle ne se sécha pas les cheveux, prit dans son sac une seringue en plastique et un flacon de prélèvement, sortit le test de grossesse de son emballage et disposa le tout à côté du lavabo. Elle avait toujours été méthodique. Sa mère lui avait dit qu'elle était trop organisée pour être bonne dans quelque domaine que ce soit. Trop systématique. « Le génie consiste à regarder les choses de manière originale », lui disait-elle dans les fast-foods où elles allaient tous les soirs après le départ de son père. Elizabeth rangeait les objets et suivait les recettes à la lettre. Dans sa chambre bien ordonnée, elle arrivait à oublier que des Indiens qu'elle ne connaissait pas dormaient dans le lit de son père. Elle avait compris que, si on se concentre suffisamment sur de petites choses, elles deviennent énormes.

Elle s'accroupit au-dessus des toilettes, remplit le flacon d'urine, puis saisit la seringue, aspira le chaud liquide jaune et en déposa deux gouttes sur le test en plastique couleur lilas. Celui-ci avait la forme d'un stylo et une petite fenêtre sur le côté. Les réactifs chimiques dont le papier-filtre du test était imprégné se combineraient avec les composants de son urine. Le carrelage du sol de la salle de bain était froid sous ses pieds. Elle se sentait fatiguée comme jamais. Une photo de Gandhi en noir et blanc était accrochée au-dessus du lit. Elle se brossa les dents et s'allongea, enroulée dans la serviette.

Au bout de quelques minutes, elle leva le test avec précaution vers la lumière. Deux fines lignes violettes étaient apparues dans la fenêtre. Elle eut instinctivement envie de fuir. Elle avait la sensation que sa vie, avec ses procédures et ses protocoles complexes, ne l'avait pas préparée. Elle sombra dans le sommeil et entrevit fugitivement que ce réflexe de fuite lui venait de son père, cet homme qu'elle n'avait jamais connu et qu'elle aimait et haïssait tout à la fois.


Elle avait appris l'existence de la station climatique de Mahabaleshwar par un luxueux dépliant touristique placé dans sa chambre. Le lendemain matin, elle prit un petit nécessaire de voyage, mit le reste de ses bagages à la consigne de l'hôtel et monta dans le premier bus qu'elle put trouver au départ de Bombay. Elle savait que Raj Singh devait déjà la chercher à l'hôtel. Elle l'imaginait, soufflant entre ses petites lèvres, ajustant ses lunettes et se précipitant à la réception avec sa serviette en cuir sous le bras.

C'était le dernier jour de la formation et deux cents personnes l'attendaient dans la salle de conférences.

Le bus était plein de femmes en sari. La route montait vers les ravins bleu vaporeux des Ghâts occidentaux. Le bus ralentit jusqu'à rouler au pas sur la route escarpée et le conducteur faisait violemment grincer les vitesses en rétrogradant ; son bras mince claquait le long levier de vitesse de la paume pendant une minute avant d'embrayer avec le moteur vrombissant. De petites voitures surchargées de passagers, lourdes et basses sur la route, klaxonnaient en dépassant le bus à vive allure. Pendant l'ascension, le vent fraîchit et des amoncellements de nuages noirs déferlèrent dans leur direction au-dessus des montagnes. Au milieu de la matinée, le soleil avait disparu et ils furent plongés dans une pénombre grise. Des rafales de vent montant des vallées profondes secouaient le bus. Elizabeth sortit un mouchoir de son sac, s'essuya le visage et les mains et passa la tête par la fenêtre ouverte pour que le vent lui rafraîchisse la peau.

Un jeune homme mince était assis à côté d'elle. Il tenait un filet à provisions plein de fruits et lisait un journal hindi levé près de son visage. Il avait de grands yeux enfantins, portait un jean américain et une chemise blanche. Le vent de la fenêtre ouverte soulevait sa chemise autour de lui. Sous les manchettes, ses doigts étaient fins et ses poignets délicats.

« Vous voulez une orange ? À manger, demanda-t-il en plongeant la main dans son filet.

— Merci.

— Excusez-moi, mais vous vous sentez bien ? Il me semble que vous blêmissez. Excusez-moi. Je peux arrêter le bus. Vous n'avez qu'à me dire. Je l'arrêterai immédiatement.

— Ce ne sera pas nécessaire, répondit Elizabeth. C'est seulement les mouvements de la route. Et puis j'ai peut-être mangé quelque chose. Mais ça va.

— Vous n'avez qu'à me dire. Je peux arrêter le bus à

n'importe quel moment. Ça ne me dérange absolument pas. Je n'hésiterai pas un instant. » Elizabeth hocha de nouveau de la tête, l'orange sur les genoux. Elle n'avait pas envie de parler et il retourna à son journal, qu'il tenait devant son visage en se léchant le pouce et l'index à chaque fois qu'il tournait une page. Les deux boutons du haut de sa chemise étaient défaits et il portait une chaînette en or autour du cou. Sa peau avait la couleur de l'huile d'olive, du vernis à bois, du beurre de cacahuètes croustillant dont, en Amérique, elle se servait à la cuillère dans les gros pots du supermarché.

Elle prit l'orange, plongea son pouce dans l'écorce et l'enfonça profondément dans la chair. Elle l'éplucha grossièrement et jeta les pelures par la fenêtre. Quand elle en détacha des quartiers, le jus lui coula sur les doigts et sur les genoux. Elle toussa en avalant le fruit aigre et recracha les pépins dans la paume de sa main.

Un bébé se mit à hurler sur un siège derrière elle ; il toussait, prenait de grandes inspirations rauques et humides, tandis que sa mère lui parlait et faisait claquer sa langue.

Le jeune homme posa son journal et quitta son siège. Il se leva avec précaution et se dirigea d'un pas mal assuré vers le fond du bus. Elle l'entendit parler rapidement, puis il revint s'asseoir et rouvrit son journal.

« Je leur ai dit que vous ne vous sentiez pas bien, dit-il. Il faut qu'ils fassent taire le bébé, là-bas. Simple question de courtoisie.

– Il ne fallait pas vous donner cette peine, dit-elle.

– C'était important que je le fasse. Les gens de ce pays ne comprennent pas. Je leur ai dit les choses clairement et simplement. Les cris d'un bébé qui hurle à pleins poumons ne vont rien arranger. Je crois que le problème est sous contrôle. »

Pendant la suite de leur ascension dans les montagnes, les pleurs du petit furent étouffés. Le bus qui gravissait lentement la route sinueuse lui donnait la nausée, mais elle ne voulait pas s'arrêter pour descendre. L'orange aigre et juteuse, les mouvements, l'odeur forte des passagers du bus, ne faisaient qu'empirer la situation. Si elle demandait l'arrêt du bus, elle savait que tout le monde la regarderait, regarderait l'Occidentale en train de vomir sur la route. Ce serait admettre l'existence d'un problème. Elle passa sa langue sur ses lèvres sèches et gercées et fourragea dans le sac à bandoulière en cuir posé sur ses genoux pour trouver son brillant à lèvres. Elle se passa le tube poisseux à la vague odeur de fraise sur les lèvres et regarda des mouches se poser sur la face interne de la vitre.

Le tonnerre gronda au loin et une odeur de pluie et de terre mouillée rentra dans un souffle par la fenêtre. La soudaine obscurité fit taire les conversations et les gens restèrent assis sur leur siège à observer le ciel en silence. Quand la pluie commença, elle tomba en gouttes lourdes comme des œufs de pigeon sur le toit en tôle du bus et explosa sur la route chaude en taches circulaires noires ; puis elle forma des lignes verticales si drues et si denses que la vallée, les montagnes et la route à l'avant disparurent. Les phares du bus ne projetaient que d'insignifiantes têtes d'épingle lumineuses sous la pluie. L'eau crépitait sur le sol sec du bas-côté. Il fallut un long moment à Elizabeth pour se rendre compte qu'ils traversaient un petit village et que les taches de couleur indistinctes au bord de la route étaient des gens blottis sous les toits de guingois de boutiques et d'échoppes étroites. Le jeune homme assis à ses côtés posa son journal et le garda sur ses genoux. C'est seulement lorsque l'averse se calma, au bout de cinq minutes, qu'elle vit que le bus s'était arrêté et que des gens, pieds nus et trempés jusqu'aux os, les vêtements collés au dos, passaient à côté d'eux d'un pas rapide.

Le conducteur du bus cria quelque chose par la fenêtre, puis coupa le moteur et ouvrit la porte. Il quitta son siège, descendit les marches en courant et se fondit dans la foule à l'extérieur. Il bruinait encore et devant eux les voitures étaient à l'arrêt. L'eau qui dévalait la pente formait des torrents bruns rapides et remplissait la rigole en bordure de la route. Elizabeth descendit avec les autres passagers et sentit la pluie fraîche sur sa peau, l'odeur de terre mouillée et d'huile chaude. Elle s'enfonça dans une boue orange et écarta les bras pour s'équilibrer. Toutes les femmes parlaient, riaient, relevaient leur sari en marchant dans la boue pour rejoindre la chaussée goudronnée. L'avant du bus fumait et elle s'appuya d'une main sur le métal chaud et mouillé.

« Il y a un accident sur la route, je crois », dit le jeune homme en arrivant à sa hauteur. Elle le regarda et regretta de ne pas avoir pris de veste ou de pull. Ils se trouvaient au milieu d'un village. Il y avait des échoppes et des boutiques faites de bois et de béton en retrait de la route, et des gens accroupis dans l'ombre observaient la scène. Des groupes d'hommes les dépassèrent, chaussés de sandales glissantes et boueuses, et leurs pieds lançaient des éclaboussures derrière eux.

« Il s'est passé quelque chose, dit-elle.

— Je m'appelle Suketu. C'est un plaisir de faire officiellement votre connaissance.

— Elizabeth. Bonjour. »

Elle lui serra la main devant le bus, heureuse d'avoir quelqu'un à qui parler. De minuscules gouttelettes de pluie s'étaient agglutinées dans les cheveux de Suketu en longues lignes argentées. On aurait dit un neveu ou un guide attentionné. Dans la lumière grise, ses yeux étaient aussi denses et impénétrables que du charbon ou le goudron sur lequel ils se tenaient.

« Vous aimeriez peut-être vous asseoir à l'abri.

— Non, je veux voir ce qui se passe.

— Ce n'est peut-être pas une bonne idée.

— Je veux voir. »

Une vingtaine de voitures et un minibus étaient arrêtés sur la route, au milieu de gens debout ou accroupis. Les vendeurs des échoppes circulaient dans la foule avec des cacahuètes, des bananes cuites et du poulet, des œufs durs, des cigarettes et des sacs en plastique bombés remplis d'eau fraîche. Devant eux, des gens criaient. Un large cercle s'était formé autour d'un camion et de l'homme qui avait été tué. Le camion descendait trop vite sous la pluie. L'homme traversait la route avec un sac de riz. Son corps gisait devant le véhicule, recouvert d'un tissu coloré. Une main brune dépassait, tendue vers l'aval. Le sac avait éclaté pendant la chute de l'homme et le riz s'était répandu autour du corps. Il était d'un blanc éclatant sur la chaussée mouillée.

Le camion, qui avait glissé en biais sur la route, était chargé de sacs marron fixés avec de la corde orange. Ces sacs formaient une pile haute, et quatre ou cinq hommes debout sur le tas, torse nu et coiffés de turbans blancs, contemplaient la foule. Leurs poitrines étaient étroites et noires, leurs biceps bien développés et luisants sous la pluie. À côté du camion, un homme chauve en dhoti blanc parlait fort et vite au chauffeur. Celui-ci, mal rasé, avait les yeux rouges. Il portait une chemise lilas tachée de sueur et un pantalon lustré aux revers élimés. Les badauds écoutaient, s'efforçaient de capter la conversation. Le chauffeur, l'air inquiet et malade, regardait l'homme en blanc et la foule, les bras ballants.

« Celui qui parle au chauffeur est le chef du conseil de village, expliqua Suketu à Elizabeth. Il dit que rien ne doit être déplacé avant qu'on ait été chercher la police. Le chauffeur dit que c'était un accident. L'homme du village dit qu'il faut attendre la police pour décider.

– Où sont les policiers ?

– Pas ici, vous voyez. On a envoyé quelqu'un les chercher dans une autre ville. On ne peut rien faire avant leur arrivée. Ils interdiront de déplacer quoi que ce soit. Aucun véhicule ne passera. Le chauffeur dit qu'il va perdre son travail.

– Et nous, on est coincés.

– Jusqu'à l'arrivée de la police. »

C'est alors qu'Elizabeth vit les enfants ; formant un

40

groupe compact avec leur mère au bord de la route, ils regardaient le corps sur la chaussée mouillée. La femme serrait ses enfants à sa droite et à sa gauche, les yeux baissés. Elle avait des cheveux noirs bien tirés en arrière et, dans le nez, un petit anneau d'or qui accrochait la lumière quand elle levait les yeux. L'homme du conseil de village refusait de laisser la famille s'approcher du mort parce qu'il ne voulait pas que le corps soit déplacé. Il parlait déjà des « lieux du crime », dit Suketu, s'était déjà fait son opinion. Cela pouvait être très dangereux pour le chauffeur, expliqua-t-il, parce qu'en cas d'accident grave comme celui-ci, les gens s'en prenaient parfois au conducteur. Les exemples de justice sommaire ne manquaient pas. Et la pluie recommença, épais rideau qui s'abattit sur le mort et entraîna dans la pente des milliers de grains de riz blanc.

Pendant longtemps, Elizabeth s'était crue incapable d'aimer qui que ce soit. À l'université, elle avait eu pendant quatre ans une relation avec Ethan, un étudiant en génie civil qui aimait faire l'amour sur le sanctuaire domestique dédié à Marie dans le jardin de ses parents. Elle l'aimait bien parce qu'il était amoureux d'elle, parce qu'il était beau comme sont beaux les Américains et parce qu'il possédait de solides bases en calcul différentiel. Elle se retrouvait en lui. Quand elle décrocha son premier emploi, elle partit sans lui dire où elle allait. Il y avait eu peut-être cinq ou six autres hommes. Elle essayait de se concentrer sur le sexe. Pendant un temps, elle en tira un certain plaisir, grâce aux jeux qu'il impliquait, aux plaisanteries sur le Kama-sutra, à la compétence technique qu'elle mettait en œuvre dans la pénombre des salles de bain, avec ses diaphragmes et ses tubes froids de gel spermicide, aux jours ou aux semaines pendant lesquels elle se faisait courtiser et désirer par un autre. Mais elle considérait tout cela comme une sorte d'expérience et savait qu'en réalité elle ne ressentait rien. Plus tard, elle se rendit compte qu'elle voyait les hommes de manière scientifique, comme des choses à cataloguer, un ensemble de caractéristiques à comparer. Elle renonça aux hommes pendant un temps, expliquant à sa mère qu'elle n'avait aucun besoin d'eux. Étant donné ce que son propre père avait fait, elle s'attendait à ce que sa mère la soutienne. « C'est tragique, répondit celle-ci. Tu n'es amoureuse que de maladies. Bon sang, tu es mariée à des choses qui font mourir les gens. »

Elle comprit qu'elle était incapable de réfléchir à ce qui comptait le plus pour elle. Il y avait en elle des régions secrètes. Des élans. Elle ignorait pourquoi elle voulait André, mais elle savait que c'était lui qu'elle aimait entre tous, un homme qu'elle ne pourrait jamais vraiment avoir.

Cet été-là, elle lui prépara un dîner chez elle, du filet mignon qu'elle découpa elle-même sur une planche, dans sa cuisine. Elle se servit d'un couteau de boucher au manche lourd. Quand elle eut coupé la viande, la planche était glissante de sang. Elle s'essuya les mains dans un torchon, alla chercher son diaphragme dans la salle de bain et retraversa la maison avec le dôme couleur chair posé sur la paume de sa main. Le diaphragme semblait absurde sur la planche à découper ensanglantée, cru sous les lumières de la cuisine, comme une prothèse. Elle le découpa soigneusement en lamelles de deux centimètres de large. Il avait une texture de légume vert à feuilles.

Respirant bruyamment par le nez, elle divisa les lamelles en carrés, concentrée sur la planche à découper, avec une sensation de triomphe. Puis, tenant le couteau horizontalement à deux mains, elle découpa les fins carrés de caoutchouc en minuscules fragments, comme elle aurait haché un oignon ou un morceau de gingembre. En cinq minutes, elle réduisit le contraceptif à néant, un tas sanglant, rien qu'une idée lointaine, et, en le ramassant pour le mettre à la poubelle, elle eut le sentiment d'avoir procédé avec succès à un test biochimique ou à une expérience de laboratoire. Un sentiment de satisfaction. Elle renonça à la contraception à l'âge de quarante ans, comme d'autres se mettent au sport ou à un nouveau loisir.

André n'en sut jamais rien. Par la suite, lorsqu'elle couchait avec lui, elle se sentait plus proche de lui, comme l'océan, tout de courants et de tourbillons, plein d'invisibles bancs de phytoplancton. Elle comprit ce que c'était que d'être un émigré ; de se mettre en danger, de renoncer aux certitudes, poussé par une foi inébranlable. Le soir du filet mignon, après le départ d'André, elle se dirigea dans le noir vers son bureau et alluma sa lampe de travail. Elle souleva son lourd Webster's vers la lumière et relut un mot qu'elle avait appris par cœur dans son enfance : *assumer – prendre à son compte, se charger de ; accepter consciemment (une situation, un état psychique et leurs conséquences).*

La pluie s'abattait lourdement sur la colline et résonnait sur les flancs du camion et sur les voitures. Elizabeth courut avec Suketu jusqu'à une minuscule buvette avec un toit de tôle ondulée rouillée et trois tables en Formica jaune sur des pieds en acier tubulaire. La buvette avait un sol en béton et une étroite véranda ouverte sur la rue. Ils pataugèrent dans la boue et s'installèrent à une table. Un vieillard, les yeux jaunes et des touffes de poils gris dans les oreilles, apparut derrière un morceau de tissu accroché dans l'embrasure d'une porte au fond de la boutique et ils lui demandèrent du thé. Il apporta du thé bouillant et fumant à leur table dans des verres transparents. Le toit n'avait pas de gouttière et l'eau tombait devant eux du bord de la véranda en un rideau épais. On voyait le mort sur la route à l'extérieur, allongé sous le bout de tissu détrempé. Tenant le verre à hauteur de son visage, elle sentit la vapeur sur ses lèvres et aspira le thé sucré.

« Tout cela est très regrettable, dit Suketu.

– C'est terrible.

– Des gens meurent à chaque minute dans mon pays et personne n'y prête la moindre attention. Et pourtant, quand un homme, un seul, est renversé dans la rue par un camion, tout doit s'arrêter. C'est très étonnant.

— Ce n'est pas une mauvaise chose. Je suis contente que cela arrive.

— Vous allez peut-être en vacances à la station de Mahabaleshwar. Pour les paysages.

— J'imagine.

— Très sage décision, si je peux me permettre. La station est magnifique. Vraiment remarquable. Vous savez que c'était la résidence d'été des Britanniques quand ils dirigeaient le pays. Ces Anglais savaient vivre. C'est sûr.

— C'était là-bas qu'ils s'évadaient, dit-elle.

— En quelque sorte. Il y fait plus frais. Il y a plusieurs lacs. On peut contempler le monde entier depuis Mahabaleshwar. C'est un endroit romantique.

— J'imagine que je suis, moi aussi, en train de m'évader.

— Je vous demande pardon ?

— Je fuis. Je m'enfuis à Mahabaleshwar. Exactement comme les Anglais.

— Vous êtes mariée ?

— Non.

— Je suis célibataire et tout à fait disponible. Je monte voir mon père, qui dirige un bon hôtel là-bas. Il a réussi. Je lui apporte des fruits.

— Je vois », répondit Elizabeth en tournant son regard vers la rue. L'averse s'était calmée et un nouvel attroupement se formait autour du camion et du mort. La buvette était sombre et calme, une radio passait de la musique indienne.

Penché sur la table, Suketu avait croisé ses jambes minces. Il n'avait pas touché à son thé. Il plongea une main dans sa poche pour en sortir un stylo doré et demanda quelque chose au vieillard, qui sortit par le rideau et revint avec une feuille à lignes bleues arrachée d'un cahier d'écolier. Suketu prit le papier et le lissa sur la table. Ses doigts étaient longs, effilés, et il tenait soigneusement le stylo entre le bout de ses doigts pour écrire.

44

« Que je note mes atouts clairement, dit-il. Première-
ment, j'ai un bon niveau d'instruction, primaire et secon-
daire. À l'école, j'ai reçu la médaille d'or de la Joginder
Reddy Sugar Factory en tant que premier de ma classe.
Deuxièmement, je suis en bonne santé et je fais de l'exercice tous les jours. Je ne suis pas mauvais au cricket. Troi-
sièmement, je suis passionné d'informatique. Je me tiens
au courant des progrès du matériel et des logiciels. Qua-
trièmement, je fais de la peinture (à l'huile) et de l'aquarelle, ainsi que du dessin et des croquis. Je suis également
bon photographe. Cinquièmement, je ne suis pas trop mal,
physiquement. On me dit parfois que je ressemble à
M. Imran Khan, le grand joueur de cricket pakistanais. Je
vous en prie, prenez ce résumé. »

Il finit d'écrire et plia le papier en deux. Il nota son nom
et son adresse sur le côté et donna la feuille à Elizabeth,
qui la garda devant elle.

« Je ne rencontre jamais de femmes qui viennent d'Amérique, dit Suketu. Vous n'êtes pas mariée. Vous cherchez
peut-être un mari. Comme ça, vous pourrez le lire à tête
reposée.

– Merci », dit-elle en finissant son thé. Devant son
audace, elle se sentait comme une petite fille. Gênée.
Comment l'aurait-il considérée s'il avait su la vérité ? Pas
comme une femme vertueuse. Pas comme ce qu'elle semblait être, avec sa jupe et ses chaussures sages.

La pluie se calma et s'arrêta. Des nuages blancs rapides
passèrent au-dessus d'eux et des lambeaux de ciel bleu
apparurent entre les nuages. Sur la route, à côté du mort,
l'homme en blanc parlait à la famille. Dans les voitures,
les gens klaxonnaient et criaient par les fenêtres. D'autres
marchaient sur la route et faisaient cercle sur les lieux de
l'accident. Des poulets noirs et blancs déambulaient
devant la buvette en picotant la boue. Elizabeth quitta la
table en disant à Suketu qu'elle allait se dégourdir les
jambes.

Une petite moto descendit la route. Les deux policiers en uniforme kaki qui la chevauchaient s'arrêtèrent à côté du camion et mirent pied à terre avec précaution. Les jambes de leurs pantalons étaient toutes crottées. Ils regardèrent l'homme allongé sur la chaussée et se dirigèrent vers sa famille. Le chef du conseil de village commença alors à leur parler, si bas que la foule n'entendait pas ce qu'il disait.

Elizabeth marcha sur la route mouillée et sortit du village par le haut. Il faisait clair et frais. Devant elle se dressaient des montagnes abruptes environnées d'une brume qui se posait dans les vallées. Là où les montagnes accrochaient le soleil, elles s'embrasaient dans la lumière et la pierre rouge prenait des reflets pourpres et violets. Un petit vent frais soufflait sur son visage.

Elle avait vu André tous les soirs pendant le mois précédant son départ. Elle savait qu'il ne reviendrait jamais. Elle avait décidé d'aller en Inde pour la formation parce qu'il partait et qu'elle ne voulait pas rester seule chez elle le soir. Son dernier jour était un dimanche et il l'emmena petit-déjeuner dehors de très bonne heure. Ils se rendirent dans un café en terrasse où ils étaient les premiers clients. C'était le printemps et il faisait beau, mais il avait gelé dans la nuit. Il essuyèrent l'eau sur la table avec leurs manches. Le fond de l'air était vraiment frais, d'une fraîcheur de rosée qui la faisait frissonner et boire son café à longs traits noirs.

Ils prirent des petits-déjeuners anglais servis sur de grandes assiettes lisses en porcelaine blanche. Elle déplia sa serviette blanche empesée sur ses genoux et en sentit la texture sous ses doigts. Dans l'air froid du matin, elle savait que c'était ainsi qu'elle se souviendrait de lui – une série de sensations sous la lumière crue : le poids des couverts dans ses mains, le linge blanc et l'argenterie sur la table, l'odeur fraîche du poivre noir sur un jaune d'œuf.

Tout en bas, les plaines s'étiraient vers la mer. Le fin ruban brunâtre du fleuve Krishna courait dans les ravins escarpés des montagnes. Elle monta jusqu'à un virage de la route et contempla la vallée. Le soleil étincelait sur les lacs d'eau brune. Dans la lumière claire, de minuscules papillons bleus dansaient dans les buissons à ses pieds. Elle s'accroupit et regarda les papillons voleter au soleil, taches d'un bleu incandescent, fugitives comme des bouts de papier colorés. Un instant, elle se sentit légère comme une plume, regarda les papillons et vit la boue épaisse et les feuilles des buissons avec une grande netteté.

Quelqu'un appela son nom. Elle se retourna. Suketu gravissait rapidement la route en agitant les bras au-dessus de sa tête. Le soleil lui chauffait la nuque. La boue épaisse collait à ses chaussures. Des gens entouraient le chauffeur du camion et l'invectivaient. Les policiers, les bras levés, criaient aussi. Elle vit le chauffeur remonter dans le camion et claquer la porte. La foule était furieuse, à présent. Des années plus tard, elle parlerait à sa fille de ce matin dans les montagnes. Elle essayerait d'expliquer ce moment où elle avait rebroussé chemin sur la route pour aller à la rencontre du jeune Indien qui montait vers elle. Un matin si clair. Où tout avait été lavé par la pluie. C'est comme cela que je l'ai rencontré, dirait-elle, comme cela que j'ai rencontré celui qui allait devenir ton père.

# Toutes les rivières du monde

## Quincaillerie

Vitek Kerolak, un mètre soixante-cinq et vingt-cinq kilos de trop, une mâchoire de pelleteuse et des yeux comme des soucoupes, l'air hirsute avec la tignasse noire indisciplinée qui se dressait obstinément sur sa tête, descendant de trois générations de pêcheurs, n'était pas monté sur un bateau depuis l'âge de douze ans. Il avait peur de la mer. Avec sa bedaine, ses membres lourds, ses mains comme des battoirs et ses pieds paradoxalement petits et délicats, il possédait une excellente mémoire pour ses deux centres d'intérêt : les constellations de la voûte céleste et la quincaillerie. La quincaillerie était sa spécialité et son métier. Il avait une mémoire encyclopédique de son hétéroclite appareillage : écrous, boulons, collerettes et tasseaux ; tuyaux, robinets et joints ; toute la gamme des colles, enduits, plâtres, mortiers et mastics ; et les subtilités du bois, les durs et les tendres, où mettre du pin, comment utiliser le noyer, l'érable ou le teck. Il pouvait vous faire un devis de tête en un rien de temps, sans crayon ni papier, mais il ne comprenait pas son père, ni les raisons de sa fuite. Pour finir, il fallait bien qu'il fasse quelque chose pour son vieux et il prit donc la route pour la Floride avec une pile de cassettes de Peter, Paul and Mary, un sac marin plein de vêtements et un bout de papier sur lequel il avait griffonné une adresse sur Key West.

Vitek partit vers le sud pour retrouver son père au mois d'octobre de sa trentième année. Il laissa derrière lui les matins vifs et les feuillages enflammés du Maine, descendit vers des brises marines douces qui le mettaient mal à l'aise. Il savait sa peur de la mer injustifiée, mais ne parvenait pas à la dominer. Agrippant de ses grosses mains le volant de sa petite voiture japonaise, voûté et à l'étroit dans un habitacle compact conçu pour des conducteurs plus petits, il ressentait une vague angoisse qui le poussait à manger. Il engloutissait beignets et pâtisseries sortis de boîtes en carton fin, saupoudrait les sièges de sucre glace et de miettes grasses. Il préférerait rouler de nuit et trouvait du réconfort dans les constellations du ciel comme d'autres peuvent en trouver à voir de bons amis. Quand il était fatigué, il dormait dans la voiture, la bouche grande ouverte, les jambes sur le tableau de bord. Lorsqu'il se rapprocha de la côte, du sable entra par les fenêtres. Plissant des yeux plus habitués à des couleurs crépusculaires, il commença à entrapercevoir l'océan par intermittence, semblable à une plaque de métal sous le soleil. Et puis, d'un seul coup, l'eau fut là, devant lui, jusqu'à l'horizon, emplissant le pare-brise poussiéreux, ondulant et bouillonnant sous le vent.

Son père ignorait qu'il venait et ça le rendait nerveux. Ses parents étaient mariés depuis quarante ans. Et son père était parti depuis maintenant un an sans explication convenable. Vitek avait repoussé cette idée dans un coin de sa tête, comme un troupeau de moutons éparpillés au loin sur une colline.

Il arriva sur les Keys à la fin d'une journée venteuse aux couleurs pastel, sous un ciel quadrillé de sillages de haute altitude, mais remit sa visite à plus tard. Revenu sur la nationale, il trouva une cafétéria, où il mangea quatre œufs sur le plat arrosés de jus d'orange et de café, remarqua la couleur du comptoir en Formica, le type de vis cruciformes employées pour fixer les tabourets, la taille des gonds de la porte battante qui menait aux cuisines. Il fuma dix cigarettes et étala sa carte sur le comptoir devant lui, imprégnant de sirop d'érable, de jaune d'œuf, de ketchup et de particules graisseuses de pommes de terre sautées le réseau routier du sud de la Floride.

La serveuse l'aida à trouver la rue de son père et lui indiqua comment s'y rendre. Elle lui dit qu'il devait venir du Nord, certainement, avec son teint et son air stressé. La face interne des vitres dégoulinait de condensation. Lorsqu'il sortit, un vent s'était levé, qui apportait de la marina des odeurs de poisson et de peinture fraîche. Le jour avait disparu et la nuit était montée du golfe, moite et lourde, immense nappe de sel marin et d'air turbulent.

Il enfila une veste et s'allongea sur la banquette arrière de la voiture, devant la cafétéria. Il entendit des voitures démarrer. Des voix portées par le vent lui arrivaient de l'autre bout du parking. Et derrière tout cela, il sentait la sauvagerie de l'océan, incontrôlable et menaçant de l'autre côté des murs de protection en béton. Il avait un goût au fond de la gorge, un goût qu'il retrouvait, intact et originel, de son enfance. Une odeur et une sensation qu'il ne remarquait jamais qu'au crépuscule ou à l'aube, quelque chose qui lui tombait dessus sans crier gare et le prenait toujours par surprise. Énervé par la caféine et la fatigue, à part égale, son cerveau crachotait comme un néon dans le noir. Au matin, il irait trouver son père. Pas avant.


Son père venait d'une famille miséreuse de pêcheurs de homards et de morues ; des hommes rougeauds et lourds, le visage carré et les mains charnues ; des femmes soignées, les cheveux permanentés et les jambes comme des poteaux. Son père avait toujours voulu pêcher, à cause de sa famille, de la tradition familiale, et ce fut la tragédie de sa vie. Vitek l'avait vu travailler comme membre d'équipage sur le bateau d'un autre pendant trente ans, avait grandi dans la tourmente de son ambition contrariée. Il rentrait les mains en sang et les ongles cassés, empestant l'eau de cale et le tabac noir ; il travaillait de nuit et buvait parfois toute la nuit ; n'avait jamais d'argent. Il voulait posséder son propre bateau et rêvait de pêcher en haute mer. Assis au coin d'un feu dans les après-midi grisâtres du Maine, il parlait de mers d'azur et de pêche sportive, amenait Vitek à voir dans l'océan quelque chose de plus grand que lui-même. Il lui montrait des photos de poissons voiliers, de requins-taupes bleus, de tarpons et de pompaneaux, pouvait décrire leur déplacement dans l'eau. Il l'emmena dans un bar de Portland où l'on trouvait un marlin de l'Atlantique de 3 m 50 de long accroché sur un panneau de chêne. C'est là, dans le Maine, que Vitek goûta la bière pour la première fois, assis sur un tabouret de bar, en contemplant le long corps bleu d'un poisson de haute mer. Il avait douze ans et ils se trouvaient sous le marlin empaillé, le plus grand et le plus brave des poissons de sport de l'océan, à tout jamais figé dans cet instant. Le marlin est un poisson noble, lui dit son père, pêcher un marlin fera de toi un roi.

À présent, Vitek s'était éloigné de la mer. Il faisait de longues journées au boulot et se nourrissait d'aliments imbibés de graisses saturées qui, il le savait, n'étaient pas bons pour lui. La quincaillerie était un domaine sûr, sans danger. Terrestre. Il aimait le toucher des choses neuves : les objets compacts en cuivre ou en acier ; les outils aux têtes ingénieuses ; les poignées de vis à placo ou de clous neufs. Un an plus tôt, il était au travail, en train de découper des tuyaux de cuivre de 6 mm, quand sa mère l'avait appelé pour lui demander de rentrer à la maison. Il avait alors trouvé son père assis dans un parterre de fleurs dominant le port, une bouteille de schnaps dans une main et les clés d'un Bertram neuf de 15 m dans l'autre. Complètement ivre, il se vautrait sur le sol humide, ses cheveux en bataille soulevés par le vent marin, ses vêtements de pêche tachés d'huile de moteur et d'eau de mer sale. Il avait enlevé ses chaussures de sécurité et, assis en chaussettes, il buvait au goulot.

Vitek sortit avec deux tasses de café serré et s'assit derrière lui. Des noctuelles dansaient dans les fleurs. Il regarda la nuque de son père, plaque rouge-brun hérissée de poils blancs durs, puis porta son regard au loin sur les couleurs plus douces du port : un ciel de barbe à papa, des mouettes qui flottaient sur les courants ascendants comme du sucre glace sur un gâteau de Savoie. Il ne se sentait pas à la hauteur. Son père était aussi inébranlable qu'une digue ; lui parler était dans le meilleur des cas une entreprise intimidante. Assis là dans le jardin, son père lui expliqua qu'il allait pêcher au gros et louer son bateau pour des parties de pêche sur Key West. Sa mère pouvait venir avec lui si elle le voulait, ajouta-t-il, même si tous deux savaient qu'elle ne le ferait pas. Son père avait démissionné de l'emploi qu'il occupait sous une forme ou sous une autre depuis l'âge de dix-neuf ans.

Il s'avéra qu'il mettait tranquillement de côté de petites sommes d'argent depuis trente ans et qu'il avait ainsi réussi à économiser suffisamment pour emprunter de quoi acheter le bateau. Il s'agissait d'un gros emprunt, plus de 200 000 dollars, et les remboursements seraient lourds. À l'automne, son père partit sur le beau Bertram flambant neuf avec un sac de vêtements et un portefeuille de cartes de crédit et descendit tout seul le long de la côte Est. Il était chez lui en mer, il s'y connaissait en navigation et savait lire les cartes. Il envoya une carte postale avec un numéro de téléphone et un timbre des Keys à Vitek, qui transmit le numéro à sa mère. Tous deux gardèrent le silence sur ce qui s'était passé et sur les causes, se raccrochant aveuglément à l'espoir que tout s'arrangerait avec du temps et de la patience.

Son père ne revint pas, n'appela jamais sa mère, resta suspendu à distance comme un front orageux. Vitek lui téléphonait le soir, et il s'aperçut qu'il écoutait plus attentivement le silence entre les mots de son père que les mots eux-mêmes. Six mois plus tard, une voix féminine commença à répondre au téléphone et Vitek raccrochait plutôt que de lui dire quoi que ce soit. Son père avait équipé le bateau à crédit dans les Keys et passé des petites annonces dans les journaux locaux. Il avait emprunté pour monter sa société de location et dormi sur le bateau pendant les premières semaines. Tout cela était onéreux et hasardeux, mais il pensait rentrer dans ses fonds avec quelques bonnes sorties en mer. Il adorait ces eaux chaudes et gaspilla deux ou trois bidons de coûteux carburant à sortir tout seul pour tester son matériel. La pêche était la seule chose qu'il connaissait. Il prit son premier voilier avec son nouvel équipement, un poisson éblouissant de vingt-cinq kilos, et expliqua à Vitek que, à cet instant-là, il avait su qu'il ne pourrait plus jamais s'en aller. Il était parti depuis un an quand il l'avait appelé pour lui dire qu'il n'avait pas encore eu de client et qu'il allait perdre le bateau. Il y avait de cela deux jours. Au téléphone, sa voix résonnait comme l'océan dans un coquillage, aérienne et statique. Vitek, le téléphone à l'oreille dans le magasin de plomberie, s'appuya contre une pile de carreaux de salle de bains de 15 cm sur 15 et se tapota le sommet du crâne avec un crayon de charpentier. Puis il alla voir le directeur pour lui demander une semaine de congé.

## Mouton froid

Le soleil était déjà haut dans un ciel bleu pâle lorsque Vitek se réveilla, la bouche sèche grande ouverte et le cou endolori. Il sortit et tapa des pieds sur le parking. Un ticket de stationnement jaune palpitait sur le pare-brise et la cafétéria était pleine de clients. Il s'aplatit les cheveux dans le rétroviseur, puis entra et se lava les mains et le visage dans les toilettes. Se laissant tomber sur une banquette, il commanda un café noir et une pile de pancakes avec des œufs au bacon. Il était midi lorsqu'il retourna en ville pour prendre ses repères.

Sa voiture était inondée d'air et de lumière. Il ne se

résolvait pas à aller voir son père. Il faisait chaud et il roula jusqu'à l'extrémité sud de l'île. Une balise de béton peint dominait l'eau. Vitek s'assit pour contempler l'océan, sentit l'odeur du sel marin et de l'asphalte frais, se surprit à évaluer le nombre de bidons de cinq litres de peinture pour extérieur qui avaient été nécessaires pour recouvrir la balise. Des touristes en shorts pastel et chapeaux à large bord prenaient des photos et posaient devant le ciel et l'eau qui se déployaient derrière eux, aussi plats et ininterrompus qu'une toile de fond. Vitek se sentait énorme et gazeux ; sa peau rougissait à vue d'œil au soleil. Un maigre Japonais, avec chaussettes blanches jusqu'aux genoux et badge de tour-opérateur, lui demanda de prendre une photo de lui et de sa femme devant la mer. Il vacilla en regardant dans le viseur. Le couple se tenait au garde-à-vous devant lui, droits comme des I, sacs de voyage en vinyle à l'épaule ; la femme portait des lunettes de soleil trop grandes, comme des moules teintées géantes, et sa bouche était balafrée de rouge à lèvres couleur sang. Il les centra sur la photo, fit le point sur eux, avec l'océan désert en l'arrière-plan, et comprit ce sentiment puissant qui vous saisit en bordure des terres. Derrière lui, toute la masse du continent nord-américain s'évanouissait, réduite à néant, et devant lui, s'étendait le large, pur et vacant. Quelque chose d'inconnu semblait s'ouvrir devant vous et vous attirer, riche d'espoir et de possibilités.

Il était très calme quand la mer était à bonne distance. Il la voyait comme un prédateur tapi dans l'herbe, bandé comme un ressort et prêt à jaillir. Chez lui, il restait dans les terres, sauf lorsqu'il rendait visite à ses parents. Plus jeune, il prétextait une otite ou une grippe pour échapper aux journées sur la plage avec ses amis. Il ne possédait plus de maillot de bain. Il lui semblait clair que ce n'était pas la mer elle-même, mais plutôt l'idée de la mer, qui le mettait mal à l'aise. Regarder des peintures marines (bateaux, chasses à la baleine, pêcheurs et paysages marins, mer en bataille, démontée) le bouleversait, lui donnait des sueurs et la sensation de marcher sans filet sur une corde raide.

En nage et le nez écarlate, il regagna la vieille ville en voiture par Duval Street et trouva l'aquarium près de Mallory Square. Au milieu d'une foule compacte de parents et d'enfants, il déambula entre les bassins pleins de mérous, de poissons-perroquets et de barracudas, mangea de pleines poignées de pop-corn caramélisé et observa un requin mako de loin. Les terreurs de l'océan devenaient contrôlables une fois enfermées dans un aquarium. Il appréciait de ne plus être au soleil. Les solides murs de pierre et le béton humide lui faisaient du bien. Il ressortit en clignant des yeux dans la fin d'après-midi et s'avança sur Mallory Square, où des groupes de gens prenaient le café en contemplant le golfe du Mexique. Ils attendaient que le soleil tombe sous l'horizon, s'embrase et meure, éphémère témoignage de la révolution terrestre, et Vitek se demanda ce qu'ils y voyaient, ce qu'ils cherchaient.

Il avait peur de la mer depuis l'âge de douze ans. Cette année-là, au début de l'automne, ils avaient appris la nouvelle pour ses frères, disparus dans une tempête. Par un jour de grand vent, sous un ciel gris houleux. Vitek trouva sa mère dans le salon de la maison du Maine ; un feu flambait dans la cheminée, la pluie tombait en neige fondue sur les vitres. Sur la cheminée, une horloge en forme de crabe de l'Atlantique, avec des pinces en cuivre et des yeux en diamant fantaisie, reposait sur de minuscules pieds métalliques et, par terre, sur le tapis marron devant lui, sa mère recroquevillée s'étreignait les genoux, en pleurs.

Il repassa alors la porte, trébucha, et monta dans sa chambre en courant. Au mur, un tableau représentait un clipper transportant du coton toutes voiles dehors, un trois-mâts lancé à vive allure dans un vent violent, des cascades d'écume blanche jaillissant de sa coque. Regarder cette image lui procurait une sensation de vitesse, la sensation d'être emporté, autonome, comme si les minuscules silhouettes rouges, noires et vertes des marins sur le pont arrière se fussent dirigées vers quelque glorieux destin, comme si la silhouette bleue au bras tendu sur la passerelle, le capitaine, supposait Vitek, eût été maître de tout ce tumulte, cette course, cette tourmente. Vitek fixait le tableau intensément et s'imaginait sur ces eaux houleuses. La fenêtre de sa chambre dégoulinante de pluie donnait sur le port en bas de la colline, et il voyait l'eau gris pâle moutonner joliment. C'est là qu'il se tint en attendant un signe de son père, sur un coin de moquette aplati et usé sous son poids.

Cette après-midi-là, il savait que son père se trouvait à des jours de navigation, sur un morutier, séparé de la côte par une centaine de milles nautiques et de la noyade par une coque en acier trempé de trente centimètres d'épaisseur. Vitek ignorait s'il avait survécu à la tempête. Son père n'était pas là quand cela comptait. Il était toujours ailleurs, à gagner sa vie, à s'écorcher les extrémités, à se tordre les articulations et à se réduire les doigts en bouillie, à faire craquer les minuscules créneaux que formaient les os de ses mains. Il y avait toujours un risque qu'il ne revienne pas. Vitek passa son enfance à l'attendre, apprit à éviter sa mère quand le temps était mauvais ou le bateau en retard au port. Et voilà que sa mère gisait sur le sol du salon en dessous de lui. Les vagues qui s'entrechoquaient dans la baie avaient la couleur du mouton froid. Il regarda le tableau du clipper et s'imagina complètement ailleurs.

Les deux frères de Vitek, âgés de dix-neuf et vingt-deux ans, se trouvaient sur un chalutier au large de Terre-Neuve quand une tempête énorme avait soufflé du nord de l'Atlantique. Elle était arrivée de nuit, avec une violence d'ouragan et des vagues aussi abruptes et dures que des murs en béton armé. Tous les bateaux à cinq cents milles à la ronde avaient été emportés. Les plus chanceux avaient pu s'abriter suffisamment vite, mais le chalutier approchait de la fin d'un voyage et, déjà lourdement chargé de morues, sans doute trop, il s'enfonçait dans l'eau. Comme il présentait le flanc, il avait pris l'eau rapidement et sombré en moins d'une demi-heure. Une salve de SOS avait été émise à la radio, mais quand l'hélicoptère des gardes-côtes était arrivé, il n'y avait plus rien à voir, ni bateau ni canot de sauvetage ni le moindre débris, juste de l'eau noire déserte et un équipage perdu corps et biens. Les deux garçons étaient sur ce navire par hasard, pour un contrat de six mois. Le plus jeune des frères de Vitek, Teddy, frais émoulu du lycée, voulait se faire un peu d'argent avant d'entrer à la fac. Leon, son frère aîné, venait de passer sa licence à l'université du Maine, où il avait terminé premier en anglais et en histoire. Leon, carré et fort comme ceux de sa famille, portait les espoirs de sa mère, convaincue qu'il avait ce qu'il fallait pour arrêter complètement la pêche et faire sa fierté en choisissant un métier où il se servirait de son cerveau. C'est leur père qui leur avait trouvé du travail sur le chalutier. Il pensait leur rendre service et, connaissant personnellement le capitaine, il l'avait convaincu de leur donner une chance, payés à plein, quatre semaines de travail, deux semaines de congés. Juste pour six mois, histoire de gagner un peu d'argent. N'importe quel père aurait fait la même chose.

Et voilà qu'ils avaient disparu. Son père ne serait pas de retour avant trois jours encore. La maison s'emplit de membres de sa famille, qui faisaient cuire du pain et des gâteaux, des pierogi à la vapeur, buvaient d'interminables tasses de thé sur des soucoupes en porcelaine craquelée. On se rassemblait pour se rassurer. Ils sortaient de l'ombre lors des tragédies, se blottissaient les uns contre les autres en groupes silencieux. Couché dans son lit, Vitek frissonnait en imaginant ce chalutier s'enfonçant dans l'eau glacée en pleine nuit, rien à voir, un vide immense en dessous, et il versait des larmes silencieuses au goût de l'eau salée qui avait emporté ses frères.

Né sept ans après Teddy – un accident avoué, une bonne surprise –, Vitek resta toujours le bébé de la famille, gâté par des grands frères aux petits soins. Ceux-ci l'emmenaient voir des matchs de football alors qu'il était à peine assez grand pour comprendre, l'emmenaient nager et faire du bowling, avaient en permanence une réserve de bonbons au citron, de réglisse et de sucettes qu'ils se faisaient un plaisir de lui donner le soir. Ils l'emmenaient avec eux quand ils allaient au drive-in, quand ils avaient rendez-vous avec des filles, dans une fusion qui ne lui manqua pas avant sa disparition définitive. Vitek ne se sentait pas distinct de ses frères, il se sentait faire partie d'eux. Il avait partagé la chambre de Teddy jusqu'au départ de Leon, s'était endormi en l'écoutant parler des universités où il irait, de son rêve de vivre dans le désert, d'apprendre à monter à cheval, d'élever du bétail ou des autruches. La veille du jour où Teddy et Leon s'embarquèrent sur le chalutier pour la dernière fois, ils passèrent la soirée tous ensemble. Leon, diplômé, revenait de l'université. Ils descendirent sur la digue en début de soirée et s'achetèrent des glaces. Des mouettes criaient à leurs pieds. Ils mangèrent leurs glaces accoudés à la rambarde en observant les allées et venues des bateaux dans le port. Près d'eux sur la digue s'alignaient les pêcheurs du soir, vieillards sans expression aux mains lourdes et ridées, qui leur souriaient sans mot dire. Ces hommes sur la digue étaient les survivants, dit Leon, des hommes qui avaient pêché toute leur vie, subi les pires assauts de la mer, y avaient survécu, et qui, à la retraite, descendaient encore pêcher sur la digue le soir. C'est un instinct puissant, expliqua-t-il, quelque chose qu'on a dans le sang. Le besoin de pêcher est parfois irrésistible. Il est là, tout simplement. La crème glacée était froide et poisseuse sur les lèvres de Vitek. Il avait douze ans et c'était les dernières paroles de Leon dont il se souvenait.

Il trouva la maison, la carte déployée sur le volant. C'était une maison de style espagnol, avec un toit plat et des murs en stuc marron sale. Le jardin de devant, sec et sablonneux, était couvert d'îlots de chiendent vert terne. Vitek resta cinq minutes dans la voiture pour fumer une cigarette en regardant le vent ébouriffer les grosses feuilles des palmiers de la rue. Il frappa à la porte en fin d'après-midi et la femme qu'il avait entendue au téléphone lui ouvrit. Elle n'avait pas plus de trente ans, des hanches larges, des mollets ronds et fermes. Elle s'appelait Chika. Elle avait un nez busqué et de grands yeux qu'elle ne détacha pas de lui dès l'instant où il entra. Son père, le visage empourpré, regardait par terre en se passant les mains dans les cheveux. Ils se trouvaient dans la petite cuisine, sur un linoléum à carreaux blancs et noirs. Il y avait un calendrier de pêche au mur. Chika, à côté de son père, lui enlaçait la taille. Elle aurait pu être sa fille. Son père lui tenait la main et Vitek sut immédiatement qu'ils dormaient dans la même chambre.

Ils sortirent des chaises de cuisine dans la chaleur du soir et son père prit des bières fraîches dans le réfrigérateur. Vitek s'assit et but goulûment. Des gouttes de condensation tombaient de la bouteille sur ses cuisses et il en descendit deux coup sur coup, tandis que son père, sa bière entre les genoux, fixait le sol. Chika retourna dans la maison, et, quand elle fut partie, Vitek dit : « Elle a mon âge. »

Son père décollait l'étiquette de bière humide avec son ongle de pouce. « Elle a besoin qu'on s'occupe d'elle.

— Bon sang, tu es marié. Et il se trouve que ta femme est ma mère.

— C'est plus compliqué que ça, mon garçon. Je suis en train de faire ce que j'ai toujours voulu faire.

— Tu fuis, voilà ce que tu fais. Je n'arrive pas à le croire.

— Ta mère aurait pu venir avec moi. C'était mon rêve. Ça fait trente ans que je voulais venir ici. Elle refusait. Elle me crachait à la figure. Tu ne connais pas la moitié de l'histoire.

— Tu ne l'as même pas appelée.

— Je lance mon affaire, ici. J'ai été occupé. J'ai équipé le bateau.

— J'en suis ravi pour toi. »

Vitek n'était pas expert en relations humaines, mais il possédait un grand sens du bien et du mal, une sorte de loyauté indéfectible héritée de sa famille. Elle avait permis à ses ancêtres de pêcher pendant près d'un siècle. Il était fier de sa famille, de son endurance et de son habitude de travailler en silence, sentant que l'hostilité même de l'océan faisait de cette attitude un parti pris raisonnable. Hommes et femmes étaient associés au sein d'une entreprise qui les dépassait et l'amour n'entrait pas vraiment en ligne de compte.

Il avait toujours été incapable de parler à son père. Il se bloqua. Ils restèrent assis dehors une demi-heure sans rien dire d'important. Son père l'interrogea sur les détails de son trajet : les villes traversées, les arrêts, les conditions de circulation, les portions de son itinéraire où il avait réalisé la meilleure moyenne. Vitek eut la sensation qu'il y avait entre eux un immense territoire inexploré. Maintenant qu'il était assis là avec son père, en tête-à-tête, il lui semblait que toute colère et toute énergie l'avaient quitté. Il but sa bière en giflant les gros moustiques noirs qui se posaient sur ses jambes et sur ses bras. Le ciel d'occident s'embrasa en une nébuleuse de lumière pêche et vermillon puis pâlit, et ils se retrouvèrent face à face dans le noir, sur les chaises de cuisine dures. Il sentait déjà les piqûres de moustique gonfler sur sa peau.

## Des huîtres rugueuses

Chika Portini avait grandi à Brooklyn, enfant unique de parents italiens de la seconde génération qui voulaient un garçon, pas une fille. Son père, un stoïque trapu à la moustache noire étudiée et au tempérament fantasque, tenait une petite épicerie. Sa mère, invraisemblablement petite, l'esprit vif et un sens de l'humour loufoque, était institutrice. Enfant, Chika aidait au magasin – elle tenait la caisse, approvisionnait les rayons le soir, apprenait à gérer les stocks et la trésorerie. En grandissant, elle joua de plus en plus un rôle de médiateur entre ses parents. Ceux-ci se querellaient, se harcelaient, et sa mère commença à disparaître pendant l'été pour aller voir ses sœurs dans le Queens, à Buffalo ou à Rome, en Italie. Son père buvait et lui enseignait des choses pratiques : entretenir un moteur, réparer un grille-pain, avoir des notions de plomberie et d'électricité domestiques. Sa mère lui écrivait de longues lettres depuis des endroits lointains et lui inculquait le scepticisme. De sa mère, elle apprit à ne se fier à rien et à devenir autonome aussi rapidement que possible.

Un soir, alors qu'elle était en dernière année de lycée, elle se trouvait dans le magasin avec son père quand un homme portant des lunettes de ski fit irruption en demandant de l'argent. Il avait un petit pistolet noir à la main et son père, indigné, se pencha brusquement en avant par-dessus le comptoir pour s'emparer de l'arme. Une lutte s'ensuivit. Un coup partit et son père prit une balle dans le bras. L'homme aux lunettes de ski sembla plus étonné que lui et s'enfuit, les mains vides. Chika enveloppa le bras de son père dans un morceau de mousseline à fromage pour stopper l'hémorragie et appela les premiers secours. Elle s'étonna par son calme et sa lucidité, même si elle se rendait compte que son père aurait pu être beaucoup plus grièvement blessé et même tué. Debout au téléphone, elle surprit son image dans le miroir de l'arrière-salle : petite, brune, les poignets fins, un cou blanc épais. Elle eut une brusque vision d'elle-même avec dix ans de plus, large, grosse et lourde comme toutes les Italiennes qu'elle connaissait, et alors, imaginait-elle, il serait trop tard pour rencontrer un homme ou vivre ce que la vie avait à offrir.

Elle s'inscrivit dans une école d'infirmières parce qu'elle voulait voir le monde. C'était sa principale motivation. Elle voulait voyager et, quand elle eut terminé sa formation, elle laissa derrière elle les bassins hygiéniques et l'odeur des malades agonisant à l'hôpital pour rejoindre Médecins Sans Frontières, une organisation dont elle avait entendu parler grâce à un article de journal exposé sur le comptoir de l'épicerie paternelle. Elle se rendit à Amsterdam, où l'association possédait une antenne, et s'engagea sur-le-champ. À vingt-trois ans, avec son refus obstiné de se raser les jambes ou les aisselles et son penchant pour les desserts lourds et les beignets de poisson, elle n'avait aucune idée de ce qu'elle était en train de faire. Elle fuma de l'herbe pour la première fois à Amsterdam et reçut une formation rudimentaire. Le reste, elle devrait l'apprendre sur le tas. Ensuite, elle se retrouva dans un avion à destination de l'Afghanistan, puis terrée dans le nord du pays, près de Mazâr-e Sharif, où elle participa à la gestion d'un camp de cinq cents réfugiés du Tadjikistan frappés par le choléra et la fièvre typhoïde. Une véritable épreuve du feu. Des enfants malades de la rougeole, la cornée rongée par le manque de vitamine A. La pneumonie. La malnutrition. Les femmes qui accouchaient là où elles se trouvaient. Elle dut apprendre beaucoup et vite, mais elle avait un don ; les longues journées et le danger ne la dérangeaient pas ; elle ne crut jamais réellement que les Afghans saccageraient un camp de réfugiés. Devoir agir seule ne l'ennuyait pas. Elle aimait les montagnes. Celles-ci étaient magnifiques, et c'est ce qu'elle découvrit à propos de beaucoup des lieux déshérités où elle se rendit : ils étaient d'une beauté à vous couper le souffle. Elle fit quatre pays en six ans. Après quoi, elle rentra chez elle avec, pour seule certitude, celle d'être incapable de mener une vie normale.

Elle retrouva le père dans le fils. Celui-ci franchit le seuil ce soir-là comme un mastodonte pesant, pâle et en sueur, essoufflé, et elle perçut chez lui la même détermination tenace et besogneuse que chez le père. Une sorte de fureur silencieuse. À l'extérieur, ils étaient comme des huîtres rugueuses et grisâtres, l'un comme l'autre. Elle aimait les hommes rugueux. Les durs. Pour peu qu'on arrive à leur faire ouvrir leur coquille suffisamment longtemps, on a une chance d'y découvrir une perle. Comme tout joyau, elle exige des efforts, mais c'était ce que Chika recherchait chez un homme. Elle voulait quelqu'un contre lequel se jeter, aussi solide qu'un mur de pierre, quelqu'un qu'il fallait escalader.

## Du pain aux poules

Ils rentrèrent dans la cuisine s'asseoir à la table en pin fendillée. Une pile de bouées sèches et un rouleau de corde en nylon usé reposaient dans un coin. Chika faisait rissoler de la morue et des pommes de terre dans un poêlon en fer plat. Elle leur servit le repas et toucha son père de façon intime et spontanée, lui posa une main dans le cou en se penchant sur la table, laissa ses mains dans ses cheveux. Ses yeux étaient verts, avec de petites taches brunes sur les iris. Elle avait le teint olivâtre, agissait avec sérieux, parlait vite et savait ce qu'elle voulait dire, portait une paire de lourdes chaussures de randonnée. Vitek, rougissant, enfournait d'énormes bouchées de morue et de pomme de terre. Son père sortit ses documents : emprunt pour le bateau, plan de développement, dossier sur les dépenses publicitaires. Chika l'avait aidé à s'organiser, avait apporté un traitement de texte avec elle et faisait de son mieux pour le seconder. Un sourire dans le regard, elle expliqua à Vitek qu'ils s'en sortiraient s'ils arrivaient à payer les prochaines traites pour le bateau. Il comprit qu'il n'y avait chez elle aucune légèreté. Assis à la table de cuisine dans un nuage de graisse et de fumée noire qui montait du poêlon, au milieu des documents de travail, il se sentait plus à son aise qu'il ne l'avait imaginé. Il savait que quelque chose de fondamental avait changé chez son père, mais il n'arrivait pas à mettre le doigt dessus.

Quand ils eurent fini de manger, Chika débarrassa les assiettes et leur apporta des tasses de café noir et un paquet de biscuits Oreo qu'elle posa au centre de la table. Son père trempa un biscuit dans le café et l'avala d'une bouchée.

« Le crédit n'est pas un péché, dit-il. Il faut emprunter pour investir. Il faut avoir une vision.

– Qu'est-ce que c'est que ces conneries ? dit Vitek. Une vision ? Un rêve, tu veux dire. Un projet utopique et dangereux. C'est ça que tu veux dire ? » Il versa quatre pleines cuillerées de sucre blanc dans son café et ajouta : « C'est la première fois de ta vie que tu emploies le mot *vision*. »

Son père était assis bien en face de la table, les mains posées à plat devant lui. « J'ai un plan de développement, là, répondit-il. Il a fallu que j'apprenne ces choses-là. Il faut parler le langage de ceux qui ont de l'argent. J'ai de l'expérience en mer, là n'est pas la question.

– La publicité est essentielle », dit Chika. Assise à côté de son père, la tasse de café à hauteur du visage, elle observait Vitek.

« La publicité. Et le bouche-à-oreille, dit son père. Il faut se faire une réputation et le reste suit. » Il se pencha et saisit Vitek par le bras. « Je peux faire ce boulot. Tu le sais. Je peux pêcher au gros aussi bien qu'un autre.

– Tu as soixante-trois ans.

– Soixante-trois printemps, répondit son père, avant de le traiter de sceptique en souriant. C'est bien le fils de sa mère », expliqua-t-il à Chika. Il se leva et se dirigea lentement vers l'évier. Il avait un large torse, des avant-bras épais, des mains carrées, et il se déplaçait avec lenteur et détermination sur des hanches et des genoux raidis. Les années passées en mer avaient parcheminé sa peau, et ses cheveux et sa moustache étaient d'un blanc éclatant. Il était plus fort et plus grand que Vitek, qui avait les cuisses molles et les mains dodues de sa mère. Vitek n'avait jamais considéré son père comme un homme tendre, mais, à table, il avait pris les doigts de Chika entre les siens et posé une main sur son épaule tout en parlant. Jamais il n'avait rien fait de tel à la maison. Vitek sirota son café en regardant son père faire couler de l'eau dans l'évier, laver tout seul la vaisselle, puis l'essuyer et la ranger dans les placards. Cela non plus, il ne l'avait jamais fait à la maison.

Vitek se sentait épuisé, ses yeux lui piquaient, et il s'appuya lourdement sur ses coudes. La quincaillerie appartenait au père d'un de ses amis de lycée, Johnny Yanulis, et le job lui avait été donné sans poser de question. Une solution de facilité, offerte sur un plateau. Il y était resté parce qu'il ne voulait pas laisser tomber Johnny Yanulis, s'était persuadé que la quincaillerie était un domaine d'activité essentiel, comme le bâtiment ou la plomberie, ou la pêche, d'ailleurs, une industrie de base. Il comprit par la suite qu'il n'avait jamais eu le courage de se lancer tout seul et fut terrifié à l'idée de finir comme son père. Il avait eu l'intention de retourner à la fac et savait qu'il n'était pas stupide, mais il n'avait jamais trouvé la motivation. L'ambiance de son travail avait quelque chose de rassurant et il aimait l'espace à la fois aéré et fermé de l'entrepôt, les rangées de néons chatoyantes sous lesquelles tout était bien visible. En décidant de ne pas devenir pêcheur, il avait cru prendre une décision rationnelle, mais il savait à présent que cela n'avait rien à voir avec la rationalité et tout avec la peur. Vitek était resté dans la quincaillerie parce qu'il s'y trouvait en sécurité. Au sec, comme dirait son père. Aucun contact avec l'eau.

Son père se rassit en disant : « Chika sauve des vies.

– Sauvait, corrigea-t-elle. C'est fini.

– Tu es croyante ? » demanda Vitek, pensant avoir affaire à une prédicatrice fanatique, quelqu'un qui se serait chargé de son père par charité. Il lui en voulait déjà, avait l'impression qu'elle avait pris soin de son père comme lui-même n'avait pas su le faire.

« Je suis infirmière, répondit Chika. J'ai travaillé avec des réfugiés. Mais c'est fini.

– Elle a fait quelque chose de bien, dit son père. Essayer d'aider les autres. Ça demande un sacré courage, si tu veux mon avis. La plupart des gens n'auraient pas le cran d'aller là où elle est allée, faut dire ce qui est. Raconte-lui, toi. Raconte ça à Vitek. »

Elle prit une gorgée de café. « Il n'y a pas grand-chose

66

à raconter. J'ai commencé en Afghanistan et j'ai continué pendant six ans – deux en Afghanistan, encore deux en Thaïlande, sur la frontière cambodgienne, une autre au Burundi. Et puis, j'étais au Rwanda en 1994. Pendant un moment, j'ai eu l'impression de faire quelque chose d'utile. Ça n'a rien d'exotique ni d'exaltant. Je suppose que j'ai aidé certaines personnes, mais je ne suis pas persuadée que c'était très bénéfique sur le long terme. Tout ça faisait plutôt cautère sur une jambe de bois. » Elle parlait vite et sans détour, en regardant Vitek droit dans les yeux. Rien que de très sensé là-dedans, il le voyait, elle était maîtresse d'elle-même. Elle ne portait pas de maquillage, n'en portait probablement jamais. De toute évidence, ce qu'elle pouvait voir en son père était bien réel, et Vitek, s'agitant nerveusement sur sa chaise, laissa son père remplir sa tasse avec l'épaisse boue noire du fond de la cafetière.

« Un sacré truc, dit son père. Ça me donne l'impression de ne pas avoir fait ma part.

– Tu as pêché, dit Vitek. C'est beaucoup.

– Mais je n'ai pas sauvé de vie. Pas vraiment influencé le cours des choses. Et toi non plus.

– Tu es injuste, dit Vitek.

– Tu vaux mieux que ça. »

Vitek s'excusa pour aller dans la salle de bain, où il laissa une longue parabole d'urine retomber dans la cuvette des toilettes. Il remarqua les cauris polis alignés sur le rebord de la fenêtre, un poster de Miles Davis au biniou, deux brosses à dents, un paquet de rasoirs double lame, du savon aux plantes parfumé à la vanille et trois flacons de médicaments marron avec bouchons de sécurité et étiquettes de pharmacie dactylographiées, ceux de son père, qui contenaient des sachets bleus et blancs de captopril, de furosémide et de Slow K potassium. Le rideau de douche en plastique transparent était agrémenté de poissons tropicaux dans des couleurs primaires. Familial. Voilà l'impression que cela donnait. Sans les médicaments pour le cœur, il aurait pris son père pour un homme beaucoup plus jeune.

Vitek savait que son père voyait juste quant à son manque d'ambition. Il n'avait jamais vraiment rien fait de sa vie, se disait-il parfois, il l'avait regardée défiler en spectateur. Mais il ne voyait pas ce qu'il pouvait faire. Son reflet dans le miroir était immense et pâle, avec des cernes sombres sous les yeux, une bedaine serrée dans sa chemise froissée, les cheveux dressés, comme s'il sortait tout juste d'un violent orage. Il avait le nez fort et les oreilles en feuille de chou qui venaient de la famille de son père, des gens énormes, les hommes comme les femmes, instantanément reconnaissables à leurs oreilles, à leur teint marbré de rouge et à leurs hautes et larges fesses. Des éléphants de mer, voilà comment Vitek les imaginait dans son enfance, énormes, avec une bouche épanouie et des bourrelets de graisse sous-cutanée, malhabiles à terre – mais dans leur élément en mer et sachant se battre.

Certaines femmes s'entichaient de lui sans réserve, avec une passion et une énergie qui le déconcertaient. Il avait compté quatre petites amies en quatre ans, toutes pleines d'assurance et possédant une idée précise de ce qu'elles voulaient au lit. Leur point commun, si elles en avaient un, était d'être des femmes fortes et opiniâtres. Mieux que lui, pensait-il, et qui avaient fait des études correctes. C'était toujours elles qui l'avaient choisi ; lui était toujours le partenaire silencieux. Deux d'entre elles étaient plus âgées que lui, une avait le même âge, une autre était beaucoup plus jeune, et cette dernière était une sorte d'athlète du sexe dont les acrobaties avaient commencé par l'effrayer avant de lui apprendre une chose ou deux, puis de lui donner plus ou moins l'impression d'être un pervers.

Il ne s'était jamais jugé séduisant, ou même à peu près acceptable, à cause de sa corpulence et de ses silences, de son incapacité à parler librement. Mais certaines filles appréciaient ce décalage entre son volume physique et ce qu'elles prenaient pour de la gravité. Vitek se rendait compte qu'elles voyaient dans sa timidité maladroite, dans sa craintive réticence à baisser sa garde, plus qu'il n'y avait réellement. Mais cela lui avait permis de sortir un peu de lui-même. De saisir la différence entre l'amour et le sexe. De s'apercevoir qu'il y avait des choses bien chez lui. Et il apprit, posément, qu'il n'est pas nécessaire d'aimer pour être aimé. Il ne comprenait pas pourquoi ces femmes l'appréciaient, pas plus qu'il ne comprenait pourquoi il les laissait faire.

Vitek repassa dans le salon, une pièce basse de plafond et meublée avec parcimonie d'un canapé violet, d'une table basse carrée couverte de carreaux orange, d'un téléviseur portable posé sur une pile de caisses et d'une haute bibliothèque en pin chargée de livres. Il jeta un œil au dos de deux de ces ouvrages : *The Oxford Textbook of Tropical Medicine* et *Eye Care in Developing Countries*. Il y avait une petite photographie encadrée au mur et il dut s'en approcher pour voir qu'il s'agissait d'enfants africains, des centaines d'enfants formant une foule compacte et qui tous poussaient vers l'appareil photo, des corps bleu-noir, des dents éblouissantes, des yeux fixes. Des yeux pleins d'espoir, pensa Vitek, et désespérés. Ils étaient si nombreux qu'on aurait dit un océan, une marée humaine s'étendant au loin. Il les imaginait pressés les uns contre les autres, ondulant comme la houle dans les profondeurs, roulant comme des vagues vers un lointain rivage.

Chika arriva derrière lui. « Le Rwanda. Des enfants réfugiés. Je l'ai prise à mon départ. C'est le dernier endroit où j'ai travaillé avant de revenir ici et d'arrêter. C'était les enfants que je préférais, mais ils vous brisent le cœur si on ne fait pas attention. »

Ils étaient seuls dans la pièce. « Il faut que je te demande pourquoi tu es là, dit Vitek par-dessus son épaule. Pourquoi ici plutôt qu'ailleurs.

– La vérité, c'est que j'étais au bout du rouleau, répondit-elle. J'ai fait ça trop longtemps et c'était très stressant. Je ne me rendais même pas compte dans quel état j'étais, mais ça ne tournait pas rond. Je n'arrivais pas me détendre, je faisais des cauchemars, je travaillais tout le temps. Je voyais des choses horribles, mais je finissais par devenir insensible.

— Et mon père ?

— Et ton père ? Ce n'est pas un père pour moi. C'est juste quelqu'un que j'ai rencontré et je me fiche de son âge ou du reste. Je l'aime beaucoup.

— Mais c'est mon père.

— C'est juste », dit Chika en s'asseyant au bord de la table basse.

Son père entra alors dans la pièce avec trois autres bouteilles de bière ouvertes et une grande carte marine. Il leur tendit les bières et déplia la carte rigide sur la table basse en lissant soigneusement les plis du plat de la main, comme s'il caressait les flancs d'un animal malade. « Voilà, dit-il. C'est ça qu'il faut que tu voies. Pour te repérer. Comprendre où on est. »

Vitek s'accroupit près de la table basse et regarda les doigts de son père, marron et épais comme des saucisses cocktail, évoluer sur la carte. Les Keys s'effilochaient dans le golfe du Mexique comme l'extrémité d'un fouet, suspendues dans l'eau, minuscule luette dans la grande morsure du golfe, emportées par le courant vers les côtes cubaines. Il suivit des yeux la chaîne d'îles en dessous : Haïti, la République dominicaine, Porto Rico, les îles Vierges et enfin les Bahamas, jetées irrégulièrement et au hasard, comme du pain aux poules – Andros, les îles Bimini, Abaco, Eleuthera, Exuma, Acklins. Il fut frappé de voir la proximité de tout cela, de voir que des cultures entières, des communistes, des dictateurs, des langues et des croyances, n'étaient éloignées que de quelques milles nautiques – toute l'histoire du colonialisme résumée dans la géographie d'une poignée d'îlots.

Son père passa le doigt sur une zone bleue en disant : « C'est là.

— Quoi ?

– Que le Gulf Stream passe dans le détroit de Floride.
Quand on est là, on le sent en dessous de soi. Il fait passer
en un seul jour par ce détroit plus d'eau que dans toutes
les rivières du monde réunies. Il pousse toute cette eau,
jour après jour après jour. Et quand elle arrive sur le plateau continental, ici, elle remonte de la nourriture des profondeurs. Il y a là-bas plus de poissons que tu n'en as
jamais vu. »

Vitek hocha la tête, prit une gorgée de bière, et regarda
l'étendue bleue déserte, rien qu'une référence sur une
carte, un point sur le quadrillage, un à-pic théorique. Le
bord de tout. L'endroit où l'Amérique du Nord disparaissait dans une chute libre de 3 000 m.

Son père frappait la carte du doigt. « Cette eau enrichie
remonte à la surface depuis des profondeurs de 6 000 m.
Une vraie cantine. Les gros poissons viennent se nourrir
– marlin, thon noir, albacore, bonite, tarpon, pompaneau,
tout ce que tu veux. Des dauphins aussi – dauphins à gros
nez, grands dauphins, dauphins tachetés, par là, je les ai
vus.

– On peut relâcher les prises, dit Chika. Préserver la res-
source.

– Je sais où aller, dit son père. J'ai discuté avec des
anciens, étudié le truc. J'ai un peu appris ce que savent les
gens du coin. Je sais où aller. Suffit de trouver des clients
qui me payent pour ça.

– Je te crois, dit Vitek en se levant. Mais tu n'as pas d'argent. »

Son père replia la carte. « Je ne t'en demande pas.

– Il ne veut pas la charité, dit Chika en s'asseyant sur le
canapé violet.

– Et tu t'y connais en charité, hein ? répliqua Vitek.
C'est pour ça que tu es ici, j'imagine, pour t'occuper de
mon père comme d'un genre de réfugié.

– Je suis ici parce que je le veux, répondit Chika. Rien
à voir avec de la charité. »

Son père, debout, tenait la carte devant lui comme une offrande.

Vitek avala sa bière et regarda Chika. « Il est vieux. Il ne sait plus où il en est, c'est tout. Ma mère est très inquiète. Ils sont mariés depuis presque quarante ans, dit-il.

– Ça ne me regarde pas.

– Je vais le ramener à la maison.

– Pense à son projet. Il ne partira pas.

– Bon sang, tu as la moitié de son âge. Tu peux lui dire de partir.

– Je ne lui dirai rien du tout. Il a été malheureux la moitié de sa vie. Je crois que tu ne comprends absolument pas ton père.

– Je comprends qu'il a besoin de rentrer à la maison. »

Son père jeta violemment sa bouteille de bière par terre, mais au lieu de se briser, celle-ci rebondit avec un bruit mat et un flot de liquide blanc mousseux se répandit sur la moquette. Il les considéra tous les deux un moment et sortit. Vitek entendit la porte d'entrée s'ouvrir en grinçant, puis claquer. Chika lui dit qu'il était parti Dieu sait où maintenant et qu'ils ne le retrouveraient pas avant qu'il soit prêt à revenir.

Vitek sortit, traversa le jardin sablonneux et resta sous la rangée de palmiers agités par le vent. Il se sentait gros et mou dans la chaleur, il avait honte de ses jambes blanches et de son ventre lourd. Il leva les yeux vers les feuilles, denses hexagones sombres flottant dans les airs au-dessus de lui. Chika sortit avec deux chaises de cuisine et des bougies antimoustiques en lui disant qu'ils feraient aussi bien d'attendre. Il n'avait pas envie de lui parler. Elle posa les chaises sous les palmiers et alluma les bougies. Celles-ci brûlaient régulièrement avec de longues flammes orange et dégageaient une odeur âcre d'agrume. Elle savait que Vitek essayait d'être un bon fils, dit-elle, d'agir au mieux. Elle espérait que leur relation n'était pas partie sur de mauvaises bases.

Vitek n'avait pas envie de parler, mais il ne pouvait pas

non plus partir. Il prit une chaise et regarda le ciel pailleté, arc miroitant qui semblait à la fois proche et intimidant près de l'océan. Les étoiles lui étaient un ancrage. Quand il était seul le soir, il sortait pour regarder le ciel comme un enfant, se sentait capable de diriger sa vie face à la terrible insignifiance de son propre système solaire. Chika commença à lui parler dans le noir, il se cala en arrière sur sa chaise et regarda les étoiles en panoramique. Les longues flammes des bougies chauffaient faiblement ses jambes nues, il but la bière qu'elle lui avait apportée et se laissa apaiser par l'alcool.

*Boue rouge*

Elle se trouvait dans les montagnes africaines avec quelque quatre cents réfugiés – des personnes déplacées pourchassées par des miliciens armés de couteaux et de fusils. Voilà ce qu'elle lui raconta dans le noir. Elle n'avait pas peur, dit-elle, les grands drapeaux bleus à laurier blanc des Nations Unies qui flottaient au-dessus des bâtiments (autrefois un collège) leur conféraient une sorte d'immunité diplomatique. Ils avaient installé un dispensaire et une cantine dans les locaux de l'école et les gens avaient monté des tentes dans la cour de récréation en terre battue. Le puits foré fournissait suffisamment d'eau potable. Ils avaient de bonnes provisions de riz et d'huile, de fruits et légumes. L'air était très pur dans ces montagnes, fraîches et brumeuses au petit matin et au crépuscule. Le regard portait loin dans les vallées et par-dessus les collines. Tout était d'un vert éclatant. Presque tous les après-midi, il pleuvait une demi-heure, une averse drue, qui s'arrêtait rapidement et laissait le sol fumant ; après la pluie, les arbres semblaient plus verts et plus vifs. Ils collectaient l'eau de pluie dans des citernes en inox envoyées depuis Paris et la conservaient dans de gros réservoirs gonflables. Cette eau, distribuée par des colonnes d'alimentation, servait à la toilette – trois à cinq litres par personne et par jour, la norme internationale.

Bref, dit Chika, ils étaient organisés et il y avait des situations pires que la leur. C'était assez calme. Tout le monde était vacciné contre la rougeole en arrivant et on apprenait aux gens à venir se faire soigner dès qu'ils remarquaient une fièvre, une hyperventilation ou la dysenterie qui sévissait partout à l'époque. Elle-même l'avait eue quatre fois, mais ce n'était pas grave parce qu'ils disposaient d'une réserve de céphalosporines de dernière génération encore efficaces, bien que trop chères pour le pays en temps de paix. C'était le paradoxe, expliqua-t-elle : on avait plus de chances d'être bien soigné pendant une guerre civile que lorsque le pays était en paix.

Deux autres personnes dirigeaient le camp avec elle : Comfort, une infirmière rwandaise venue de la capitale, et un infirmier plus âgé, la soixantaine, qui s'appelait Vince Head. Celui-ci était anglais, avait laissé toute une vie derrière lui, deux mariages, trois enfants à Sheffield, et il cherchait désormais à aller dans des endroits où il serait inaccessible. Mais ils s'entendaient bien et arrivaient à remplir leur mission, aucun problème, tout semblait calme et clair dans ces montagnes.

Ils avaient tous accepté d'aller donner quelques soins pour rendre service au prêtre catholique qui, un jour, avait dévalé la route de gravier blanc sur une vieille bicyclette, suant comme un bœuf dans sa chemise noire et son col romain. Il conservait les signes distinctifs de sa fonction pour des raisons de sécurité, leur dit-il, persuadé que les fauteurs de troubles ne s'en prendraient pas à un homme de foi. Il expliqua que beaucoup de gens apeurés venaient à son église se plaindre de petits maux pour lesquels des soins de premiers secours et quelques médicaments seraient bien utiles. S'ils acceptaient de venir l'aider, il leur permettrait de s'installer dans l'église. Ces gens avaient trop peur pour venir au camp, dit-il, mais ce n'était qu'à une heure et demie de route en vélo, sans doute une demi-heure en Jeep. Tous convinrent que l'idée était bonne. Ils n'imaginaient pas que ceux qui iraient dispenser des soins médicaux courraient un danger, tout semblait plus clair et plus raisonnable que ça ne l'était en réalité. La situation était difficile à évaluer. Ils n'imaginaient pas qu'il y aurait des problèmes, ce qui explique pourquoi ils laissèrent Comfort aller donner ces soins à l'église catholique. Elle partit un dimanche matin dans une des Land Rover chargée de produits de première nécessité et de vaccins conservés dans des glacières. Elle emmena deux hommes du camp avec elle pour l'aider et pour traduire – ils avaient été aides-soignants avant la crise et voulaient se rendre utiles.

Ils avaient un accord, lui dit Chika. Ils n'étaient pas assez stupides ou naïfs pour ne pas avoir convenu d'une heure de retour. Comfort serait rentrée à deux heures, trois heures au plus tard. S'il y avait davantage à faire, elle pourrait y retourner le lendemain ou le surlendemain. Pas question qu'elle passe la nuit seule dans la campagne. C'était l'arrangement, et comme elle n'était toujours pas revenue à trois heures, Chika sut qu'elle allait devoir aller la chercher, même si elle croyait à ce moment-là que ce n'était rien, que Comfort avait oublié l'heure ou qu'elle n'avait pas pu refouler les gens. Au pire, ce serait un problème de voiture. Elle prit leur deuxième voiture, une solide Jeep couverte d'insignes bleus et blancs des Nations Unies, et laissa le camp sous la responsabilité de Vince Head.

La route tortueuse montait lentement au flanc d'une colline escarpée. Elle traversa un village apparemment déserté. Dans le deuxième, quelques personnes erraient ; elle le traversa très lentement, et les gens reculaient en jetant des regards inquiets à la voiture. Elle voyait qu'il y avait quelque chose d'anormal, un truc dans l'air, ça se sent ; elle s'arrêta et baissa sa vitre. Au début, personne ne vint, mais au bout d'une minute environ, un homme d'un certain âge vêtu d'une chemise marron élimée et d'un pantalon maintenu par un bout de corde s'approcha d'elle et resta près de la fenêtre, les bras le long du corps, comme au garde-à-vous, pour lui dire en mauvais français qu'il y avait un problème à l'église et qu'ils savaient qu'il y avait des infirmiers là-bas. Un groupe de soldats, des *militaires*[1], s'y trouvait, dit-il, avec des fusils, et tout le monde s'était enfui. Elle devrait faire demi-tour, lui dit-il, repartir.

Qu'aurais-tu fait à ma place ? Elle posa la question à Vitek sans vouloir ou attendre une réponse. Il restait encore un kilomètre et demi jusqu'à l'église. Elle roula jusqu'à mi-chemin, puis gara la voiture sur le côté dans un bosquet d'eucalyptus et termina à pied. Elle resta à l'écart de la route, traversa de petits champs de maïs, de manioc et de pommes de terre, et quand elle arriva à l'église, ses chaussures étaient crottées de la boue rouge des champs et son pantalon et ses mains en étaient couverts. Voilà ce dont elle se souvenait, de la boue, de sa texture et de son odeur.

Les alentours de l'église étaient complètement déserts, aucun signe de vie dans les maisons, pas d'animaux, pas le moindre bruit. La Land Rover était rangée à côté de l'église, les clés sur le contact, et elle passa instinctivement le bras par la fenêtre ouverte pour les prendre. Une Mercedes noire poussiéreuse était garée en diagonale devant l'église, les deux portières avant ouvertes. Elle se sentait très vulnérable toute seule, mais elle s'approcha de la voiture pour regarder à l'intérieur – sièges en cuir blanc et habillage en ronce de noyer. Le sol était jonché de douilles et de mégots et, sur la banquette arrière, il y avait un fusil. Elle ne croyait pas en avoir jamais eu un entre les mains, raconta-t-elle, elle n'en avait même jamais soulevé par curiosité, mais sans hésiter, elle le prit tout simplement et s'éloigna. Une arme automatique, pensa-t-elle, un gros objet, étonnamment lourd, avec des poignées en plastique rainurées et une large bretelle en toile.

Elle savait qu'ils étaient tous dans l'église. Maintenant

---

1. En français dans le texte.

qu'elle en était proche, elle entendait des bruits. Elle longea le bâtiment. On aurait dit que des gens parlaient à l'intérieur – il y avait quelques fenêtres hautes, grillagées mais ouvertes, et elle entendait des voix. À l'arrière de l'église, elle trouva une porte, pour le prêtre, supposa-t-elle, et cette porte était entrebâillée. C'était là qu'elle s'était arrêtée, dit-elle à Vitek, parce qu'elle ne savait pas quoi faire, s'il fallait entrer avec le fusil, s'il fallait entrer tout court. Peut-être que tout allait bien. Elle ne voulait pas gaffer en entrant avec ce fusil dans les mains, aggraver encore la situation. Il avait alors commencé à pleuvoir. Une de ces averses torrentielles de l'après-midi, avec de grosses gouttes qui tombaient lourdement sur les mains et le visage. Il faisait sombre d'un seul coup, avec l'arrivée de ces nuages noirs, et la pluie et l'air rafraîchi la décidèrent à pousser la porte.


## Atteinte tritronculaire

Ils restèrent sous les palmiers jusqu'à minuit, après quoi Vitek sortit son sac marin de la voiture et laissa Chika lui montrer la petite chambre d'ami. Elle écarta des piles de caisses et deux moteurs hors-bord sur des billots, puis posa un drap et une couverture sur l'étroit lit à une place dans un coin de la pièce. Son père n'avait pas donné signe de vie. Vitek s'endormit instantanément et fit des rêves agités et colorés dont il ne se souviendrait pas.

Il se réveilla tôt le lendemain matin, la bouche pâteuse et hors d'haleine, pour découvrir son père debout au pied du lit. Il faisait encore nuit. Son père se tenait comme une apparition, encadré par la lumière du couloir derrière lui, et il avait l'air d'un fou. « Viens faire un tour en bateau, dit-il à Vitek. Profitons-en. Que tu aies l'occasion de le voir à l'œuvre.

– Tu te sens bien ? demanda Vitek.

– Très bien. Je vous remercie de vous inquiéter pour

moi, tous les deux. » Il portait sa salopette de pêche orange. Il avait mis de l'essence dans le bateau, chargé quelques provisions achetées au E-Z Mart et dormi là-bas, sur l'eau. Il avait déjà réveillé Chika. Elle arriva derrière lui en bâillant, les yeux ensommeillés, vêtue d'une grande veste.

« Il est tôt, dit-elle.

– Pas tant que ça, répondit son père en retournant à la cuisine. Prenez des vêtements chauds et allons-y. Tout est calme. Je fais du café. »

Vitek aurait dû dire quelque chose à son père, l'arrêter, lui dire qu'il n'avait rien à prouver. Mais il ne dit pas un mot. Ils allèrent au bateau. Dans l'obscurité, c'était un énorme mastodonte blanc, plus grand que dans les souvenirs de Vitek. Son père lui montra les cabines et l'équipement de navigation, s'accroupit pour lui faire remarquer la qualité du travail de menuiserie dans la coquerie. Vitek sentait son haleine chargée d'alcool.

Son père prit la barre et s'engagea dans le port en accélérant ; l'eau scintillait sous les lumières orange du port. Le moteur grondait sous eux, rauque et étonnamment silencieux dans le silence du petit matin. La ligne mince et pâle de l'aurore s'éclairait à l'horizon. Chika descendit dormir. L'eau noire étincelait de phosphorescence verte alors qu'ils s'éloignaient doucement de la côte.

Vitek se tenait sur le pont, silencieux et immobile, envahi d'émotions, ramassé comme un tampon de paille de fer. Il resta muet et soucieux quand il aurait fallu dire quelque chose, les dents serrées et les mains ballantes comme des biftecks. C'était sa première sortie en mer depuis l'âge de douze ans. Le temps ralentit sa course. Il commença à fumer cigarette sur cigarette, les sortant du paquet comme des bonbons. Il regarda le soleil monter au-dessus de l'horizon, doux rayon rouge et violet qui se dilata en une lumière blanche aveuglante. Tout était clair et net dans la lumière du matin : les remous sur la proue ;

le bois poli du gouvernail ; les poils noirs sur le dos de ses mains blanches.

De la clarté, voilà ce qu'il lui fallait. Il se sentait embourbé. Davantage comme le père que comme le fils, écrasé par un sentiment de responsabilité dans lequel il s'enlisait. En pleine mer, il prit conscience que son père avait concrétisé ses rêves improbables, aucun doute là-dessus. Les rêves de son père étaient clairs et tangibles : le bateau puissant ; les frissonnants rideaux d'eau froide sur la proue. Et pourtant, il s'aperçut qu'il lui en voulait de ce qu'il faisait, de son imprudence, de ses dettes. Tout ça à crédit. Rien de réel. Rien de certain.

Une heure plus tard, son père ralentit, coupa les gaz et laissa le bateau dériver dans le courant. Le calme tomba brusquement. Les vapeurs âcres du diesel des moteurs flottaient dans l'air. Vitek scruta l'eau comme s'il y avait eu quelque chose à voir.

« C'est ici, dit son père. Le Gulf Stream.

– Tu veux dire que tu veux pêcher ? On n'est pas obligés.

– C'est un bateau de pêche. Rien de plus naturel que d'y pêcher. Je suis là pour ça.

– J'aime bien ton bateau.

– Je vais te dire ce que c'est, ce bateau, répondit son père. C'est un morceau de liberté. Si je voulais aller à Cuba, je pourrais. Si je voulais aller sur n'importe quelle île du monde, je pourrais.

– Je ne peux pas dire le contraire.

– Ici, on ne se sent pas vieux.

– Je vois ça.

– Je vais nous chercher à boire.

– Je n'ai pas besoin de boire, dit Vitek. Il est trop tôt.

– Mais moi, j'ai besoin de boire et toi, tu as besoin de fêter ça.

– Fêter quoi ?

– Le fait que ton vieux père se trouve ici, mon garçon. Ici et nulle part ailleurs. »

Son père descendit. Le bateau tanguait doucement sur la houle. Il remonta sur le pont avec une bouteille de pur malt et deux gobelets en plastique. Il versa une mesure de whisky dans chaque verre et en tendit un à Vitek.

« Cuba est par là, dit-il. Pas loin. Du moment que je peux aller à Cuba, je peux aller pratiquement n'importe où. » Vitek prit une petite gorgée. Son père but rapidement et des gouttes de whisky lui coulèrent sur le menton. Il s'assit sur la chaise de pêche et garda la bouteille sur ses genoux comme s'il s'agissait d'une chose vivante.

« Mais tu n'as pas envie d'aller à Cuba, dit Vitek.

– Bien sûr que non. Mais c'est juste l'idée. Je pourrais. J'en ai la capacité.

– Ce n'est pas dangereux ici ?

– Absolument pas.

– Rentrons.

– Reconnais que l'océan est magnifique, le matin.

– Il est magnifique quand il est calme.

– Le calme est un état d'esprit. Moi, je suis très calme.

– On devrait y aller.

– Tu vois, tout est possible avec un bateau comme ça, dit son père en se resservant un whisky.

– J'imagine.

– Prends un autre verre.

– Je crois qu'on devrait rentrer. »

Vitek finit sa cigarette et en alluma une autre.

« Tu es devenu réaliste, dit son père. C'est ce que j'ai toujours été. Réaliste. » Il se leva, déboutonna sa salopette de pêche, remonta son pull et sa chemise et désigna la fine et longue cicatrice qui courait du milieu de sa poitrine jusqu'à la base de son cou. Une cicatrice luisante et blanche sur sa peau bronzée.

« Une opération à cœur ouvert. C'est tout ce que j'ai récolté, avec mon réalisme. À essayer de joindre les deux bouts, à travailler tous les jours. Regarde-moi ça.

– Je sais, répondit Vitek.

– Souviens-toi de ça. J'ai travaillé chaque jour de ma vie, tout ça pour une opération à cœur ouvert. Voilà ce que j'ai gagné à être réaliste. Que dalle. Point final. Que dalle. » Il resta là, à relever sa chemise comme il aurait brandi un tableau pour le faire admirer. Cinq ans plus tôt, il était rentré d'un voyage en mer avec une douleur atroce à l'épaule et à la mâchoire et on l'avait fait passer sur le billard dans les vingt-quatre heures. Atteinte tritronculaire, avaient dit les docteurs, les artères encrassées comme des tuyaux. Sans l'opération, il y serait resté.

« Une revanche, voilà ce que c'est, ce bateau. Une revanche.

– Ce n'est pas de ma faute.

– Je ne dis pas que c'est de ta faute. J'essaye de t'expliquer. De clarifier les choses. Si tu ne t'occupes pas de toi, personne ne le fera. Je n'étais pas heureux à la maison.

– Tu n'étais pas malheureux.

– Mais je n'étais pas heureux.

– Personne n'est heureux. Complètement heureux. C'est comme ça. Tout le monde fait des choix dans la vie. Maman est restée longtemps avec toi.

– Elle est contente que je sois parti.

– C'est faux.

– Demande-lui.

– Certainement pas.

– Tu devrais. Je lui ai rendu service. Elle est libre de faire ce qu'elle veut – je ne l'oblige à rien. Je l'ai eue sur le dos depuis la mort de tes frères. Elle me reprochait ce qui leur est arrivé.

– C'est faux.

– Demande-lui.

– Non. Ça remonte à des années.

– Elle pense que je les ai tués, tes frères. Elle me tient pour responsable. Essaye un peu de vivre avec ça pendant vingt ans. C'est à cause de tes frères qu'elle m'a obligé à continuer la pêche. »

Son père rabaissa sa chemise et jeta son verre par-dessus bord. Vitek écouta le clapotis de l'eau contre le flanc du bateau. Une brise légère lui ébouriffa les cheveux. Il frissonna et enfonça ses mains dans les poches de sa veste. L'eau bleue le remplissait de crainte.

« Ils ne vont pas me laisser garder le bateau, dit son père

– Je sais. »

Vitek prit la bouteille de whisky à son père et la garda à côté de lui.

« Je ne peux pas payer. Je ne peux pas trouver cet argent. C'est trop pour moi.

– On n'y peut rien.

– J'aurais dû être plus fort. Plus énergique. J'ai été faible.

– Ça aurait été difficile pour n'importe qui.

– J'ai été faible.

– Ce n'est pas grave. »

Il mentait. C'était grave. Il ne supportait pas de laisser son père perdre une chose aussi importante à ses yeux. Il savait que sa mère lui avait reproché la mort de ses frères. C'était dans ce qu'elle taisait, dans ses silences, dans son refus absolu d'aborder le sujet. Masqué sous l'inconditionnel sens du devoir qu'elle avait manifesté à son égard pendant toutes ces années, comme s'il payait une sorte de dette par son travail pénible et monotone.

Trois jours après le naufrage, son père descendit du bateau et rentra directement à la maison. Il était encore en tenue de pêche, mal rasé, le visage rougi par le soleil et le vent, les mains larges comme des assiettes à dessert. Vitek s'enferma dans sa chambre et écouta les voix de ses parents dans la pièce du dessous. Il regardait le clipper. Une heure plus tard, son père frappa à sa porte, entra et s'assit sur son lit. Il semblait complètement déplacé dans cette petite pièce aux murs blanchis à la chaux et aux couleurs pastel, et il dégageait une odeur aigre de poisson, comme un objet rejeté sur le rivage après une tempête. Les yeux baissés, il posa ses mains sur ses genoux et dit à

Vitek qu'il ne lui permettrait jamais de devenir pêcheur. Jamais il ne le laisserait faire ça, pas l'ombre d'une chance. C'était une vie horrible, une cause de grand malheur, regarde un peu ce qui est arrivé à la famille. Vitek, debout près de la fenêtre, regarda son père, acquiesça et répondit que ce n'était pas grave. Cette nuit-là, il décrocha le tableau du clipper de son mur et le glissa sous son lit. Il ne supportait plus de regarder la mer, même la représentation qu'en avait donnée un artiste, statique et pâlissante derrière un verre poussiéreux.

C'était comme ça, et, plus tard cette année-là, son père l'emmena à la pêche au homard dans le froid glacial d'un matin de septembre. Vitek fut heurté par la noirceur de l'océan, le froid cruel, le mordant de la corde et des casiers à homards contre sa peau, l'odeur fétide de poisson et d'eau-de-vie sur les hommes. Son père travaillait ferme, les pieds bien campés sur le pont. Les homards étaient durs et gris quand ils sortaient de l'eau noire. Vitek essaya de se rendre utile, glissa sur le pont humide et s'écorcha les mains jusqu'au sang. Son père le prit à l'écart et lui parla dans le noir, adossé à la timonerie : « Tu n'es pas obligé de faire quoi que ce soit. Tu n'es pas là pour aider, petit gars. Je ne veux pas que tu aides. C'est pour te montrer comment c'est, ici. Je sais que c'est horrible, tu vois. Et maintenant, toi aussi, tu le sais. Je le fais, mais je sais que c'est horrible. Je me demande tous les jours comment quitter ce bateau. Tu m'entends ? Tous les jours. »


Son père attacha un seau en plastique au bastingage avec un bout de corde en nylon, puis le jeta par-dessus bord, le remplit d'eau de mer et le remonta sur le pont. Il dégrafa sa salopette, l'ôta, puis enleva son pull, sa chemise et son pantalon. Debout en sous-vêtements sur le pont nervuré, il se renversa le seau sur la tête dans un cri. Il sortit un morceau de savon de sa boîte à outils de pêche, se lava entièrement, puis jeta à nouveau le seau par-dessus bord et se rinça avec une nouvelle douche d'eau salée. Son torse et son dos étaient légèrement bronzés et couverts de poils blancs. Il se sécha avec une serviette. À la poupe, Vitek, fatigué et énervé par les cigarettes, sentait la chaleur des moteurs. L'eau clapotait contre le tambour des machines. Ils flottaient sur le Gulf Stream, se déplaçant vers le nord-est à la vitesse à peine perceptible de deux nœuds. Vitek prit une grande inspiration et remplit le seau. Il le posa au soleil sur la proue, se déshabilla et se renversa l'eau glacée sur la tête. Le souffle coupé, il frissonna au soleil, regarda le bout de ses doigts bleuir, puis répéta l'opération et remit ses vêtements secs. L'eau lui éclaircit les idées et il se sentit frais et dispos.

Chika faisait cuire des œufs, des tomates et des saucisses sur un brûleur à gaz dans la coquerie. Elle avait fait griller une miche de pain coupée en tranches. De merveilleuses odeurs flottaient dans l'air frais. Son père prépara un litre de café brûlant, dans lequel il ajouta et touilla plusieurs cuillerées de sucre blanc. Ils montèrent le repas et le café sur le pont et s'installèrent au soleil. Vitek, surpris de son propre appétit, engloutit de grosses bouchées d'œufs et de saucisses enveloppées dans des morceaux de toasts croustillants. Il épongea la graisse de porc avec du pain, fit descendre le tout à grandes gorgées de café, et le repas et la chaleur qui montait sur le pont le calmèrent. Une brise apaisante soufflait du sud et la mer était belle. L'eau d'un bleu profond miroitait de triangles de lumière réfractée.

Son père monta ses lignes à marlins. Il utilisait des lignes de 130 livres, en doublant les deux derniers mètres pour une meilleure résistance. Il attacha les lignes aux émerillons à l'aide de nœuds d'émerillon, se servant de moulinets 80 W sur des cannes de pêche au gros. Au bout des lignes, il fixa ses leurres artificiels, de gros leurres qui, à la surface de l'eau, ressemblaient à des bonites. Ces leurres dissimulaient d'énormes hameçons. Vitek regarda les mains de son père nouer les lignes. Entre ses gros doigts à la peau épaisse, tout semblait petit. Il manipulait la ligne avec une dextérité et un soin surprenants, la tenait comme s'il s'agissait de cheveux humains. Il en monta sur leurs cannes et les installa à l'arrière du bateau. Il sortit ensuite deux gaffes, qu'il posa sur le pont. Il s'arrêta pour manger une assiettée d'œufs et de saucisses, puis se cala dans son fauteuil et sirota son café, le visage au soleil.

« Je parie que tu n'aurais jamais imaginé me voir ici, dit-il.

– Probable.

– Quand je suis là, j'ai l'impression d'avoir vécu toute ma vie dans le noir.

– Ça n'a pas l'air réel.

– Si tu peux donner un coup de pied dedans, c'est bien réel. Vas-y, tape. »

Chika éclata de rire et Vitek rit en écho, parce qu'il était en pleine mer, par un matin radieux, avec son père. Ils aperçurent alors deux ou trois autres bateaux de pêche, plus au sud, qui longeaient le plateau continental. L'un d'eux avait un problème de silencieux et son moteur pétaradait bruyamment. Un bateau long et bas sur l'eau. Des sternes et des frégates passèrent au-dessus d'eux et survolèrent l'eau en direction du sud. Un banc de petits poissons argentés fila en chatoyant à la surface. Les oiseaux plongèrent pour les attraper.

« Il y a du poisson, dit son père. C'est là-bas qu'il faut être. »

Son père fixa ses quatre lignes et démarra le moteur pour longer doucement le plateau continental jusqu'à l'endroit où ils avaient vu les oiseaux. Les leurres se déployaient en éventail derrière le bateau. Chika débarrassa le petit-déjeuner et revint sur le pont en short et tee-shirt. Ses jambes étaient minces et blanches. Ils dépassèrent le bateau au moteur bruyant et aperçurent trois hommes coiffés d'un grand chapeau de paille penchés sur le moteur avec des outils. Les hommes les saluèrent de la main et son père leur répondit. De fins embruns frais se posaient sur le visage de Vitek, et dans l'eau et l'air limpide la nuit lui semblait plus lointaine.

Chika, debout à côté de lui, se passa une main dans les cheveux. Dans la lumière vive, elle faisait davantage que ses trente ans. Ses joues creuses portaient des cicatrices d'acné. Elle avait de profonds cernes gris sous les yeux. Vitek pouvait l'imaginer en vieille femme. Il émanait d'elle une impression de solidité, une espèce de loyauté déta-chée, une conviction née, il le savait, de l'amour. « Tu sais, tu peux le ramener chez lui si tu veux, dit-elle. Si c'est important pour toi. Si c'est ce que tu veux. Ramène-le chez lui. »

*Une clé de Land Rover*

Il faisait froid derrière l'église, lui raconta Chika, et som-bre. Elle dut rester là quelques minutes avant de pouvoir distinguer quoi que ce soit et elle avait peur, tellement peur que ses intestins se relâchaient. Le fusil pesait entre ses mains et elle le passa en bandoulière autour de son cou avec la bretelle de toile. Elle traversa une pièce sombre meublée d'une table et de quelques chaises, franchit une autre porte et un petit couloir avant de se retrouver au fond de l'église elle-même. La pluie martelait le toit en fonte comme une cascade de roulement à billes, et elle s'en réjouissait car cela masquait les bruits ; la situation perdait ainsi de sa réalité et il paraissait plus facile de rester invisible.

Elle s'accroupit pour se cacher. Au milieu de l'église, quatre hommes armés en uniforme vert braquaient leurs fusils dans différentes directions. Ils semblaient fous, elle le voyait, prêts à commettre un acte terrible. Le prêtre, debout, leur parlait, ou essayait. Il employait un dialecte qu'elle ne comprenait pas, et elle en fut surprise, mais les hommes armés paraissaient l'écouter. Une centaine de personnes, assises au sol, absolument silencieuses, regardaient le prêtre qui parlait aux soldats.

Comfort, assise derrière l'une des tables de soins qu'ils avaient installées, observait les hommes en armes. Les deux aides-soignants qui l'avaient accompagnée se trouvaient par terre devant les tables, en blouses blanches sales. Ces blouses, dit Chika, semblaient incongrues, déplacées dans cette église sombre entourée de champs couverts de toute cette boue rouge.

Que pouvais-je faire, demanda-t-elle, qu'aurais-tu fait à ma place ? Tous ces gens dans cette église et Comfort, son amie, et les deux aides-soignants. Bien sûr, elle avait vu beaucoup de morts, lui expliqua-t-elle, mais jamais des gens qu'elle connaissait. C'était différent quand les victimes potentielles étaient des gens qu'on connaissait. Lorsqu'elle y repensait après coup, elle entrait dans une fureur noire, et elle se voyait prendre ce fusil, le lever et se précipiter dans l'église en tirant. Elle le fit encore et encore dans sa tête – abattre ces soldats avec ce fusil.

Accroupie au fond de l'église, elle se sentait en état de choc et hors d'haleine, comme prostrée. Incapable du moindre geste. Assise là, elle perdit un instant la notion du temps, puis eut tout simplement envie de disparaître. Les choses étaient plus faciles si elle imaginait qu'elle était invisible. Elle avait l'impression d'être restée là très longtemps, mais en réalité cela ne pouvait pas avoir duré plus de quelques minutes. Elle fit demi-tour pour ressortir de l'église, puis s'éloigna au petit trot sur la route. Elle les abandonna là, tous ces gens, le prêtre, les aides-soignants et son amie Comfort, et retourna à la voiture. Elle jeta le fusil dans un champ, le recouvrit à coups de pied d'un peu de la lourde boue rouge et le laissa là. Elle avait encore la clé de la Land Rover de Comfort dans la poche et l'oublia totalement pendant plusieurs heures. Elle se trouvait dans un état d'hébétude déterminée, la tête vide. Elle regagna sa voiture et vomit jusqu'à ce que son estomac se soulève à sec et que tout sente le vomi. Puis elle redescendit au

camp par cette route sinueuse, très lentement, très prudemment. Elle n'avait pas le moindre souvenir du trajet
lui-même. Elle n'en revenait toujours pas de ne pas être
partie dans le décor.

Elle raconta à Vince Head et aux autres qu'elle n'avait
pas pu aller jusqu'à l'église, qu'elle avait été arrêtée par
des villageois, que la route était barrée. Elle mentit sans
vergogne, prétendit qu'il ne s'était rien passé, affirma à
tout le monde qu'elle était certaine que les gens de l'église
allaient bien. Elle passa une nuit blanche, incapable de
fermer l'œil. Puis tout sembla rentrer dans l'ordre puisque, tôt le lendemain matin, Comfort et les aides-soignants
revinrent effectivement, indemnes, après avoir passé la
nuit chez le prêtre. Naturellement, les clés de la Land
Rover avaient disparu et ils avaient dû rentrer à pied. En
fin de compte, le prêtre avait convaincu les hommes armés
de les laisser tranquilles contre de l'argent. Il considérait
cela comme une sorte de triomphe de la vertu et de la
foi. Comfort leur dit qu'ils n'avaient jamais couru de réel
danger, mais Chika avait été là-bas et elle savait que c'était
faux.

Elle savait avec certitude qu'elle avait échoué, profondément, dit-elle à Vitek, parce qu'elle n'avait pas tenté de
sauver ces gens quand elle en avait eu l'occasion. Elle avait
commis un acte inexcusable qu'elle ne pouvait tolérer,
qu'elle n'accepterait pas des autres et n'acceptait pas
d'elle-même. Rien n'a vraiment d'importance, dit-elle, rien
du tout, sauf ce qu'on fait en ces rares instants où l'on doit
se mettre en danger pour les autres, surmonter sa peur.
C'est la seule chose qui compte et, si on n'en est pas capable, il faut arrêter de prétendre qu'on le fera. Échouer
n'est pas grave, lui dit-elle, elle en avait conscience. L'important, c'est d'essayer, de faire de son mieux. C'est la
seule chose qui rende l'échec acceptable.

Elle avait arrêté – elle était restée dans ce camp de montagne le temps de finir son contrat, n'en avait pas signé
d'autre et avait arrêté. Elle était venue sur la côte parce

que cela semblait provisoire, pas vraiment ferme, et qu'à l'époque elle avait besoin de rester dans le provisoire. Elle avait alors rencontré son père et, d'une certaine manière, il l'avait apaisée, lui avait donné une sorte d'ancrage. Il semblait tellement sûr de ce qu'il avait à faire.

Elle avait encore la clé de la Land Rover et, assise là sous les palmiers, au milieu des bougies antimoustiques, elle la lui montra. Elle était suspendue à son cou par une chaîne. Elle la sortit de dessous son tee-shirt et la garda sur sa paume ouverte. Dans la lumière jaune tremblante des bougies, la clé lançait des éclairs. Elle me rappelle qu'il faut être plus forte, expliqua-t-elle, renoncer à une part de soi-même pour être utile, se défaire de ses peurs. La peur, une réaction qu'elle voulait dépasser. Son père affrontait sa peur mieux que la plupart des gens en réalité, et cela méritait le respect.

## Un tas de bibles

Le pont du bateau de pêche était d'un blanc éclatant sous leurs pieds. Vitek se tourna vers Chika et lui dit : « J'ai de l'argent de côté, en fait. Je ne lui ai pas dit. Je peux lui donner. Je veux le dépanner, si je peux. » Le soleil brillait dans ses yeux, scintillait et miroitait sur les vaguelettes.

« Je pense qu'il ne le prendra pas », répondit Chika dans un sourire. Son père, au gouvernail, les regardait, les cheveux rejetés en arrière par le vent. Il était dans son élément, en pleine mer.

« Je le forcerai à accepter, dit Vitek.

– Tu ne peux pas le forcer. »

Vitek ôta alors ses tennis, sentit le pont en fibre de verre grumeleuse et fraîche sous ses pieds et éprouva un sentiment d'insouciance qui lui était inconnu. Il se hissa sur le bastingage de la poupe. Chika le regarda en lui demandant ce qu'il faisait. Il se serait arrêté si elle le lui avait demandé, mais elle ne dit rien. Il leva les yeux au ciel, loin de l'eau. Son cœur battait la chamade. Au bord du bateau comme au bord d'une falaise, il déclara : « Je vais me rendre utile. »

Il se sentait plus léger qu'il ne l'aurait dû, debout à cette hauteur sur le bastingage, incroyablement grand et dominant, comme s'il se trouvait sur le clipper de son enfance, filant vers quelque destin. La houle roulait sous lui en gros coussins lents qui l'élevaient vers le ciel puis le laissaient retomber. Il lâcha prise.

Vitek ramena ses genoux sur sa poitrine en sautant. Il connut un instant d'euphorie, une sensation enfantine, un sentiment d'extase, quelque part entre le saut et le contact de l'eau, peut-être juste avant de crever la surface. L'eau froide se referma sur lui, l'engloutit et il eut un instant de panique, le souffle coupé. Il sombra ensuite sous la surface, regarda le ciel bleu laisser place à un voile flou saturé de lumière bleu-vert et vit le fond du bateau, la silhouette dansante de Chika penchée sur le bastingage, ses propres jambes qui flottaient devant lui. Il continua, eut l'impression qu'il pourrait couler longtemps, s'aida de ses bras pour descendre et, en quelques secondes, se sentit à nouveau plein de chaleur et d'énergie. Il coulait toujours. La coque du bateau se fit légèrement plus petite. Il ressentit un indescriptible sentiment de liberté. Tout est arbitraire, pensa-t-il, et, lorsqu'il éprouva le besoin de respirer, il s'arrêta, leva de nouveau les yeux vers la lumière, chaud et lucide, et décida de regagner la surface. Il se laissa lentement remonter, dans l'eau froide, ses bras dessinant des huit devant lui. Il monta dans la lumière incandescente, regarda le vide absolu en dessous, ne ressentit aucune peur et troua la surface, de minuscules arcs-en-ciel d'eau salée tournoyant devant ses yeux. Il se trouvait à une centaine de mètres du bateau de son père. Une brise soufflait sur l'eau et en ridait la surface. Vitek agita les bras en l'air, d'abord lentement, puis plus vite. Il sut alors qu'il ne ramènerait pas son père à la maison.

Il est remarquable, lui avait dit Chika dans l'obscurité, que toute notre vie puisse se résumer à quelques moments-clés. Au fond, tout tient à un quart d'heure par-ci, un quart d'heure par-là, à ces instants où nous sommes vraiment mis à l'épreuve, où nos actions ont réellement une portée. Le reste du temps se passe seulement à attendre le jour où on aura besoin de nous. Elle avait compris ça dans cette église africaine, continua-t-elle. Il faut savoir saisir ces instants quand ils se présentent. Le lendemain du retour de Comfort et des autres, ils étaient tous retournés à l'église avec un double de la clé pour récupérer la Land Rover et la ramener au camp. Les gens avaient fait leur réapparition dans les villages, les enfants couraient sur la route et jouaient devant les maisons. Chika était rentrée dans l'église et y avait trouvé un jeune garçon en train de jouer par terre avec un tas de bibles. Il avait de grands yeux et des bras fins. Quand il avait levé les yeux vers elle dans la pénombre de l'église, dit Chika, elle avait pleuré pour la première fois, comme un bébé, parce que cet enfant avait quelque chose de terriblement innocent et que cette innocence, elle le savait, ne durerait pas.

Elle lui avait confié ses secrets. Vitek avait les siens. Il savait qu'il s'était produit un déclic dans sa tête d'enfant de douze ans la nuit où ses frères avaient disparu, un déclic aussi insaisissable que les eaux tumultueuses qu'il voyait par la fenêtre de sa chambre. La nuit où ils apprirent la nouvelle, alors que son père était encore en mer et sa mère inconsolable, il sortit tout seul dans la nuit humide. Il descendit la côte par des rues devenues glissantes sous la pluie glacée. Sur le quai, il observa les bateaux amarrés dans le port, formes indistinctes, floues devant ses yeux. L'eau noire, le froid métal des bateaux, ce qui se cachait en dessous, tout cela le terrifiait pour la première fois. Il resta sous la pluie, qui détrempait sa veste en toile, coulait en ruisselets froids dans son cou et sur sa poitrine. En y repensant, il avait l'impression d'être resté figé là, piégé dans cet instant, en quête, dans l'obscurité de ce port, d'une certitude qu'il n'avait jamais été capable de découvrir. Cet instant était devenu partie intégrante de lui-même.

Ils le remontèrent sur le bateau, dégoulinant et tremblant. Des sternes noires dansaient dans le ciel. Il faisait chaud sur le pont et son père l'observa attentivement, s'abrita les yeux de la main et lui demanda s'il se sentait bien. Chika lui tendit une serviette en riant. Vitek posa une main sur l'épaule de son père, maladroitement, légèrement, une grosse patte rouge tremblante de froid, et il eut la sensation que sa vie s'était écoulée à côté de lui comme un torrent. Pourquoi avait-il sauté ? Lui-même se comprenait difficilement. Il avait l'impression d'avoir sauté à travers une baie vitrée, d'avoir anéanti une sorte de barrière transparente.

Il voulait leur dire à tous les deux qu'il comprenait pourquoi ils étaient là, qu'il les comprenait *eux*, mais aucun mot ne sortait. Il regarda Chika et rit de ses propres larmes, qui montaient maintenant au coin de ses yeux. Il se souviendrait de l'eau froide gouttant sur le dessus de ses pieds, de la fibre de verre rugueuse sous ses orteils, de l'eau salée et âpre dans sa bouche. Qu'y avait-il à dire ? Il frissonna et ferma les yeux. Les yeux clos, il se vit debout dans cette église africaine avec l'enfant aux bras maigres. Il savait ce qu'il avait à faire. De ses lourdes mains rouges, il souleva cet enfant, le prit dans ses bras, le serra fort et lui dit de regarder les étoiles, de ne pas quitter des yeux ces lointaines galaxies, parce que chaque point de lumière est un vœu formulé il y a un million d'années, et que c'était à portée de main, oui, à portée de main.

# Quelques notes sur les papillons tropicaux

## 1. *Danaus plexippus* : le papillon monarque

Hier soir, Maya s'est encore enfermée dans la salle de bains avec son numéro du *New England Journal of Medicine*. Elle aime apprendre par cœur les articles les plus intéressants pour les citer à ses patients. Elle se passionne pour les petits détails, les informations minuscules, les cartes, les diagrammes et la tortueuse anatomie des douze paires de nerfs crâniens de l'homme. Maya passe des moments de plus en plus longs enfermée dans la salle de bains et je sais qu'elle a pleuré parce que la corbeille se remplit de mouchoirs. Sa décision de devenir neurochirurgienne s'explique en partie comme une tentative pour maîtriser le monde environnant, qu'elle juge incontrôlable. C'est l'ultime mise à l'épreuve de sa capacité à conserver son sang-froid devant des situations cliniques difficiles et souvent dangereuses. Elle s'est tellement immergée dans sa connaissance des détails qu'elle n'a pas une perception correcte de ce qui se passe dans sa propre vie. Je sais qu'elle a besoin que je vienne vers elle, mais j'en suis incapable. Elle ne comprend pas combien elle m'a blessé et je me renferme sur moi-même dès que nous sommes ensemble.

Au dîner, je l'ai regardée manger du *chow mein* en guettant l'occasion de dire quelque chose sur ce qui nous est arrivé. C'est l'automne, ma saison préférée, et j'ai fait remarquer que les monarques du centre du Texas allaient bientôt entamer leur migration annuelle. Ces papillons extraordinaires suivent la sierra Madre orientale en direction du sud, croisent le tropique du Cancer, puis tournent vers l'ouest au-dessus des montagnes néo-volcaniques du Mexique.

« Tu ne pourrais pas oublier les papillons pour changer ? m'a-t-elle répondu.

– C'est juste que ça m'intéresse. Ils sont vraiment fascinants.

– On n'en serait pas là si tu t'intéressais davantage aux enfants.

– Je ne suis pas prêt, ai-je répondu en me concentrant sur mon dîner.

– Toi, peut-être. Mais moi, si. J'ai déjà trente-huit ans et ça n'est pas en voie de s'arranger. Pour toi non plus. »

Maya a vingt ans de moins que moi et nous étions passionnément amoureux lorsque nous nous sommes mariés. Elle était interne et travaillait pour moi dans le cadre de son stage en service de chirurgie. Notre liaison faisait tellement cliché (l'éminent chirurgien d'un certain âge et la jeune femme ambitieuse) que nous avons gardé le secret pendant trois ans. Le côté illicite de cette relation lui plaisait. Pendant des mois, nous nous sommes retrouvés dans le laboratoire de pathologie les soirs où nous étions tous les deux de garde – nous avons appris à nous connaître au milieu de bocaux étiquetés « Poumon humain normal » ou « Vésicule biliaire : cholécystite chronique ». Ce laboratoire était le seul endroit où nous pouvions être seuls et nous n'y étions jamais dérangés. Il régnait là un calme étrange – celui d'une profonde forêt de pins où l'on n'entend que son propre souffle.

Avant Maya, j'avais eu plusieurs liaisons avec des femmes de mon âge. Des relations tranquilles et simples, pleines de silences complices, de dîners paisibles et d'escapades d'un week-end. Mais je n'étais jamais amoureux et je ne m'étais jamais marié. J'avais donné la priorité absolue à mon confort et je ne voulais pas être trop proche de qui que ce soit. Mais lorsque j'ai vu Maya en masque chirurgical et calot de papier bleu, j'ai été ébloui pour la première fois de ma vie. Elle était différente, je ne saurais dire exactement en quoi. Maya avait l'air d'avoir des secrets. Elle était totalement autonome. C'est cette espèce d'isolement qui m'a touché.

Hier soir, après un silence pesant seulement troublé par le bruit que nous faisions en aspirant notre soupe *wonton*, je lui ai dit : « On devrait peut-être essayer de mettre un bébé en route, cet été.

– Tu as dit la même chose l'an dernier.

– Je suis sérieux. Tu le sais.

– Je n'en suis pas convaincue.

– Comment tu peux dire une chose pareille ?

– Je crois que tu mens. Voilà comment. »

Elle a parfaitement raison. Je n'ai pas vraiment réfléchi à la question des enfants. Je remets ça à plus tard. Après le dîner, j'ai eu du mal à aller jusqu'à la cuisine pour faire le café – j'ai dû m'appuyer sur le mur pour m'équilibrer. Maya m'a encore dit que je buvais trop et j'ai crié que je faisais ce que je voulais. Elle m'a alors suivi dans la cuisine et elle a voulu que je la serre dans mes bras. « Prends-moi dans tes bras, disait-elle, et pose cette bouteille pour changer. »

Regarder Maya opérer le cerveau d'inconnus fait remonter mes souvenirs d'enfance. La semaine dernière, au bloc, je l'ai regardée enlever une tumeur de la tête d'un ex-conseiller fiscal du Queens âgé de 69 ans. Le soin avec lequel elle maniait la scie à amputation, cautérisait chaque capillaire sanglant dans un grésillement aigu de chair brûlée et incisait délicatement les couches de dure-mère qui entourent le cerveau me rappelait la façon dont mon père manipulait ses papillons. Maya traite chaque cerveau sur lequel elle travaille avec un respect tel que je m'étonne toujours qu'elle parvienne malgré tout à opérer. Son toucher est aussi léger que celui d'un papillon sur une feuille. Ses mains semblent voltiger et flotter dans les airs, à peine en contact avec les solides poignées en inox de ses instruments. C'est toujours une surprise quand le cerveau s'ouvre sous ses mains.

Maya est fascinée par l'histoire de mon grand-père, en partie parce qu'elle est d'origine indienne et comprend très bien l'influence que la famille peut avoir sur le devenir de chacun. En partie à cause de l'intérêt professionnel qu'elle porte à la maladie qui a fini par l'emporter. « C'est le seul homme que je connaisse à avoir été tué par un papillon », dit-elle. Elle aime entendre toute l'histoire et je lui en ai raconté l'essentiel, souvent le soir, au lit. Raconter cette histoire est devenu comme un rituel pour nous. Je me demande parfois si c'est pour cela qu'elle m'a épousé – pour un bout de mon héritage. Comme moi, Maya admire la personnalité de mon grand-père, animé du désir de comprendre le monde qui l'entourait. Il était obsédé par les papillons et avoir une obsession est parfois la seule façon de vivre. « Ta famille est hantée par les papillons, dit Maya, et toi aussi. »

En septembre 1892, mon grand-père, frustré de ne plus pouvoir se servir de ses mains, se trancha le pouce gauche avec un couperet. Le coup fut porté avec suffisamment de force et de précision pour le sectionner net au niveau de la première articulation métacarpienne. Ce geste violent et douloureux procédait de ce que mon grand-père décrivit comme une « compulsion irrésistible ».

J'imagine mon grand-père contemplant son propre pouce avec un détachement scientifique. Il enveloppa le moignon sanglant dans un mouchoir et descendit la moitié d'une bouteille de whisky pour calmer la douleur. Le pouce et le couperet ensanglanté restèrent sur la table de la cuisine, où ils furent découverts par une gouvernante. Rien n'est plus inquiétant qu'un doigt sectionné – si mani-

festement humain, avec ses poils fins et son ongle intact –
et la gouvernante laissa tomber son plateau en le voyant.
Un docteur fut appelé, le pouce ramassé et mon grand-
père conduit à l'hôpital de New York où, sous chloroforme, un chirurgien tenta grossièrement de recoudre le
doigt. À l'époque, la microchirurgie n'existait pas encore
(on n'en connaissait ni les instruments ni les techniques)
et l'opération se solda par un échec.

Si cet accident se produisait aujourd'hui, l'issue en serait
naturellement très différente. Je réparerais le pouce en
onze ou douze heures et mon grand-père pourrait de nouveau s'en servir en six semaines. J'ai un penchant naturel
pour le travail minutieux que requiert ce type de chirurgie
microscopique. J'ai toujours aimé les détails. Je suis sûr
d'avoir hérité ça de mon grand-père, qui était un catalo-
gueur-né. Il était célèbre pour sa collection de papillons.
Il en possédait des centaines, venus du monde entier et
épinglés sur des planches de feutrine dans des boîtes
vitrées. Enfant, je passais des heures à regarder ces rangées
d'insectes aux couleurs chatoyantes. Je les trouvais pleins
de vie et passionnants. Chaque éclaboussure turquoise,
nacrée ou orange foncé représentait une forêt tropicale
lointaine qui me semblait incroyablement luxuriante et
colorée. Mon univers, New York, était grisâtre et marron.
J'ai passé mon enfance à voir du béton graisseux, des ram-
bardes en fonte et des tranches de corned-beef gras sur du
pain blanc qui s'écaillait.

Le pouce de mon grand-père intégra le folklore familial
parce que, fidèle à sa nature de collectionneur, il demanda
à ce qu'il soit conservé dans du formol. Il rentra chez lui
avec le doigt sectionné flottant dans un petit bocal en verre
qu'il posa sur son bureau. Il y resta pendant de nombreuses années. Mon père le garda après la mort de mon grand-
père et je l'ai eu sous les yeux pendant toute mon enfance.
C'est l'unique lien que j'ai jamais eu avec mon grand-père.

Lorsque nous étions enfants, on ne nous disait pas
comment il l'avait perdu et j'inventais donc des scénarios

rocambolesques pour expliquer son amputation. Mon grand-père était pour nous un être inconnu mais exotique, célèbre pour ses voyages dans des contrées isolées et sauvages. Étant jeune, il arborait des gilets émeraude et un bâton de marche en noyer surmonté d'un papillon monarque en argent. Sa maison était remplie d'objets de collection, dont un scalp de yéti (une calotte tannée couverte de touffes de poils noirs) et une demi-douzaine de têtes réduites. Ces petites têtes racornies, ratatinées comme des raisins secs, mais dont les principaux traits restaient intacts, me donnaient l'impression de comprendre quelque chose de profond. Elles symbolisaient dans le passé de mon grand-père une période sombre et violente dont nous ne parlions jamais. Toutes ces têtes appartenaient à des indigènes à la peau sombre et à la longue chevelure noire, à l'exception d'une, qui avait une barbe d'un roux vif et qui venait manifestement d'Europe – une petite plaque en cuivre vissée à l'arrière indiquait : « Capitaine Cutter, 19e régiment de cavalerie des lanciers du Bengale ». J'avais accroché le malheureux capitaine Cutter dans ma chambre et je le montrais à mes amis pour les épater. C'était un spectacle impressionnant pour des gamins de douze ans et il me valut une réputation de garçon dangereux. Je passais des nuits blanches à regarder le crâne réduit du capitaine Cutter en imaginant les scènes terribles qui avaient dû précéder la décapitation. Je ne suis pas morbide de nature, mais je suis incapable de dominer mon imagination. Je suis un rêveur – trait de caractère inquiétant chez un chirurgien.

Je me demande parfois si c'est à cause de ce pouce que je me suis orienté vers la chirurgie plastique. Peut-être ai-je toujours regretté de ne pas avoir pu recoudre le doigt perdu de mon grand-père. Ce pouce trône devant moi sur mon bureau lorsque j'écris. Au milieu de tourbillons de particules en suspension, il semble se mouvoir imperceptiblement dans d'invisibles courants et remous. Je le considère comme une sorte de talisman – quand je pars, même

98

pour une courte période, je l'emporte toujours avec moi dans mes bagages. Un jour, à l'aéroport de Bombay, un officier des douanes l'a trouvé pendant une fouille de routine et s'est évanoui.


Il y a deux ans, je me suis rendu compte que je ne pouvais pas laisser Maya sortir de ma vie. Seuls dans l'eau, nous barbotions dans la piscine d'une résidence de Manhattan qui sentait fortement le chlore. Le bord était ceinturé de carreaux bleu marine, et de longues rangées de flotteurs orange délimitaient les couloirs de nage. Il était tard et nous étions venus directement de l'hôpital.

« Tu as horreur de prendre des risques », dit Maya en soufflant de l'eau par le nez. Elle venait de faire plusieurs longueurs de brasse et s'était suspendue dans l'eau devant moi. De minuscules gouttelettes s'agglutinaient sur ses cils.

« Pas plus que la plupart des gens, répondis-je.

— Ça t'embête de ne pas prendre ton petit-déjeuner à la même heure tous les matins, continua-t-elle en arrachant le bonnet de bain jaune de sa tête et en se secouant les cheveux. Et tu vis dans le même appartement depuis vingt ans alors que tu le détestes.

— Je ne le déteste pas.

— Tu préférerais vivre ailleurs.

— Et alors ?

— Tu as peur du changement. »

Je voyais la silhouette trouble de ses jambes qui foulaient l'eau derrière elle et de petites lueurs d'eau réfléchies sur ses joues. Les lumières de la piscine furent brusquement éteintes, nous laissant flotter dans l'obscurité, avec le seul éclairage de la rue qui filtrait par les fenêtres.

« Je suis organisé et logique, c'est tout.

— Non. Moi, je suis organisée et logique. Et je sais prendre des risques. Toi, tu vas toujours dans les mêmes restaurants, depuis des années. Tu as peur de voyager. Tu t'inquiètes dès que j'ai plus de quelques minutes de retard. Tu imagines le pire.

– C'est vrai, j'imagine le pire.

– J'ai grandi dans une famille nombreuse », dit Maya. Elle se laissa flotter vers moi et je sentis ses seins nus contre mon torse. Elle lança son maillot de bain sur le bord de la piscine, où il atterrit avec un claquement mouillé. « Dans une famille nombreuse, on est obligé de prendre des risques pour se faire remarquer. J'essayais toujours de surpasser mes frères. D'attirer l'attention, par tous les moyens. J'étais obligée de m'affirmer.

– Aucun doute que tu sais très bien t'affirmer. » Elle se frotta contre moi et je sentis ses doigts, ses doigts délicats de chirurgienne, papillonner sur mon caleçon. Elle le dénoua et le fit descendre jusqu'à mes chevilles avec ses pieds. Elle m'enlaça de ses jambes et je sentis des poils pubiens rêches contre mon ventre.

« C'est pour ça que j'ai fumé. Et que j'ai couché avec un boxeur. »

Les cheveux de Maya flottaient derrière elle comme de l'essence sur de l'eau.

« Tu as couché avec un boxeur ?

– Il prétendait s'être cassé le nez vingt-trois fois. Il avait dix-neuf ans et moi seize. Je l'ai ramené à la maison. Mon père était un pacifiste, tu sais, il croyait à la résistance non violente, tout ça. Quand il a vu que je sortais avec un boxeur, ça l'a laissé sans voix. Il ne m'a pas adressé la parole pendant des mois. Je ne l'ai fait qu'une fois – pour embêter mes parents. Ce boxeur (il n'avait que dix-neuf ans, je te le rappelle) commençait déjà à perdre la tête. Incapable de se souvenir de mon nom plus de trois secondes d'affilée. Il n'arrêtait pas de m'appeler Mandy, Molly, etc. J'ai ri pendant tout le temps où j'étais avec lui. On a fait ça dans la salle d'entraînement. Juste au bord du ring. Sous les cordes.

– Et ça fait de toi quelqu'un d'affirmé, j'imagine. » Ma première expérience sexuelle avait été un cauchemar, avec pour ingrédients une généticienne, une demi-bouteille de vodka et une chambre obscure dans un appartement qu'on m'avait prêté. J'étais parti avant qu'elle se réveille le matin et ne l'avais jamais revue, par gêne.

« Tu as toujours peur de perdre quelque chose, hein ? »

Elle flottait sur le dos, les jambes serrées en étau autour de moi.

« J'ai peur que quelqu'un entre par cette porte et nous surprenne », répondis-je. Elle avait commencé à se frotter contre moi.

« Tu te comportes comme si tu étais sur le point de tout perdre. Alors tu essaies de ne pas t'attacher aux choses. Et tu as évité autant que possible de t'attacher aux gens. Combien de vrais amis as-tu ?

– J'ai des amis. » Elle bougeait maintenant en rythme contre moi et l'eau commençait à clapoter doucement contre les bords de la piscine.

« Je ne vois pas qui. Tu évites de devenir trop proche des gens. »

J'ai passé mon enfance à classer ma collection de papillons. Famille, genre, espèce. Je me consacrais à ranger le monde par ordre hiérarchique. Je connaissais la collection de mon grand-père par cœur. Je me souviens d'avoir entendu des enfants de mon âge jouer dans la rue, allongé par terre dans ma chambre avec la sensation d'être seul et différent. Mais je me sentais plus en sécurité loin d'eux.

« Je suis proche de toi, dit-elle en glissant contre mon corps. Et je suis un risque, murmura-t-elle.

– J'imagine que oui. » C'est là, dans cette piscine tiède, alors que les gémissements de Maya résonnaient dans l'espace carrelé, que je lui ai proposé le mariage. Mon premier vrai risque depuis des années. Quand la lumière est revenue, nous avons été immédiatement éblouis et nous nous sommes écartés l'un de l'autre comme sous des projecteurs de police.

Mon grand-père avait hérité d'une grosse fortune dans le caoutchouc et le thé grâce à la famille de son père, qui possédait des plantations en Inde. C'était un scientifique amateur. Des photographies sépia de l'époque montrent un petit homme trapu avec d'énormes favoris et des yeux fixes. Je me suis livré à une étude approfondie de son journal intime – de lourds et épais volumes reliés en cuir vachette. C'est une lecture fascinante. Il avait pris des notes quotidiennes sur sa vie depuis l'âge de douze ans. Il avait une écriture minuscule en pattes de mouches et je suis obligé de me pencher sur le papier jauni et poussiéreux pour le déchiffrer.

Il devint un naturaliste amateur de quelque renom. Sa fortune lui donnait la liberté de voyager et il passa beaucoup de temps dans des coins reculés d'Amérique du Sud, d'Afrique et du Pacifique. Il était captivé par les espèces tropicales multicolores et son journal est plein de ses expéditions vers les zones de reproduction des papillons du monde entier. Il a réuni de magnifiques exemples d'*Ornithoptera victoriae victoriae*, l'ornithoptère de la reine Victoria, un papillon des îles Salomon, et de *Papilio antimachus*, le plus grand papillon d'Afrique, avec ses coloris orange et noirs caractéristiques. Les spécimens étaient transportés sur des lits de coton dans des cylindres en fonte hermétiques. Il passait des semaines à cataloguer ses trouvailles selon le système de classification taxinomique, puis à les monter dans des vitrines. Les corps étaient épinglés par le thorax avec un tel soin que, aujourd'hui encore, la plupart de ses spécimens ont toujours six pattes, une trompe et des antennes intactes. Avant de sombrer dans la folie, mon grand-père était un homme patient à la main sûre.

Pour une raison quelconque, les papillons devinrent le centre de toutes nos vies. Mon père grandit au milieu d'eux, reçut des filets à papillons pour son anniversaire et connaissait les noms latins des papillons tropicaux de la famille des Papilionidés avant d'entrer à l'école. Mon grand-père l'emmenait voir la migration d'automne des monarques, emmitouflé dans des lainages, alors qu'il n'était guère qu'un bébé aux genoux et aux coudes ornés de fossettes. Mon père fut contaminé, et moi aussi. L'éphémère et la beauté de ces insectes agissent comme un virus. « Les papillons, nous disait mon père, sont une métaphore de la vie. Beaux, fugaces, fragiles, mystérieux. » Même dans ma jeunesse, je comprenais cela. J'en faisais collection comme mes amis faisaient collection de vignettes de baseball et de timbres – chacun avait sa personnalité à mes yeux. Il y avait chez ces insectes légers et absurdement colorés une liberté et une audace qui m'attiraient. Quelle utilité pouvait bien avoir un papillon, à part celle d'égayer le monde ?

J'ai essayé d'expliquer ça à Maya. Mais elle est la fille d'un physicien de Pondichéry qui a émigré après la partition de l'Inde, et elle a hérité de son cerveau. Pour Maya, tout doit avoir une explication physique – le monde n'est qu'une masse d'électrons, de neutrons et de quarks, et chacun obéit à des règles d'action et d'interaction bien définies. Ma passion abstraite pour les insectes lui échappe totalement. Elle a grandi à Washington, s'est fait les dents au son d'Elvis Presley et a appris à conduire pendant les derniers jours de la présidence de Johnson. Elle avait compris la première loi de la thermodynamique avant son premier baiser. Maya est un concentré de contradictions interculturelles – les Levi's et les saris ; les gâteaux Twinkies et le dhal : David Bowie et le Mahatma Gandhi ; le Kama-sutra et *Casablanca*. Elle se nourrit exclusivement de cappuccinos, porte des pantalons de cuir et dévore les biographies. Elle n'a aucune des superstitions complexes de ses parents, mais depuis notre retour de voyage de noces, elle est émotive pendant ses règles.

« Je suis là à me vider de mon sang, m'a-t-elle dit hier soir, et tu n'as pas l'air de te rendre compte de ce qui m'arrive.

— Mais il ne t'arrive rien.

— La vie s'écoule de moi. Tu ne comprends pas ? Tous

mes œufs sont en train de se dessécher. Tu es si froid. Je me flétris comme une fleur au soleil.

– Tu es trop émotive en ce moment », lui dis-je. Elle pleurait sur mon épaule.

« Oui, je suis émotive. Je veux un enfant. C'est aussi simple que ça. »

Maya a de longs cils épais dont j'imagine parfois qu'on peut les entendre bruisser contre ses joues lorsqu'elle cligne des yeux. Elle veut croire que le cerveau n'est rien d'autre qu'une machine que l'on peut réparer, dont on peut retirer les pièces défectueuses pour les remplacer – les pensées et les émotions n'étant guère que des circuits fonctionnels nécessitant de bonnes bougies et un démarreur. Avec ses cuisses rondes héritées de sa mère, elle ressemble à une lutteuse dans sa blouse chirurgicale bien ajustée. Son père est mort d'une tumeur au lobe temporal qui le faisait parler en langues et lui donnait des visions du dieu Krishna dans des assiettées de plats indiens. Elle revoit son père chaque fois qu'elle ouvre un crâne.

« Tu t'inquiètes pour M. Oomman, lui ai-je dit.

– Cela n'a rien à voir avec M. Oomman, a-t-elle répondu avec un brusque mouvement de tête. Ne sois pas condescendant. Il s'agit de mon désir d'enfant, pas de M. Oomman. Je me fous de M. Oomman comme de l'an 40. Son cerveau n'est rien comparé à l'état actuel de mes ovaires. Ils dépérissent, je te dis. Dépérissent ! Comme deux pitoyables grains de raisin sur une vigne. Et tout ce que tu sais faire, c'est parler de M. Oomman. Il peut aller se faire voir. »

M. Oomman est un ami de ses parents et elle l'opère demain matin pour évacuer un hématome sous-dural, une atteinte relativement bénigne au taux de guérison très élevé.

« Pourquoi est-ce que c'est tellement important pour toi ? lui ai-je demandé.

– Comment peux-tu poser une question pareille ? m'a-t-elle répondu dans un sanglot.

– Je veux juste essayer de comprendre.

– Si tu ne comprends pas maintenant, a-t-elle murmuré, quand donc finiras-tu par comprendre ? »

Elle m'a arraché la bouteille de bordeaux des mains et l'a jetée par terre avec une certaine force. La bouteille s'est fracassée sur le sol de la cuisine dans une éclosion de liquide rose et de verre. J'ai fait volte-face et je suis sorti de la pièce aussi rapidement que mon état me le permettait. Alors que je remontais le couloir vers mon bureau, Maya m'a couru après. Elle portait encore deux baguettes du repas chinois et elle les brandissait comme des poignards au-dessus de sa tête ; un petit morceau de porc à la sauce aigre-douce était tombé sur sa joue. « Ne t'avise pas de me planter là, a-t-elle crié dans mon dos, il faut prendre une décision. Tu ne peux pas continuer à te planquer dans ton bureau de merde avec ces papillons à la con. Ils comptent plus que moi à tes yeux. Tes foutus papillons et ce connard de Cutter.

– C'est *capitaine* Cutter, ai-je répondu par-dessus mon épaule.

– Peu importe. C'est une putain de tête réduite ! Tu passes plus de temps à discuter avec la tête de Cutter qu'avec moi ! Toi et Cutter, vous pouvez aller vous faire foutre. » Je suis arrivé à la porte, j'ai trébuché sur la moquette en entrant dans la pièce et je suis tombé à genoux. Je me suis rattrapé sur les mains et j'ai attendu que la tête ne me tourne plus avant de me lever pour verrouiller la porte.


Mon père nous emmenait chaque année compter les monarques qui descendaient en masse le long de la côte pour leur migration annuelle. Il nous enfournait tous dans l'Oldsmobile et nous rejoignions le cap May, sur la côte du New Jersey. À l'époque, c'était un coin sauvage. Des forêts odorantes y débouchaient sur des dunes et des plages désertes ; en septembre, un soleil radieux apparaissait par intermittence derrière des amas de cumulonimbus véloces. De lointaines traînées de pluie arrivaient à toute vitesse de la mer et passaient rapidement au-dessus de nous en soudaines averses qui nous mouillaient à peine les cheveux. Les vents violents qui soufflaient constamment de l'Atlantique nous remplissaient les yeux de sable coquillier.

Mon père montait notre tente à deux chambres en toile vert-jaune dans des pinèdes abritées. Nous construisions des foyers et déchargions d'énormes réserves de nourriture, dont des crevettes en boîte, des sardines et de pleines brassées de charcuterie : jambons, tronçons de salami et boudins noirs ventrus. Ma sœur Hannah et moi nous sentions comme des explorateurs dans une contrée sauvage. Chacun de nous se voyait confier des jumelles, une loupe et une planche en couleurs du majestueux papillon monarque d'Amérique du Nord, grossi cinq fois. Au-dessus de nous, les parulines à poitrine baie, les éperviers bruns, les éperviers de Cooper et les faucons pèlerins planaient, plongeaient, remontaient en flèche sur les violents courants ascendants de la côte.

Mon père compta les monarques en migration pendant plusieurs années. Les chiffres étaient soigneusement consignés à l'encre rouge dans des calepins reliés en toile cirée et, chaque année, il communiquait ses données au directeur du département d'entomologie de Princeton. Il traitait l'exercice comme une chasse au gros gibier, portait des vestes à la Hemingway, avec des rangées de poches sur le devant, ne se rasait pas pendant plusieurs jours et se roulait des cigarettes au grand air. Il devenait pour un temps un homme nouveau. Durant l'essentiel de son existence, c'était un professeur de sciences de lycée qui voyait le monde comme un ensemble de principes premiers. Un homme attaché à ses habitudes, à ses rites, peu enclin à entreprendre quoi que ce soit sans y avoir longuement réfléchi. Mais là, j'avais parfois le droit de tirer des bouffées de ses petites cigarettes serrées. Je me rappelle encore la sensation des filaments de tabac sur mes lèvres et la fumée âcre sur mes dents.

Mon père aurait pu être dans la savane à chasser le gnou – j'ai d'ailleurs souvent considéré la migration des papillons comme l'équivalent entomologique de la célèbre migration des gnous dans la vallée africaine du Rift. La version africaine est bruyante, poussiéreuse et terrestre, tandis que la version nord-américaine est parfaitement silencieuse, propre et aérienne. On pourrait habiter juste en dessous d'une migration de papillons monarques sans jamais s'apercevoir de ce qui est en train de se passer.

Une des caractéristiques les plus stupéfiantes du papillon monarque d'Amérique du Nord est sa capacité à parcourir des distances fantastiques pour échapper à l'hiver. Quant à savoir comment il fait cela, c'est toujours un mystère. Le genre de mystère que les naturalistes de la génération de mon grand-père auraient adoré résoudre. Ils se dirigent en immenses volées vers les montagnes du nord du Mexique, où ils se perchent sur des pins sacrés, à mille mètres d'altitude, sur les versants sud-ouest escarpés. J'ai toujours pensé qu'on devait se sentir seul là-bas, dans le brouillard mexicain, suspendu aux branches de ces arbres froids.

En septembre 1937, mon père emmena un de ses amis de fac, M. Albert Gissendander, qui travaillait pour une maison d'édition à Manhattan. Un homme grassouillet aux cheveux prématurément gris, qui portait des costumes en lin trop larges, avec des auréoles jaunes sous les aisselles. Il cassa ses petites lunettes à monture d'acier le premier jour et les rafistola avec un gros bandage de gaze. Il avait les dents de devant mal alignées, des poils durs au menton, et il engloutissait d'énormes quantités de viande de porc, parfois à même la boîte. Mon père l'appréciait parce qu'il faisait partie de ces gens capables de citer Shakespeare en toute occasion. Sa voix nasillarde et sa diction précise et monocorde privaient de toute vie des mots devenus mécaniques. Le soir, mon père discutait papillons avec Albert Gissendander et partageait sa flasque de whisky avec lui.

Au deuxième jour de notre expédition, nous aperçûmes les premiers monarques qui longeaient la côte, dansant et flottant comme des feuilles dans le ciel au-dessus de nous. Ces insectes légers offrent un étrange spectacle lorsqu'ils sautillent dans les airs, surtout quand on songe qu'ils continueront de la sorte pendant encore plus de 1 600 km vers le sud. C'est un phénomène biologique qui dépasse l'entendement. Mon père se posta sur les dunes à l'extrémité est du rivage, et Albert Gissendander et Hannah à l'autre bout, face à l'ouest et à la baie de la Delaware. Bien qu'âgée de huit ans seulement, Hannah comptait mieux que la plupart des adultes. Elle était capable de se concentrer pendant de longs moments, absolument immobile, et elle possédait de très bons yeux. Elle avait un petit carnet à spirale et un crayon à la main, une paire de jumelles suspendue à son cou par une fine lanière de cuir.

Je me souviens parfaitement de cette journée. Jugé trop jeune pour participer, je me promenais pieds nus sur la plage. Un pâle soleil rayonnait derrière une épaisse couche de nuages d'altitude blancs. Un vent violent balayait le front de mer et des rafales de sable me fouettaient les joues. Le bord de l'eau était plat et gris, et des filets d'écume se formaient sur le sable humide. Je ramassais des rubans de sargasses, des méduses, des bouts de corde verte usée et des fragments de filets rejetés par des navires au large. Le sable était frais et doux sous mes doigts de pieds. Dans ce vent, de nombreux papillons se posaient sur la plage pour se reposer. Je voyais ces minuscules corps orange et noirs s'accrocher aux rochers et aux touffes d'herbe des sables, leurs ailes s'ouvrant et se refermant avec lenteur. D'autres se posaient sur l'eau, sur la surface ridée derrière les vagues. Certains y mouraient et s'échouaient sur le sable. J'ai parcouru la plage dans l'autre sens, puis me suis prudemment engagé sur une longue digue en gros rochers de granite taillé qui s'éloignait de la côte sur une cinquantaine de mètres. Je progressais avec précaution vers l'extrémité de la digue, dans le bruit des vagues qui se brisaient contre les rochers noirs, et je m'accroupissais pour inspecter des flaques d'eau claire pleines de minuscules poissons argentés et de coques de bernacles blanches et dures. Des monarques se posaient aussi sur la digue, cramponnés aux rochers en groupes orange graciles, arc-boutés contre le vent.

J'étais assis au bout de la digue, en équilibre instable sur les rochers, le visage frappé par les aigrettes d'embruns, lorsque j'ai vu Hannah sortir des dunes en courant. J'ai d'abord cru qu'il s'agissait d'un jeu. Ses cheveux étaient coupés en un carré court avec une frange haute ; elle semblait courir vers moi. Je lui ai fait signe de la main. Elle ne m'a pas vu. Le vent en rafales m'engourdissait le visage et soulevait mes cheveux en tourbillons chaotiques. Hannah portait des chaussures bleues en cuir verni avec des boucles argentées. Sa jupe flottait derrière elle dans sa course et ses cuisses étaient rougies par le vent. Je me suis alors rendu compte que, tout en courant à toutes jambes vers l'avant, elle regardait vers l'arrière, vers Albert Gissendander, qui la poursuivait d'un pas lourd dans les dunes et sur la plage. Il courait les bras tendus en criant quelque chose que le vent m'empêchait d'entendre. Il tenait ses jumelles de la main gauche. La lanière en cuir, cassée, traînait par terre. Hannah a couru jusqu'à la digue et commencé à l'escalader dans ma direction. Elle bondissait lestement sur les rochers glissants. Elle regardait par-dessus son épaule quand elle a dérapé. Ses bras ont agrippé l'air. Elle est tombée sur un bloc de granite tranchant où je devais retrouver plus tard des mèches de ses cheveux bruns. Elle s'est cogné la tête, a plongé dans l'eau, et sa chute semblait si soudaine, si fugitive, que je m'attendais à la voir remonter immédiatement en riant. J'étais peut-être à une cinquantaine de mètres. J'ai aperçu une dernière fois son visage dans sa chute – elle était très concentrée, la bouche hermétiquement fermée. Elle est tombée sans un bruit, sur ces rochers durs, dans les eaux claires et froides de cet après-midi de septembre.

## 2. *Ornithoptera alexandrae* : le reine Alexandra

Par un soir de mai 1874, au cours d'une violente averse, un homme se présenta à la maison de mon grand-père à New York. Comme il n'avait pas les moyens de s'offrir un cab, il était venu à pied du quartier des quais et, lorsqu'il tambourina à la porte, ses doigts bruns effilés tremblaient. Il se fit connaître au domestique sous le nom de Thomas Gray et resta debout dans le hall d'entrée au milieu de lourds vases remplis de camélias. L'eau dégoulinait de son ciré lisse et formait des flaques à ses pieds. Mon grand-père, qui donnait un dîner, dut se lever de table, et il se tamponnait la bouche avec une serviette lorsqu'il arriva à la porte. Derrière l'épaisse barbe rousse et les yeux caves, il reconnut son ami, qui avait quitté le pays trois ans plus tôt sur un baleinier de Nantucket et qu'il avait cru perdu, noyé quelque part dans les mers du Sud, aspiré comme tant d'autres par les profondeurs marines.

Mon grand-père lui ôta son ciré et l'étreignit. Thomas Gray était si décharné qu'il faisait penser à un oiseau. Il entra rapidement dans le bureau de mon grand-père. Ses hauts-de-chausses étaient maculés de la boue des rues et ses chaussures minces. Il portait une veste grossière en nankin et un gilet de coton bleu. De longues mèches de cheveux, blanchies par le soleil, pendaient de part et d'autre d'une mâchoire devenue fine et anguleuse.

Ils avaient été les meilleurs amis du monde et avaient grandi ensemble. Ils partageaient un réel intérêt pour l'entomologie, qui continua à les lier même lorsque la famille de Thomas Gray perdit sa fortune dans les chemins de fer en spéculant sur l'or sud-américain. Ils étaient unis par les papillons – une passion commune pour le monde des insectes et un besoin d'ordonner, de cataloguer, de dres-

110

ser des listes. Ils avaient passé des étés entiers à conserver les spécimens de Saturniidés qu'ils trouvaient dans les bosquets de cerisiers de Pennsylvanie, de mélèzes, d'érables et de noyers.

Thomas Gray était désormais un homme sans le sou qui s'efforçait de se forger une réputation. Il était parti faire fortune sous les tropiques, persuadé d'y trouver des insectes qu'il pourrait vendre avec profit à des musées et à des collectionneurs privés tout en contribuant au progrès des sciences naturelles. Dans leur enfance, tous deux avaient lu *A Voyage up the River Amazone* de William Edwards et les carnets de Charles Darwin à bord du *Beagle*. Ils connaissaient les fabuleuses collections qu'Alfred Wallace avait rassemblées dans les archipels du Pacifique, et ils étaient bien au fait des théories de Wallace comme de Darwin, exposées séparément à la Société linnéenne en juillet 1858. Mon grand-père, élevé dans un strict protestantisme, voyait d'un œil sceptique les théories sur la sélection naturelle et croyait encore qu'elles pourraient être réfutées.

Thomas Gray passa deux ans dans l'archipel malais et les Indes néerlandaises, où il trouva des jungles dont la densité et la luxuriance répondaient à l'extraordinaire variété des insectes qu'il y découvrit. Il raconta à mon grand-père qu'il avait collecté plus de cinq cents nouvelles espèces de papillons, autant de coléoptères et de mouches, et plusieurs centaines de guêpes, de mites et d'abeilles. Il avait dépensé son dernier sou pour un billet retour sur un cutter transportant des épices depuis Surabaja. Le navire avait fait escale à l'île Maurice pour se ravitailler et le capitaine, devinant peut-être que les collections de Thomas Gray étaient plus précieuses que Thomas Gray lui-même, avait appareillé à la fin d'une soirée avec sa collection, alors que Gray était à terre. Deux années de travail méticuleux et tous ses rêves et ses espoirs pour l'avenir s'en étaient allés avec ce bateau, à travers l'océan Indien phosphorescent. Sans argent, il avait travaillé sur des navires de commerce pour payer son voyage de retour.

111

Maintenant, debout dans le cabinet d'étude de mon grand-père, Thomas Gray tremblait violemment. Sous la lumière tamisée, mon grand-père remarqua qu'il avait le teint jaune. Plus tard, incapable de dormir, il devait consigner dans son journal tout ce qui s'était passé ce soir-là.

Mon grand-père leur versa à chacun une bonne dose de cognac, tandis que Gray se chauffait le dos au feu.

« Tu seras heureux d'apprendre que j'ai conservé un spécimen, dit Thomas Gray à mon grand-père. Je le gardais sur moi, car je ne voulais pas le quitter des yeux. Tu n'as jamais rien vu de tel. Je l'ai avec moi depuis plus d'un an. »

De sa veste, il tira un paquet épais enveloppé dans une toile cirée et ficelé avec du chanvre. Il posa le paquet sur le bureau de mon grand-père et le défit. À l'intérieur, soigneusement entourée de feuilles de papier-parchemin sable, une aile de papillon. Rien qu'une aile. Elle rayonnait d'une luminescence bleu-vert qui semblait prendre sa lumière de la pièce. Cette aile était immense – dix-huit centimètres de l'extrémité latérale au point d'attache sur le corps. Elle miroitait sur le chêne sombre du bureau, marbrée de stries noires et divisée en corrals de couleur qui chatoyaient et jetaient des éclairs lorsqu'ils la faisaient bouger sous la lampe. « Peux-tu imaginer la taille du papillon dont elle vient ? » demanda Thomas Gray à mon grand-père, qui ne le pouvait pas. C'était le plus grand spécimen qu'il avait jamais vu. Il semblait tellement fabuleux que son existence était à peine croyable.

Thomas Gray avait reçu cette aile d'un marin qui prétendait l'avoir trouvée sur l'une des îles tropicales au nord-est de l'Australie, de l'autre côté du détroit de Torres. Le papillon était tellement grand qu'ils l'avaient descendu avec un flingue, avait affirmé le marin. Ils avaient tiré trois fois avant de l'abattre. « C'est le plus grand papillon du monde, écrivit mon grand-père, et ses dimensions dépassent l'imagination. »

« Je veux que tu m'aides à trouver cette créature, dit Thomas Gray à mon grand-père. Quelle découverte ce serait ! Notre réputation serait établie. Et notre fortune, par la même occasion. »

Ils restèrent quelque temps à examiner l'aile, au milieu des meubles massifs et des boiseries de teck sombre. J'imagine le feu déchaîné dans l'âtre, les rafales de pluie martelant les fenêtres. Mon grand-père était en extase. Les yeux de Thomas Gray dansaient de fièvre et d'épuisement. Plus tard, lorsque mon grand-père eut raccompagné ses invités et donné à Thomas Gray une dose de quinine, un bain chaud et un lit, il s'installa dans son bureau et se pencha sur ses cartes des îles du Pacifique. Tout le reste avait été balayé de son esprit, comme emporté par le torrent de l'autre côté de ses fenêtres. « Si une telle créature existe sur terre, écrivit-il, alors je suis résolu à la découvrir. » Il était intimement persuadé que ce papillon démontrerait la fausseté des théories de la sélection naturelle élaborées par Darwin et Wallace. « Quand un être est unique en son genre, écrivit-il, et que sa taille et ses couleurs ne lui confèrent aucun avantage manifeste dans la lutte pour la survie, alors il ne fait aucun doute qu'il a été placé là par une main divine. » C'était le début de son désir obsédant de trouver le papillon qui recevrait plus tard le nom d'*Ornithoptera alexandrae*, ou reine Alexandra – le plus grand papillon du monde.


Maya et moi prenions notre repas de noces avec ses parents lorsque son père eut sa première attaque. Plus tôt dans la journée, nous nous étions rendus au bureau d'état civil de Washington et nous étions tenus sur la moquette bleue ignifugée pour une brève cérémonie. Une poignée d'amis de Maya étaient venus et ils nous photographièrent devant le juge de paix, un homme plus âgé que moi dont le dentier mal fixé claquait. Ses amis nous lancèrent du riz à la sortie.

Au dîner, alors qu'il levait sa fourchette vers sa bouche, le regard de son père se voila brusquement. Des gouttes de curry tombèrent sur la nappe devant lui. Sa respiration s'accéléra et devint superficielle. Il se renversa alors dans sa chaise, commença à être agité de soubresauts et glissa sur le côté. Son cou s'arqua vers l'arrière et ses bras heurtèrent le sol avec raideur. Je sentis une odeur d'urine, forte et âcre, en me penchant sur lui.

J'avais toujours admiré le père de Maya. Il possédait une grande rigueur intellectuelle et le sens de l'humour. Il travaillait sur les particules subatomiques et c'était un sceptique de nature. Il savait faire du calcul différentiel de tête et adorait les vieux films. « Je vais vous dire le principal progrès dans ma vie depuis que j'ai quitté l'Inde, m'avait-il dit. Ça tient en deux mots : John Ford. » Il portait des sandales toute l'année, même l'hiver, et avait des ongles de pieds roses, délicats, et des orteils du même brun clair que le sirop d'érable.

Maya le conduisit elle-même à l'hôpital et fit rapidement faire les IRM et les angiographies. Une boule blanche compacte envahissait le lobe temporal de son cerveau, explosait dans sa tête comme une sorte d'événement céleste dans l'espace interstellaire. Son père avait des apparitions, voyait des lumières dans le ciel et entendait des voix de son enfance : sa mère qui lui demandait de rentrer, son père qui lui apprenait à lire, son grand-père, depuis longtemps disparu, qui toussait au loin. Il pleurait comme un bébé. « Pour l'amour du ciel, ne me laissez pas devenir un légume, disait-il. Débranchez-moi, nom de Dieu. C'est tout ce que je demande. *Débranchez-moi.* »

Maya participa à son opération. « C'est ma responsabilité de fille. À qui d'autre faire confiance ? Il sait que je prendrai soin de lui.

— Mais c'est ton propre père, répondis-je. Comment peux-tu supporter de voir son cerveau ? Ce n'est pas une chose qu'une fille a besoin de voir. Comment fais-tu pour tenir le choc ? »

L'opération dura sept heures, dans une salle fraîche où résonnaient les claquements rythmés du respirateur et les pincements de corde d'une cassette de sitar. Maya rasa la tête de son père. Ses cheveux noirs épais tombèrent en touffes sur le sol. À l'extrémité des sondes d'aspiration, des bouteilles en verre transparent se remplirent de sang et de minuscules fragments de tissu conjonctif. Je ne l'ai jamais vue plus froide ni plus isolée. Avec ses lunettes de protection, ses deux paires de gants l'une sur l'autre et sa blouse chirurgicale verte attachée au cou et à la taille, elle semblait prête à livrer bataille.

Je ne l'ai jamais vue pleurer. Elle s'était retirée dans son for intérieur d'où elle pouvait dispenser ses conseils et apporter son soutien professionnel. Elle faisait du thé à sa mère et emportait des plats de riz et de légumes dans la chambre d'hôpital. Elle rassurait ses frères et leur expliquait la pathologie, dans sa blouse blanche bien ajustée. « Il faut que j'assume cette responsabilité, me dit-elle. Je ne peux pas y penser. Il faut que je continue. » Elle se focalisait sur la neuro-anatomie, les résultats histologiques et la pression intracrânienne de son père. Maya la clinicienne. Je l'ai vue disparaître, lentement et pour de bonnes raisons, dans un monde sans danger, quelque part derrière ses yeux noirs, quelque part derrière ses cils.

En vieillissant, et particulièrement à cette époque de l'année, je me surprends à penser de plus en plus souvent à ma sœur Hannah. Elle comprenait les papillons. À la mort de ma grand-mère, mon père a hérité de la maison et nous avons grandi dans la vieille demeure grinçante, pleine de bois sombre, de têtières, de socles et de vases. Hannah avait trois ans de plus que moi et je la vénérais. Je me revois allongé avec elle sur les piles de tapis turcs de mon grand-père, en train d'apprendre les noms des objets et pièces de collection qui nous entouraient : oreillers éthiopiens en bois, rangées d'étuis péniens sculptés de Nouvelle-Guinée, masques de Côte d'Ivoire aux couleurs jaunes et rouges criardes, tête de salamandre empaillée, pan de yourte en peau de chèvre.

115

Hannah avait une mémoire visuelle. Elle connaissait les noms et les espèces de tous les papillons et se rappelait les notes du journal de bord de mon grand-père – « J'ai vu dans un massif de lianes tropicales les ailes postérieures roses de deux *Atrophaneura horishanus*, citait-elle, qui s'accouplaient au soleil. » Hannah avait hérité des cheveux châtains de ma mère et, de mon père, de dents en avant qui reposaient soigneusement sur sa lèvre inférieure, où elles laissaient des empreintes rouges lorsqu'elle se concentrait longtemps. Elle avait des doigts courts et épais et des pouces recourbés vers ses poignets. Si elle avait vécu, il aurait fallu qu'elle porte un appareil, disait ma mère à chaque fois qu'elle voyait une vieille photo d'Hannah.

Hannah me prenait sous son aile, me tenait par la main et me laissait dormir avec elle la nuit. Jamais je ne me suis senti plus en sécurité qu'au creux de son bras, le visage enfoui dans sa chemise de nuit, qui sentait un étrange mélange de savon à la pierre ponce, de lait et de cheveux brûlés. Elle me déguisait avec ses vieilles robes et ses vieux collants, me traitait comme une poupée et m'emmenait faire de longues promenades avec le chien dans Central Park. Je recherchais son attention et préférais donc être habillé en fille, puisque cela faisait plaisir à ma sœur et me permettait de l'accompagner.

Même si elle n'avait que huit ans, Hannah avait des ambitions auxquelles je suis certain que mes parents ne croyaient pas ou n'accordaient pas d'importance. Mais moi, si. En 1937, Amelia Earhart faisait les gros titres (les garçonnes et les aventurières étaient mieux acceptées depuis peu) et Hannah voulait, elle aussi, piloter un avion. Elle pleura pendant des jours lorsque l'appareil d'Earhart s'évanouit au-dessus du Pacifique en juillet de cette année-là. Et c'était elle qui voulait être médecin, pas moi. Elle avait des doigts sûrs et un toucher léger. Elle était capable de se concentrer sur des détails pendant des heures et se montrait charmante avec tous ceux qu'elle rencontrait. Je n'ai jamais possédé aucune de ces qualités, mais en grandissant, j'ai essayé de lui ressembler davantage. De nature, je suis beaucoup plus introverti, lent et distrait. Je perds les choses, j'oublie les anniversaires, je mets des objets métalliques dans le four à micro-ondes, j'achète des aliments que je ne consomme pas. Parfois, quand je suis seul, je me fais l'impression d'être une sorte de caméléon humain qui essayerait de perpétuer le souvenir d'une fillette de huit ans disparue.

Mon grand-père aurait cherché des réponses dans la nature, en particulier dans la biologie des papillons. On peut trouver des parallèles intéressants dans les travaux d'Henry W. Bates, un naturaliste et explorateur anglais du xix^e siècle. J'ai lu avec attention son célèbre article paru dans les *Transactions of the Linnaean Society in London* (1862) sous le titre « Contribution to an Insect Fauna of the Amazon Valley ». Bates avait capturé plus d'une centaine d'espèces d'Héliconiidés, d'Ithomiidés et de Piéridés en Amazonie et découvert que les papillons toxiques pour leurs prédateurs, et qui ont donc moins de chances d'être mangés, sont imités par les papillons sans moyens de défense. Ces papillons désarmés modifient leurs coloris et leurs motifs pour adopter ceux des papillons mieux protégés et évitent ainsi les attaques de prédateurs. Les observations de Bates sur le terrain marquèrent les débuts de l'étude du mimétisme en biologie.

La biologie est une force puissante contre laquelle on ne peut lutter. Je suis chirurgien pour ma sœur et à cause de ma sœur. Et c'est pour elle que j'ai appris à piloter un avion, que j'ai passé d'interminables week-ends l'estomac au bord des lèvres, à me battre avec un gouvernail en survolant les plages estivales de Long Island. Hannah aurait aimé tout ce ciel, cette mer, et les petites silhouettes roses tout en bas, dans l'eau, levant les yeux vers elle lorsqu'elle serait passée au-dessus d'elles en vrombissant.

Mon grand-père entretint une correspondance avec Henry W. Bates dans les années 1870. Il fut également lié toute sa vie avec Fritz Müller, le naturaliste allemand qui collecta et observa des papillons en Amazonie. En 1879, Müller publia « Ituna and Thyridia : A Remarkable Case of Mimicry in Butterflies » dans les *Proceedings of the Entomological Society* (Londres, 1879). J'ai lu et relu cet article. Mon grand-père possédait un exemplaire tout écorné de l'ouvrage, dans la marge duquel il avait pris des notes d'une écriture grêle. La précision avec laquelle ces étonnants papillons parviennent à imiter les motifs les uns des autres est ahurissante. Mon grand-père, fasciné, devait par la suite réaliser ses propres expériences sur le mimétisme chez les papillons. Au XIX$^e$ siècle, il était encore possible à des amateurs éclairés d'apporter leur contribution à la biologie de terrain. Ces hommes étaient guidés par une curiosité intellectuelle qui me laisse admiratif.

En 1875, mon grand-père s'embarqua pour les îles de l'Asie du Sud-Est sur un quatre-mâts carré. Thomas Gray l'accompagna. Encore faible et souffrant périodiquement de nouveaux épisodes de fièvre, il était néanmoins un peu rétabli et déterminé à prendre part à l'expédition. De San Francisco, ils réservèrent une traversée vers le sud-ouest, qui les emmenait vers Hawaï, puis Guam, les Philippines et l'île de Bornéo. Ils feraient ensuite une boucle vers le sud-est jusqu'aux îles Salomon et Fidji, avant de retourner vers l'ouest en Papouasie-Nouvelle-Guinée.

Dans les poches de sa veste, mon grand-père transportait des filets à papillons, des bouteilles de chloroforme et un microscope portatif à monture de cuivre. Il collecta plusieurs papillons du genre *Atrophaneura* (sa collection comprend des exemples remarquables de l'*Atrophaneura semperi albofasciata* au corps rouge duveteux). Dans les jungles de Bornéo, il trouva des *Troides brookiana* (ornithoptères de Brooke) aux profondes couleurs bleues et vertes. Le deuxième papillon par ordre de taille qu'il trouva (un *Ornithoptera goliath procus*) venait de l'archipel malais. Un de ses spécimens possédait une envergure de vingt-trois centimètres.

En Nouvelle-Guinée, mon grand-père engagea un missionnaire hollandais du nom de Rhin Postma pour les guider dans la jungle. Ce calviniste était un alcoolique aux joues couperosées et aux cuisses lourdes. Il portait un col de clergyman sur un cou marbré de rouge. Même s'il connaissait bien certaines des tribus de la côte (des populations qui portaient des plumes de perroquet dans les cheveux et se paraient de nacre argentée), il était peu familier de l'intérieur des terres. Quand il regardait les jungles obscures et chatoyantes, mon grand-père n'y voyait qu'un habitat favorable aux papillons. Ils pénétrèrent dans les hautes terres, environnés de brume matinale et d'arbres mêlés d'imperata. Autour d'eux, dans la forêt, ils apercevaient des gouras couronnés, des perroquets pygmées, des casoars et des cacatoès. Des volées de perroquets et de martins-pêcheurs prenaient leur essor dans le ciel du crépuscule et lui donnaient les couleurs de l'arc-en-ciel.

Il régnait une humidité intense et ils étaient harcelés par les mouches et les insectes voraces. Thomas Gray continua à perdre du poids et fut cloué sur place par une fièvre. Rhin Postma n'était pas en état de marcher dans les broussailles épaisses. Ils décidèrent de monter un camp provisoire sur les rives d'un lac que les autochtones appelaient Kutubu et de laisser mon grand-père s'enfoncer seul dans les montagnes. « Mon ami est malade, écrivit mon grand-père, et je progresse plus vite sans lui. Le Hollandais boit trop et ne marche pas bien. Je serai de retour d'ici quelques semaines. Je ne peux pas attendre. » Il n'avait pas peur du territoire inconnu qui s'ouvrait devant lui. Aucun d'eux ne savait ce qu'il abritait ni ne comprenait pourquoi mon grand-père tenait tant à poursuivre seul.

Il continua avec quatre porteurs locaux, hanté par des visions du plus grand papillon du monde. Peu après que mon grand-père eut quitté le lac, Rhin Postma abandonna le camp, laissant Thomas Gray à lui-même, malade et incapable de se déplacer. Il resta à délirer sur un lit de camp pendant plusieurs jours avant d'être tué par une tribu de guerriers des montagnes, des hommes nus aux cheveux hirsutes et emplumés qui le transpercèrent de leurs lances à pointe de pierre. Il fut dépecé et les provisions du camp emportées. Mon grand-père, qui progressait rapidement sur ses jambes trapues, était lui aussi poursuivi, mais il fut sauvé par ses pierres à briquet et son fusil. On le vit allumer un feu en quelques secondes avec de l'herbe sèche et des brindilles, et un jour il abattit un kangourou arboricole d'un coup de fusil. Les habitants des montagnes virent en lui un être investi de pouvoirs surnaturels. Il était le premier Européen qu'ils rencontraient. Ils l'approchèrent prudemment et examinèrent ses mains blanches, couvertes de fins poils bruns, avec méfiance. Les images grossies par sa loupe les firent sursauter de terreur. Ses couteaux, sa montre de gousset, son microscope et autres appareils scientifiques, de même que ses fins cheveux bruns et ses taches de rousseur, furent pris pour les attributs d'une créature providentielle.

Ce n'était pas une alliance confortable. Mon grand-père était anxieux au milieu de ces hommes aux jambes grêles, couverts d'épaisses cicatrices, et qu'il ne comprenait pas. Mais un jour qu'il se tenait dans la chaleur moite, il remarqua qu'un guerrier arborait, suspendues à son cou, les ailes moirées, bleues, vertes et jaunes, d'un papillon. « Ils portent ce que je cherche, écrivit-il, et je sais que je dois m'en faire des amis. »

Il fut conduit dans des villages au milieu de clairières de terre sèche. Des enfants vifs au ventre ballonné se cachaient derrière les arbres en le montrant du doigt. Il fut traité en invité, se vit offrir de la nourriture et un abri sous un appentis en herbe. Ils l'emmenèrent à la chasse. Il vécut plusieurs mois dans cette tribu de montagne isolée. À l'époque, le cannibalisme était encore largement répandu dans cette région du globe. On lui tatoua des signes rituels dans le dos. Il apprit des bribes d'un dialecte montagnard qui comportait des sons gutturaux et des claquements de l'arrière de la langue contre la voûte palatine. Quand il leur fit comprendre qu'il était à la recherche des grands insectes suspendus aux branches des arbres dans la forêt profonde, il fut conduit dans des coins où il pourrait en trouver. Dans cette contrée reculée et sauvage, au milieu de ces gens vivant à une autre époque, il découvrit de magnifiques spécimens d'*Ornithoptera alexandrae*, le reine Alexandra. Il rassembla plus de cinquante papillons, qu'il conserva dans des fûts de chêne calfatés.

J'ai parcouru le volume sur la Nouvelle-Guinée de bout en bout ; il y décrivait la vie quotidienne de la tribu en commentant ce qu'il voyait. À certains moments, il avait la sensation de comprendre leur vie, de pouvoir lui donner un sens. Quand on lit ces pages, il est clair que mon grand-père a aussi pratiqué le cannibalisme. Les combats entre groupes tribaux, à coups de longues lances et de gourdins, étaient monnaie courante et on célébrait les victoires en faisant rôtir le corps des ennemis et en consommant leur chair. Je reconnais que mon grand-père n'a peut-être pas eu le choix. Les organes internes, dont le cerveau, le foie, les poumons et les reins, étaient des mets particulièrement délicats. La cervelle était souvent consommée crue et mon grand-père mangea « le cerveau d'un malheureux » à trois reprises pendant son séjour dans les montagnes. C'était pour lui une question de survie : il lui fallait participer jusqu'au bout ou risquer la mort, j'en ai conscience. Je ne le juge pas.

Lorsqu'il ressortit de la jungle, il trouva les vestiges du camp près du lac et comprit ce qui était arrivé à son compagnon. Il lui sembla qu'il avait abandonné Thomas Gray. Ses cheveux étaient hirsutes. Il regagna la côte avec un pesant sentiment de perte et d'échec qui ne devait plus jamais le quitter vraiment. Il transportait trois espèces de vers dans son gros intestin et, sur son bras, un cacatoès apprivoisé. Pendant le voyage de retour, il écrivit aux parents de Thomas Gray une longue lettre qu'il n'envoya jamais. Au lieu de cela, il leur rendit visite à New York et leur donna plusieurs spécimens du papillon que leur fils était parti chercher. Il savait que même ce papillon constituait une piètre compensation pour un fils disparu. Le cacatoès perdit toutes ses plumes, refusa de s'alimenter et mourut dans l'année.

### 3. *Parnassius hardwickii* et *Parnassius maharaja* : les papillons himalayens

En voyant le père de Maya après son opération, j'ai compris que nous sommes davantage que de la simple anatomie, davantage qu'un simple ensemble de structures. La tête rasée, avec la longue cicatrice qui courait sur le côté de son crâne et l'enchevêtrement de tubes et de fils qui sortaient de son cou, de son bras et de sa vessie, il était méconnaissable. Tout le côté droit de son corps était paralysé et il ne pouvait pas parler. Maya surveillait sa pression intracrânienne, sa force musculaire, et examinait sa plaie plusieurs fois par jour. Il y avait quelque chose de réconfortant à voir ses pieds dépasser des draps – petits et délicats, avec leurs orteils couleur de sirop d'érable.

Il avait beau être paralysé et bouffi, son esprit ne l'avait pas quitté. Je le sentais là avec moi, derrière ses yeux, plus sombres et plus compréhensifs que les miens. Quand j'ai apporté une cassette de *La Chevauchée fantastique,* j'ai deviné sa joie, et lorsqu'il a levé le pouce gauche en l'air, je l'ai senti bien présent parmi nous. Il a regardé des dizaines de westerns pendant ses derniers jours. Nous sommes davantage que la simple addition de nos différents composants, disais-je à Maya. J'essayais de briser sa conception objective du cerveau humain. L'esprit de son père arpentait quelque prairie oubliée, vagabondait parmi les amarantes, alors que son cerveau était pour le moins incomplet.

Nous avons tout de suite su que la tumeur récidiverait. Il ne lui restait que quelques semaines à vivre. Chez lui, il essaya de marcher et tomba. Maya lui lisait des revues de physique. La mère de Maya lui préparait ses plats préférés et le nourrissait avec les petites cuillères qu'ils avaient reçues en cadeau de mariage. D'une main gauche tremblante, il m'écrivait des messages qu'il ne voulait pas que sa famille voie. « Débranchez-moi », écrivait-il, et lorsque je le regardais dans les yeux, les yeux de sa fille, je comprenais mieux mon grand-père.

Vers la fin, le père de Maya eut d'autres attaques. Au cours de l'une d'elles, une convulsion le fit tomber de sa chaise roulante, dans le jardin. On le retrouva le visage plaqué au sol, comme en train d'écouter attentivement des insectes dans l'herbe. Il voulait être dehors. On l'allongea sur un matelas sous un bosquet de hêtres pour qu'il regarde le ciel entre les rameaux blancs. C'est là qu'il est mort un jour d'été, parmi les abeilles, le front légèrement poudré de pollen jaune.


En 1890, quinze ans après son retour de Nouvelle-Guinée, mon grand-père commença à donner des signes évidents de folie. Il devint obnubilé par le vaudeville, les spectacles burlesques et le cirque. Lui qui avait toujours été un homme tranquille et méticuleux, profondément attaché aux valeurs victoriennes, aux vertus du travail et de la discipline personnelle, se mit alors à passer toutes ses soirées au music-hall – il assista à plus d'une centaine de représentations du duo comique formé par Joe Weber et Lew Fields, alla prendre des verres avec les artistes de cabaret John T. Kelly et Peter Dailey. Il passait des journées entières au cirque, se passionnait pour les clowns. Comme il était riche, on lui donnait accès aux coulisses. Il fit la connaissance de Dan Rice, le célèbre clown de l'époque de la guerre de Sécession. Il noircit de nombreuses pages de son journal avec des sketches et des descriptions de clowns – presque comme s'il essayait de comprendre le monde du spectacle en lui appliquant des méthodes scientifiques aussi rigoureuses que possible.

Il commença à engager des artistes de cirque et de vaudeville pour donner chez lui des soirées musicales et burlesques ; il organisa plusieurs représentations dans sa maison de l'Upper West Side, et invita des amis et connaissances fortunés venus de tout New York. Il s'agissait de numéros de comédies bouffonnes, de tours de magie, de chansons comiques, de gags visuels et sonores. Ce nouvel intérêt pour le théâtre ne ressemblait pas du tout à mon grand-père, qui avait un tempérament et un cerveau de scientifique, pas de fantaisiste. Lorsqu'il se mit à participer lui-même à ces spectacles, en costume trop large à bretelles, chaussures flasques, maquillage et perruque, tout le monde comprit que quelque chose ne tournait pas rond.

Il devint un clown pour de bon : il faisait des farces et pouffait de rire dans les dîners, trouvait des œufs et des fleurs dans les cheveux de ses hôtes, installa dans son salon une chaise truquée qui tombait en morceaux quand on s'asseyait dessus. En mars 1890, il parvint à faire glisser une tarte à la rhubarbe sur toute la longueur de la table de la salle à manger à l'aide d'un aimant caché et d'un système de câbles et de poulies. Les convives de ce dîner étaient « trois comiques irlandais, un juge de la Haute Cour, un médecin de quelque renom, pionnier de l'usage de l'éther pour des opérations chirurgicales mineures, et un cousin au troisième degré de Théodore Roosevelt ». Il nota qu'après le repas, il avait laissé tout le monde perplexe (sauf les comiques) avec une bouteille de porto Tawny truquée qui, bien que débouchée, ne coulait pas. Les cigares offerts au juge et au médecin étaient explosifs et produisirent « une détonation très satisfaisante qui plaqua les fumeurs au fond de leurs sièges dans un éclair de poudre et un nuage de fumée noire ».

Mon grand-père continuait à rapporter les événements de sa vie quotidienne dans son journal. Ressentant un besoin compulsif de « tout tourner en dérision » et de « se divertir sans retenue », il constata qu'il était souvent pris pendant plusieurs minutes d'un rire irrépressible devant des choses aussi banales qu'une carafe de xérès ou un tas de crottin conique dans la rue. Ma grand-mère dut s'inquiéter des changements spectaculaires qu'elle observait chez son mari. Mon grand-père nota qu'elle fit plusieurs malles et partit vivre dans sa famille à Boston, le laissant seul à ses tours et à ses farces dans leur maison à la façade de granite.

Je passe quelquefois devant l'ancienne demeure de mon grand-père sur la route de l'hôpital. C'est une énorme vieille bâtisse victorienne à quatre étages, avec des chambres pour les domestiques. Mon père l'a vendue il y a des années. Elle est à présent subdivisée en bureaux et le rez-de-chaussée abrite un restaurant bio. Je suis sûr que mon grand-père aurait été amusé de voir les serveuses porter des châles de mousseline éthiopiens. Il aurait considéré leur uniforme comme un exemple de mimétisme culturel. Il avait été en Éthiopie (qu'on appelait alors Abyssinie) au début des années 1870. Il avait fait le tour des puissants remparts rocheux des églises coptes de Gondar à la recherche de spécimens de *Papilio dardanus* et de *Papilio lormieri*.

Après les funérailles de son père, Maya et moi avions tous deux besoin de partir, et nous avons donc passé un mois en Inde. Mon image de l'Inde était le fruit d'une passion précoce pour Kipling. J'avais imaginé des infidèles enturbannés (noirs comme la nuit, armés de cimeterres), des tigres en laisse et des conversations menées, dans un anglais policé, sous des éventails actionnés par des serviteurs émaciés. Les membres atrophiés, les animaux et la mort dans la rue, les enfants délicats aux yeux fixes furent une révélation. Le sous-continent compte de nombreuses espèces de papillons, mais c'est difficile à croire quand on traverse les villes. Je brûlais de trouver des spécimens de *Parnassius hardwickii* et de *Parnassius maharaja*, deux espèces qui vivent à plus de 2 500 mètres d'altitude sur la face sud de l'Himalaya, mais à aucun moment je n'ai trouvé le temps de faire la moindre expédition sur le terrain. Maya m'a acheté un dhoti blanc et les lingams les plus étonnants et les plus affreux qu'elle a pu trouver. Elle en a déniché un électrique qui, une fois branché, clignotait aux couleurs de l'arc-en-ciel. Je me sentais plus jeune que jamais. L'endroit avait quelque chose de stimulant. Chaotique, d'une fécondité grouillante, aussi actif qu'une ruche humaine. Au bout d'un moment, j'ai oublié la misère sordide. Un soir, alors que nous reposions sur de fins draps de coton sous un ventilateur de plafond, Maya m'a dit : « Tu as l'énergie sexuelle d'un homme de vingt ans.

– Tu trouves ?

– Oui. Je ne m'en plains pas. Mais je me demande comment tu fais.

– Je n'ai pas l'impression de faire quoi que ce soit. Mais je me sens mieux loin de la maison. J'éprouve comme un sentiment de liberté, je crois. Pas toi ?

– Pas comme toi. Je suis un peu chez moi, ici. Je n'ai pas vraiment la sensation d'avoir échappé à quoi que ce soit. Je connais l'Inde. Un cinquième des gens que tu croises me sont sans doute plus ou moins apparentés, par des ancêtres éloignés.

– Il y a quelque chose de libérateur à être loin de sa famille.

– J'imagine. » Elle a roulé sur le côté, les mains posées à plat sur le drap devant elle. De la musique pop indienne montait de la rue et j'entendais les mugissements lointains de buffles d'Asie. Dans la pénombre, ses cheveux noirs tombaient comme de l'encre sur les draps blancs. Ses pieds et ses mains avaient été tatoués au henné pour notre mariage et un enchevêtrement de lignes et de fleurs violettes dessinaient des circonvolutions sur ses paumes et sur le dessus de ses pieds. Cet instant avait quelque chose d'intemporel. C'est alors que j'ai réalisé que je ne pourrais jamais vraiment échapper à ma famille. Je les porte tous en moi.

Nous avons passé des après-midi moites chez des mem-

bres de la famille éloignée de Maya, à manger des confise-
ries ornées de feuilles d'argent et de bronze et à discuter
de la pollution et des logiciels indiens. J'étais totalement
accepté en tant que partenaire d'une femme plus jeune
que moi – dans une société où de nombreux mariages sont
encore arrangés, notre union n'avait rien de déraisonnable. « En fait, c'est un honneur pour moi d'être avec toi
plutôt qu'avec un homme plus jeune », m'a expliqué
Maya. Nous avons mangé des nouilles de riz à la vapeur et
des crèmes glacées gluantes sur des marchés de plein air.
Courant d'un endroit à l'autre comme des gosses, nous
avons acheté un coffre en teck sculpté et un ensemble de
montants de porte en cuivre massif. Je me sentais proche
de Maya à ce moment-là. Elle avait oublié son père pendant un moment, laissé de côté ses listes, ses plannings, et
j'avais l'impression qu'elle se détendait pour la première
fois depuis que je la connaissais. Elle disait en plaisantant
que nous devrions ne plus jamais rentrer et passer le reste
de notre vie à diriger une léproserie. Elle m'a raconté la
vie de ses parents les plus déjantés, indiqué où me tenir
dans un bus bondé et les principaux gros mots en hindi.
La seule chose que Maya ne m'ait pas dite pendant notre
séjour en Inde, c'est qu'elle était enceinte de deux mois
de notre fille.

Il serait vraiment absurde de ma part de ne pas reconnaître que mes compétences de chirurgien ont commencé
à pâtir de mon penchant pour la boisson. J'en suis au point
de boire du whisky dans mon bureau, tranquillement et
subversivement, comme un criminel, avant le programme
opératoire du matin. Deux verres de pur malt font cesser
l'inquiétant tremblement matinal et calment mes mains.
Pendant une heure ou deux, je me sens comme avant, le
matin : maître de mon sujet, serein, l'esprit clair. J'avale
de grands traits de bains de bouche et je suce des pastilles
de menthe pour camoufler mon haleine. Et, aussi vite que

possible après avoir enfilé ma blouse, je revêts un masque. J'ai toujours été très fier de mon travail, et pourtant aujourd'hui je me sens réticent et circonspect, incapable de prendre plaisir à ce que je fais, incapable d'être agréable avec mon équipe. Je file dès que je le peux – après un programme opératoire chargé, je ne peux penser à rien d'autre qu'à la bouteille enfermée à clé dans le tiroir du bas de mon bureau.

Je vois bien que mes compétences se sont altérées, mais je suis persuadé que ça n'est pas encore évident pour mon entourage. Je remarque une imperceptible baisse dans la précision de mes incisions. Mes sutures sont très légèrement moins nettes, moins soignées, plus bâclées à mes yeux, mais je ne suis pas sûr que quiconque d'autre que moi puisse le voir. Je laisse parfois tomber des instruments, ce qui ne m'arrivait jamais. Tout cela, je crois, reste dans les limites de la normalité. Je suis certain qu'aucun de mes patients n'a eu à souffrir de mon alcoolisme. Les résultats de mes opérations sont restés bons. Il n'y a eu aucune plainte.

Je reconnais, néanmoins, que la situation empire. La semaine dernière, je réparais plusieurs tendons de muscles extenseurs, lésés lors d'un accident de moto, dans la main droite d'un musicien professionnel. Je travaillais au microscope chirurgical. Après deux heures d'intervention, je me suis endormi debout à la table d'opération, la tête lourdement appuyée sur l'oculaire du microscope. Mes mains, qui tenaient encore les instruments, reposaient, immobiles, dans la plaie ouverte en dessous de moi. Je me suis réveillé en sursaut et je n'ai toujours aucune idée de la durée de mon inconscience. Je suppose qu'elle fut très brève. L'interne qui m'assistait était encore à mes côtés et n'a rien dit. L'infirmière de bloc opératoire se tenait prête avec l'aspirateur. Je me suis écarté précautionneusement de la table en faisant mine de réfléchir. J'éprouvais un sentiment proche de la panique. Lorsque je me suis repris suffisamment pour parler, j'ai demandé à l'interne de prendre la relève. Je lui ai cédé la place et je l'ai regardée finir le travail. J'observais et, théoriquement, je surveillais, mais je ne prêtais en réalité que très peu d'attention à ce qu'elle faisait. J'avais franchi une sorte de limite, je le savais. Je ne voulais pas penser à ce qui serait arrivé si j'étais tombé. Je ne voulais pas penser à ces instruments aiguisés dans mes mains inconscientes.

Il est temps pour moi de prendre des mesures concrètes, c'est évident. Je devrais aller voir le chef du service de chirurgie, le docteur Touli, et agir en homme responsable. C'est dur pour moi. Il m'est pénible d'exposer le détail de mon mal, surtout devant un homme de dix ans plus jeune que moi qui n'a jamais possédé mon niveau de compétence. Difficile de décrire une faiblesse à un homme que je ne considère pas comme mon égal. Pour dire la vérité, je pense que c'est moi qui devrais diriger le service de chirurgie, pas le docteur Touli. Les raisons pour lesquelles ce poste ne m'a pas été confié restent pour moi un mystère.

### 4. *Limenitis archippus* : le vice-roi

Je ne peux qu'imaginer ce que mon père a pensé en voyant Albert Gissendander se traîner lourdement vers lui sur la plage. Le gros pansement de gaze sur ses lunettes brillait au soleil. Sa bouche s'ouvrait et se fermait sans bruit et il agitait les jumelles au-dessus de sa tête. Debout à l'extrémité de la digue, je vis mon père se mettre à courir. Il semblait se mouvoir au ralenti, minuscule silhouette luttant contre le vent, comme emprisonné sous du verre. Il lui fallut plusieurs minutes pour atteindre la digue, après avoir arraché et jeté sa veste derrière lui. Il me cria avec une force terrifiante : « Reste où tu es et ne bouge pas. Tu m'entends ? Ne bouge pas. » Je ne bougeai pas lorsque je l'entendis pousser un cri et sauter dans l'eau. Je ne bougeai pas lorsque je le vis patauger vers la plage, ma sœur dans les bras. J'ai parfois l'impression d'être au bout de cette digue depuis cinquante ans.

Le deuil est une chose étrange. Ma mère accusa mon père et mon père accusa les papillons. La maison semblait vide et sans vie. Mes parents étaient incapables de se parler. Ma mère prit un emploi de secrétaire dans un cabinet juridique et nous quitta deux ans plus tard pour un homme qui vendait des accessoires de théâtre. Par la suite, je lui rendais visite dans un salon plein de perruques emballées dans des sacs plastique et de piles de tridents de Neptune. Ma mère commença à se méfier de la science et de la logique. Elle se mit à s'habiller de manière extravagante, à se maquiller et à sortir. Elle s'intéressa à l'astrologie.

Mon père ne regarda plus jamais les papillons. Nous n'allâmes plus jamais voir la migration des monarques. Il enseigna. Il entreprit dans la vieille maison de mon grand-père une rénovation et un réaménagement qui durèrent une éternité. Il changea la plomberie ; modernisa l'installation électrique ; ajouta des cloisons. Il reconstruisit son chagrin à l'extérieur de lui-même dans cette vieille demeure, le cloua à coups de marteau, comme si son malheur était quelque chose de tangible et de visible. « Il nous faut surmonter cette épreuve, me disait-il. Il faut continuer. » Je lus les journaux intimes de mon grand-père et vis mon père devenir un homme fluet au regard candide.

Il y a une tombe, une plaque de marbre luisante au bout d'un petit coin de terre. Chaque semaine, mon père et moi lui rendions visite et, l'été, j'apportais des papillons. Je les attrapais dans le jardin et les gardais vivants dans des bocaux en verre au couvercle perforé. Au milieu des tombes, je laissais un papillon sortir sur sa pierre tombale et le regardais se poser un instant, puis partir à la dérive dans les airs et s'éloigner. Quand je pense aux papillons, je pense à Hannah – elle est là devant moi, petit éclat coloré.

J'ai revu Albert Gissendander une fois dans ma vie. J'étais interne au service des urgences quand il s'est présenté avec une douleur thoracique. Il ne m'a pas reconnu. Allongé, les yeux fermés, il tenait un masque à oxygène sur sa bouche et sur son nez. Ses lèvres étaient bleues. Je l'ai interrogé sur sa douleur – elle était arrivée alors qu'il prenait un petit-déjeuner anglais dans une cafétéria. Les douze fils de l'électrocardiogramme pendaient mollement de sa poitrine.

J'ai posé mes mains sur sa peau blanche et moite et j'ai écouté les râles crépitants de ses poumons. Il avait un pouls faible et irrégulier. Son cœur paraissait lointain et assourdi. Il semblait battre sous l'eau, comme une créature des profondeurs. « Est-ce que je vais m'en sortir ? » m'a-t-il demandé en ouvrant un instant les yeux. Je lui ai posé une voie veineuse et injecté de la morphine. J'ai imaginé ce corps, propulsé par ce cœur malade, parcourant lourdement la plage du cap May. Les ongles de ses orteils étaient jaunes et recourbés. Nous avions partagé quelque chose, cet homme et moi, mais je ne ressentais rien. J'ai songé une seconde à lui dire qui j'étais, pour voir son rythme cardiaque grimper sur le moniteur. J'imaginais son accélération. J'imaginais les pics et les creux de son tracé cardiaque se rapprochant, se télescopant. « Mais oui, vous allez vous en sortir », ai-je répondu.

Je l'ai stabilisé et envoyé à l'unité de soins intensifs coronariens pour surveillance étroite. Le lendemain matin, à la fin de ma garde, je suis monté le voir. Dans l'ascenseur, j'ai rajusté ma blouse blanche sur ma poitrine et je l'ai boutonnée jusqu'en haut. Je suis resté un moment à l'extérieur de sa chambre, à l'observer. Il était énorme et blanc, échoué sur le lit comme quelque mammifère marin géant. Je suis entré dans la chambre et j'ai feint d'examiner sa courbe. Il m'a regardé avec bienveillance de ses yeux humides et sombres et n'a rien dit. Le moniteur cardiaque émettait un bip régulier. Je suis resté un moment au pied du lit, et ensuite j'ai dit : « Je suis le frère d'Hannah. »

Il m'a regardé en silence et j'ai douté qu'il ait compris. Mais alors il a tout à coup essayé de parler. Il a enlevé le masque à oxygène en plastique de son nez et de sa bouche. Ses grosses lèvres bougeaient l'une contre l'autre, mais aucun son ne sortait. Il ouvrait des yeux exorbités, manifestement en détresse. Il a levé un avant-bras pour me faire signe d'approcher. Je me suis penché et j'ai collé mon oreille à ses lèvres. Je sentais son souffle fort sur le côté de mon visage. « Je suis très malade, a-t-il dit d'une voix entrecoupée. Laissez-moi tranquille. » Je suis resté courbé, l'oreille près de son visage, beaucoup plus longtemps que nécessaire. En quittant la pièce, j'ai compris que je ne voulais pas en savoir davantage. Je ne voulais pas galvauder la mémoire de ma sœur en parlant d'elle avec cet étranger à l'agonie. J'espérais qu'Albert Gissendander gardait du passé des souvenirs bien vivants qui hâteraient sa fin. Il est surprenant de voir combien une maladie grave peut affiner les sens et donner du passé une vision plus claire – peut-être à la fin s'est-il senti responsable de ce qu'il avait fait.

Les mains de mon grand-père commencèrent à trembler et s'altérèrent progressivement. La frustration le conduisit à se trancher le pouce. Le tremblement devint si sévère qu'il ne pouvait plus contrôler ses bras ni travailler avec minutie sur les papillons. Sa mémoire commença à s'effacer, et ce fut peut-être sa plus grande perte. C'était son intelligence qui lui avait toujours permis de se maintenir. Il commença à rédiger des listes pour tout ce dont il avait besoin de se souvenir chaque jour. Il s'en prenait sans pitié à l'infirmière que sa famille avait engagée pour s'occuper de lui. À mesure que la maladie progressait, il eut de plus en plus de mal à marcher et à garder l'équilibre. Pour finir, il en fut réduit à la chaise roulante.

Il avait observé cette maladie dans les montagnes de Nouvelle-Guinée. Les indigènes l'appelaient *kuru*. Une progressive destruction du cerveau se signalait tout d'abord par un comportement légèrement incongru, qui évoluait ensuite vers une dégradation du contrôle moteur et une perte de mémoire. Les victimes présentaient des troubles de l'équilibre et de la coordination, pour finir tout à fait paralysées. En six à neuf mois, elles ne pouvaient plus ni parler ni avaler et elles perdaient le contrôle de leurs yeux. Incapable de s'alimenter, elles mouraient souvent de malnutrition. Seuls ceux qui manipulaient et consommaient des cerveaux humains infectés étaient touchés. En Nouvelle-Guinée, les individus atteints restaient assis sans but dans les villages, échevelés, bredouillants.

Naturellement, à l'époque, on ignorait tout des maladies neurodégénératives provoquées par les « virus lents » ou particules protéiques qu'on appelle prions. Il devait s'écouler soixante-sept ans avant que Vincent Zigas et Carleton Gajdusek décrivent le *kuru* chez les tribus de Fores qui vivent sur les hauts plateaux de Nouvelle-Guinée – une forme de démence transmise par contact avec des cerveaux infectés. Et il se passa encore du temps avant que nous comprenions les autres troubles apparentés : la maladie de Creutzfeldt-Jakob, la tremblante du mouton et la célèbre encéphalopathie spongiforme bovine ou maladie de la vache folle. J'ai étudié cet ensemble de pathologies. L'issue en est toujours la même : le cerveau est rongé comme du gruyère et il n'existe aucun remède ni traitement.

Maya est intrinsèquement passionnée par tout ce qui ronge le cerveau. C'est à ses yeux la preuve que nous ne sommes guère plus que des machines – de la noradrénaline, de la sérotonine et de la dopamine circulant dans un ensemble de circuits et de canaux. Chaque perte fonctionnelle a son corrélat anatomique et cela flatte son sens de l'ordre. Quelques cas de neuropathies transmissibles ont été décrits chez des neurochirurgiens. Ceux-ci contractent la maladie en opérant des cerveaux contaminés sans protection locale correcte ; un trou dans un gant et une égratignure sur un doigt peuvent fournir un point d'entrée vers la circulation sanguine. Il suffit peut-être d'une éclaboussure de sang infecté dans l'œil. Rien n'est plus tragique qu'un neurochirurgien qui perd son cerveau. Toutes ces compétences, tout ce savoir approfondi, toute cette dextérité, rongés.

Nous prenions le thé avec la tante et l'oncle de Maya quand elle a fait sa fausse couche. C'était notre dernière semaine en Inde. Depuis le salon de leur appartement au premier étage d'un immeuble de Goa, je contemplais une plage de sable jaune pâle. Les cris d'un match de volley-ball résonnaient dans l'après-midi – des jeunes gens bronzés en tenue de surf et bracelets de cheville jouaient au son de Bob Marley sous le regard de femmes graciles en saris, debout près des buvettes. C'était un jour poisseux et le thé était fort et plein de lait. Maya se cramponna le bas-ventre et devint pâle comme jamais je ne l'avais vue. Elle se précipita dans la salle de bain. Sa tante Priya la suivit. Elles ressortirent cinq minutes plus tard, Maya tenant une serviette entre ses jambes. « Ne me pose pas de questions, murmura Maya. Je t'en supplie. »

Son oncle nous emmena en Peugeot rouillée dans une clinique privée aux murs blanchis à la chaux, au milieu d'une palmeraie agitée par le vent. Je dus pratiquement porter Maya sur les marches du perron. Son oncle courut chercher l'obstétricien, son partenaire de squash. Assis, les bras autour de Maya, je regardais un vieillard passer un balai-brosse sur les marches en béton vert devant nous. Je sentis Maya s'affaisser contre moi. « Je suis désolée, dit-elle. C'est ma faute. J'aurais dû te dire. »

Les infirmières portaient des coiffes à ailettes et de solides chaussures blanches à lacets. Elles lui trouvèrent un lit dans une petite chambre. On me fit rapidement sortir en me demandant d'attendre dans la salle de détente, une pièce au sol de linoléum où vingt ou trente hommes et jeunes garçons regardaient du cricket sur une télévision grand écran. Ils me trouvèrent une chaise devant le poste et je m'assis à contrecœur pour ne pas avoir l'air impoli. « Ça compense un peu, n'est-ce pas ? dit mon voisin dans un large sourire. Même si nous sommes à l'hôpital, nous avons cette magnifique télé et un siège au premier rang pour le premier match international à Headingly. Il ne faut pas cracher dessus. »

Une heure plus tard, l'obstétricien fit son apparition et m'attira vers les fenêtres. En dépit de la chaleur, il portait un costume trois-pièces gris. Il s'exprimait avec un fort accent d'Oxford – un accent plus anglais que celui de mes amis anglais. Il avait une allure de sportif – bon joueur de squash et de tennis, un petit pari occasionnel aux courses, membre à vie de clubs de cricket. Sa cravate portait deux maillets de polo croisés en monogramme.

« Je suis désolé, mon vieux, elle a perdu le bébé, me dit-il.

– Il n'y a rien à faire ?

– Rien du tout. Ce sont des choses qui arrivent. Une fausse couche. Elle s'en remettra très bien. Je vais la garder un jour ou deux, juste en observation. Il se peut que je doive lui faire un curetage par la suite.

– Elle ne m'avait rien dit. Pour le bébé.

– Vraiment ? Elle s'en veut peut-être un peu.

– Je regrette de ne pas l'avoir su. J'aurais peut-être pu faire quelque chose.

– Sincèrement, il est peu probable que vous ayez pu faire quoi que ce soit. » Une table roulante passa dans un fracas de tasses en porcelaine. « Il n'y a que trois choses certaines sur cette terre, dit l'obstétricien : le thé, le cricket et la mort. »

Je retournai dans sa chambre. Maya dormait, une perfusion dans le bras. Ses cheveux s'étalaient en éventail sur l'oreiller derrière elle. Je m'approchai, posai ma main sur son front et la regardai respirer entre des lèvres entrouvertes. Les draps étaient amidonnés et lourds. Je sentais l'odeur du sang frais sur elle. Debout près de la fenêtre, je regardai des poulets picoter la poussière le long du bâtiment. Un délicat lézard vert, immobile, darda sa langue sur le mur au-dessus de ma tête. J'entendais des enfants jouer au loin. L'espace d'un instant, je ressentis la vie partout autour de moi, si omniprésente qu'elle en était presque invisible. C'est seulement lorsqu'elle nous est enlevée que nous la remarquons, et cela peut arriver d'une minute à l'autre.

Mon grand-père n'arriva jamais à croire que Darwin avait raison. Dans son esprit, la perfection des papillons, leurs motifs et leurs couleurs élaborés, outrepassaient les exigences de la simple survie. « Je ne peux pas croire, écrivit-il, que les autres papillons remarquent les précieux détails que l'on peut observer sur les ailes de ces créatures. À mes yeux, c'est de l'art pour l'art. Il ne s'agit pas simplement de survie, mais d'une chose plus noble. » Après la Nouvelle-Guinée, il donna un grand nombre de ses spécimens au muséum d'histoire naturelle de New York. Il passa toujours ses étés à en collecter, mais ne voyagea plus à l'étranger.

Au cours des années qui précédèrent sa maladie, il partit des semaines dans l'Ouest, dans les prairies, les Rocheuses et les déserts de l'Arizona et du Nouveau-Mexique. Lors de certaines de ces expéditions, il emmenait toute sa famille avec lui. Ce furent des jours heureux pour ma grand-mère et leurs trois fils, dont mon père était le benjamin. Mon grand-père construisit une serre au fond de son jardin et en fit un grand laboratoire à papillons. Il y éleva des spécimens d'*Actias luna*, d'*Antheraea polyphemus* et d'*Automeris io* et chercha chez eux des exemples de mimétisme. En 1888, l'année de la naissance de mon père, il déclara avoir prouvé que le papillon monarque est imité par le vice-roi. Malheureusement, sa maladie l'empêcha de publier ses découvertes.

Il aurait été heureux de voir ses propres observations

confirmées par les travaux de Jane Van Zandt Brower au milieu des années cinquante. Elle rapporta que, en Amérique du Nord, le *Limenitis archippus* ou papillon vice-roi copie le *Danaus plexippus* ou papillon monarque pour profiter de l'avantage défensif que lui confèrent ses motifs et ses couleurs. J'ai classé son article, « Experimental Studies of Mimicry in Some North American Butterflies » (*Evolution*, 1958, 35 : 32-47), avec le reste de mes notes sur les papillons. Elle avait remarqué ce phénomène chez les monarques du Nouveau-Brunswick, qui commencent à l'automne leur migration vers les montagnes du Michoacán au sud-ouest du Mexique.

Quand mon père avait quatre ans, ma grand-mère retourna avec ses enfants vivre à Boston dans sa famille et ils y passèrent les deux dernières années de la vie de mon grand-père. Ma grand-mère ne chercha pas à comprendre ce qui était arrivé à son mari. La maladie mentale, sous quelque forme que ce fût, faisait encore l'objet d'un violent rejet social et on n'en parlait jamais vraiment. Ma grand-mère, n'ayant jamais compris l'origine de la maladie, vécut dans la terreur que mon père en hérite. Elle s'inquiétait pour son fils, le surveillait de près et fit de lui un enfant sérieux avant l'heure.

Mon grand-père n'oublia jamais Thomas Gray. Chaque année tant qu'il fut valide, le jour de l'anniversaire de son vieil ami, il laissait s'échapper de la serre tous les spécimens qu'il avait élevés, par centaines. Un déluge d'ailes tachetées prenait son envol autour de lui et s'éparpillait dans le ciel. Ce jour-là, il portait à son ami un toast au whisky et passait en revue ses spécimens du Pacifique.

Sa soif de posséder la beauté luminescente de l'*Ornithoptera alexandrae* avait condamné mon grand-père à une mort lente et progressive. Et pourtant, lorsque je regarde les merveilleuses taches de vie et de couleur que créent encore ces papillons, j'ai la certitude qu'à ses yeux tout cela en valait la peine. Je l'imagine devant ses boîtes de collection, une loupe dans une main et ses carnets dans l'autre, se remémorant les jours où il avait capturé ses remarquables spécimens. Je l'imagine revivant l'obscurité moite de la forêt, les soudaines explosions de couleurs palpitantes, les taches de lumière filtrées par la voûte de feuillage. Il devait trouver du réconfort dans les longues rangées ordonnées de sa collection de papillons.

Impuissance est un mot lourd de connotations émotionnelles, mais qui décrit fidèlement mon état actuel. Je n'ai pas eu d'érection depuis notre retour d'Inde. La semaine dernière, Maya au-dessus de moi sur le lit, à califourchon sur mon pelvis, tâtait mes parties intimes comme une fragile trouvaille archéologique.

« Je ne peux pas m'empêcher de remarquer qu'il ne se passe rien dans cette zone, me dit-elle.

– Cette *zone* est temporairement hors service », répondis-je. Maya effleura ma poitrine du bout des doigts et colla sa bouche à mon oreille.

« Est-ce que je peux faire quelque chose ? murmura-t-elle.

– Je ne sais pas. Je ne crois pas, en fait. » Je n'avais jamais eu de problèmes d'érection. Bien au contraire.

« C'est de ma faute, hein ? dit Maya en se laissant glisser sur le côté et en s'asseyant en tailleur sur le lit. Je comprends parfaitement. C'est tout à fait compréhensible. » Elle pleurait.

Je restai rigide sur le lit. « Ce n'est pas toi, c'est moi. Je suis fatigué. J'ai eu beaucoup de travail.

– Ça ne t'avait jamais empêché avant. Tu le sais très bien. Tu m'en veux pour l'Inde.

– Non, je ne t'en veux pas.

– Tu me tiens pour responsable.

– C'est faux. » Maya descendit du lit et enfila son peignoir. Elle se tint au-dessus de moi près du lit, le visage dans les mains.

« Qu'est-ce que tu crois que je ressens ? Tous les jours,

il faut que je me lève et que j'aille travailler, comme toi. Que j'assume toute la responsabilité. C'est lourd à porter.

– Rien de tout cela n'est de ta faute, Maya, dis-je en m'asseyant au bord du lit.

– Tu as peur de prendre la moindre responsabilité. Et cela explique en partie ce qui s'est passé. Pourquoi refuses-tu de l'admettre ?

– Parce que j'ignore ce que je ressens. Je ne sais pas ce qui s'est passé.

– Tu bois trop. Tous les soirs, tu bois. »

Je passai en revue dans ma tête les causes biologiques d'impuissance (essentiellement vasculaires et neurologiques) et aucune ne semblait probable dans mon cas. Et j'aime Maya. On dirait que je suis paralysé. Tout se bloque.

« Je crois que c'est psychologique », dis-je. Mais Maya avait déjà quitté la pièce.


Mon grand-père mit fin à ses jours à l'été 1894. Il était faible et avait du mal à tenir debout tout seul. Qu'il ait réussi à accrocher la corde aux lourdes poutres en fer de sa serre témoigne de sa volonté et de sa persévérance. C'était l'été et j'imagine le jardin autour de lui, tourbillonnant de pissenlits et de *ray-grass*. Il fit un nœud coulant au bout de la corde. Il lui fallut sans doute des heures pour monter sur l'un des établis – il fit tomber des instruments à terre, renversa des pots et éparpilla des pupes de papillon autour de lui. On le retrouva suspendu à un mètre du sol. D'après mon père, les papillons de la serre étaient attirés par son corps suspendu. Quand ils le trouvèrent, son costume de laine était couvert de vice-rois rouges et noirs, accrochés à lui de la tête aux pieds.


Hier soir, Maya a trouvé le double de la clé de mon bureau. J'ai entendu le cliquetis dans la serrure, puis elle a violemment ouvert la porte. Elle avait le regard fou, un marteau à la main. Ses joues étaient noires de coulées de mascara. Complètement rétablie depuis l'Inde, elle brandissait le marteau au-dessus de sa tête avec facilité. Elle se dirigea très calmement, marteau levé, vers les vitrines à papillons de mon grand-père. Paradoxalement, je me suis entendu pouffer : elle ne portait que des sous-vêtements et d'épais gants de jardinage.

« Ces papillons sont une malédiction, cria-t-elle. Donne-moi une seule bonne raison de ne pas les détruire tous. » Elle faisait tournoyer le marteau autour de sa taille en grands arcs, prête à frapper.

« Maya, calme-toi.

– Une seule bonne raison. C'est tout ce que je demande. »

Mais j'étais incapable de parler. Je ne pouvais que regarder. Et pour des raisons que je ne m'explique pas, en même temps que je regardais, je me sentais soulagé.

Aujourd'hui, j'avais besoin de prendre l'air. Je suis parti sur la côte chercher les monarques – la migration devrait bientôt commencer. C'était une magnifique journée de septembre, avec de forts vents d'est et de brusques éclaircies entre les nuages rapides. Sortir de New York m'a mis de si bonne humeur que j'ai commencé à chanter dans la voiture – une épouvantable interprétation de *St. James Infirmary*. Mes idées deviennent parfaitement claires lorsque je suis sur la plage, face à la tache grise de l'océan Atlantique. Là-bas, je me retrouve à marcher pendant des heures, les yeux levés vers le ciel. Je remarque à peine le sol sous mes pieds, trébuche sur des touffes d'herbe des sables et me tords les chevilles dans les creux et les fissures du terrain sablonneux. Attendre les papillons, c'est comme attendre de vieux amis : impatient, je redoute qu'ils ne viennent pas du tout.

En arrivant sur la plage, je suis descendu vers l'océan pour toucher l'eau. La première chose que je fais au bord de la mer, c'est de mettre les pieds dans les vagues. C'est une superstition : je dois me prouver à moi-même que c'est réel et que je suis bien là. C'était une journée calme, l'eau était plate et verte. Sur leurs pattes roses, des rangées de bécasseaux aux yeux noirs allaient et venaient frénétiquement dans la ligne d'écume. J'ai ressenti une certaine gêne en enlevant mes chaussures et mes chaussettes et en remontant mon pantalon jusqu'aux genoux. Marchant avec précaution sur des pieds blancs délicats qui semblaient appartenir à un étranger, je suis entré dans l'eau peu profonde. Cailloux et coquillages filaient sous mes orteils. Lorsque je baissais les yeux, mes jambes ressemblaient à celles d'un vieillard (pâles, glabres, marbrées de veines souterraines et de taches mystérieuses) et ces membres pâles me semblaient loin de moi à un point surprenant. Comme j'entrais dans l'eau, de longs faisceaux d'algues s'enroulaient autour de mes tibias. Dans l'ensemble, je me sens plus jeune que jamais. Mais voir mes jambes nues en plein soleil me mortifie, me ramène à mon âge, à mon travail, à ce que je suis censé être.

J'ai décidé de passer la nuit ici, sur la côte. J'ai trouvé un petit hôtel où je peux me fondre dans l'anonymat. Un groupe de mormons y tient un colloque dans les salles de réunion. Je suis entouré de gens tirés à quatre épingles qui pratiquent la polygamie. J'ai réussi à obtenir une petite suite avec un secrétaire et j'ai tiré ce bureau vers la fenêtre d'où, en plein jour, je peux contempler l'océan. Cette après-midi, j'ai découvert un restaurant de poisson et mangé des coquilles Saint-Jacques fraîches pour la première fois depuis des années. Je n'ai pas éprouvé le besoin de boire aujourd'hui, c'est encourageant. Il y a une bouteille de Black Label sur le bureau, avec un verre rempli de glaçons, mais je retarde le moment de verser le whisky. Je m'aperçois que je veux être lucide quand je repense au passé, pour ne pas l'amoindrir – je suis trop sentimental. Trop influençable. Hannah aurait été plus pragmatique, m'aurait conseillé de me faire moins de souci et de me tourner vers les choses importantes.

Ce soir, tandis que le soleil déclinait, je suis retourné me promener dans les dunes. Le ciel était furieusement rose devant moi. Pas encore de monarques à l'horizon. Quand je marche dans les dunes, je pense à Vladimir Nabokov, le lépidoptériste amateur le plus célèbre de ce siècle. Il était obsédé par les papillons. Un matin de 1941, alors qu'il descendait un chemin muletier dans le Grand Canyon, il découvrit une nouvelle espèce de *Neonympha*. Tout en haut, sa femme Vera, vêtue d'une robe noire à col de dentelle blanche, trouva aussi par hasard deux espèces jusqu'alors inconnues. Les papillons possèdent d'infinies capacités de variation. Ils changent constamment. Nabokov serait tombé d'accord avec mon grand-père : il ne croyait pas que la survie dans la nature exigeait cette beauté et cette perfection.

L'espérance de vie moyenne d'un monarque adulte est de quatre semaines. Quatre semaines pour être une éphémère explosion de couleurs et pour se reproduire. Tout cela d'une douloureuse fugacité. Ils ne sont qu'une goutte de couleur dans l'océan. Un instant fugitif qui éblouit, aveugle, et disparaît à jamais.

Cela tombe bien que je me trouve près de l'océan. Je veux naviguer depuis des années. Quitter la terre ferme, se laisser porter par des courants et des vents que nous ne maîtrisons pas, doit être libérateur. Oh, comme l'idée d'être à la merci des éléments est séduisante. Il y a des bateaux au large ce soir, dont les lampes de mouillage brillent vers la côte. Les apercevoir là-bas est rassurant. Et dans ces lueurs lointaines, par-delà l'eau noire d'encre, je vois mon propre passé dériver, hors de portée.

## Farine blanche

Il y a au moins un fou dans chaque famille. Dans celle de Joseph De Graft Johnson, c'était le père, Thomas. Écoute bien ce qui est arrivé à ton père, lui disait sa mère, parce que c'est peut-être aussi ce qui t'attend. L'été, elle lui racontait des anecdotes dehors, sous le poivrier à l'arrière de leur maison. Elle l'y attendait après l'école, assise à une table de jeu à la feutrine passée sur laquelle elle découpait les poulets, désossait les poissons, dépeçait les choux-fleurs et réduisait en dés les corps basanés des aubergines. Ses cheveux étaient blancs et l'avaient été depuis ses vingt-cinq ans. Elle mangeait des pistaches dans un bol laqué chinois et laissait tomber ces petites coquilles de mollusque sous la table comme des ossements rejetés. Lui s'asseyait à ses pieds sur un tapis de poivre et d'écales roses cassantes qui craquaient et éclataient entre ses doigts.

Des fous, disait-elle, il y en a partout. Tous les hommes sont égaux devant la folie. Prends le roi George III : c'était un porphyrique et un malade mental. Et la reine Victoria, elle avait souffert d'une sorte de névrose post-traumatique après la mort d'Albert. Dans son enfance, sa mère avait elle-même vu des fous dans les rues de Calcutta (on ne pouvait rien faire d'eux à l'époque, il n'y avait ni asile ni médicaments, personne qui leur prêtât la moindre attention) ; ils erraient en haillons, déliraient, criaient tout seuls, puaient. Elle avait vu des hommes qui se sciaient les jambes sous le genou pour pouvoir mendier trois sous. Complètement déments. Et elle les avait vus faire la même chose à leurs enfants, des gosses en pleine santé, à qui on avait coupé les mains ou les pieds – parce que les gens avaient davantage pitié et que ça rapportait plus.

Sa mère portait des bagues – aux pouces, aux orteils. Elle mesurait un mètre soixante-deux, s'habillait en sari quand elle était chez elle, fumait des cigarettes mentholées avec une sorte d'abandon étudié et jugeait inutile de ménager ses enfants. Il faut leur dire les choses carrément, expliquait-elle, qu'ils comprennent que la vie ne fait pas de cadeau, qu'elle est dégueulasse. Elle lui racontait ses histoires, riait dans une toux sèche, comme un aboiement, et pensait ainsi le préparer à affronter le monde. Assis en tailleur sur les grains de poivre, Joseph respirait ses odeurs – muguet, trèfle, chewing-gum à la menthe.

Elle racontait avec talent, avec l'intonation juste et de petits gestes précis. C'était pendant leur nuit de noces, lui disait-elle, qu'elle avait compris qu'il y avait un truc qui clochait chez son père. Ils étaient dans la chambre nuptiale. Il avait ôté ses chaussures, fait glisser ses chaussettes en laine mélangée, et c'est alors qu'elle avait vu ses pieds pour la première fois – des pieds d'une taille surprenante, avec des orteils massifs et plats, tous surmontés d'une houppette de poils noirs. Des pieds de singe. C'était comme découvrir un effroyable secret sur quelqu'un qu'on pensait bien connaître. Il était couvert de poils, disait-elle. Dans l'obscurité de cette nuit-là, elle les avait sentis sous ses doigts. Drus sur son dos et sur ses jambes, comme la fourrure d'un ours polaire noir. Elle en avait été horrifiée, peut-être même terrifiée. Et son cul, ajoutait-elle, son cul, on aurait dit un paillasson.

*Cul.* Elle aimait se montrer vulgaire devant Joseph. Le but n'était pas de le choquer, mais elle se sentait abandonnée et, dans son esprit, cela lui donnait le droit de ne pas prendre de gants. Son franc-parler intimidait ceux qui ne la connaissaient pas. Joseph avait grandi avec la sensation que c'était lui qui veillait sur elle, et non l'inverse. Il devait faire attention à elle, ne pas trop en dire, la laisser parler. Il était l'aîné des trois enfants, et les autres, Kate et Marguerite, étaient assez grandes pour se tenir à distance grâce aux cours de sport et de musique qu'elles prenaient après l'école. Restait Joseph pour écouter ses histoires en s'efforçant d'y croire. Il se sentait pris au piège de sa mère, prisonnier de son accablante indignation.

Ce n'était pas seulement les poils qui lui avaient mis la puce à l'oreille pendant leur nuit de noces, lui racontait sa mère, mais aussi son comportement. Ils avaient une chambre au Galle Face Hotel de Colombo, au Sri Lanka. Il avait pris une douche froide d'une demi-heure, pendant qu'elle, vierge pétrifiée, gisait sous le drap très blanc en se demandant ce qui allait lui arriver. Il était sorti de la salle de bain, avait enfilé ses vêtements de ville et lui avait dit qu'il allait se promener. Pour prendre du recul. Il était une heure du matin. Elle avait appelé le service d'étage, commandé la première chose qu'elle avait lue sur le menu (des œufs Bénédict) et mangé assise dans le lit en écoutant les vagues se briser sur le rivage en contrebas, en larmes. Quel recul un homme pouvait-il prendre au moment même où il aurait dû consommer son mariage ? Tous les mauvais signes commençaient à former un tableau cohérent à ses yeux : il était Capricorne, fumait la pipe, portait des cravates bordeaux. C'était un universitaire. Il en avait trop vu d'elle avant le mariage. Peut-être était-il trop moderne. Toutes ces idées lui avaient traversé l'esprit. Il était revenu deux heures plus tard, fleurant les embruns et les égouts, n'avait pas semblé surpris qu'elle soit encore debout, tout à fait oublieux de l'heure et content de la voir. Elle avait des traces d'œufs Bénédict autour de la bouche.

Il s'était promené dans les bidonvilles et avait donné tout son argent. Il se sentait coupable de résider dans ce grand hôtel de luxe – même si c'était son beau-père qui réglait toutes leurs dépenses. La propriété, c'est le vol, disait-il, ou quelque chose dans ce goût-là, parce qu'il avait lu *Das Kapital* et se prenait pour un marxiste – on était en 1965 et le marxisme semblait encore une doctrine raisonnable. Elle avait alors su qu'elle l'aimait pour de bon, malgré ses bizarreries, et d'ailleurs, est-ce que ce n'est pas toujours cela qu'on aime, les bizarreries ?

Malgré tout, malgré les poils, les œufs Bénédict et la rhétorique marxiste, Joseph avait été conçu dans les premières heures de ce matin-là. Mais sa mère savait que quelque chose ne tournait pas tout à fait rond. Ce n'était pas un homme ordinaire, aucun doute là-dessus. Il se moquait de l'opinion des autres, s'habillait de manière décontractée, voire négligée. Elle aurait dû voir les signes à ce moment-là, comprendre qu'il lui causerait des problèmes. Je ne suis pas quelqu'un d'amer, disait-elle à Joseph, mais, nom d'un chien, regarde ses pieds. Le foutu chaînon manquant.

Elle truffait sa conversation de *foutu, nom de Dieu, mon cul.* Joseph, qui avait honte d'elle devant ses amis, ne voulait pas la prendre en pitié mais ne pouvait s'en empêcher. D'une élégance fanée, elle se croyait toujours aussi riche que dans son enfance. Après le départ de son père, ils avaient emménagé dans un pavillon délavé au bord de la rivière, avec revêtement extérieur en amiante, pelouse accidentée et tapis élimés couleur d'orange et de toundra. Assise devant le miroir de sa coiffeuse en acajou, un meuble qui lui avait été donné par ses parents, elle se mettait du maquillage et des crèmes disposées dans une batterie de coupelles en porcelaine. Face à ce miroir, elle leur aboyait des instructions par-dessus son épaule, voulait qu'ils comprennent qu'ils étaient des êtres supérieurs. Mais leur dénuement était flagrant. Ils mangeaient souvent des abats – du foie aux oignons, des rognons à la diable, des tripes, des sandwichs à la cervelle. Des plats de pauvres qu'elle disait nourrissants. Ils partageaient leurs vêtements, se déplaçaient en bus, n'avaient ni jouets ni cadeaux. Ils faisaient du feu en permanence parce qu'ils n'avaient pas de quoi acheter du fioul. Elle allait leur acheter des habits toute seule, pensant pouvoir dissimuler le fait qu'elle se les procurait de deuxième ou troisième main chez Goodwill ou à l'Armée du Salut.

C'était par vanité qu'elle gardait une employée de maison – elle n'en avait pas vraiment les moyens. Mme Sedivy venait trois fois par semaine faire la cuisine et le ménage ; cette Yougoslave à la poitrine plantureuse et aux gros doigts luisants leur cultivait des légumes, préparait des marmites de soupe et de ragoût, fendait du bois, lavait les sols. Elle traitait sa mère comme une princesse et lui témoignait une déférence désuète. Quand elle était là, sa mère s'installait dans la cuisine pour prendre le thé, en sari et maquillage, et se livrait avec délices à la sensation d'être servie par une *domestique*. Quand elle faisait une pause, Mme Sedivy s'asseyait à la table de la cuisine avec sa mère, se versait une tasse de thé blanc et fumait une cigarette. C'était dans ces instants qu'il voyait sa mère le plus détendue ; lorsqu'elle parlait des deux fils de Mme Sedivy, de son frère belgradois qui souffrait de méningite tuberculeuse, des personnes de leur connaissance qui avaient un cancer ou une fille enceinte, des endroits où se procurer des navets ou de la rhubarbe bon marché. Joseph enrageait lorsqu'il voyait sa mère discuter avec Mme Sedivy, parce qu'elle était incapable d'être comme ça avec lui. Avec lui, il fallait qu'elle prenne de grands airs, qu'elle se donne une posture, qu'elle reste digne. Il se rendait bien compte qu'elle n'avait pas de véritables amis.

Elle se moquait de Joseph quand il rentrait à la maison avec ses petites réussites – des sans-faute aux contrôles, un but marqué au foot. Sans vraiment le rabaisser, jamais elle ne reconnaissait ni ne saluait ses succès. Il était bon élève et se donnait beaucoup de mal pour elle. Il la savait fière de lui au fond, mais seul son égocentrisme ressortait. « J'étais brillante à l'école, lui disait-elle. C'était moi qu'on choisissait pour le discours de fin d'année, le monde à mes pieds, et regarde-moi maintenant. » Elle soufflait un jet de fumée en l'air, ajustait les bagues de ses pouces, le toisait de haut comme si ce qu'elle était devenue était évident. Visible dans les airs. « Faire de bonnes études te sera très utile dans la vie, lui disait-elle. Mon cul, oui. Tu m'entends ? Mon cul. »

Elle avait aimé son père à une époque, ça aussi, elle le lui disait. D'un amour aveugle et inconditionnel, avant qu'il ne sombre dans la folie. Étudiant en dernière année de médecine, il était venu des États-Unis pour soigner les lépreux en Inde. Grand et maigre à faire peur, aussi naïf qu'un écolier, il était l'héritier d'une fortune bâtie dans la vente au rabais de pièces automobiles. Gauche mais séduisant à sa façon. Elle riait comme une jeune fille quand elle se souvenait de lui, de sa gravité, de cette façon qu'il avait de s'emparer de vous avec ses yeux bleu pâle et de ne plus vous lâcher. Elle avait dix-neuf ans et elle l'avait rencontré grâce à son père, qui dirigeait la léproserie et l'avait ramené chez eux comme un fils. Il était très sérieux et son désir de changer le monde l'amusait.

Elle était alors comme beaucoup de jeunes Indiennes de la haute bourgeoisie : cultivée, prétentieuse, rebelle, imbue d'elle-même. Elle étudiait la paléontologie à l'université ; c'était cela qu'elle voulait vraiment faire, vivre sous une tente dans la vallée du Rift et, à genoux dans la glaise, exhumer les côtes et la ceinture pelvienne d'un homme primitif. Elle avait des images d'*Australopithecus* au mur de sa chambre. De nature rêveuse, elle se faisait une idée romantique de ce que l'héritier d'une fortune bâtie dans le commerce de pièces détachées au rabais pouvait faire pour elle. Elle partait de son rire rauque quand elle y repensait, et Joseph souriait à son tour. De l'amour, oui, c'était de l'amour, lui disait-elle, parce que son père l'écoutait, vraiment et avec une foi absolue. Il la croyait. Elle pouvait être elle-même.

Elle était ambitieuse, elle ne le niait pas, et l'héritage du père de Thomas n'était pas non plus pour lui faire peur. Agnostiques, libres-penseurs, ses parents avaient accepté un mariage simple et en petit comité à Calcutta. Ses parents à lui étaient venus pour la cérémonie, avaient contracté une dysenterie au troisième jour et avaient semblé sur le point de rendre l'âme pendant une éternité. Il projetait de rentrer chez lui en Caroline du Nord pour travailler sur les maladies infectieuses. Elle voulait partir et se faire un nom, montrer à ses amis qu'elle réussissait. Pour elle, c'était la grande aventure. Elle se voyait participer à des fouilles exotiques, faire de grandes découvertes, indépendante. Elle rêvait de vivre sur une propriété avec des chevaux, des champs de tabac et de vastes étendues de gazon à croquet impeccablement entretenu. Dans l'avion, elle avait lu Dylan Thomas. Elle se souvenait encore de passages d'*Au bois lacté*. Sous le poivrier, elle lui récitait ces vers :

*Nous ne sommes pas tout mauvais ou tout bons*
*Nous qui vivons au bois lacté*
*Et toi, je le sais, tu seras le premier*
*À voir notre côté le meilleur, et non le pire.*

Pendant leur voyage vers les États-Unis, ils avaient fait étape en Angleterre. Elle avait un oncle qui vivait au pays de Galles et ils lui rendirent visite. Buraliste, il habitait un cottage vieux de deux cents ans, bas de plafond, avec des poutres en chêne. Il leur exposa par le menu les insuffisances du système de santé britannique pendant que sa femme, Rhonda, une Galloise potelée et émotive aux mollets comme des melons, leur servait des harengs fumés en guise de petit-déjeuner. Le pays de Galles était petit et humide. Son oncle leur offrit un lot de six torchons neufs comme cadeau de mariage. Ils visitèrent la maison où Dylan Thomas avait vécu, la cabane délabrée où il avait écrit des chefs-d'œuvre et bu à en mourir.

Son oncle était indéfectiblement anglais. Guère adepte des repas au restaurant, il traitait la nourriture avec une sorte de dédain parcimonieux : tubercules plutôt que légumes verts ; viande une fois par semaine ; dessert les jours de fête. Il vivait petitement, n'avait pas d'argent, n'était jamais allé sur le continent. Sa mère eut envie de l'engueuler. Il lui semblait que son oncle avait vieilli prématurément, qu'il gaspillait les libertés qu'il avait conquises. Il les reconduisit lui-même à Heathrow avec sa Ford Escort. En voiture, il récita du Wordsworth, expliqua qu'il se méfiait de l'Amérique et qu'il avait plus d'amis indiens à Londres qu'il n'en avait jamais eu à Calcutta. « C'est mieux que de vivre réellement là-bas », dit-il. Assise à l'arrière de cette Ford Escort, sa mère avait décidé de vivre sa vie en grand. De saisir les occasions. D'être quelqu'un. Grâce au poète anglais disparu, disait-elle à Joseph. Entendre ce poète anglais disparu déclamé par un buraliste indien dans une Ford Escort lui avait donné la nausée.

Sa mère ne comprit jamais pourquoi son père était parti. Son départ lui était aussi inexplicable qu'une catastrophe naturelle – un cyclone tropical peut-être, ou un tsunami. À l'automne 1975, ils avaient prévu de faire un voyage en Inde pour aller voir ses parents. Ils avaient alors trois enfants : Joseph, l'aîné, neuf ans, Kate, sept ans, et Marguerite, quatre ans. Très vite après leur arrivée à Raleigh, ils s'étaient installés dans la maison des parents de son père, sur un domaine de deux hectares, et elle avait dessiné elle-même le jardin et acheté trois chevaux. La maison se trouvait au bord d'une rivière. Sa mère passa un doctorat de paléontologie et bénéficia d'une bourse de recherche qui, les deux étés précédents, lui avait permis d'aller participer à des fouilles sur le site de Koobi Fora au Kenya. La simple idée de l'Afrique lui donnait le frisson. Elle s'acheta des bottes en cuir lacées jusqu'aux genoux, aima le soleil et la boue, les campements rudimentaires, tout ce qu'elle n'aurait pas supporté chez elle. En 1975, elle n'avait encore que vingt-neuf ans, un voile de parfum, des articles de revue, des doigts tachés d'encre, de la cendre de cigarette sur le dos des mains. Le soir, elle lisait sous sa lampe de travail. Joseph se souvenait des pages blanches et lisses de ses livres, chaudes sous la lumière blanche crue, de sa mère qui le bordait dans son lit, un stylo-plume entre les doigts. Elle avait d'étranges ossements sur son bureau : un morceau de crâne en forme d'Italie ; un métacarpe solitaire ; une antique vertèbre lombaire couleur moutarde. Il voulait être avec sa mère, mais c'était son père qui était là le plus souvent, avec sa clientèle privée régulière et ses enthousiasmes tranquilles pour les cas sporadiques de botulisme ou de neuropaludisme importé. Son père était doué pour écouter, pas pour parler. Avec ses enfants, il se mettait accroupi et s'efforçait de comprendre ce qu'ils voulaient dire. Il avait une gravité déconcertante, une propension à les croire qui faisait qu'ils l'aimaient. Si vous étiez un enfant, vous pouviez lui dire n'importe quoi, absolument n'importe quoi, et il vous écoutait avec la plus grande attention. Il avait une voix forte et grave qui résonnait dans toute la maison, en un grondement sourd et continu comme le passage du métro.

Ses parents donnaient traditionnellement une petite fête en été et ils organisèrent cette fête au mois d'août, la semaine précédant leur départ prévu pour l'Inde. Sa mère aimait cette effervescence, prévoir, organiser, et elle prépara des dizaines de samosas et de canapés, des plats de curry de poulet et d'agneau, du sag panir et des salades de pommes de terre et de poulet.

Ce soir-là, il faisait assez doux pour aller dehors et les gens se tenaient sur la pelouse près des portes-fenêtres. Sa mère avait accroché des lampions dans les arbres. Ils installèrent des tables à l'extérieur pour les boissons et son père chargea Joseph de distribuer les coupes de champagne. Ses sœurs étaient avec une baby-sitter pour la soirée et cela lui donnait l'impression d'être un grand. Les invités formaient de petits groupes sur la pelouse et contemplaient, par-delà la rivière, le coucher de soleil. Il y avait peut-être une centaine de personnes dehors, la plupart de l'âge de ses parents, des cadres en pantalons clairs et chemises colorées.

Joseph trouva sa mère dans la cuisine, en train de découper du fromage et de la viande froide avec Brian Underwood, responsable du département de paléontologie et directeur de sa thèse – la cinquantaine, dégarni, un fin collier de cheveux noirs à la base du crâne. Sa mère, en robe de coton à petites fleurs roses, buvait du champagne. Elle ne portait jamais ses vêtements traditionnels dans les soirées parce que, disait-elle, cela lui donnait un air vieillot. Joseph prit un cube de fromage et le mangea, accoudé à l'évier. Sa mère semblait jeune et heureuse. Elle venait de commencer ses leçons de conduite. « Chez moi, personne n'a de voiture, expliquait-elle. Alors ce n'est pas la peine d'apprendre à conduire. Mais c'est sûrement beaucoup plus facile quand on est plus jeune. Parce qu'alors on est prêt à prendre des risques insensés. Moi, je suis terrorisée par la pédale de l'accélérateur. Littéralement terrorisée. Quand je vais à Raleigh, je roule à 50 km/h, c'est dingue. Les gens sur la route autour de moi ont l'air de vouloir me tuer. »

Brian Underwood se mit à rire. « Au moins, vous êtes en sécurité, dit-il.

– J'espère que je serai meilleure paléontologue que je ne suis conductrice.

– Je n'en doute pas. »

Sa mère vida sa coupe de champagne, se pencha vers lui et lui glissa comme en confidence : « J'ai l'intention de faire une grande découverte. Quelque chose qui fera progresser la discipline. » Elle s'inclina encore et lui mit une main sur l'épaule. « Naturellement, il faut d'abord que je trouve du boulot et c'est pour ça que je suis obligée de vous faire de la lèche. » Ils éclatèrent tous deux de rire, puis elle tendit une des assiettes de fromage à Joseph en lui disant de la mettre dehors sur le buffet. Brian Underwood apporta un verre de vin à sa mère et en prit un lui-même. Elle but le vin, décida qu'il était temps de commencer à danser et se précipita dans le salon en demandant à Joseph de l'aider à déplacer les meubles. Ils sortirent le canapé et plusieurs fauteuils par la porte-fenêtre. Elle but deux autres verres de vin coup sur coup, mit Herb Alpert et les Tijuana Brass sur la chaîne, puis attrapa Joseph en lui demandant de danser avec elle. Un verre de vin menaçait de déborder dans sa main. Joseph, qui lui arrivait à la poitrine, regardait ses pieds, très bruns, aux ongles vernis de rose. Jetant un œil par-dessus l'épaule de Joseph, elle encouragea les invités à les rejoindre. « Ces gens ont l'air très vieux, lui murmura-t-elle. Je suis vraiment aussi vieille que ça, Joseph, tu crois ? » Il sentit l'odeur du vin dans son haleine et fit non de la tête.

Les gens commencèrent à rentrer pour danser et elle lâcha Joseph pour éteindre les lumières. Il resta près des portes-fenêtres à regarder les lanternes vénitiennes se balancer dans les arbres. Son père buvait du champagne, seul dans le noir, le regard tourné vers la rivière. Joseph sortit et vint à ses côtés.

« Qu'est-ce que tu en penses, Joseph ? demanda son père.

— Ils dansent.

— C'est une soirée idéale pour faire du bateau », dit son père.

Il emmena Joseph à travers la pelouse, vers la rivière. Des lucioles brillaient dans l'herbe tandis qu'ils descendaient la pente. Les lumières et la musique s'affaiblissaient derrière eux. Son père ouvrit les portes de l'abri à bateau, décrocha le canot du mur et le tira jusqu'à la rivière.

L'embarcation tangua et projeta des éclaboussures lorsqu'ils grimpèrent dedans. Ils poussèrent pour gagner le plat de la rivière, puis son père prit les rames et longea la berge. Une cacophonie de grenouilles s'élevait des roseaux et des herbes hautes.

« Je n'ai jamais su danser, dit son père.

— Moi non plus.

— Tu as bien le temps d'apprendre, répondit son père en riant. Si tu en as envie. Ça pourrait te servir, un jour. Si tu rencontres des filles.

153

– Je ne veux pas rencontrer de filles.

– Pas encore. Mais un jour, oui. En fait, quand j'ai rencontré ta mère, je lui ai dit que j'aimais danser. Pour l'impressionner.

– Tu mentais.

– Exactement. J'ai menti et après j'ai dû passer ma vie à éviter de danser. J'ai été obligé d'inventer des excuses très convaincantes.

– Tu n'as qu'à lui dire.

– Plus maintenant. Je suis piégé maintenant. Prisonnier de ma propre imposture. »

Ils descendirent la rivière, glissant en douceur sur l'eau noire, incapables de rien distinguer sur la berge. Après une dizaine de minutes, son père fit demi-tour et les ramena en longeant la rive. De minuscules gouttelettes envoyées par les rames éclaboussaient le visage de Joseph et il avait une conscience aiguë du clapotement de l'eau contre le bois, des bruits lointains de la fête sur la colline.

Ils se trouvaient de nouveau en contrebas de la maison. Un éclat de rire et une voix masculine montèrent de la berge. Ils restèrent immobiles sur le bateau et regardèrent entre les roseaux. Un homme et une femme longeaient la rivière, entre les ombres projetées par les arbres, passant de l'ombre à la lumière. Lorsqu'ils se rapprochèrent, Joseph reconnut sa mère et Brian Underwood. Celui-ci paraissait très grand à côté de sa mère. Elle marchait précautionneusement dans sa robe ajustée et serrait son bras entre les deux siens. Il fumait la pipe et le vent portait l'odeur du tabac jusqu'au-dessus de l'eau. Sa mère chuchotait. Ils passèrent sur la rive à leur hauteur et sa mère ne cessait de regarder par-dessus son épaule. Ils s'arrêtèrent sous un arbre, dans l'obscurité complète. Les grenouilles chantaient bruyamment dans les roseaux et l'eau frappait la coque du bateau. Joseph regardait le noir fixement, sans penser à rien. Son père tenait les rames, immobile. Des bruits étouffés vinrent de sous l'arbre, des soupirs et des gémissements qui semblaient flotter au-dessus de la rivière avec les chants des insectes et des grenouilles pour s'y perdre. Lorsqu'il entendit les bruits que faisait sa mère, une mère qu'il ne connaissait pas, râlant comme un animal dans l'herbe humide, Joseph murmura à son père : « Rame. Emmène-nous loin d'ici. »

Aujourd'hui son père vit à Bombay, non loin des bazars de Kalbadevi. Il occupe le premier étage d'un vieil immeuble victorien, un immeuble avec une cour centrale à laquelle on accède depuis la rue par un étroit passage. Sur les murs de la cour, des mosaïques à carreaux rouges, jaunes et or représentent des marins arabes, des pêcheurs kolis et des marchands portugais. Les bruits et les odeurs du marché s'infiltrent de tous côtés et le ciel n'est qu'un lointain carré blanc tout là-haut.

Joseph lui rend visite pour la première fois en quinze ans. Il a vingt-six ans, un nez busqué et crochu, un jean trop large, un petit clou en argent dans l'oreille et des bouts de ficelle colorée aux poignets. Il a une lettre de sa mère pour son père dans sa valise, pressée entre les pages d'un manuel de conversation hindi. À l'aéroport, son père s'approche en levant un bras et empoigne Joseph par le coude pour lui serrer la main. Son père, d'une maigreur effrayante pour un homme de sa taille, porte une chemise bleue à fines rayures, un pantalon noir et des sandales. Il dévisage Joseph avec un grand sérieux, très attentivement, comme s'il rassemblait des informations, le fixe de ses yeux pâles, penche la tête sur le côté et pousse un soupir d'une haleine incroyablement fétide. C'est super, dit-il, vraiment super. Génial.

Joseph ne veut pas savoir pourquoi son père les a quittés, parce qu'il le sait déjà. Il a lu ses lettres, des aérogrammes pleins de taches, des pages entières dactylographiées en simple interligne. Il sait ce que son père a fait de tout son argent, et même il l'approuve. Ce qu'il ne comprend pas, c'est comment. Comment son père a pu les quitter aussi totalement et disparaître. Comment il a pu partir aussi longtemps sans plus jamais leur parler. Il est imprégné des récits de sa mère. Celle-ci lisait les lettres de son père, des lettres arrivées après des années d'absence, des années de silence absolu, et elle le maudissait tout bas. Elle le traitait de bâtard, de salaud, de mufle et de fils de pute. De fou. Et pourtant, Joseph se sent plus ou moins lié à ce grand échalas. Il se reconnaît avec lui une certaine familiarité. Mais il n'arrive pas à comprendre *comment* il a pu les quitter.

Son père lui donne une chambre au premier. Une chambre haute avec un ventilateur de plafond aux lames de cuivre bruni, meublée avec parcimonie d'un lit une place collé à un mur et d'un bureau en chêne vide près de la fenêtre. Il y a une petite table de chevet et une commode à poignées métalliques. Les murs sont blanchis à la chaux et nus, la seule couleur de la pièce venant de deux lourds tapis persans au sol. L'après-midi, une forte brise rafraîchit l'air et envoie les rideaux de coton voler dans la pièce. Par la fenêtre, il entend le marché, les haut-parleurs de la mosquée et la pluie qui dégringole dans une conduite rouillée. Le bâtiment d'en face abrite une petite minoterie en activité et, lorsqu'il s'installe au bureau, il voit des hommes et des adolescents aller et venir, torse nu et blancs de farine pulvérisée. Des nuages de poussière de farine flottent dans l'air et entrent dans la pièce, poussés par le vent. En fin de journée, il retrouve le bureau couvert d'une couche de farine, il sent la poudre fine sur le bout de ses doigts en se couchant le soir.

Son père a disparu pendant quinze ans. Il s'est volatilisé, d'un seul coup et avec une détermination sans faille. Il a vendu son cabinet d'infectiologie, puis sa part de la société familiale, la fortune bâtie dans les pièces détachées au rabais, pour une valeur d'un million de dollars. Les gestes d'un déséquilibré, d'après sa mère. Il a pris toutes ses économies et vendu tout ce sur quoi elle n'avait aucun droit. Il lui a laissé la maison et a expliqué aux enfants qu'ils pourraient aller dans des écoles publiques, en ajoutant que, de toute façon, ils y recevraient probablement une meilleure éducation. Il y a du pain sur la planche, disait-il, j'ai perdu mon temps. Elle lui hurlait dessus, le rabaissait, disait qu'il lui manquait une case, entrait dans des fureurs noires. Elle ne le suivrait pas au bout du monde, disait-elle, ne permettrait pas le sacrifice de ses enfants. Elle avait sa propre carrière, elle réussirait malgré lui. Il l'écoutait calmement, comme si ce qu'elle disait était raisonnable, et traversait la maison avec de pleines brassées de costumes et de chemises, de hautes piles de vêtements empesés qu'il entassait dans la voiture pour les porter aux asiles de sans-abri.

Il s'installa à Bombay et se consacra aux bidonvilles. Il fonda une organisation non gouvernementale, une O.N.G., qu'il mit sur pied et finança sur ses propres deniers. Lui-même n'avait pas le droit d'acquérir de biens immobiliers, mais par la suite il persuada un collègue d'acheter pour lui quatre grands appartements sur la côte, au sud de la ville, dont trois dans des immeubles sur la Nepean Sea Road et un sur la colline de Malabar, au-dessus de la mer d'Arabie. Les loyers avaient permis de faire tourner la machine.

Ignoré par les autres médecins, il travaille seul et reste parce que cela lui semble nécessaire. Il forme les gens du coin pour qu'ils gèrent leurs propres programmes sanitaires. Ce sont des musulmans, mais en soi cela n'explique pas sa présence – ce sont des hommes, dit-il, voilà tout, des hommes, tout simplement. Quand il se rend à la mosquée, c'est pour discuter, pas pour s'agenouiller et prier. Il sait tout ce qu'il y a à savoir sur la prévention et la thérapeutique de la pneumonie, de la diarrhée et de la rougeole infantiles. Il connaît les bases du traitement de la tuberculose et de la lèpre, et il a réussi à juguler des épidémies naissantes de shigellose, de choléra et de peste. Il a lancé des programmes de distribution de vitamine A, et les petits enfants et les vieillards de toute la ville le reconnaissent.

Le premier soir de la visite de Joseph, il ouvre la porte de sa chambre et lance un exemplaire de *Control of Communicable Diseases in Man* sur le lit. « Bienvenue à la maison », dit-il. Et Joseph doit avoir l'air perdu, désorienté peut-être, parce qu'il ajoute alors : « Non, je le pense. Sincèrement. Bienvenue à la maison. »


Son père est enthousiaste. Il veut montrer à Joseph ce qu'il a fait. Il l'emmène dans le bidonville de Jogeshwari, ouvre la marche en longues foulées bondissantes. Les ruelles sont sombres et tellement étroites qu'ils doivent marcher l'un derrière l'autre. Les maisons sont faites de briques d'adobe peintes qui se désagrègent dans la pénombre et que l'on maintient ensemble à l'aide de tôle ondulée, de bâches en plastique et de cartons. Sur le marché, une foule bouillonnante circule entre les *chawls* où sont exposés linges, pans de fins tissus à fleurs, tapis, outils, tuyaux et matériel de plomberie, équipements électriques, carcasses blanches et grasses d'agneaux et de chèvres, cassettes, tickets de loterie, batteries de cuisine, porcelaine victorienne, posters de stars de cinéma indiennes sur papier glacé. Les commerçants sont des hommes, barbus, le teint olivâtre, les ongles bien brossés et les yeux vifs, qui se tiennent les mains jointes devant eux. Des égouts à ciel ouvert courent sur toute la longueur des rues. De jeunes enfants qui portent sur leurs épaules des bouteilles de lait frais en plastique jaune les dévisagent. Les gens sont calmes et s'écartent au passage de son père. On lui offre un siège dans toutes les maisons devant lesquelles il passe. Le seul remerciement dont j'aie besoin ou que je mérite, lui dit son père, c'est qu'on m'offre un siège. Il parle à Joseph par-dessus son épaule, parcourt les rues étroites avec peine, se cogne la tête aux stores des magasins.

Son père l'emmène dans des dispensaires et lui présente des bénévoles qualifiés en blouse blanche qui serrent la main de Joseph et lui sourient de toutes leurs dents quand

ils apprennent qu'il est son fils. Il lui montre des armoires
à pharmacie bien garnies de gélules, de comprimés et de
sachets de réhydratation ; ouvre des frigos pour lui montrer les stocks de vaccins ; lui fait la démonstration des
balances Salter et des autoclaves. Quelques bribes de
savoir, dit-il, peuvent tout changer. Rien n'est trop anodin
pour échapper à son attention. Il remarque les détails – un
pied de chaise cassé, un registre de patients mal tenu, le
temps d'attente avant une consultation. Joseph est inti-
midé par l'attitude des gens devant son père. Ils ont
confiance en ce qu'il dit. Aucune trace du doute que
Joseph lui-même éprouve.

Joseph se sent comme le petit garçon de neuf ans qui,
assis avec son père dans un canot de bois, écoutait des
bruits monter de la berge. Ils avaient partagé un moment
qui les liait intimement et dont ils n'avaient jamais parlé.
C'était une chose entendue, une information mise sous
une chape aussi inflexible que de l'acier trempé. La séparation avait commencé au moment de la fête. Ils devaient
aller en Inde pour rendre visite à ses parents, mais deux
jours plus tard elle leur dit qu'elle ne pouvait pas partir
parce qu'on lui proposait de faire un exposé lors d'un
congrès à Stockholm. Brian Underwood pensait qu'elle
aurait tort de refuser cette occasion. Cela pouvait l'aider à
se faire un nom, une réputation, leur expliqua-t-elle, assise
à la table de cuisine, avec une tasse de café au bord des
lèvres et le soleil du matin qui tombait en un ruban blanc
éclatant sur le sommet de son crâne. Une petite semaine
en Suède, un coin ennuyeux à ce qu'on lui avait dit, et
ensuite elle les rejoindrait à Calcutta, elle verrait ses
parents, elle leur raconterait tout.

Comment Joseph avait-il su qu'elle mentait ? Comment
avait-il su que, d'une certaine manière, cela avait toujours
été un mensonge ? Il n'aurait pas pu le dire. Les enfants
partirent pour l'Inde avec leur père. Leur mère disparut
dans l'autre direction. Une semaine plus tard, elle appela
pour dire qu'elle avait été invitée à donner une autre

conférence et qu'elle ne pourrait pas les rejoindre parce que c'était trop important pour sa carrière. Au téléphone, son père ne dit pratiquement rien ; le combiné pressé contre l'oreille, il écoutait avec l'attention de quelqu'un qui reçoit des instructions. Les parents de sa mère, compréhensifs, les emmenèrent au cinéma, au marché, dans un cirque avec des tigres et des trapézistes nains, achetèrent des glaces aux enfants – des boules au chocolat et à la fraise qui commençaient à fondre au bout de quelques secondes, tombaient en gouttelettes molles sur le dos de leurs mains et le bout de leurs chaussures.

Son père laissa les deux filles à ses beaux-parents pendant quelques jours et emmena Joseph à Delhi en train. Ils visitèrent Birla House, où Gandhi avait été assassiné en 1948. Le bâtiment blanc se dressait au milieu d'un parc aux allées bordées d'arbres, aux étendues de gazon, aux arbustes à fleurs parfaitement entretenus. La dernière volée de marches empruntée par Gandhi, dans une allée sur le côté de la maison, était marquée de traces de pas en pierre rouge. Joseph mit ses propres pas dans les traces, les suivit en gravissant les cinq marches qui montaient vers la gauche jusqu'à la pelouse et s'immobilisa. Un socle en pierre signalait l'endroit où Gandhi était tombé, abattu d'une balle en pleine poitrine par le rédacteur en chef d'un journal, persuadé que la philosophie de Gandhi anéantirait l'Inde hindoue. Son père lui avait expliqué tout cela à l'époque, mais il n'avait pas compris. Il mit ses chaussures sur les traces de pas en pierre rouge et, quand il arriva à la dernière de l'allée, tomba à terre en imaginant qu'on lui avait tiré dessus. L'herbe était fraîche et piquante sous sa joue. Mourir, décida-t-il, ressemblait à cela : se coucher sur un coin d'herbe très verte, au milieu d'arbustes à fleurs, et ne plus jamais se relever.

À l'intérieur de Birla House, près d'une photo en noir et blanc de Gandhi après sa mort, les yeux de son père se remplirent de larmes. Joseph regarda les photos du petit homme en blanc, avec ses mains squelettiques. Il n'avait jamais vu son père pleurer. Il tira sur la manche de son père, qui s'accroupit à côté de lui, s'essuya les yeux avec ses manchettes et sourit faiblement en levant les yeux vers la photo de Gandhi. « C'est ta mère, dit-il. J'ai peur qu'elle ne revienne pas à la maison. »

Son père vit dans deux pièces aux murs blancs, avec très peu de meubles. Sur une table basse, une pile de revues médicales, une pile de journaux et un jeu d'échecs. Au mur, la Déclaration universelle des droits de l'homme dans un cadre mince. Il n'a pas d'horloge chez lui, ne porte pas de montre, se lève avec l'appel à la prière des musulmans, se lave dans une eau brune et tiède qui sent le soufre. Un service à thé en métal argenté de Sheffield et deux chopes à effigie humaine sont ses seuls luxes, dit-il, petites concessions à l'impérialisme britannique. Les premiers jours, il ne s'assoit pas quand Joseph est dans la pièce. Il écoute debout, les mains dans le dos, la tête en avant, les yeux rivés au sol.

Il a une femme de ménage, Mme Bhattacharryya, aussi haute que large, qui prépare le déjeuner et le dîner, dispose les plats sur la table avec un grand soin et se montre profondément déçue lorsqu'il y a des restes. Elle regarde Joseph manger, hoche la tête et sourit chaque fois qu'il lève les yeux. Pour une raison ou une autre, il a une faim de loup dans cette moiteur ambiante et il dévore les plats huileux sans hésitation. Mme Bhattacharryya place un nouveau savon dans la salle de bains tous les matins, comme à l'hôtel. Un après-midi, il la retrouve à la table de la cuisine en train d'astiquer ses tennis avec une brosse à dents. Il se sent observé.

Son père mange tête baissée, prend la nourriture avec des morceaux de pain nan ou chapati comme un Indien et parle la bouche pleine. Il est incroyable qu'il reste maigre, tant il mange. Très optimiste, il a quantité de projets pour l'avenir. Pas une once de cynisme ou d'amertume

161

chez lui. À table, Joseph parle trop, et sur des sujets qu'il estime sans importance – sa vie chez lui, l'intérêt qu'il porte à son travail de géologue. Il parle de Kate et de Marguerite, de leur réussite, du dernier emploi de sa mère, rédactrice d'un manuel de formation pour vendeurs à distance. Il s'entend de loin, se fait l'effet d'un mauvais acteur qui surjouerait dans un épouvantable drame familial.

Trois après-midi par semaine, son père se promène énergiquement sur la plage de Chowpatty, chaussé de Hush Puppies sales. Le dimanche matin, il se fait faire un massage par une malish wallah aux mains fines et nerveuses, aux dents tachées de thé, qui se déplace pour l'occasion. Son père vaque à ses occupations. Il laisse Joseph faire ce qui lui chante. Dans la rue, un vendeur du *Times of India* prétend connaître par cœur tous les codes postaux de Grande-Bretagne. Il suffit de lui donner l'adresse, dit-il à Joseph, et il trouvera le code postal en quelques secondes, un exploit extraordinaire, explique-t-il, pour un homme de sa condition. Joseph parcourt le bazar. Les couleurs et la crasse l'éblouissent. Cette ville est tout à la fois **désordonnée** et exubérante, injuste et triomphante, scandaleuse et profondément rassurante. Habitée par une force. Une force qui monte des rues, de l'effervescence des commerces, de la puissance même de l'ensemble, et il sent que son père en est traversé.

Le soir, ils écoutent les nouvelles à la radio, sans parler, toutes lumières éteintes. L'odeur de la mer passe par les fenêtres et le soleil se couche en lointaines apothéoses indigo et violettes. Ils entendent des bandes cavaler dans les rues. Des gens crient dans la nuit. La fumée d'immeubles en flammes entre dans un souffle.

« Les hindous s'en prennent aux musulmans, explique son père dans le noir.

– Je trouve que ça n'a aucun sens, dit Joseph.

– Rien n'a de sens. C'est triste à dire.

– Il doit bien y avoir une raison.

– Maintenant, tu sais pourquoi je suis ici. »

C'est sa mère qui a voulu qu'il vienne. Elle considère Joseph comme un éclaireur. Il est là pour collecter des informations et conforter ses spéculations sur l'état mental de son mari, son absence de sens moral, sa probable débauche sous les tropiques. Joseph l'a regardée écrire la lettre à son père qu'il porte maintenant sur lui, pliée en deux et enfoncée dans la poche de sa chemise. Il veut donner cette lettre à son père, mais ne parvient pas à s'y résoudre. Sa mère, assise à son vieux bureau, écrivait penchée sur le papier. Elle se servait d'un stylo-plume et, quand elle eut fini, ses mains et ses joues étaient maculées d'encre rouge sang.

Son bureau est toujours encombré par ses vieux manuels entassés, les ossements humains épars, le moulage en plâtre de la ceinture pelvienne d'un hominidé primitif. Ce bureau est familier à Joseph et il fait partie intégrante de la relation qu'il entretient avec sa mère. Il en connaît les objets, les creux et les reliefs, le coin de l'envers où, lorsqu'il avait dix ans, il a gravé les initiales de ses parents, profonds sillons qu'il peut encore sentir sous ses doigts quand il s'installe dans le fauteuil. Il s'asseyait là pour être proche d'elle. Par solidarité. Tous ses rêves et toutes ses ambitions évanouis jonchent la surface de ce bureau, et toute son amertume, tout son ressentiment. Elle a mis son échec professionnel sur le compte de son père, alors qu'elle ne pouvait en réalité s'en prendre qu'à elle-même. Elle a conféré une réalité à son indignation avec ses récits, répétés un nombre suffisant de fois pour leur donner vie. Et maintenant, il sent l'enveloppe contre sa poitrine, lestée par ces pages qu'elle a écrites.

Je n'ai peut-être que ça, lui disait-elle, mais j'ai ma fierté. Cette fierté qui expliquait pourquoi elle n'avait jamais pu retourner en Inde, reconnaître qu'elle avait échoué et qu'elle ne jouissait plus d'une existence privilégiée. Pourquoi elle ne pouvait pas admettre qu'ils étaient pauvres, pourquoi elle refusait l'aide de la famille de son père et continuait à exercer ces emplois temporaires ou à temps partiel qui ne payaient pas. Sa fierté lui disait que ce n'était qu'une question de temps avant qu'elle décroche un poste universitaire en paléontologie, le poste qu'elle méritait. Elle brandissait sa fierté au-dessus de sa tête comme une épée.

Elle s'imaginait que Joseph la croyait innocente. Elle n'était pas au courant de cette nuit sur la rivière, des années plus tôt, de ce qu'il avait vu, de l'intensité avec laquelle le moindre son, le moindre mouvement, s'était gravé dans sa mémoire d'enfant de neuf ans. Elle ignorait que Joseph savait ce qu'était alors sa mère. Une passade. Une maîtresse.

Elle n'arriva jamais à être nommée professeur de paléontologie à l'université, alors que c'était la seule matière qui l'avait jamais intéressée. Elle ne comprenait pas. Qu'avait-elle fait ? Joseph sentait que quelque chose de grave s'était produit. Elle pouvait indisposer les gens, il le savait, se les mettre à dos tout en croyant se les concilier. Qu'avait-elle dit ? Il n'avait aucun moyen de découvrir la vérité. Son ambition brouillait tout. Elle était incapable de voir ses propres torts. Sa bourse prit fin et elle commença à postuler pour des postes qu'elle n'obtiendrait jamais. Chaque refus la rendait plus dure, plus impitoyable. Le père de Joseph la laissa sans le sou. Elle ne pouvait pas demander de l'aide. Elle n'avait que son indépendance. Je préférerais vivre comme une pauvresse, disait-elle, plutôt que d'occuper un emploi indigne de moi.

Joseph et son père se trouvent dans un dispensaire près d'un marché lorsqu'un groupe d'hommes armés de bâtons agresse un vendeur de pain musulman. Celui-ci porte une longue barbe, pas de moustache et une calotte blanche. Le groupe compte une vingtaine ou une trentaine de jeunes gens qui crient des obscénités à l'homme, debout avec sa bicyclette. Le vieillard crie quelque chose au groupe, les bras levés. Sur le marché, les gens se taisent et s'écartent.

164

« C'est ridicule », dit son père en regardant par la fenêtre. Joseph lui demande ce que le vieil homme est en train de dire. « Je vous connais. Je vous vends du pain, traduit son père. Je vous connais. Je ne suis rien pour vous. Je vous vends du pain. » Son père est manifestement affecté. Il s'éloigne de la fenêtre et fait les cent pas. Les hommes font tomber le marchand de pain à terre et commencent à le frapper sur le dos avec leurs bâtons. Son père se rapproche de la fenêtre et dit : « Je sors. Laisse-moi m'en occuper.

– Tu ne peux pas faire ça », dit Joseph en le retenant par le bras. Son père tremble. De l'autre côté de la fenêtre, le vendeur de pain gît à terre dans un nuage de poussière et crie encore quelque chose aux hommes armés de bâtons.

« Tu as raison, répond son père. Ça ne servirait à rien. C'est bien ça, le problème. Ça ne servirait à rien. Quand je vois ça, je me demande ce que je fais là. »

Joseph sent le bras de son père dans sa main. Fin et dur. Il prend conscience que c'est la première fois depuis bien longtemps qu'il touche son père. Ils sont au milieu du dispensaire. Sur des bancs, un groupe de femmes enceintes attendent d'être examinées. Deux d'entre elles se sont approchées de la fenêtre pour regarder dans la rue.

« C'est incroyable, dit son père, tellement fort que les femmes lèvent les yeux vers lui. Incroyable d'être là avec mon fils. » Il se retourne maladroitement vers Joseph et le prend par les épaules, comme s'il s'apprêtait à le jeter à terre. C'est seulement à la dernière seconde que Joseph se rend compte que son père le prend dans ses bras, l'attire dans une étreinte dégingandée. Tenu là, serré contre cette cage thoracique osseuse, dans les odeurs de camphre et de curry, il est tellement surpris que le baiser, quand il arrive, est aussi inexplicable qu'un papillon de nuit, une délicate créature ailée, qui heurterait sa joue par une nuit sombre.

Ils parcourent d'un pas rapide la ruelle la plus proche. La tête basse, son père marche, les mains dans les poches. Quelques minutes plus tard, ils s'arrêtent devant une boucherie dont le comptoir carrelé de blanc s'ouvre sur la rue. À l'extérieur, une carcasse de chèvre fraîche est suspendue à un crochet et deux hommes en tablier découpent des pièces de viande sur le flanc de l'animal à l'aide de coutelas. Des morceaux de viande rouge couverts de graisse marbrée sont à l'étalage. Un poulet mort aux pattes orange vif pend du plafond, la tête en bas.

Joseph parle à son père par-dessus le brouhaha de la rue : « Ça va ? » Son père respire bruyamment et de larges auréoles de sueur sont apparues sous ses bras.

Le propriétaire de la boutique sort de l'ombre. Il porte une robe blanche avec une broderie de coton bleu sur la poitrine et les épaules, ainsi qu'une calotte blanche. Il leur serre la main et insiste pour qu'ils s'assoient sur les deux chaises à pieds d'acier qu'il sort du magasin et pose devant eux. À l'intérieur, un jeune garçon vêtu d'un short déchiré prépare du café sur un petit réchaud à gaz. Près de lui, au sol, un sac en plastique rempli de sucre blanc dont il verse précautionneusement quelques cuillerées dans la cafetière à l'aide d'une cuillère en cuivre martelé. Il leur apporte deux petites tasses de café fort et sucré et, après chaque petite gorgée, remplit leurs tasses.

« Je vais bien », dit son père. Il regarde le boucher et explique : « Nous avons encore assisté à une agression. » Il respire toujours bruyamment. « Nous n'aurions pas dû partir. »

Dans la lumière vive de l'après-midi, Joseph voit pour la première fois son père comme un vieillard – les cernes sombres sous les yeux, les bajoues naissantes. Ses cheveux se font rares sur le sommet du crâne et commencent à grisonner. Joseph prend conscience qu'il n'a jamais vraiment regardé son père – il n'est qu'une série de souvenirs et d'impressions.

Se tenant devant eux, le boucher déclare en bon

anglais : « Ce sont là des problèmes difficiles à résoudre. Ici, nous sommes des gens humbles, dit-il en désignant d'un geste la rue. Nous appliquons la loi de Dieu. J'essaie d'être un homme bon, vous voyez. Mais c'est une question de fierté. Quand des bandes s'en prennent aux gens, nous ne pouvons pas nous croiser les bras et laisser faire. Question de fierté. J'ai dit à mon fils : "Je n'approuve pas la violence, mais il faut descendre dans la rue pour se faire entendre." Et c'est ce qu'il fait, pour l'amour de Dieu. Vous voyez. »

Joseph acquiesce et prend une petite gorgée. Son père tient sa tasse entre ses genoux en fixant le sol. « Les deux camps pensent la même chose, dit-il. C'est ça, le problème. Chacun se sent dans son droit. »

Le boucher sourit. « Vous faites du bon travail ici. Nous sommes tous extraordinairement reconnaissants. Tout le monde. Je sais que vous ne faites aucune différence entre les hindous et les musulmans. » Puis il se penche et ajoute dans un murmure : « Vous avez raison. Vraiment. Il n'y a aucune différence – nous sommes tous des êtres de chair et de sang. De chair et de sang. »

Son père finit son café et, se levant soudain, occulte le soleil de l'après-midi et plonge Joseph dans l'ombre. L'espace d'un instant, celui-ci distingue les choses avec netteté : ses propres mains, le visage ridé du boucher au-dessus de lui, le bleu luminescent de ses vêtements. Son père baisse les yeux vers lui et dit : « J'aimais vraiment ta mère. C'est pour ça que je suis parti. Il faut que tu le saches. » Il s'engage dans la rue, puis se retourne et ajoute : « Je sais que je vous ai abandonnés. » Joseph se lève, alors que son père se fond dans la foule. Il serre la main du boucher, s'aperçoit qu'il se raccroche à ces gros doigts comme un noyé qu'on tire de l'eau.

Allongé sur son lit dans la fin d'après-midi, Joseph regarde les vagues de farine blanche voler par la fenêtre et se poser lentement au sol. Il tient la lettre de sa mère entre ses mains. Ce n'est que du papier et de l'encre, des pensées agencées sous forme de symboles, mais il a la sensation que cela pourrait tout changer. Il veut ouvrir la lettre et la lire lui-même. Peut-être s'y trouve-t-il quelque vérité qu'il n'a jamais discernée. Un embryon de compréhension ou de réconciliation. Il veut encore que le passé soit effacé et que ses parents soient ensemble. Il veut que cette lettre accomplisse tout cela.

Le sol de la chambre est recouvert d'une couche de farine blanche. Il se souvient des ossements sur la table de sa mère, éparpillés comme de minuscules icebergs. Le jour où son père avait informé sa mère de son départ, ils étaient dans son bureau. Savaient-ils qu'il se trouvait sous la table ? Cela aurait-il changé quelque chose s'ils l'avaient su ? Il regardait les jambes de son père. Sa mère avait enlevé ses chaussures. La colère la laissa muette. Elle tourna le dos à son père et resta là, les deux mains à plat sur le bureau. « Tu peux venir avec moi, avait dit son père. C'est ce que je voudrais. » Joseph se rend compte aujourd'hui qu'il essayait de se raccrocher à elle. Elle aurait pu accepter. Elle aurait pu tout changer à ce moment-là. Renverser le cours des choses.

Mais elle ne dit rien. Elle se retourna et lança un os vers son père, un gros fragment osseux dont il apprit par la suite qu'il s'agissait de la mâchoire inférieure d'un homme moderne. Il revoit encore le triangle blanc tournoyer, décrire une courbe dans les airs et atteindre son père au front. Un peu de sang jaillit au point d'impact. Tout aurait peut-être été différent s'il était sorti de sous le bureau. Mais il ne bougea pas. Il resta assis et regarda le filet de sang couler sur le front de son père, sentit la moquette sous ses genoux nus, entendit sa mère crier « Jamais », puis répéter : « Jamais, jamais, jamais. »

Ce n'est qu'une lettre. Dans ses mains. Des années plus tard, il se souviendra du nuage de farine blanche qui tombait comme de la neige dans cette petite chambre. Il se

souviendra des bruits du marché qui entraient par la fenêtre ouverte. Mais c'est de la lettre cachetée qu'il gardera
le souvenir le plus net. Elle est lourde. L'encre rouge a
déjà bavé. Cette lettre lui donne le sentiment que tout est
possible. Il tient l'avenir et le passé entre ses mains. Tout
est contenu. Le temps semble aussi mesuré que cette
farine blanche en suspension et Joseph comprend, l'espace de quelques lentes minutes, le plaisir de ne pas savoir.

# Watson et le requin

Au petit matin, ce dimanche-là (il devait être cinq ou six heures), les premiers blessés commencèrent à se présenter aux portes de l'hôpital. Couchés sur des civières rudimentaires en tiges de bambou, ils avaient été transportés depuis un camp de réfugiés à la frontière de la République démocratique du Congo. Les premières vraies blessures que nous voyions. Les porteurs avaient les traits tirés, les jambes flageolantes. Des yeux hagards.

Guy Buffington, le missionnaire catholique du coin, vint nous réveiller. Je l'entendis cogner aux fenêtres de la maison pendant plusieurs minutes avant d'ouvrir les yeux. Quand je tirai la porte, encore abruti de sommeil, une bouffée d'air frais et humide, mêlée de l'odeur forte de la bouse, s'engouffra par la porte ouverte. C'était l'aurore et de fines langues de lumière montaient dans le ciel. Guy Buffington, un homme de grande taille, anguleux, sans sourcils visibles, portait un peignoir et une grosse croix de bois sombre poli suspendue à son cou par une lanière de cuir.

« Il y a des réfugiés qui arrivent, me murmura-t-il, en assez grand nombre. Je crois que certains ont été attaqués. Non, je *sais* qu'ils ont été attaqués. J'en suis certain. J'ai pensé qu'il fallait vous prévenir. » Il fut alors pris d'une brusque quinte de toux qui dura plus d'une minute. Il toussait encore en redescendant la pente.

Stéphane et moi avions mis au point un système de tri avec le personnel soignant (peu nombreux) qui restait, et les arrivants étaient dirigés vers les trois grandes tentes-mess fournies par les États-Unis et que l'équipe de MSF avait montées dans la cour centrale. De là, on les transportait jusqu'à la salle d'opération, un bâtiment trapu au sommet d'une petite côte. Une construction en parpaings jaunes, avec un toit de tôle ondulé neuf et un sol en béton. C'était ce que nous pouvions faire de mieux. Nous installâmes toutes les civières et les différents membres des familles sous les tentes, puis distribuâmes des paquets de biscuits belges et du chocolat allemand sous papier aluminium. Nous croulions sous les dons alimentaires – des en-cas, du sucre et des féculents hyper-énergétiques dont nous pourrions nous servir, faute de mieux, pour parer aux hypoglycémies et contenter les réfugiés un petit moment.

La première chose que j'ai remarquée, c'est le calme de tous ces gens – ils avaient marché pendant dix heures sans eau ni nourriture, mais personne ne se plaignait. Plus encore, personne ne s'adressait la parole ; ils regardaient simplement, et ce d'un air non pas stupide mais serein et un peu évaluateur. Ils possédaient une certaine noblesse. Fortement charpentés, grands et élancés, ils avaient des pommettes saillantes polies, des mollets et des chevilles délicats. Le calme était tel que Stéphane et moi nous figurions que les blessures étaient légères. Ce fut donc une surprise lorsque Made in Detroit et John Hopkins Hockey, les infirmières chargées du tri, réclamèrent de l'aide à grands cris.

Juste avant le début des troubles, l'hôpital avait reçu des États-Unis une cargaison de dons vestimentaires et chacun s'était approprié un tee-shirt de seconde main portant le nom d'une quelconque université ou idole capitaliste. Et nous nous étions mis à nous servir de ces tee-shirts pour désigner les personnes. C'était plus simple et plus rapide. Personne ne semblait s'en formaliser. Nous n'avions pas le temps d'apprendre les vrais noms.

Les blessés étaient enveloppés dans des pans de tissu maculés de boue qui sentaient le feu de bois et les feuilles mouillées. Sous le premier drap, je découvris un adolescent, quinze ou seize ans probablement, pâle et moite, en état de choc. Il avait de la paille dans les cheveux, de fines coupures sur l'arête du nez et des pupilles dilatées. Un bouchon de feuilles de palmier vertes pressées contre son ventre étanchait le sang. Il me jeta un regard si plein d'espoir que je me surpris à sourire irrationnellement, mais lorsque je tâtai autour de sa blessure, un énorme caillot de sang (gros comme une balle de base-ball) me tomba dans les mains et le garçon laissa pour la première fois échapper un son, une aspiration suffoquée, et ses yeux chavirèrent. C'était une énorme lacération abdominale, qui traversait les muscles, le péritoine, les intestins et une bonne partie du bas du foie. Soudain assailli par l'odeur chaude et fétide du contenu abdominal, je reculai brusquement. Il fallait opérer sur-le-champ. La blessure était une taillade vicieuse, infligée avec une lame effilée longue de plusieurs dizaines de centimètres, estimai-je, ce qui me fut confirmé par les survivants autour de moi. Ils avaient été attaqués à la *machette*[1], un outil à large lame dont les cultivateurs se servent pour débroussailler et pour couper les cannes à sucre. Je demandai à Made in Detroit d'installer une perfusion, de faire passer rapidement un premier litre de solution physiologique salée, puis de mettre en route le deuxième et d'administrer la première dose de ceftriaxone et de métronidazole. Pour la morphine, j'attendais, car je devinais qu'il maintenait la plaie fermée avec ses muscles et ne voulais pas qu'il se détende, de crainte de déclencher une hémorragie massive. Made in Detroit discutait tranquillement avec l'homme aux côtés du garçon, son oncle. L'adolescent s'appelait Gabriel, traduisit-elle, il était en dernière année de lycée et c'était un footballeur-vedette, un avant-centre, qui avait déjà fait un essai en équipe nationale. Toute sa famille avait été tuée.

---

1. En français dans le texte.

En me retournant, je vis tous les regards braqués sur moi et j'éprouvai cette sensation de puissance et de contrôle dont j'avais besoin à l'époque (et qui expliquait pourquoi j'étais chirurgien traumatologue) ; je voulais des situations de vie ou de mort, du tout ou rien. La vie ou la mort. C'était pour ça que je me retrouvais dans cette jungle et j'avais sincèrement l'impression extraordinaire d'être au bon endroit, plein d'une sorte d'énergie rayonnante.

Stéphane me rejoignit. Il avait déjà passé en revue les deux autres tentes et je compris combien j'avais été lent. Avec les autres civières, il avait pris toutes les décisions importantes en quelques secondes avant de passer à la suivante. C'était ce qu'il fallait faire pour traiter de gros volumes. Je travaillais encore au rythme américain. D'après lui, une dizaine de cas nécessitaient une inter-vention majeure sous anesthésie générale et une ving-taine d'autres auraient besoin de sutures cutanées et musculaires plus mineures, qu'on pourrait pratiquer sous anesthésie locale. Une bonne quinzaine de personnes étaient déjà mortes, ajouta-t-il, toutes de larges entailles aux membres et à l'abdomen. Il y avait des bébés et des femmes enceintes parmi les victimes, dit-il avec calme, et nous restâmes là un instant à considérer la chose, sans plus. L'objectivité. J'en faisais un motif de fierté. C'était pour cela que Stéphane et moi faisions ce boulot. Nous savions dominer nos émotions, les mettre de côté pour faire ce qu'il y avait à faire.

J'avais tout de suite sympathisé avec Stéphane. Français, né et élevé à Poitiers, il travaillait comme chirurgien trau-matologue pour le CICR (le Comité international de la Croix-Rouge) depuis dix ans. Il ne faisait plus que ça main-tenant, de poste difficile en poste difficile, dans des régions du monde déchirées par la guerre, décimées. Entre deux affectations, il regagnait son appartement pari-sien, près de la Bastille, où il faisait de somptueux repas, buvait jusqu'à pas d'heure, essayait de réduire sa consom-mation de cigarettes et draguait les élégantes qui avaient un penchant pour le cognac. Il avait vu le feu. Avait opéré sous les balles dans le nord de l'Afghanistan, aidé à rafistoler des moudjahidin touchés par des fusils AK-47 ou des lance-roquettes, souvent travaillé sans eau ni électricité. La Somalie, l'Angola, Beyrouth. Il avait vu les profondes blessures provoquées par les balles explosives, les douilles, les éclats de toutes sortes, les mines terrestres et toute une série d'armes antichars. Il faisait ce qu'il pouvait. Se résignait.

Il avait acquis plusieurs techniques précieuses grâce auxquelles il était autonome en cas de crise : un peu de chirurgie vasculaire pour réparer les gros vaisseaux, des notions de neurochirurgie élémentaire, de la chirurgie plastique et orthopédique de base ; et il avait énucléé plus d'yeux que la plupart des chirurgiens ne le font jamais. Il avait des doigts souples et pâles, une énorme moustache en brosse pendue sous son nez comme quelque mammifère. Quand il travaillait, il y avait chez lui une gravité, un sérieux, que je respectais. Il ne prenait pas ce qu'il faisait à la légère et se conduisait avec tous ceux qui l'entouraient comme avec des gens importants. Moi y compris. C'était ma première mission dans la jungle et il avait la gentillesse de me traiter en égal. Je ne l'en respectais que davantage.

Près de la tente de tri, ce dimanche matin-là, Stéphane et moi regardions le ciel bleu vif où résonnaient les cris de minuscules fauvettes africaines. Stéphane alluma une Camel et circula avec moi entre les civières. Calme et posé, il s'accroupissait, sa cigarette allumée à la main, pour examiner les blessures de près. Sous sa blouse chirurgicale verte, il avait une peau blanche et glabre, et un corps étonnamment ferme et musclé bien qu'il dédaignât toute sorte d'exercice physique.

« On voit bien qu'on a affaire à des couteaux, me dit-il. C'est la même chose pour tous. Des coutelas. Des grosses entailles. Ça demande une sacrée énergie.

– Quoi ? » Je le regardais tirer longuement sur sa cigarette et rejeter la fumée par un coin de sa bouche.

« D'agresser quelqu'un au couteau. C'est un geste très intime. Il faut être proche. Il faut le vouloir, vraiment le *vouloir*. Si tu vois ce que je veux dire. Ça demande une grande brutalité. Cela n'a rien d'impersonnel. »

Nous achevâmes le tri des civières dans la dernière tente et observâmes que toutes les blessures étaient du même type : coupures multiples aux mains, aux avant-bras, au cou et au visage, là où les coups avaient été reçus ou parés. Les plus sérieuses étaient des perforations abdominales. Il y avait un grand nombre de plaies intestinales ouvertes et le risque infectieux était élevé. Nous attribuâmes un ordre de passage aux futurs opérés pour Made in Detroit et Johns Hopkins Hockey, qui devaient mettre les perfusions en place et préparer les blessés pour leur intervention. Puis nous demandâmes à Marlboro Man, un grand type tout maigre qui était le gardien de l'hôpital et servait désormais d'homme à tout faire, d'aller chercher Chaswick Rashid, le troisième membre de l'équipe du CICR. Comme beaucoup d'anesthésistes, Chaswick se faisait rare quand on n'avait pas besoin de lui ; il se planquait quelque part et s'efforçait d'échapper aux questions compliquées qui surgissent dès lors qu'il s'agit de régler les vrais problèmes. Je ne juge pas. Je constate. Et puis je l'aimais bien lui aussi, même s'il prenait avec les filles de MSF des libertés qui me semblaient outrepasser quelque peu les limites de la bienséance.

Chaswick Rashid sortit de la maison en courant comme un fou. Comme il venait de finir son internat en Angleterre, il préparait ses examens universitaires (il était arrivé dans le pays avec deux cartons de manuels et d'articles de revue) et il s'était étalé sur la table de la salle à manger. Avant l'arrivée des premiers blessés, il lisait pendant des heures, tranquillement assis, la tête entre les mains. Une lecture ponctuée de brusques bouffées d'énergie, qui le voyaient descendre pour déballer le matériel d'anesthésie ou établir un inventaire détaillé des médicaments. Il dévala la pente d'herbe humide en

176

sabots de bloc blancs, une pile de cassettes de rap et de hip-hop à la main.

« Il y a du boulot, messieurs, à ce que je vois », cria-t-il en descendant vers nous. Il rajusta ses lunettes de grand-mère à fines montures dorées et tout petits verres ronds, et jeta un œil dans la première tente. « Encore des réfugiés, observa-t-il.

– Arrivés de la frontière congolaise, répondit Stéphane. Agressés au couteau.

– OK d'acc. Sale truc, hein ? » Il ôta ses lunettes et commença à les astiquer vigoureusement avec un mouchoir – il passait sa vie à jouer avec ses lunettes. C'était un tic.

« Chaswick, je dirais qu'il y a une vingtaine de lésions abdominales qui nécessiteront une anesthésie générale. » Stéphane termina sa cigarette, se pencha et enfonça le mégot dans le sol noir jusqu'à l'enfouir.

« Nous les avons tous marqués, ajoutai-je, dans les tentes. Elles sont en train de les préparer.

– OK d'acc. Je ferais mieux de m'y mettre alors. Battons le fer tant qu'il est chaud. »

Chaswick Rashid était un homme minuscule, un mètre cinquante je dirais, avec un front haut et bombé et de fins cheveux noirs qui partaient dans tous les sens. Il avait un petit anneau doré dans le lobe de l'oreille droite, un grand nez aquilin et les plus petites mains que j'ai jamais vues – des mains d'enfant – avec des ongles rose vif et des lunules d'un blanc éclatant. Ses mains me captivaient. Je me surprenais à les fixer intensément, comme des papillons qui voltigeraient dans les airs devant lui. Il partit en courant procéder à ses examens préopératoires. Il faisait les choses à fond et je n'ai jamais éprouvé le moindre doute sur ses compétences. Pour le coup, lorsqu'il travaillait, Chaswick Rashid ne prenait jamais de raccourcis, et j'aime ça.

C'était un Indien de la deuxième génération, qui avait grandi quelque part dans l'est de Londres et possédait un des accents cockneys les plus prononcés que j'aie jamais entendus. Dans mon esprit, cela faisait de lui un personnage un peu incongru, étant donné qu'il avait le physique d'un comptable de Calcutta. Je ne comprenais pas la moitié de ses phrases, mais cela n'avait finalement aucune importance. Prendre un petit-déjeuner anglais complet (œufs sur le plat, bacon, saucisses et tomate, haricots blancs sauce tomate, thé et pain grillé) était pour lui une obsession et il l'exigeait tous les matins. Il était arrivé dans le pays sur un vol des Nations Unies en provenance d'Orly avec un carton de cinq kilos plein de saucisses de bœuf artisanales, cylindres roses rebondis, prêts à éclater sous leur propre pression. Son père était boucher. Il stockait les saucisses dans une des chambres froides de la clinique, à côté des piles de vaccins contre la rougeole et le tétanos. L'odeur des œufs et du bacon flottait déjà dans l'air près des tentes (Groove Tube, le cuistot de la mission, se considérait comme personnellement responsable de la préparation des bons petits plats à l'anglaise de l'anesthésiste), mais je savais que Chaswick sauterait le petit-déjeuner, ce matin-là.

Nous accueillîmes une centaine de blessés en peu de temps, les seuls rescapés, nous expliqua-t-on, d'un camp de plus de quatre cents personnes. Ils arrivèrent en continu toute la matinée, émergeant comme des ombres du brouillard accroché sur les hauts reliefs vallonnés. Quand ils atteignaient la grille, les porteurs de civières s'arrêtaient pour se signer et dire des prières. Ce matin-là, quand je regardais l'allée de terre rouge sinueuse entre les vanilliers et les manguiers, je voyais les nouveaux arrivants attendre au portail de fer rouillé.

Je fumais une Camel avec Stéphane devant le bloc opératoire, le regard tourné vers le pied de la montagne. Il faisait merveilleusement clair au-dessus des vallées envahies de longues traînées de brume blanche. Nous étions sur la crête d'une haute *colline*[1] et nous dominions un pay-

---

1. En français dans le texte.

sage tout de coteaux et de vallons, d'ombre et de lumière. Le soleil jetait une lumière vive sur de lointains pâturages, étendues d'un vert profond qui roulaient comme la houle. Voilà ce qu'il en était de la forêt vierge. La région avait en grande partie été déboisée – ses habitants étaient pour beaucoup d'entre eux des pasteurs qui élevaient des bestiaux à longues cornes. Il restait quelques poches d'authentique forêt, qui permettaient malgré tout d'imaginer à quoi ce pays avait dû ressembler – cette forêt vierge, là où on en voyait, présentait une épaisseur, une densité compacte qui provoquait le malaise.

Guy Buffington gravit la côte dans notre direction. Lorsqu'il arriva en haut, il toussa dans un mouchoir blanc pendant un certain temps. Il était responsable de la mission où nous étions tous logés. Cette mission avait plus d'une cinquantaine d'années et elle comprenait une église en pierre, un hôpital de cent lits, un grand dispensaire et une école élémentaire, le tout sur quelques arpents au sommet d'une colline. Elle faisait son propre pain et employait les habitants des villages alentour. Le bloc opératoire était pratiquement tout en haut, et de là nous dominions les bâtiments, qui épousaient la courbe de la colline en contrebas.

Tout le personnel médical hautement qualifié (il y avait eu quatre médecins avant les troubles) avait désormais quitté la mission. Guy Buffington était originaire d'Oxford. C'était un homme guindé mais bien intentionné, et presque certainement homosexuel. Simple constatation. Chaswick Rashid, insomniaque chronique, partait souvent marcher seul quand il n'arrivait pas dormir. En se promenant au petit matin, il avait à plusieurs reprises aperçu Groove Tube, le cuisinier, sortant à la dérobée de la maisonnette de Guy Buffington, seulement vêtu d'un caleçon ample. Chaswick l'avait aussi vu pénétrer nuitamment dans la maison plongée dans le noir, après minuit, s'avançant en silence entre les ombres des pins grêles qui poussaient en rangées symétriques le long de la clôture. Groove Tube était un jeune homme d'une vingtaine d'années aux joues rebondies, aux lèvres charnues et sensuelles. La polio lui avait laissé une jambe gauche atrophiée et il marchait en s'aidant de deux gros bâtons. Il était toujours gai et rieur – de tous les employés du coin, il était le plus enclin à discuter avec nous et il s'asseyait souvent sous la véranda pendant nos repas. Il posait des questions sur l'Amérique et sur l'Europe, s'intéressait à la cuisine française et soutirait quelques Camel à Stéphane.

« Bonjour, bonjour, dit Guy Buffington en remontant l'allée de gravier dans sa chemise noire et son col romain. Vous savez que nous sommes dimanche, aujourd'hui – un jour important pour nous.

– Dimanche, répondis-je, bien sûr.

– Eh bien, c'est très important pour nous. Il y aura un office, naturellement, et ensuite nous aimons bien accueillir les villageois pour le déjeuner.

– Très sympathique, dit Stéphane sans cesser de fumer.

– Normalement, c'est un jour de repos.

– Pas pour nous, mon père, répondit Stéphane en désignant d'un geste courtois les tentes de tri qui se remplissaient régulièrement de civières.

– Vous voyez que nous avons des blessés aujourd'hui, ajoutai-je.

– Cela m'inquiète, sincèrement. Le nombre de gens qui arrivent, dit Guy Buffington en passant ses doigts dans ses fins cheveux couleur de paille.

– C'est préoccupant, répondit Stéphane, la bouche enfumée. Qui sait combien vont venir. Peut-être beaucoup d'autres. Peut-être aucun.

– Tous ces pauvres gens ne viendraient pas ici, si vous n'étiez pas là.

– Ne dites pas de bêtises, répliqua Stéphane. Ils viendraient de toute façon, parce qu'ils croient qu'il y a un hôpital avec du personnel médical.

– Cela nous met dans une situation difficile. Nous n'avons pas beaucoup à manger – les gens du coin acceptent mal que ces réfugiés reçoivent de la nourriture et des médicaments gratuitement.

– Nous ne pouvons pas les refouler, dis-je.

– Non. Non, bien sûr que non.

– Il va falloir s'organiser pour trouver de la nourriture, dit Stéphane. Il y a bien des convois qui distribuent les dons alimentaires, n'est-ce pas ?

– Et vous pouvez utiliser la radio, non ? ajoutai-je.

– Bien sûr. Je peux utiliser la radio. Mais le problème, ce sont les routes. On m'a dit que toutes les routes principales sont barrées et contrôlées par les rebelles armés. Rien ne passe. Il faudra faire avec ce que nous pourrons trouver sur place. C'est-à-dire pas grand-chose, j'en ai peur.

– On se débrouillera », dit Stéphane en achevant sa cigarette. Il l'avait fumée jusqu'au filtre.

« Vous êtes conscients que cela fait de nous une cible, continua Guy Buffington en tripotant la croix de bois autour de son cou. Maintenant que nous avons des réfugiés, même blessés, nous devenons une cible pour les rebelles.

– Mais c'est un hôpital, répondit Stéphane, ils ne s'en prendraient pas à des blessés. Nous jouissons d'une certaine immunité.

– Vous avez peut-être raison, dit Guy Buffington en se balançant nerveusement d'un pied sur l'autre. J'ai discuté avec le pasteur Meffin de Muramvya hier, et il m'a dit que, là-bas, ils ont pris des soldats à l'hôpital, par mesure de protection. Je me demande si je ne devrais pas en faire autant. Enfin, je crois que je vais le faire. J'ai l'impression que nous n'avons pas le choix.

– Faites ce qui vous semblera le mieux », conclut Stéphane. Il me regarda et nous nous dirigeâmes vers le bloc opératoire. J'entendais des enfants jouer sur le terrain de football. Un chœur chantait dans la vallée. Stéphane rentra et Guy Buffington reprit le chemin tortueux vers l'église de pierre. Au loin, je voyais des files de femmes en éblouissants foulards jaunes et violets marcher entre les arbres, vers l'église. Les couleurs ressortaient comme des taches éclatantes contre le vert foncé des arbres.

J'ai vu des églises extraordinaires dans ces montagnes. De magnifiques bâtiments en pierre construits par des missionnaires qui en connaissaient plus long sur les arcs-boutants et les vitraux que sur la dysenterie et la malaria qui emportaient la moitié de leurs ouailles. L'église de Guy Buffington possédait une petite flèche, un autel en granit sculpté à la main et quelques très belles colonnes de pierre. L'intérieur était sec et calme – hermétiquement isolé du chaos extérieur, il vous donnait envie d'être là.

Pendant nos premières semaines dans les montagnes, nous n'avions pas grand-chose à faire et Stéphane, Chaswick et moi parcourions les routes sinueuses en voiture pour explorer les alentours. L'intérieur du pays semblait alors pratiquement abandonné, les champs désertés et envahis de mauvaises herbes, les villages paisibles peuplés de maisons incendiées et de poulets vagabonds. Chaque fois que nous voyions des gens sur la route, ils s'éloignaient à toutes jambes, s'enfonçaient précipitamment dans les sous-bois sans se retourner. Dans un des plus gros villages, nous découvrîmes une grande église en pierre de style gothique. Un édifice impressionnant qui se dressait, solitaire, au milieu des huttes et des chemins de terre. Nous arrêtâmes la Jeep devant. Les portes de l'église, épais vantaux de bois, pendaient de leurs gonds – criblées de balles. Les dalles de l'entrée, lissées par le temps, creusées par des décennies de passage, étaient jonchées de paille, de feuilles et de crottes de bique, noires et dures. À l'intérieur, il faisait sec et froid, et la voûte était plongée dans l'ombre. La nef était pleine de longs bancs à hauts dossiers et agenouilloirs, un livre de cantiques posé derrière chaque siège, et cela sentait la poussière. Nous remontâmes la nef sur toute sa longueur. Nos yeux s'accoutumant à la faible luminosité, nous commençâmes à distinguer la vache. L'animal brun clair se tenait devant l'autel dans une immobilité absolue et nous fixait de ses yeux impassibles. Elle avait bu dans les fonts baptismaux et, sous sa bouche, le pelage mouillé gouttait sur le sol de pierre.

« Est-ce que c'est bien la place d'une vache ? s'interrogea Chaswick à voix haute.

— Qui sait ? répondis-je.

— Elles font partie, comment dites-vous, des créatures de Dieu, non ? » dit Stéphane en s'avançant vers l'animal pour poser une main sur son encolure. La vache ne broncha pas lorsqu'il tendit le bras. Elle tourna la tête sur le côté, flaira ses bras un instant et, passant à côté de lui, se dirigea vers la grande porte. Je voyais maintenant qu'il y avait un tas de paille en vrac au fond de l'église, derrière les bancs ; la vache y retourna et commença à manger. Stéphane regarda vers l'autel et se signa.

Les fonts baptismaux étaient faits d'un bloc compact de marbre blanc, élégamment sculpté de branches d'arbre chargées d'oiseaux et de fruits. À l'intérieur, l'eau, jaune, avait taché le marbre de traînées couleur de rouille. Un objet magnifique, qui paraissait resplendir dans cette pénombre. Il semblait italien, recherché, rococo. Il devait peser une tonne. Le faire venir dans cette forêt vierge n'avait certainement pas été chose facile. Accroupi, je lus une inscription gravée sur le côté : « Rév. Thierry Lambrechts, Anvers, 1925. » Quelqu'un lui avait fait faire tout ce chemin, à cet énorme morceau de marbre, jusqu'à un endroit qui n'avait jamais vu de marbre. J'imaginai les battements de pieds et les mains tendues de tous les bébés qui avaient été plongés dans ces fonts, devant des parents et des familles sans aucun doute intimidés par l'objet lui-même, par sa perfection et son poids. Comme une grosse pierre sculptée descendue du ciel. Tout cela semblait futile.

« Ça ne rime à rien, dis-je.

— Quoi ? demanda Chaswick en astiquant ses lunettes.

— Ce truc. Imagine l'énergie dépensée pour le faire venir ici. Au milieu de nulle part. Bon sang, les gens d'ici n'ont pas assez à manger. Ils tombent comme des mouches par manque de médicaments. Et un prêtre d'Anvers décide que ce dont ils ont le plus besoin, c'est de fonts baptismaux en marbre et d'une très grande église. À quoi ça rime ?

– La foi est plus importante que la nourriture, dit Stéphane.

– Ça ne les empêche pas de s'entretuer, maintenant, continuai-je, malgré leur foi, l'église et les fonts baptismaux en marbre. Ça rime à quoi ?

– Moins on possède, plus on a besoin de l'Église », répondit Stéphane. Assis sur le premier banc, il regardait le plafond.

« Qu'est-ce qu'on fait, pour la vache ? demanda Chaswick. Ça m'ennuie, cette vache.

– Laisse-la. Laisse-la donc », répondit Stéphane.

Je passai la main par-dessus le bord des fonts baptismaux et trempai mes doigts dans l'eau bénite. Le marbre lisse sous mes doigts semblait solide, inamovible. Jamais on ne le sortirait de là. L'église dût-elle s'écrouler, devenir un tas de ruines, ces fonts baptismaux resteraient là très longtemps. Un gros morceau de marbre venu d'Anvers.

Je ne voudrais pas avoir l'air amer – en réalité, je n'ai rien contre les religieux qui pénétrèrent cette forêt vierge avec leurs bibles noires et leur peau blanche en débitant des Ave Maria et des histoires de vie éternelle. Nous avons tous une mission. Et les habitants du coin croient en Dieu, je peux en témoigner. Ils n'ont peut-être pas de céphalosporine dernière génération ni de bonnes réserves de chloroquine ou de pénicilline, mais ils savent réciter les Saintes Écritures comme si demain ne devait jamais arriver. Et, dans cette région du monde, il se peut que demain n'arrive jamais. Il faut bien se raccrocher à quelque chose.

Je jetai un dernier regard aux blessés sur les civières et rentrai. Les choses se mettaient rapidement en mouvement. Chaswick Rashid avait déjà endormi, intubé et mis les deux premiers patients sous respirateur. Il se servait de kétamine pour l'anesthésie, avec des perfusions de diazépam et de midazolam, et ses moniteurs cardiaques étaient en place. Premier arrivé dans la pièce, il en avait profité pour mettre du rap urbain bruyant (sa musique préférée) dans le magnéto, et le rythme tonitruant résonnait dans la salle en béton. Stéphane fit la grimace (lui était adepte de Gustav Mahler), nous nous brossâmes les mains et revêtîmes nos blouses. Nous avions suffisamment de kits stériles avec champs et accessoires pour un grand nombre de patients. Il y avait des kits pour chirurgie abdominale et nous disposions d'un autoclave grâce auquel nous prévoyions de stériliser les instruments pour les réutiliser en cas de besoin. Ces kits comprenaient l'assortment habituel de scalpels et de matériel de suture résorbable pour chirurgie abdominale, ainsi que des ciseaux à disséquer, des dissecteurs à dents, des curettes, des pinces hémostatiques, des petits écarteurs et quelques écarteurs autostatiques. Si nécessaire, il y avait des kits stériles pour chirurgie des os et de la tête. Le bruit d'aspiration et le claquement régulier des respirateurs m'apaisèrent. Alors que nous nous mettions au travail, je regardai par les fenêtres en haut d'un mur et aperçus des filets de fumée qui montaient de feux de camp vers le ciel.

On avait installé deux groupes électrogènes Honda pour alimenter le bloc et Marlboro Man était chargé de les lancer et de les faire fonctionner pendant que nous opérions. Ils fournissaient assez de courant pour les lampes cent watts du plafond, l'équipement d'aspiration et d'électrocoagulation et les respirateurs. En cas de besoin, nous mettrions aussi la climatisation en marche, mais pour l'instant il faisait suffisamment frais dans les montagnes. Les groupes électrogènes ronflaient à l'extérieur, le long du mur de derrière. Chaque fois que quelqu'un ouvrait la porte, des vapeurs de diesel s'engouffraient dans la pièce et nous devions garder toutes les fenêtres fermées.

185

Les infirmières de bloc opératoire étaient Virgin Atlantic et Madonna, et elles nous impressionnaient, Stéphane et moi, par leur compétence. Soigneuses et efficaces, elles se servaient des écarteurs et de l'aspirateur avec un grand savoir-faire et savaient où placer leurs mains. Elles avaient toutes deux la quarantaine, de beaux visages ronds, une peau luisante couleur café et des doigts lisses aux os fins. Cinq enfants à la maison. Comme les autres, elles étaient calmes et réservées, parlaient peu, mais riaient sous cape en voyant Chaswick Rashid swinguer d'un patient à l'autre, au rythme martelé de la musique. Chaswick se fichait de ce que les autres pensaient de lui – il faisait bien son travail, disait ce qu'il pensait et se concentrait sur les choses sérieuses. Grâce à lui, tout le monde se sentait mieux et j'aurais dû le lui dire quand j'en avais l'occasion.

Gabriel, l'adolescent, fut mon premier patient, et il donna le ton pour tout le reste de la journée : beaucoup de sang. J'étais en train de nettoyer la plaie et d'examiner les dégâts de plus près quand une grande brèche artérielle s'ouvrit, projetant un jet de sang jusqu'au plafond. Puis le sang commença à remplir la cavité abdominale comme de l'eau s'échappant d'un tuyau. Je mis les mains pour comprimer à l'aveuglette, et nous utilisâmes quantité de compresses et l'aspirateur, mais trouver le vaisseau dans tout ce sang ne fut pas une mince affaire. Je me doutais qu'une des branches principales de l'artère mésentérique était sectionnée. Stéphane nous rejoignit alors, enfila une nouvelle paire de gants avec un claquement et y alla directement. Il avait manifestement un sixième sens pour les hémorragies. Il entra là-dedans avec des clamps, attrapa le vaisseau coupable et l'immobilisa en un instant. « On voit l'artère, là, me dit-il, sans doute plus profond que tu ne l'imaginais. Ces couteaux s'enfoncent davantage qu'on ne croirait. » Stéphane était adroit. Rapide mais très efficace, il fit la suture la plus propre que j'avais jamais vue. « J'ai beaucoup travaillé sur des patients hémorragiques », m'expliqua-t-il.

Un grand nombre de nos interventions suivirent le même scénario : de petits vaisseaux artériels percés ou sectionnés se mettaient à pisser le sang quand nous entrions là-dedans. Sur la plupart des blessés, je pratiquais des ligatures et des débridements massifs de tissus lésés ou écrasés. Il y avait aussi beaucoup de travail sur les intestins et nous essayions, dans la mesure du possible, de réaliser résection et anastomose en une seule fois. Sur quelques-uns, trop gravement touchés, nous pratiquions des colostomies en espérant pouvoir les refermer plus tard.

Ça défilait à un train d'enfer et je pris rapidement mon rythme. Ce genre de travail vous procure un certain équilibre, la sensation de maîtriser les instruments, sans avoir besoin de réfléchir. Les choses arrivent parce qu'elles doivent arriver et vos mains travaillent automatiquement. Je trouvai mon rythme au deuxième ou au troisième patient, et je me sentais fort. Lorsque Stéphane eut suffisamment tanné Chaswick pour qu'il mette la *Deuxième Symphonie* de Mahler, je m'envolai et planai avec les cordes. Je ne comprenais pas cette cadence, au début de ma formation de chirurgien. Je n'y voyais que désordre et chaos.

Nous avons opéré toute la journée. Stéphane faisait deux patients quand j'en faisais un, mais ça se tirait. En fin d'après-midi, Made in Detroit vint nous dire que Marlboro Man et Groove Tube avaient disparu. Elle ne les trouvait nulle part. Aucun de nous n'y pensa plus que ça sur le moment et Madonna envoya quelqu'un chercher ses deux fils aînés pour qu'ils donnent un coup de main. L'hôpital se remplissait de patients opérés. Les lits en fer forgé s'alignaient sous des murs blancs ornés de lithographies du Christ en croix aux couleurs sanglantes, imprimées en série à Rome. Les trois infirmières de MSF responsables de l'hôpital semblaient avoir la situation en main. Toutes originaires de Bruxelles, ces jeunes femmes voulaient voir un peu le monde, et elles étaient servies, plongées jusqu'aux coudes dans les drains, les cathéters et les piles de compresses de gaze souillées.

En milieu de journée, le nombre des réfugiés qui se présentaient à la mission s'accrut de manière spectaculaire. La plupart de ces gens n'étaient pas blessés, nous dit Guy Buffington, mais ils fuyaient les soldats rebelles armés de fusils et les bandes de civils armés de couteaux. Juste d'innocents villageois, dit-il, qui fuyaient pour sauver leur peau. Cette après-midi-là, debout devant le bloc sur la colline, Stéphane et moi les vîmes arriver par la route, ces gens élancés, des ballots sur la tête, qui taquinaient de petits troupeaux de chèvres ou de moutons pour les faire avancer. Guy Buffington, qui ne pouvait faire autrement que de les accueillir, était dans un état d'extrême anxiété. « Nous n'avons pas de nourriture, pas d'eau et pas de place, nous murmura-t-il, et cela fait trois fois que je demande de l'aide par radio. »

Nous prenions des pauses à tour de rôle. À l'extérieur, je me promenais dans la mission, inspirais de grands traits d'air bien frais et contemplais les vallées. Je mangeai quelques brochettes de chèvre grillées avec de minuscules pommes de terre nouvelles et des petits pois frais du jardin. La viande était arrosée d'une sauce piquante rouge, le pili-pili. Une fois les cas les plus sévères évacués des tentes de tri, la situation parut plus gérable, mais il restait beaucoup de gens allongés sur le sol en toile des tentes, dont un grand nombre d'enfants turbulents, les fesses à l'air. On avait donné des morceaux de canne à sucre aux plus grands et ils les décortiquaient pour en sucer bruyamment la pulpe entre leurs dents. Sur l'herbe, à côté des tentes, il y avait des jattes émaillées aux couleurs vives, pleines de boulettes de millet, d'œufs en vrac, d'oranges et de minuscules bananes sucrées. Des femmes épuisées étaient allongées, les avant-bras sur les yeux. Ambiance bucolique. Comme un moment de quiétude à la campagne, par une belle journée de printemps.

Quand j'étais arrivé dans le pays, quatre semaines plus tôt, j'avais parcouru, dans un taxi qui faisait un bruit de ferraille, des rues en terre peuplées de gens pieds nus qui jetaient des regards inquiets par-dessus leur épaule en entendant une voiture approcher. Il faisait chaud et poussiéreux dans les plaines de la capitale et même s'il n'y avait aucune trace des cadavres qui, à peine quelques jours auparavant, jonchaient les routes et les caniveaux, je sentais la présence de la mort. Son odeur. Des centaines de vautours couleur de bitume étaient perchés dans les platanes et sur les murs de béton des résidences qui bordaient la route principale venant de l'aéroport. Au loin, les montagnes étaient d'un vert éclatant. L'humidité était extrême. Tout semblait avoir été reconquis par la poussière – elle flottait dans l'air, tourbillonnait sous les voitures, recouvrait comme du talc les feuilles glissantes des arbres. En s'approchant du sol, on en voyait une couche impeccable sur chaque brin d'herbe.

Je rencontrai Stéphane au Novotel, seul hôtel de la ville encore ouvert. Cet hôtel possédait un charme colonial décrépit – il y avait des lézards verts au plafond, d'épaisses couches de moisi noir qui s'attaquait aux murs stuqués, et une pâtisserie, dont s'occupait encore un individu énorme aux joues luisantes, coiffé d'une toque de chef. Quand vous faisiez un achat, il enveloppait délicatement les gâteaux dans de minces carrés de papier coloré. La plupart des habitants du pays n'avaient rien à manger, mais l'hôtel fabriquait encore chaque jour de minuscules gâteaux glacés pleins de fruits, des croissants et des éclairs – et ils étaient tous mangés, qui plus est, vendus dès le milieu de la matinée. L'hôtel était dirigé par un Français fébrile qui avait hâte de quitter le pays, mais reconnaissait qu'il faisait de meilleures affaires depuis le début des troubles. Il résidait dans l'hôtel avec sa femme et, chaque matin, sur le terrain de tennis de l'hôtel, celle-ci faisait faire de l'exercice à leur chien, un minuscule shi tzu décoratif. Elle traitait ce chien comme un bébé. Je l'ai vue donner à cet animal des morceaux de croissant trempés dans du café au lait.

Le Novotel était plein de responsables de l'aide internationale vêtus de gilets pare-balles qui, le front soucieux, s'époumonaient dans des téléphones satellites et négociaient véhicules et carburant avec de jeunes gens aux yeux de chat en mocassins de cuir italiens et casquettes de baseball. Tous les soirs, les gestionnaires de la crise se rassemblaient en groupes chuchotants pour boire des bières étrangères et discuter de la dévastation autour d'eux. Ils parlaient de ce qui se passait dans les montagnes et se baignaient dans une piscine à la forte odeur de chlore. À la tombée de la nuit, le bassin était environné d'une nuée de moustiques anophèles et l'eau était pleine des corps de milliers d'insectes morts ou moribonds qui avaient été attirés par la lumière – lorsque je nageais dans l'eau, celle-ci était chaude comme du sang et je sentais les exosquelettes de ces insectes me griffer les joues et les bras, me rentrer dans le nez et la bouche.

Stéphane me conseilla de ne pas prêter attention à tout ce que j'entendais là-bas – d'après lui, il ne s'agissait pour l'essentiel que de rumeurs hystériques. Mais il était difficile de faire abstraction des histoires d'écoliers brûlés vifs et de bébés dépecés. De gens qui massacraient leurs voisins. En fin de compte, je ne savais plus quoi penser, mais je savais que je devais m'éloigner des expatriés qui faisaient bronzette toute la journée autour de la piscine. J'avais beaucoup de mal à enfiler un caleçon de bain, à m'enduire d'huile de coco et à siffler des Coca au bord de l'eau en sachant ce qui se passait dans les montagnes.

Il y avait dans cet hôtel cinq militaires russes qui prenaient manifestement du bon temps. Pendant la journée, ils se prélassaient autour de la piscine. Blancs comme des linges au soleil, ils fumaient à la chaîne des cigarettes hors taxes qu'ils tiraient de paquets fripés. Nous les voyions parfois parcourir d'énergiques longueurs et faire la course entre eux en se criant des choses en russe. L'un d'eux (un capitaine) restait à l'écart des autres, sous le patio, à boire du café noir et à lire. Stéphane et moi discutâmes avec lui un matin et il nous expliqua en bon anglais qu'ils étaient l'équipage d'un hélicoptère de transport et qu'ils avaient été recrutés par le gouvernement américain pour transporter des secours dans les campagnes. Ils avaient déjà fait la même chose en Somalie, nous dit-il. Pour les militaires russes, cet argent liquide était le bienvenu. C'était comme de longues vacances pour l'équipage, expliqua-t-il. Des dollars facilement gagnés. Ils résidaient dans des hôtels à l'étranger, volaient de temps en temps. Lui lisait Tchekhov, en profitait pour se cultiver. L'équipage avait été engagé par le bureau local de l'USAID pour dix mille dollars la semaine, carburant et frais d'entretien compris. Personne ne s'était avisé avant leur arrivée qu'il n'existait qu'une poignée d'endroits où poser un hélicoptère dans l'intérieur montagneux. Ils n'avaient pas grand-chose à faire. Il nous regardait à travers des lunettes de soleil réfléchissantes en sirotant son café.

« En fait, c'est une façon de nous évader, dit-il. C'est bien pour nous de sortir de Russie. Pour être honnête, nous sommes en fuite.

— Que voulez-vous dire ? demanda Stéphane en souriant.

— C'est la vérité. Nous sommes en fuite. De la même façon que tous les gens qui viennent ici pour aider fuient quelque chose. J'en suis certain. On ne vient pas dans ce genre d'endroit par bonté d'âme. Non. On vient ici parce qu'on a ses propres problèmes. Je les ai vus, ces gens. Ils sont tous en fuite. Je ne viendrais pas ici si j'étais heureux chez moi. »

Stéphane et moi fûmes conduits à la mission en Jeep. Tandis que nous serpentions sur les routes de montagne, passions au large de villages incendiés et de camions échoués, il fumait un gros cigare. « Le Russe a parfaitement raison, me dit-il dans un nuage de fumée bleue. Nous venons ici pour trouver des réponses, pas pour

191

apporter des solutions. » Et alors que nous filions à toute allure devant les étals de bord de route, qui proposaient de grands sacs de charbon, des poulets troussés et des pyramides de melons, je sus avec certitude que Stéphane avait raison. Je cherchais des réponses dans cette jungle, même si je savais qu'elles n'existaient pas.

La maison où nous étions logés avait abrité une famille de missionnaires catholiques américains. Elle était garnie avec parcimonie de meubles en bois fabriqués dans la région. Les pièces, spacieuses, avaient du carrelage au sol et des murs enduits de plâtre blanc. Il faisait toujours frais à l'intérieur et nos pas résonnaient. Dans le salon, une bibliothèque pleine à craquer contenait trente bibles à reliure de cuir traduites en swahili. Dans la cuisine, le moindre bol, la moindre assiette portait une petite croix rouge peinte. Jésus était cloué au-dessus de chaque lit. Des gravures encadrées, dans des teintes rouge et bleu vif, montraient l'ascension du Christ, les mains sanglantes écartées, au milieu d'une foule de disciples, dans le séjour, dans la cuisine, au dos de la porte de la salle de bain et à intervalles réguliers dans les couloirs du rez-de-chaussée et de l'étage. Je me sentais surveillé. L'omniprésence de la crucifixion me donnait l'impression que la guerre civile était dans la maison avec nous. « Il y a une très grosse concentration de christs ici, disait Chaswick Rashid, ça me fout les jetons. »

Ces missionnaires catholiques avaient aussi accroché des reproductions de tableaux classiques aux murs – des tableaux narratifs représentant des épisodes héroïques. *La Bataille de La Hougue* de Benjamin West dans la chambre de Stéphane ; scène de *L'Opéra des gueux* par William Hogarth dans celle de Chaswick. Dans la mienne, une reproduction en couleurs de *Watson et le requin,* un tableau exécuté en 1778 par John Singleton Copley, accrochée entre deux morceaux de contreplaqué qui claquaient contre le mur sous les rafales de vent. Cette œuvre évoque une authentique attaque de requin qui se produisit dans le port de La Havane en 1749. C'était la première chose que je voyais le matin en ouvrant les yeux.

Brooks Watson, orphelin de quatorze ans employé comme membre d'équipage sur un navire de commerce, nageait nu dans le port de La Havane lorsqu'il fut agressé à plusieurs reprises par un requin-tigre. Le premier assaut lui arracha la peau de la jambe droite sous le mollet. Le second lui emporta le pied. Ses camarades prirent la mer en canot pour lui porter secours. Le tableau représente l'instant où ils arrivent à son niveau. L'œuvre donne une impression de vitesse, d'activité frénétique, et les sauveteurs arborent des expressions de terreur. Brooks Watson flotte dans l'eau, du sang monte de son pied droit – il est languissant – et son horreur et sa peur sont perceptibles. Deux marins tendent les bras vers lui par-dessus les plats-bords du bateau et s'efforcent de le hisser dans le canot. Le maître d'équipage retient par la chemise un des marins penchés par-dessus bord et quatre autres rament furieusement. Un matelot en culotte dressé sur la proue brandit une gaffe devant lui avec une expression de farouche détermination, prêt à plonger le pieu aiguisé dans le corps du requin en dessus de lui. C'est l'instant du sauvetage, du salut.

Je me suis plu à imaginer toutes ces choses qu'on ne pouvait pas voir dans le tableau : les eaux profondes sous le bateau, la cale et les cabines du navire marchand à l'arrière-plan, les odeurs de nourriture et de tabac sur le quai du port de La Havane. C'était étrange d'avoir un morceau de dix-huitième siècle au mur. Le matin, allongé dans mon lit, avec les odeurs de feu de bois et de cuisson du pain qui entraient par la fenêtre, le bruit de la pluie qui martelait le toit de tôle ondulée, j'avais l'impression d'être moi-même dans le port de La Havane.

Le soir, Stéphane m'invitait dans sa chambre avec Chaswick Rashid pour discuter. Sa chambre, au premier, possédait un balcon avec vue sur les collines alentour. Quand il ne travaillait pas, Stéphane s'installait au soleil sur ce balcon, torse nu, en short coloré et lunettes de soleil sombres, comme s'il dominait la Côte d'Azur.

Dans sa chambre, il allumait trois ou quatre des grosses bougies à la cire d'abeille qu'on fabriquait à la mission et les posait sur des chaises. Elles se consumaient avec de longues flammes minces qui dansaient dans le vent montant des vallées voisines et projetaient de grandes ombres inquiétantes sur les murs. Stéphane avait apporté plusieurs bouteilles de cognac avec lui, une de grenadine et une autre de crème de menthe, et il possédait un service de petits gobelets en verre bleu épais. Il était fier de ces verres, qu'il transportait dans une mallette en cuir capitonnée. Il avait une valise entière remplie de cartouches de Camel, dont il sortait un paquet à la fois, avec un soin méticuleux, avant de la refermer précautionneusement à clé.

Assis dans la pénombre de sa chambre, nous sirotions les liqueurs épaisses. Dès neuf heures du soir, un silence et une obscurité absolus régnaient à l'extérieur. Les gens avaient peur du noir, de ce qui pouvait arriver la nuit, et ils disparaissaient tôt. Du balcon, tout semblait inversé : le ciel étoilé resplendissait comme une grande ville de lumière, tandis que le sol en dessous était aussi noir et vide que l'éther. Contempler ce pays obscur me donnait la même sensation que regarder l'océan – dangereux, terrible, impénétrable, tout à la fois. Stéphane avait installé sa petite radio à ondes courtes en faisant courir un câble sur le toit en guise d'antenne. Certains soirs, il captait la musique des stations nationales françaises ou de la BBC. À travers un voile de parasites, nous écoutions les chansons d'Édith Piaf, Billie Holiday, Plastic Bertrand ou les Bee Gees. Une fois, nous avons entendu *Le Sacre du printemps* de Stravinsky dans son intégralité.

« Dis-moi pourquoi tu es là, me demanda un soir Stéphane, et je pris conscience que je n'en étais plus certain.

– J'avais dans l'idée que je pourrais influencer le cours

des choses, répondis-je, en souriant parce que, assis là, dans cet obscur continent africain, ces mots résonnaient d'une invraisemblable naïveté, même à mes propres oreilles.

– Rien de ce que nous faisons ne peut influencer le cours de choses, dit Stéphane en vidant son cognac. C'est ce que j'ai fini par comprendre. Si tu crois trouver ici du *bon sens*[1] (l'expression est d'ailleurs curieuse), tu es mal barré.

– Il n'y a rien de mal à essayer.

– Bien sûr. Essayer, c'est l'essentiel. Sans aucun doute. Mais ne t'y trompe pas. Essayer ne changera pas grand-chose à cette guerre. C'est exactement comme essayer d'arrêter les chutes du Niagara avec un timbre-poste ou de retenir un déluge avec un bout de papier. Tu vois ce que je veux dire ? Naturellement, il faut que tu en sois conscient si tu dois travailler ici. »

Stéphane se leva et sortit sur son balcon. Il prit une cigarette du paquet dans sa poche de chemise et, sans l'allumer, la tint à la main. « Je ne suis pas cynique », reprit-il.

Chaswick était assis tout seul dans le noir sur le balcon, un verre serré contre sa poitrine. « On croirait, à t'entendre, dit-il en giflant un moustique dans son cou. Sacrément cynique même, si tu veux mon avis.

– Je suis catholique, répondit Stéphane. Je suis incapable de cynisme.

– Ah, en voilà du cynisme », dis-je.

Stéphane rentra dans la pièce, sa cigarette pas allumée toujours à la main. Il tira sa chaise vers la mienne et s'assit, s'inclinant vers l'avant jusqu'à quelques centimètres de mon visage. Il avait des particules de cendre dans la moustache.

« *Non, non*[2], dit-il. Écoute. Ce qu'il te faut, c'est une philosophie. Voilà ce qu'il te faut. Quelque chose qui donne un sens au monde. Tu ne peux pas te fier à ce que tu vois

---

1 et 2. En français dans le texte.

– parce que ce sera toujours le chaos, l'anarchie. Les guerres sont absurdes. Par définition, le *bon sens* n'existe pas. Il y aura toujours des guerres – et elles seront toujours terribles. Beaucoup de gens mourront dans des conditions tout à fait atroces et jamais nous n'empêcherons ça. Si tu te fies à ce que tu vois, *mon ami*[1], tu seras toujours déçu. Sans compter que tu deviendras fou. J'ai une certaine philosophie face au désastre, tu comprends.

– C'est-à-dire ? demandai-je.

– Je crois que si on sauve une vie, alors on en a sauvé beaucoup. Voilà ce que je crois.

– Quoi ? fit Chaswick depuis le balcon.

– Chaque vie compte. Chaque vie sauvée est une victoire. C'est ce qui fait que nous restons des hommes. Tu vois. C'est pour cela que je suis là. Chaque jour, au bloc, j'affirme mon humanité. Tu comprends. C'est comme ça qu'on gagnera au bout du compte. Je ne peux rien changer à la guerre, mais je peux proclamer que toute vie est précieuse. »

Assis là avec nos verres de cognac, à écouter les bruits de la nuit qui entraient par les fenêtres avec le vent du soir, et tandis que Stéphane servait précautionneusement les alcools de ses bouteilles aux étiquettes luxueuses, j'avais l'impression que nous étions tous fous. Comme si le monde avait tranquillement déraillé. « Le tableau dans ta chambre exprime ça très bien, me dit Stéphane. Sauver cet homme à la mer nous permet de nous sauver nous-mêmes. »

Nous en avions pratiquement terminé avec nos deux derniers patients quand l'enfer s'ouvrit sous nos pieds. Made in Detroit déboula dans le bloc, décomposée, pour nous dire qu'un camion de soldats rebelles s'était arrêté devant le portail. À ce moment-là, nous avions accueilli au

---

1. En français dans le texte.

moins deux ou trois cents réfugiés, qui s'étaient éparpillés dans la mission, sous les tentes, dans l'école, ou simplement assis en petits groupes familiaux sur le terrain de football. On leur avait donné des abris en plastique bleu du HCR et ils avaient commencé à les monter sur la pelouse. Stéphane et moi, rompant avec le protocole, sortîmes, tout gantés et vêtus de nos blouses, pour regarder vers le portail. Un camion de transport militaire était garé devant et vingt ou trente soldats, en armes, tournaient en rond. Derrière eux, déployés sur la route, une centaine d'hommes, petites silhouettes trapues qui se tenaient tout à fait immobiles, visiblement armés de toutes sortes de couteaux. Il régnait un calme anormal. Dans la mission, les gens regardaient les portails avec intensité. Je n'entendais que des pleurs d'enfants.

C'est alors que j'ai vu Guy Buffington, dégingandé, les pieds en dedans, parcourir l'allée de terre à grands pas. Il s'arrêta devant le portail fermé et sa voix monta par bribes jusqu'en haut de la colline. Il semblait tenir une bible dans la main gauche.

« Messieurs, dit Chaswick en passant la tête par la porte, on a encore deux clients sur le billard ici, si vous voyez ce que je veux dire. » Stéphane et moi rentrâmes. Nous nous hâtions de finir tant bien que mal et de suturer les plaies lorsque retentirent des éclats de voix et le brusque fracas de quelques rapides décharges. Puis les gens dehors se mirent à crier, à hurler. Made in Detroit rentra de nouveau en trombe pour nous dire que les soldats n'avaient pas écouté Guy Buffington et qu'ils tiraient en l'air en entrant dans la mission. « Ils n'ont pas écouté un prêtre catholique », cria-t-elle à plusieurs reprises, les mains dans les cheveux, absolument affolée. Stéphane lui dit, ainsi qu'à Madonna et à Virgin Atlantic, de se tirer de là, et il leur parla en un français ultra-rapide que je ne pouvais pas comprendre. Elles détalèrent, par la porte de derrière. Stéphane me dit de me dépêcher. Je suturais la paroi abdominale devant moi aussi vite que je le pouvais lorsque la porte fut violemment ouverte.

Le soldat qui fit irruption dans la pièce portait un uniforme léopard vert et dégageait une forte odeur d'essence. Sa chemise était ouverte jusqu'au nombril. Toute une collection de chaînes en or et en argent cliquetaient autour de son cou ; il était incroyablement jeune, n'avait pas plus de vingt ans. Je vis immédiatement qu'il était fou, défoncé peut-être. Il avait de grosses lèvres turgescentes et ses yeux brillaient, injectés de sang. Il tenait un cocktail Molotov à la main – un chiffon enflammé pendait du goulot d'une bouteille et une épaisse fumée noire s'élevait dans la pièce.

J'ai vu beaucoup de crapules de son espèce aux urgences ; ils essayent d'avoir l'air sûrs d'eux, impressionnants, mais au fond ils sont morts de trouille. Avec ce genre de voyous, le truc, c'est de ne manifester aucune crainte et de les traiter en égaux. De leur faire croire que vous les comprenez. Nous avions derrière nous une bonne journée d'opérations au pied levé et j'éprouvais une sensation de puissance dans les doigts. Je ne pensais pas à la grosse mitrailleuse à canon noir passée sous son bras droit, luisante comme un phoque mouillé. Et puis je voulais prouver quelque chose, montrer aux autres que je ne me laissais pas démonter dans les moments importants. Ne faisant donc ni une ni deux, je sortis de derrière la table, les mains tendues, et m'avançai vers lui, qui vacillait à la porte. Je lui souriais. Il a tiré sans me regarder. Déchargé une seule fois dans ma direction. Je ne crois pas qu'il en avait l'intention. Il leva simplement le canon de quelques degrés et fit claquer une explosion qui crépita dans la petite pièce.

Violemment projeté en arrière, je sentis une odeur de cordite et d'essence en m'effondrant dans le chariot à instruments derrière moi. Le chariot s'écroula et les instruments en inox s'éparpillèrent sur le sol en béton. Le mur et le plafond me passèrent devant les yeux et je me retrouvai brusquement à regarder en l'air. Stéphane cria quelque chose et j'entendis une bouteille se fracasser contre le mur. Ensuite, il y eut encore plus de fumée et le visage de

Chaswick penché sur le mien, qui disait : « Merde, mon pote, merde. » De ma main gauche, je sentis une masse humide sur mon épaule et des fragments de ce que je savais être mon propre muscle. Mon bras pendait, ouvert, sur un sol de béton en Afrique et je sus que c'était grave lorsque je sentis du sang couler comme une rivière entre mes doigts.

La moustache de Stéphane apparut au-dessus de moi. Il marmottait quelque chose en français, pendant que Chaswick et lui me prenaient par les épaules et les jambes pour sortir cahin-caha. La pièce était très enfumée et des flammes léchaient un mur du bâtiment. Ils me posèrent sur l'allée de gravier et revinrent avec les deux opérés que nous venions de terminer pour les allonger à côté de moi. Le gravier de l'allée était pointu et froid sous mes épaules. Stéphane avait placé un clamp dans mon bras et je sentais le métal froid, fermé sur une branche de mon artère brachiale. La douleur commença à m'envahir, en violentes décharges qui irradiaient dans mon dos. Puis Stéphane fut de nouveau au-dessus de moi, une ampoule de 10 cm$^3$ de morphine au poing, et j'entendis le craquement de l'ampoule lorsqu'il en brisa l'extrémité. Je regardai l'aiguille glisser dans le verre tandis qu'il aspirait et sentis le tampon d'alcool glacé sur ma cuisse gauche. La morphine déferla en moi et la vague chaude dans mon cerveau me procura un soulagement bienvenu.

Stéphane et Chaswick dévalèrent la colline vers l'hôpital. Les gens hurlaient. Des flammes montaient du bloc opératoire vers le ciel. Tout là-haut, au-dessus de nous, des oiseaux tourbillonnaient dans les courants ascendants. Ils revinrent en courant, rouges et hors d'haleine, avec les infirmières de MSF. L'une d'elles pleurait et criait sur les autres. En montant, les infirmières me virent par terre et écarquillèrent les yeux en découvrant mon épaule ensanglantée. Stéphane s'agenouilla, déchira la manche de mon bras droit et tâta mes doigts. « Est-ce que tu sens ça ? » me disait-il en me serrant les doigts, et j'acquiesçais en regardant les visages des infirmières bruxelloises.

Les gens couraient en tous sens. Je les observais, dans les flux et les reflux de la morphine. Je me relevais sur mon coude gauche pour regarder vers le bas de la colline. Quelques corps gisaient près des soldats, qui avaient commencé à rassembler les gens devant l'église sous la menace des fusils. La panique semblait s'être dissipée – les gens étaient résignés ou épuisés, ou les deux. Je vis deux des soldats débusquer Groove Tube dans la maisonnette de Guy Buffington ; il devait s'y être caché. Ils le poussèrent dehors et commencèrent à lui donner des coups de pied alors qu'il gisait à terre. Il était incapable de se relever sans ses cannes. Ils lui assénaient des coups de pied et Groove Tube roulait au sol, la tête entre les bras, quand Guy Buffington gravit la côte en trébuchant. Il courut, toujours la bible à la main, en criant d'une voix forte, puis s'agenouilla. Il prit la tête de Groove Tube entre ses bras, et il était courbé dans cette position, à lui parler, quand les soldats les abattirent tous deux. Guy Buffington s'affaissa, comme s'il avait tout à coup décidé de dormir. La foule qui se rassemblait devant l'église fit un silence absolu et je retombai en arrière, engourdi. Les minuscules mains de Chaswick papillonnèrent sur mon bras tandis qu'il installait une perfusion et je regardai ses doigts flotter devant moi. Je voyais maintenant des vagues de morphine dans le ciel, je me sentais profondément détendu et me demandais si toute la scène n'avait pas été une hallucination.

Quand je rouvris les yeux, un groupe de soldats nous entourait. Quatre ou cinq d'entre eux tenaient leur grosse mitrailleuse à la main comme un attaché-case. Je sentais l'odeur de la sueur fraîche sur eux. Leurs bottes étaient propres et bien cirées. Leurs yeux larges dansaient dans la lumière des flammes à côté de nous. Aucun des soldats ne me regardait, mais ils lorgnaient les infirmières de MSF, qui croisaient les bras sur leur poitrine, et envoyaient des panaches de buée dans l'air frais du soir. Stéphane, au milieu du groupe, parlait rapidement en français et je ne comprenais pas ce qu'il disait. Il parlait toujours et les soldats l'observaient attentivement en jetant de temps en temps un œil par-dessus leur épaule vers le bas de la côte, vers l'église. Chaswick tripotait ses lunettes, passait les verres entre son pouce et son index, et se retournait vers le bâtiment en flammes. Ses sabots de bloc étaient couverts de fraîches éclaboussures de mon sang. Je ne comprenais pas ce qui se disait, mais je savais qu'une négociation était en cours. Stéphane sortit son paquet de Camel et en offrit autour de lui aux soldats. Ils en prirent tous, il sortit son briquet et fit le tour du groupe pour allumer les cigarettes d'un petit geste poli. Au sol, sous eux, je flottais et dérivais, j'écoutais la fumée s'exhaler dans l'air frais en me demandant comment j'avais bien pu en arriver là.

Deux mois plus tard, lorsque j'eus recouvré l'usage de mon bras, j'ai retrouvé Stéphane à Paris. Il semblait très différent en gilet décontracté et chaussures en cuir à boucles. Nous étions en décembre et la Ville Lumière miroitait dans l'air froid comme un joyau. De nuit, la Seine offrait un miroir à toute cette lumière, semblait la réfléchir dans une myriade de directions. Je marchais beaucoup dans la ville, que je préférais le soir. J'habitais avec Stéphane dans son appartement de la Bastille, propre et lumineux, très moderne. Il me laissa beaucoup à moi-même, et j'en étais heureux parce que je n'étais pas de bonne compagnie. Je ne trouvais aucun sens à la vie réelle que je voyais autour de moi : les familles et les enfants dans les parcs, les bistrots chaleureux et les petits cafés noirs brûlants. Les pâtisseries au beurre me rappelaient l'Afrique. La vie réelle m'apparaissait comme un rêve. Comme en léger décalage. Stéphane m'invitait à des festins dans de tout petits restaurants où il connaissait le propriétaire, le chef, les serveurs, tout le monde. Il m'abreuvait de vin, commandait du foie gras, de la viande et des desserts crémeux pour tous les deux. Il y avait tellement de nourriture et de temps pour en jouir que j'en étais désorienté. Nous buvions du cognac et je marchais.

Le mouvement aidait. Dans la Ville Lumière, je me sentais lumineux. J'éprouvais la liberté des nomades, le besoin de bouger pour le plaisir. Dans cette ville de clochers et de comptoirs en zinc, je faisais partie d'autre chose que de moi-même. Quand mon épaule craquait, douloureuse, je me sentais plus fort. Les matins froids, je soufflais de la buée et m'installais dans de minuscules troquets en compagnie de chiens mouillés, pour lire des journaux vieux de trois jours en prenant des cafés brûlants. Pour le déjeuner, je mangeais de grosses saucisses brunes dans la rue et j'avais mal aux talons à force de marcher.

À une heure du matin, par une nuit glaciale, Stéphane et moi traversions le Pont-Neuf. Nous nous arrêtâmes pour contempler la rivière, étincelante de givre, réfringente dans l'air froid raréfié, absolument immobile. Nous restâmes là un moment à frissonner et je lui dis : « Je ne crois pas t'avoir remercié de ce que tu as fait pour moi.

– Tu n'as pas à me remercier.

– Mais je te suis vraiment reconnaissant.

– Moi aussi, dit-il en frappant dans ses mains pour les réchauffer. Ta simple présence ici me suffit. » Puis, sur ce pont, Stéphane se retourna et m'étreignit, très fort, et je sentis sa chaude haleine de cognac sur ma joue froide. À cet instant, je pensai que Stéphane était peut-être mon seul ami au monde, et je me rendis compte que c'était suffisant. Un seul vrai ami, c'est suffisant. La neige se mit alors à tomber et, tandis que nous repartions sous un ciel chargé, je sus que je ne rentrerais pas chez moi avant longtemps.

Je n'ai pas vu le moment où l'on a fait entrer tous ces gens dans la minuscule église de pierre. On nous a raconté plus tard. Nous étions loin dans la vallée, hors de portée de voix, quand les hurlements ont commencé. On m'a dit que Stéphane et Chaswick se sont fait taper sur les doigts pour être partis, mais ils essayaient de nous sauver la vie et ils ne savaient rien non plus de ce qui était arrivé dans l'église. Comment auraient-ils pu le savoir ? Qu'auraient-ils pu faire à eux deux ? Vu les circonstances, ils ont fait preuve d'une grande présence d'esprit.

Comme Stéphane, je comprends les vertus curatives d'un drame suivi d'un sauvetage. Cette agression par un requin-tigre dans le port de La Havane fit la réputation de Brooks Watson comme de John Singelton Copley. Watson survécut et même si le chirurgien de bord dut lui amputer la jambe droite sous le genou, il s'en remit complètement et finit par devenir un marchand londonien prospère. Avec sa jambe de bois, c'était un personnage, et il tira parti du récit de sa survie pour faire carrière dans le commerce. Suffisamment populaire pour briguer des fonctions politiques, il fut maire de Londres entre 1796 et 1797 – ses opposants se moquaient de sa jambe de bois dans des dessins satiriques.

Watson commanda lui-même le tableau à Copley – les deux hommes s'étaient rencontrés à l'été 1774, lorsque l'artiste, en route pour l'Italie, avait fait étape à Londres. Le tableau fut exposé à l'Académie royale de Londres en avril 1778 et considéré comme une œuvre de génie. Copley fut salué comme l'égal des maîtres italiens de la Renaissance. Le peintre comme le sujet avaient été transformés par ce seul épisode violent.

Le thème de la rédemption après une catastrophe dut influencer Copley dans la composition du tableau – par son sujet, celui-ci se rapproche du récit de l'Ancien Testament sur Jonas et la baleine, et sa structure présente de nombreuses similitudes avec celle du tableau que Rubens peignit sur ce thème en 1619. Quant à Watson, il fut peint en sorte de présenter une forte ressemblance avec le garçon épileptique de *La Transfiguration* de Raphaël, un tableau exécuté au Vatican en 1520. Toutes des œuvres sur la rédemption. Je ne suis pas croyant, mais je sais que survivre à une catastrophe peut vous rendre plus fort. Plus proche des gens aussi. Je me demande sincèrement ce qui est arrivé à Gabriel et aux autres blessés. Trois ou quatre jours plus tard, une équipe des Nations Unies fut envoyée pour récupérer ceux que nous avions laissés à l'hôpital. Beaucoup s'en seront sortis. Gabriel, jeune et en bonne santé, avait de meilleures chances que la plupart.

À Paris, je m'endormais les fenêtres ouvertes et me réveillais dans une chambre glaciale, l'épaule raidie et douloureuse, des rafales de neige grise mouillée entrant par les fenêtres pour se poser au sol. Je me sentais curieusement détaché de ma vie d'avant. Quelque chose de mon passé avait disparu et je n'en avais plus besoin. Rien de ce que j'avais toujours cru important (ma carrière, mes petites amies, les livres que je lisais) ne semblait avoir réellement de sens. Il y a quelque chose d'insidieux à rester un observateur distant, et c'est ce que j'avais toujours été. Un moraliste en fauteuil. Un spectateur de journaux télévisés. Un beau parleur. Je croyais pouvoir influencer le cours des choses avec mes talents de chirurgien et mes bonnes intentions. Rien n'est aussi simple qu'on le croirait de loin. Quelle influence peut avoir l'un ou l'autre d'entre nous ? Voilà la vraie question. À quoi sert la religion, si une église n'est qu'un édifice de pierre comme un autre, avec un toit et un plancher ?

À Paris, je me sentais léger comme l'air. Pratiquement invisible aux gens autour de moi. Peut-être faut-il perdre son identité pour découvrir qui on est. J'ai compris que je ne pouvais pas rentrer chez moi et retrouver mon environnement familier. Une étrange prise de conscience, survenue dans le silence, imperceptiblement, comme une couche de givre se forme en une nuit sur un morceau de verre froid.

Maintenant, quand je m'endors, je repense au tableau de Copley. Je suppose qu'il est toujours accroché dans cette maison en Afrique. Je l'imagine là-bas, à prendre la poussière, à frapper le mur blanc dans les rafales de vent, à battre en rythme dans cette pièce vide. Témoin de ces événements qui n'ont pas été vus, de l'autre côté de la fenêtre. Lorsque je ferme les yeux, j'en vois les bords se racornir, devenir brunâtres et cassants, tout un univers peut-être pour une certaine espèce d'insectes tropicaux colorés, petits et actifs, qui trouvent à se nourrir en dévorant le papier.

Stéphane et Chaswick prirent soin de moi. Nous nous éloignâmes de quinze kilomètres de la mission et fûmes accueillis par des membres de la famille de Virgin Atlantic. Stéphane répara mon bras (vaisseaux, muscles, tout le tremblement) dans une hutte en adobe. J'ai eu la chance que l'os soit intact. Chaswick m'administra un bloc anesthésique et je ne sentis donc rien. Des soldats belges au service des Nations Unis furent envoyés pour nous retrouver. Quand les médecins de la base américaine en Allemagne virent l'état de mon épaule, ils n'en crurent pas leurs yeux. Le plus beau travail qu'ils avaient jamais vu, me dirent-ils, une technique impeccable. Ils n'arrivaient vraiment pas à le croire. Je lui tire mon chapeau, au Français. Je me ressers déjà de mon bras et je ne me suis jamais senti mieux.

Stéphane leur donna tout ce que nous avions. Tout ce que nous avions en échange de nos vies. Il les acheta. Tout bonnement. Il leur donna les clés de la Jeep. Cinq cents dollars en billets verts, en francs, en livres sterling et encore deux mille dollars en traveller's checks. Nos vêtements, nos chaussures, nos lames de rasoir et tout le stock de saucisses de Chaswick. Tout ce qu'il put trouver. Puis il leur donna quatre douzaines de paquets de cigarettes, leur serra la main et les regarda descendre en troupe la colline. Je m'endormis en les regardant s'éloigner.

Lorsque je rouvris les yeux, Stéphane et Chaswick étaient au-dessus de moi, avec du matériel chirurgical et des paquets de provisions. Les fils de Madonna étaient réapparus et ils attendaient, les yeux remplis de peur. « On t'emmène dans un village, me dit Stéphane. Il faut quitter cette colline. » Chaswick essuyait ses lunettes furieusement en jetant de longs regards vers l'église. Des flammes montaient du toit du bloc opératoire. Certains des autres soulevèrent les deux opérés et se mirent en marche devant nous. Les deux jeunes garçons me placèrent sur une civière et commencèrent à me porter. Je flottais dans le crépuscule, ne ressentais aucune douleur, regardais la grande arcade du ciel. Des explosions et des bruits secs feutrés résonnaient au loin comme lors des festivités du 4 Juillet. L'air du soir et l'odeur d'herbe et de terre m'évoquaient les nuits fraîches de ma jeunesse lorsque, couché sur le dos, j'assistais aux feux d'artifice.

Nous marchâmes longtemps vers la vallée. Ils me portèrent sur un sentier escarpé. Je sentais une odeur de bois brûlé, de feuilles brûlées, je voyais des visages illuminés par les foyers lorsque nous passions près des maisons. C'est seulement quand les effets de la morphine s'estompèrent que je compris que les petites détonations lointaines étaient des coups de fusil. J'appelai Stéphane et lorsqu'il apparut près de la civière mouvante, je lui dis que j'étais désolé. Je ne suis pas sûr qu'il m'ait entendu. L'air résonnait des stridulations de cigales. L'obscurité commençait à tomber et le ciel était saturé d'une magnifique lumière violette. À un moment donné, je vis les visages de Madonna et de Virgin Atlantic au-dessus de moi, puis ce fut la nuit et il n'y eut plus rien à voir.

# Le charpentier qui ressemblait à un boxeur

Sa femme était partie depuis un an quand il commença à entendre des bruits de fouissement dans les murs de sa maison et, au début, il essaya de ne pas y prêter attention. Mais lorsqu'il se mit à faire plus chaud, les bruits empirèrent et il se réveillait désormais la nuit, moite de sueur, et restait des heures à les écouter. Il appela une entreprise de désinfection bon marché, qui n'acceptait que le liquide. Il terminait un chantier et estimait qu'il avait les moyens de faire traiter la maison, à condition de ne pas faire appel à une de ces entreprises américaines hors de prix qui font de la pub à la télé. Danny Dalton n'aimait pas l'idée que des bestioles noires vivaient dans ses murs.

Le désinsectiseur était un homme râblé, avec un nez rouge pelé et des dents en avant. Il inspecta la maison et passa une demi-heure sous le plancher avec une lampe-torche avant de dire à Danny qu'il ne trouvait rien.

« Pas de rats, pas d'opossums, pas d'insectes ni d'oiseaux, dit-il, et s'il y a des termites ou des insectes xylophages, je ne les vois pas. » Ils se tenaient au fond du jardin de derrière, un carré de pelouse brun-vert accidenté, qui descendait en pente douce vers les falaises. Une brise salée les ébouriffait. Le désinsectiseur semblait jeune et sa jambe droite atrophiée lui donnait une démarche chaloupée. Il parlait comme un vendeur et Danny devina qu'il avait un deuxième boulot dans la restauration ou le petit commerce.

Il répondit : « Je sais ce que j'entends. Il y a quelque chose dans les murs. » Ils haussèrent tous deux les épaules, sachant que le désinsectiseur traiterait de toute façon, sans discuter, pour l'argent. Il accepta de pulvériser un produit contre les termites. Danny Dalton le vit remonter pesamment la pelouse dans ses lourdes chaussures et passer à côté de la maison. Il l'entendit décharger le matériel sur la pelouse de devant. Le désinsectiseur réapparut quelques minutes plus tard, équipé de gants en caoutchouc, de lunettes de protection et d'un masque à gaz. La bombonne de produit chimique attachée dans son dos était raccordée à une lance qu'il tenait de la main gauche.

Katie et Tom revinrent de la plage à ce moment-là et Katie courut vers lui sur la pelouse. Les draps blancs sur la corde à linge claquaient doucement au vent marin et, dans sa course, ses jambes brunes dansaient contre les draps. Arrivée derrière lui, elle lui enlaça une jambe à deux bras. Danny retourna à son tableau. Il se tenait devant un chevalet face à la baie, avec une boîte de couleurs pour aquarelle. La côte chaotique s'incurvait vers eux, parsemée de toits de tuiles roses. Pendant que le désinsectiseur traitait la maison, les enfants s'allongèrent à plat ventre à côté de lui. Dans le soleil de la fin d'après-midi, la baie étincelait, miroitait, et son pinceau rendait un bruit râpeux sur le papier.

Elsie Gannet passa la tête par-dessus la barrière et lui fit signe de la main. Vêtue d'un maillot de bain une pièce, elle se tenait en bordure de son potager, un immense jardin paysager dans lequel tous les légumes étaient classés par ordre alphabétique. Les Gannet cultivaient dix ares et ils avaient installé un système d'irrigation informatisé. Les rangées régulières de végétaux s'étiraient derrière elle, chatoyant sous le vent.

« Tout va bien ? » demanda-t-elle. Danny acquiesça et regarda ses cheveux flotter en longues mèches noires sur son visage. Elle avait vingt ans de moins que son mari, Henry Gannet, et un visage ferme à la Rubens. Elle portait des gants de jardinage. Danny n'avait jamais vu autant de légumes pousser au même endroit.

« Très bien, répondit-il.

– Qu'est-ce qu'il fait avec un pulvérisateur, le type ? »

Elle avait des ongles de doigts de pieds rouge sang.

« Il traite contre les termites. » Il avait parfois l'impression qu'elle le surveillait. Elle était au courant du départ de Marion, mais ne disait jamais rien, et il se sentait se crisper chaque fois qu'il la voyait.

« Ça a l'air grave, dit-elle en s'abritant les yeux d'une main gantée.

– Ce n'est rien. »

Il retourna à son tableau et appliqua à petits coups quelques traînées de bleu de cobalt dans le ciel.


Quand le désinsectiseur eut fini, il flottait dans la maison une odeur chimique âcre qui leur piquait les yeux et leur faisait tourner la tête ; il alluma donc le barbecue à l'extérieur, sur la pelouse. Tom apporta du petit bois sec pris sous la véranda et le fourra dans le barbecue avec du journal. Le soleil dardait des faisceaux jaunes sur la baie, tandis que Danny Dalton jetait de grosses côtelettes grasses sur le gril et mettait de la laitue et des tomates dans un saladier en bois devant les enfants. Le fond de l'air était frais, le soleil se couchait ; il se coiffa d'un chapeau et but une bière à la bouteille. Tom et Katie, assis sur des chaises de jardin, le regardaient surveiller le barbecue. Ses gros avant-bras étaient éclaboussés de peinture rouge, bleue et verte.

« Papa, qu'est-ce que tu as entendu dans la maison ? demanda Tom.

– Je ne sais pas exactement, dit-il en retournant la viande, mais on aurait dit un truc dans les murs ou dans le plafond. Un truc qui vivrait là-dedans.

– Qu'est-ce qui vit là ? demanda Katie.

– Eh bien, je ne sais pas. Il y a plein de choses, des insectes, des fourmis, qui peuvent rentrer dans les maisons. Et ils les dévorent. Ils peuvent faire beaucoup de dégâts. En quelques mois, on n'aurait plus de maison.

– Et c'est pour ça que cet homme est venu aujourd'hui pour les tuer, dit Tom.

– Exactement.

– Je n'ai rien entendu, moi », dit Tom.

Des flammes jaillissaient lorsque la graisse gouttait des côtelettes.

« J'entends ça la nuit, quand vous dormez.

– C'est peut-être Marion, dit Katie. Elle te parle, peut-être.

– Peut-être.

– Je crois qu'elle aurait envie de te parler. C'est peut-être ce qu'elle fait. »

Une forte odeur de viande grillée flottait dans l'air.

Il s'approcha et s'accroupit à côté de Katie. « Katie, je suis sûr qu'elle me parlerait si elle le pouvait. Mais je ne crois pas que ce soit ça. »

Ils se couchèrent dehors sur une vieille bâche en toile, sous des couvertures rêches, et contemplèrent la ceinture d'Orion et la Croix du Sud. Danny joua de l'harmonica qu'il avait acheté auprès d'un conducteur de bestiaux lorsqu'il travaillait à la campagne. Il joua *Wild Colonial Boy* et *Walking Man's Blues*, tandis que la chaleur du gril achevait de se dissiper et que la brise marine entonnait une plainte douce sous les avant-toits. Incapable de dormir, il pensait à Marion, sa femme, et imaginait où elle pouvait être à présent.

C'était son premier été seul avec les enfants. Le grand Danny Dalton, le charpentier qui ressemblait à un boxeur. Il avait eu sa taille et sa carrure définitives dès l'âge de seize ans et il en avait souffert à l'école. Son front large et son nez écrasé rebutaient beaucoup de gens. Complexé par son visage et ses bras épais, il marchait d'un pas lourd, les épaules voûtées, la tête basse. Il avait des mains carrées, couvertes de fins poils blonds, et, sur la joue gauche, une longue balafre que lui avait laissée une chute sur un récif de corail, à l'époque où il pratiquait le surf. L'été, ses cheveux blondissaient par mèches à force de travailler en plein air sur des chantiers. Il avait un physique d'assassin, il le savait, mais si on était observateur, on pouvait ne pas s'arrêter à son visage et remarquer qu'il avait des yeux rieurs bleu vif. Pour les enfants, il était un objet d'émerveillement, quelque chose d'immuable qui sentait la sciure, la colle et le sel, capable de les tenir tous les deux sous un seul bras. Nul n'avait été plus surpris que Danny par son affection pour ses enfants, le besoin qu'il avait d'eux, sa façon de rire en passant ses grosses mains sur leurs membres pour les soulever. Avec eux, il n'était pas mal à l'aise, il se sentait bien. Il pensait que ça rattrapait beaucoup de choses et cela l'encourageait à rester fidèle à son train-train.

Au matin, Danny se glissa hors des couvertures alors qu'il faisait encore nuit et rentra prendre une douche et faire du café. Un vent tiède soufflait encore de l'océan et les feuilles de l'eucalyptus tourbillonnaient contre le flanc de la maison. Sous l'ampoule électrique, il se rasa et contempla son propre reflet dans le miroir. Il passa une main sur sa joue creuse, la cicatrice pâle. « Qu'est-ce que tu peux être moche », se dit-il à voix haute, tout en sachant qu'il pouvait s'en accommoder et que les gens qu'il aimait s'étaient faits à son visage. Il n'était pas aussi laid qu'il l'avait cru un temps. Il avait quelques jolies rides d'expression autour des yeux. Son visage avait du caractère et passait mieux auprès des enfants qu'il ne l'aurait dû. Il savait que d'autres l'avaient aussi remarqué, et porté à son crédit.

Pendant que l'eau chauffait pour le café, il fit griller quatre morceaux de pain blanc épais, qu'il tartina de beurre et de marmelade. Il versa le café et le but en mangeant le pain grillé, debout, tout en lisant les horaires de la galerie d'art fixés sur la porte du réfrigérateur. Il enfila son short de travail, ses chaussettes, ses chaussures de sécurité, et alla poser sa boîte à outils et sa ceinture porte-outils en cuir fatigué à l'arrière du camion. Il se brossa les dents, et il se faisait deux sandwichs au fromage pour le déjeuner sur le plan de travail de la cuisine, lorsqu'il entendit à nouveau les bruits. Cela venait d'au-dessus et de derrière lui : un ronronnement sourd, pas comme quelque chose qui bouge, plutôt comme les rouages d'une machine. Il parcourut les chambres et le séjour, mais ne parvint pas à localiser l'origine de ces bruits. Des bruits qui lui faisaient penser à des chuchotis dans une église, à des gens qui prieraient à voix basse. Il haussa les épaules et sortit vers le camion alors que l'aurore gagnait le ciel à pas feutrés.

Il se culpabilisait au sujet de ses enfants. Ils étaient seuls toute la journée à présent et il s'en remettait à Tom pour prendre soin de sa petite sœur. C'était trop lourd pour un enfant de dix ans en vacances. Il savait que Tom appréciait ce nouveau sentiment de responsabilité et que, d'une certaine manière, il aimait bien dire à ses amis qu'il ne pouvait pas jouer avec eux parce qu'il devait surveiller Katie. Mais Danny Dalton sentait que ce n'était pas bien et il comptait passer plus de temps avec eux quand il en aurait fini avec le chantier en cours.

Il savait que Tom était dehors, à les observer et à les écouter par la fenêtre de la cuisine, le soir où Marion était partie. Il avait aperçu l'ombre effilée de son fils sur la pelouse fraîchement tondue. Une nuit si calme qu'on pouvait entendre les vagues se briser sur les rochers au pied de la falaise. Danny était assis à la table de cuisine, voûté, appuyé sur ses avant-bras, la salière entre les doigts. Marion faisait les cent pas devant l'évier, les bras croisés. Aucun d'eux n'était en colère (ils ne s'étaient jamais disputés) et il aurait fait n'importe quoi pour elle. Elle n'était pas souvent là, avec son emploi du temps à l'hôpital qui lui imposait trois nuits de garde par semaine, mais il ne se plaignait jamais. Il assumait l'essentiel des tâches ménagères. Il faisait la lessive et préparait les repas – « des petits frichtis », comme il disait, qui comprenaient généralement de la viande grillée ou des saucisses et quelques légumes bouillis. Mais il se débrouillait et semblait toujours avoir un

212

repas prêt à l'heure. Dans la cuisine, ce soir-là, elle fuma une cigarette, elle qui ne fumait jamais. Elle portait encore sa blouse blanche de l'hôpital, celle qui sentait l'antiseptique et le latex, un stéthoscope autour du cou. Il ne la comprenait pas, mais était incapable de se fâcher contre elle.

Quand il s'était réveillé au matin, elle était partie et il avait dit aux enfants qu'elle serait absente quelques jours et qu'elle reviendrait. Cela faisait près d'un an maintenant, et Katie avait cessé de lui demander quand elle reviendrait. Son absence était comme une grande plaie ouverte et manifestement douloureuse pour lui. Ce grand gaillard semblait si fragile et vulnérable quand il parlait de sa femme que tous avaient appris à éviter le sujet. À un moment donné, les enfants avaient arrêté de la désigner comme leur mère et avaient commencé à l'appeler Marion, comme si elle leur était moins intime.

Il recula dans l'allée avec son camion, dans la lumière du petit matin. Il faisait déjà bon et il sentait une odeur de chaud dans le vent du nord chargé de sable. Elsie Gannet, dans son jardin de devant, arrosait des hortensias. Elle laissa tomber son tuyau, courut vers le camion en petites foulées et frappa des doigts sur la portière. Il descendit sa vitre.

« C'est quoi, le problème ? Tu as des termites, Danny ? » demanda-t-elle. Elle avait des yeux bouffis, un rouge à lèvres rose.

« Il y a peu de chances.

— Parce que je me disais que, si c'était le cas, il faudrait qu'on soit au courant. »

Elle souriait. Elle avait le même âge que lui, mais elle lui semblait plus vieille. Cette femme jeune avait épousé un banquier à la retraite, et c'était révélateur. Marion avait été amie avec Elsie Gannet et elles passaient souvent leurs week-ends dans le potager. Elles buvaient des cocktails sophistiqués dont il n'avait jamais entendu parler et Marion rentrait à la maison grisée et brûlée par le soleil.

213

« Ne te fais pas de souci, répondit-il, il n'y a aucune raison de s'inquiéter. »

Il recula le camion jusque dans la rue. « Je vous tiendrai au courant, s'il y a un problème. » Il lui fit signe de la main par la fenêtre en descendant doucement la côte. Elsie Gannet le regarda s'éloigner en se grattant les avant-bras. Le soleil baignait le ciel de jaune, comme elle se tenait sur sa pelouse, la tête auréolée de lumière.

Danny Dalton gara son camion devant le chantier et déchargea ses outils. Il passa sa ceinture porte-outils et monta sur l'échafaudage pour commencer à travailler sur la charpente. Le ciel du matin s'arquait en un grand dôme bleu au-dessus de lui.

Il imagina ses enfants se dirigeant vers les zigzags escarpés et la rampe tubulaire rouillée de l'escalier en ciment qui menait à la plage, encore à l'ombre. L'escalier serait frais, avec une odeur de terre mouillée sur les marches. Il savait qu'ils discutaient, mais il n'avait jamais surpris aucune de leurs conversations à propos de Marion et il aurait bien aimé savoir ce qu'ils se disaient à son sujet. En bas, devant lui, c'était l'étale. De là où il travaillait, il voyait le sable mouillé et ferme s'étirer jusqu'à la mer. Le soleil commençait déjà à se réverbérer sur les toits des voitures garées et quelques silhouettes bleues et rouges marchaient au bord de l'eau dans le lointain. Cela sentirait le poisson pourri et les algues quand ils arriveraient à la plage. Des mouettes s'attroupaient au loin autour de la pointe de la digue, et ils les entendraient crier, les verraient tournoyer en panaches blancs autour de la tête des pêcheurs. Ils planteraient le parasol rayé vert et blanc à l'abri du mur en pierre de la plage et passeraient leurs orteils dans le sable frais. Plus tard, ils mangeraient les sandwiches qu'il leur avait préparés, enveloppés dans du papier sulfurisé, et cela le réconfortait de penser qu'ils avaient le repas qu'il leur avait donné. Ils passaient toutes leurs journées à la plage et ils avaient la peau mate, des pieds plats et tournés en dehors à force de marcher sans chaussures. Il les supposait plus en sécurité là-bas, au milieu d'autres gens, qu'enfermés à l'intérieur.

Il avait essayé de retrouver sa femme. Il avait appelé tous les amis de Marion, dont aucun ne savait quoi que ce soit, et déboulé en trombe à l'hôpital en tenue de travail pour voir le professeur de psychiatrie. Face à la secrétaire, dans les bureaux du service, il s'était senti rustaud et embarrassé, avec ses chaussures qui rebiquaient du bout et ses genoux rouges. Le professeur Chalmers avait l'habitude des cinglés et il avait eu l'air de traiter Danny comme un patient – il l'avait fait s'asseoir et lui avait fait expliquer précisément ce qui était arrivé. Mais Danny savait ce que pensait le psychiatre et cela n'avait rien à voir avec son état mental. Il s'agissait de savoir s'il faisait un partenaire valable, présentable, convenable pour une femme d'un niveau intellectuel manifestement plus élevé. Il s'était senti jugé, dans ce bureau en préfabriqué à la moquette couleur de bile, à la menuiserie de piètre qualité. Hong Kong, lui avait dit Chalmers, elle était partie à Hong Kong pour son doctorat, c'était tout ce qu'il savait. Elle y resterait trois ans. Il ignorait pourquoi elle était partie et ça ne le regardait pas, mais c'était une des internes les plus brillantes qu'il avait jamais eues. Elle allait vraiment être excellente et son séjour à Hong Kong constituait une étape importante pour la suite de sa carrière.

Les parents de Marion ne l'avaient jamais aimé. À leurs yeux, il représentait une aberration, un acte de rébellion de la part de leur fille. Ils se montraient tièdes avec les enfants, qu'ils considéraient comme partie intégrante du problème, et jamais il ne pourrait leur pardonner un tel égoïsme. Eux non plus n'avaient pas eu de nouvelles de Marion et son départ les étonnait, mais il surprit dans la voix de sa mère quelque chose, un soulagement, pensa-t-il, qui suggérait qu'ils acceptaient tout à fait sa décision. Ils exerçaient tous les deux des professions libérales, avaient vécu dans des maisons avec court de tennis et ne comprenaient pas Danny. À une époque, ils lui avaient accordé quelque crédit à cause du prestige de son père dans le monde de l'art, mais cela ne représentait plus qu'une maigre compensation maintenant que son père était un homme fini. Son père était un être voué à l'échec et les gens présumaient qu'il en allait de même pour le fils. Danny le considérait parfois comme une malédiction : pendant la majeure partie de sa vie, on l'avait dédaigné parce qu'il était dans l'ombre de son père et, ces derniers temps, on le dédaignait parce qu'il était le fils d'un homme qui s'était défait si rapidement.

Il s'assit sur le toit, des clous de sept centimètres entre les dents et un marteau dans la main gauche. Dès le milieu de la matinée, les poignées en caoutchouc de ses outils étaient humides de sueur. Lorsqu'il travaillait le bois, il y avait chez lui un sérieux, une concentration tels qu'il s'isolait du reste du monde. Il plissait le front, le bout de la langue entre les dents. Quand il passait ses doigts sur le bois, c'était avec délicatesse, sensibilité. Sa peau avait la même couleur que les planches rabotées autour de lui. Il prenait ses mesures avec soin (ne se trompait jamais sur les longueurs et les angles) et portait un moignon de crayon derrière l'oreille. Il enchaînait les contrats et c'était grâce à la qualité de son travail, pas à ses dons relationnels. Sous son tee-shirt, les gros muscles de son dos se déployaient et se contractaient à chaque mouvement. Il sentait les muscles de ses jambes se tendre et se lisser chaque fois qu'il s'accroupissait ; il savait qu'il était physiquement plus fort que jamais, et que cela ne durerait pas.

En fin d'après-midi, Danny Dalton descendit rejoindre ses enfants. Il arriva au parasol en tenue de travail et lourdes chaussures avec trois glaces à l'orange. Il avait un mètre-ruban à la ceinture. Il s'assit en douceur à l'ombre et distribua les glaces. Katie s'affala sur les épaules de son père et suça sa glace dans son oreille. Ses grosses mains reposaient sur les avant-bras de Katie. Des mains très brunes, avec des articulations rouges et de petites coupures et croûtes sur le dessus des doigts. Comme il était assis, son short remontait et laissait voir une bande de peau d'un blanc éblouissant.

Ils étaient assis sur la plage lorsque Henry Gannet (bronzé, les jambes arquées, une toison de poils gris sur le torse) s'approcha d'eux. Danny n'avait jamais compris ce qu'Elsie Gannet lui trouvait.

Il tenait un sac en papier froissé à la main. « J'ai pensé que quelques concombres vous feraient peut-être plaisir, dit-il en laissant tomber le sac sur le sable devant eux.

— Merci, Henry, répondit Danny en le regardant, les yeux plissés face au soleil.

— Il paraît que tu as fait venir un désinsectiseur », continua Henry Gannet en relevant ses lunettes de soleil noires sur son front. Soigné et méticuleux, il avait une petite moustache bien taillée et des ongles roses impeccables. La plantation de légumes alphabétiques était sa passion. Il en gardait les carrés aussi parfaitement entretenus que sa moustache.

« Oui. Hier. Il a pulvérisé un truc.

— Paraît que ce serait peut-être des termites.

— Possible. Il ne savait pas. Il n'y a aucune trace de quoi que ce soit. Il a quand même pulvérisé, mais je crois qu'il ne l'aurait pas fait de lui-même. J'ai insisté.

— T'as bien fait. Deux précautions valent mieux qu'une. Je me méfie toujours de ces trucs-là. Ça se répand comme une traînée de poudre. Si tu en as, il y a des chances qu'on en ait, ou que ça vienne.

— Peut-être. Je ne sais pas.

— Il ne faudrait pas non plus que ça s'ébruite. Pour le marché de l'immobilier.

— Ne t'inquiète pas, Henry. Comme je te le dis, il n'y a peut-être aucun problème de toute façon.

— Parfait. Et vous, ça va, les enfants ? » Il se pencha et

217

lorgna Katie, qui avait les lèvres orange. « Bon, allez, j'y vais. »

Ils rirent en chœur pendant qu'il remontait la plage.

« Nous, on sait bien que c'est Marion qui parle, en fait, dit Katie. Pas les fourmis.

– Il faut que je pique une tête », dit Danny en dénouant et en ôtant ses chaussures. Ses pieds étaient moites et roses. Puis il enleva son tee-shirt, vida ses poches et retira sa ceinture. Quelques poils bruns se battaient en duel sur ses épaules.

Il souleva Katie par la taille et courut vers l'eau. Les cheveux de Katie pendaient en lourdes mèches sur sa nuque et il y avait des traînées de sel marin sur ses mollets et sur ses cuisses. Elle hurlait et se tortillait dans ses bras. Tom leur courut après et ils plongèrent ensemble. Danny Dalton ressemblait à une énorme baleine, roulait sur lui-même, mettait la tête sous l'eau et ressortait en soufflant bruyamment par les narines. Il semblait se laver de jours entiers, effacer des souvenirs. Il savait que c'était ainsi que ses enfants l'aimaient le mieux. Il criait en les soulevant dans les airs et en les lançant. Il leur attrapait les jambes sous l'eau et les faisait couler. Eux deux essayaient de lui grimper dessus et retombaient en riant.

Loin, de l'autre côté de la baie, Danny vit de la fumée blanche monter des cheminées de la raffinerie. Un pétrolier était ancré au large, losange métallique contre le ciel, en attendant d'accoster. Il enfonça ses orteils dans le sable ferme ondulé et songea à toute cette eau pure autour d'eux, aux couches d'huile de schiste et d'huile épaisse en dessous. L'espace d'un instant, il sentit le passé, lourd et dense sous ses pieds, qui faisait un bruit feutré, un battement, comme les ailes d'une chauve-souris, ou d'un oiseau dans une pièce fermée. Les bruits qu'il entendait dans sa maison.

Il n'en revenait pas de la façon dont il avait rencontré sa femme. De la façon dont elle avait semblé immédiatement attirée vers lui, le grand Danny Dalton qui, debout dans une galerie d'art, regardait des tableaux et les cochait sur l'inventaire devant lui. Il se revoyait encore, imposant, maculé de peinture, marmonnant. Et Marion, avec son si long cou, si belle, qui se mouvait avec tant d'aisance, une petite opale luisant de vert et de bleu vaporeux au bout d'une chaînette en or autour du cou. Elle avait aimé ce décalage, sa rudesse et ses connaissances en matière de peinture. Quand elle lui touchait la main, c'était comme être touché par une créature venue d'ailleurs. Ils étaient faits l'un pour l'autre, disait-elle. Elle rayonnait à ses côtés, semblait absorber son énergie, son volume, et l'irradier sous forme de lumière. Elle était déjà enceinte quand elle avait entrepris ses études de médecine, mais il avait fait tourner la maison, avec ses horaires décalés et son attachement au train-train quotidien. Il se voyait comme un chien, comme un être fidèle et sûr jusqu'au bout. Mais son dévouement n'avait pas suffi.

Il les trouvait encore beaux sur les photos. Juste tous les quatre, visage levé, cheveux au vent, joues radieuses. Il le pensait toujours après son départ.

Il se souvenait de la nuit où Tom avait été conçu. Ils n'avaient eu aucun doute et savaient ce qui s'était passé avant même les résultats des tests. La nuit était douce mais léchée par un fort vent qui écrêtait les vagues et leur remplissait les oreilles de sable. Ils descendirent sur la plage à minuit, sous la silhouette noire des falaises et les cris des mouettes nichées sur les saillies au-dessus d'eux. Le sable était frais et ils s'entendaient à peine parler à cause des constantes rafales de vent. Les lumières rouges des cheminées de la raffinerie luisaient de l'autre côté de la baie. Elle avait déjà enlevé son short, son tee-shirt, et elle le tirait vers l'eau. Il vit le blanc de ses dents, puis la marque de bronzage en haut de ses jambes tandis qu'elle courait devant lui.

Il se débarrassa de ses vêtements et ils entrèrent directement, pataugèrent dans l'eau peu profonde et se laissèrent tomber quand ils en eurent jusqu'aux genoux. Des taches de phosphorescence flottaient dans l'eau sombre et quand il la prit par la taille, des étincelles vertes coururent sur ses bras et entre les jambes de Marion. Il se sentait baigné d'invisibles bancs de phytoplancton, qui le pénétraient en vagues épaisses. Ils s'accrochèrent l'un à l'autre, elle se cabra contre lui et il se sentit s'enfoncer en elle avec la puissance d'une créature des profondeurs. Ils dérivèrent jusqu'à ne presque plus pouvoir toucher le fond avec leurs orteils. Des vaguelettes se brisaient contre leurs bouches et il sentit le goût du sel sur sa langue.

« Qu'est-ce que je ferai quand tu mourras ? lui glissa-t-elle à l'oreille.

– Ce n'est pas pour tout de suite.

– Je sais, mais qu'est-ce que je ferai quand ça arrivera ?

– Ça n'arrivera pas.

– Quand on partira, ce sera ensemble », conclut-elle, avant d'éclater de rire et de regagner le rivage en crawl. Il resta seul, s'équilibrant des doigts de pieds sur le fond sablonneux, avec le sentiment que cette femme à la peau olive, qui lui apparaissait comme un rêve, avait raison. Il faudrait qu'ils meurent ensemble, parce qu'il n'arrivait pas à imaginer autre chose.


Ils rangèrent leurs affaires et chargèrent le tout sur le camion. Les deux enfants s'installèrent dehors sur le plateau pour se sécher. Ils s'adossèrent à la cabine, assis au milieu des tas de bois, outils en vrac, pointes à tête plate, crayons de charpentier, plans déchirés et tubes de colle à bois. Le camion faisait un violent bruit de ferraille quand ils passaient sur des bosses et ils tapaient de la main sur le toit chaque fois qu'il s'arrêtait trop brutalement. Katie mit ses lunettes de soleil papillon violettes et contempla derrière eux les voitures prises dans la circulation d'heure de pointe. Ses enfants paraissaient extraordinaires et invincibles à l'arrière de son utilitaire. Danny gravit la colline depuis la plage, passa devant les luxueuses demeures à deux niveaux, leurs allées de garage en forte pente et leurs fenêtres teintées, franchit la voie ferrée et déboucha sur la plaine. Il conduisait en laissant un bras pendre par la fenêtre ouverte. Le soleil de l'après-midi projetait leur ombre longue et plate devant eux tandis qu'ils longeaient doucement la côte.

Le père – Willis Dalton – ne le reconnaissait plus. Il semblait désormais presque incroyable qu'il ait été une telle force, une telle personnalité, si dominant toute sa vie. Willis Dalton avait grandi dans une ferme de Gippsland, troisième fils de fermiers protestants qui priaient aussi dur qu'ils travaillaient. Il avait passé sa jeunesse à rassembler et à tondre des mérinos, à réparer des puits forés et à dormir au grand air. Il avait reçu sa première boîte de peinture à l'aquarelle à l'âge de dix ans. À vingt ans, il peignait à l'huile et était salué comme le meilleur peintre paysagiste de sa génération. Il cultivait sa rudesse, prenait un malin plaisir à n'avoir ni aisance ni ambition sociales et n'avait pas de temps pour les critiques. Ses tableaux étaient encensés à son corps défendant. Il avait porté des chaussures de fermier toute sa vie, jurait ouvertement et abondamment, appelait un chat un chat. Ses toiles s'étaient assez vendues pour lui permettre d'acheter une grande maison en ville et d'épouser la fille d'un spéculateur sur l'or. Il était alcoolique vingt ans avant que quiconque accepte de le reconnaître, et entre-temps Danny Dalton était devenu charpentier et non artiste.

Willis Dalton avait maintenant perdu sa mémoire à court terme, rongée par l'alcool. Il oubliait les choses instantanément. C'était comme s'il ne vivait pas du tout dans le présent. Mais il se souvenait de tout ce qu'il avait fait dans son enfance, et de l'époque où ses enfants étaient petits. Danny pouvait parler du passé avec lui, même si son père ignorait désormais qui il était.

C'était Marion qui l'avait diagnostiqué la première. Elle était encore interne, farcie de nouvelles connaissances et d'une objectivité terrifiante. Ils n'étaient mariés que depuis un an quand elle passa une heure dans le salon de son père pour le soumettre à des tests d'évaluation des fonctions cognitives. Elle avait désigné la chose par un nom russe, expliqué que c'était irréversible et que Willis Dalton était un homme fini. Danny avait parfois l'impression qu'elle le lui reprochait un peu – comme si le fils était responsable du père.

Il se demandait ce que Marion aurait dit des bruits qu'il entendait. Il n'était pas certain de leur réalité. Peut-être s'agissait-il d'hallucinations auditives ou d'une névrose post-traumatique quelconque. Peut-être avait-il une phobie. Il semblait possible qu'il soit en train de devenir fou. Marion aurait élucidé le problème. Il la voyait passer en mode clinique et le questionner, avec un regard froid – un regard aussi distant et analytique qu'il était possible chez un être humain. Elle l'aurait bombardé de questions diagnostiques tout droit sorties du manuel DSM. Quand elle était comme ça, elle se comportait de manière si impersonnelle qu'elle semblait parler comme une machine. Il savait qu'au bout de quelques minutes, elle se serait détendue, aurait esquissé un tout petit sourire et lui aurait dit que ce n'était rien qui relevât de la psychiatrie, rien de pathologique. Juste des bruits. Des bruits pour lesquels il existait une explication rationnelle. Elle passait ses journées à travailler avec des malades mentaux et elle aimait rentrer à la maison pour retrouver le petit train-train de Danny. Il avait parfois envie d'être plus intéressant. Mais en réalité, il se satisfaisait de sa maison et de ses enfants – elle disait qu'il n'avait pas assez d'imagination pour être fou.

Danny adorait peindre et il pensait qu'il aurait pu faire carrière, mais son père, exigeant, lui avait dit qu'il n'était pas assez bon. Willis Dalton l'avait emmené à la campagne et ils avaient peint ensemble dans des taillis surplombant des pistes à moutons, des vieux gommiers bleus torturés et des collines brûlées. Il était arrivé par-derrière, avait arraché le papier de son chevalet et l'avait déchiré devant lui. « Arrête ça tout de suite, avait-il dit, avant qu'il sorte

encore plus de cette merde. » Danny n'avait pas compris.
La démarche vacillante, les longues siestes et l'odeur d'alcool faisaient tellement partie de son père qu'il n'y avait
jamais réfléchi. Il se croyait à l'origine de cette méchanceté
et de cette colère. Il abandonna la peinture et commença
à construire des choses. Une part de lui-même était terrifiée par la tare qu'il voyait chez son père – cette tare fatale.
Il se demandait s'il la portait aussi en lui, cette unique
fêlure qui provoquerait finalement la ruine autour de lui.

C'est seulement plus tard qu'il avait pris conscience de
ce que l'alcoolisme de son père avait fait à sa mère. Elle
avait passé des années à le cacher aux yeux du monde, à
vivre avec en sauvant les apparences, à fuir ses cris et ses
sautes d'humeur. Elle était restée jusqu'à ce qu'il n'y ait
plus d'argent. Son père avait arrêté de peindre et passait
ses journées assis au soleil avec des bouteilles de whisky.
Elle avait rassemblé les dix dernières toiles de l'atelier et
était partie. Elle avait donné l'une d'entre elles à Danny,
qui l'avait proposée à différentes galeries et cédée pour
une petite fortune. C'était l'argent qu'il avait utilisé pour
acheter le terrain sur la falaise et construire la maison.


C'était une chaude soirée et ils rentrèrent dans les
odeurs de feuilles brûlées. Dans la chambre de Tom, il
regarda son fils mettre sur une étagère de bois les coquilles
d'oursin qu'il avait ramassées ce jour-là. Quand il en trouvait sur la plage, il en faisait sortir le sable et l'eau en soufflant par les trous aux extrémités et les portait autour du
cou avec une ficelle. Il avait de longues rangées de ces
coquilles en forme de dôme, classées par taille et par couleur – petits souvenirs secs de l'océan, aux traces de sable
rouges et noires.

Les fins rideaux de coton volaient dans la pièce et les
feuilles de gommier bruissaient dans l'arbre dehors. Tom,
calme et grave, ne parlait jamais de sa mère. Danny avait
envie de savoir ce qu'il en pensait réellement, mais il ne

souhaitait pas l'obliger à en parler. Son fils avait les tendances obsessionnelles de Marion. Il aimait mettre les objets en ordre et avait un mode de rangement pour chaque chose, depuis les chaussettes jusqu'aux vignettes de base-ball. Tom avait pris tous les manuels de Marion et les avait disposés par ordre de taille sur une étagère dans un coin de sa chambre. Son père le trouvait quelquefois endormi sur le *Comprehensive Textbook of Psychiatry* de Kaplan et Sadock, la tête sur des descriptions de psychoses maniacodépressives ou de syndromes cérébraux organiques. Il y avait un mince volume de psychiatrie médico-légale parmi ces ouvrages – rempli d'histoires d'asphyxies auto-érotiques ou de schizophrènes paranoïaques armés de couteaux et pris de folie meurtrière. Danny l'avait discrètement enlevé de l'étagère et caché dans sa propre chambre, où il le feuilletait parfois avec une sorte de fascination morbide.

Quand les enfants furent couchés, il retourna dans la cuisine, fit sauter la capsule d'une bouteille de bière et versa le liquide mousseux dans un verre. Il resta assis à contempler son propre reflet sombre dans la vitre, l'oreille collée au mur. Les bruits, légers bruissements, semblaient l'envelopper. Il passa les doigts sur le bois lisse et brun près de son visage.

Il avait cherché Hong Kong dans l'*Encyclopaedia Britannica.* Un des territoires les plus riches du monde, un passé chinois et britannique. Le tout sur une île grande comme une petite ville de banlieue. Pas étonnant qu'ils aient besoin de psys. Il ne se voyait pas vivre sur une île aussi petite – il avait besoin de grands espaces, de désert, d'un air limpide. Quand l'université de Hong Kong avait appelé en demandant où était Marion, il leur avait répondu qu'elle ne pouvait pas accepter le poste de doctorant cette année pour des raisons personnelles et leur avait raconté une histoire de décès familial dont ils avaient semblé se satisfaire. Ils n'avaient pas rappelé. Il était relativement surpris qu'elle n'ait pas été prendre son poste. Elle avait simplement choisi de sortir de leurs vies. Il n'avait dit à personne qu'elle n'était pas à Hong Kong. Il savait que ses amis pensaient qu'il y avait un autre homme. Ils acceptèrent sa disparition comme une chose légitime. Comme une tentative d'évasion.

Les coups frappés à la porte le surprirent et il se leva d'un bond en les entendant. Sur le seuil se tenait Henry Gannet, en chemise de batik rouge et verte. Il avait les cheveux mouillés, peignés, et un sac en plastique à la main.

« Bonsoir. Je t'ai apporté des tomates. Fraîchement cueillies du jardin. »

Il tendit le sac, bien garni de lourdes tomates, à bout de bras.

« C'est très gentil. »

Danny Dalton ne bougea pas, ses gros bras immobiles ballants.

« Rien de tel que des tomates fraîches. Moi, je les mange crues, comme les pommes, avec un peu de sel et de poivre.

– Super.

– Je me demandais si on pourrait discuter un peu.

– Ah, très bien. »

Danny fit un pas en arrière et Henry Gannet entra rapidement, le sac de tomates toujours à bout de bras.

« Je me demandais comment tu t'en sortais », dit Henry Gannet.

Il y avait dans ses manières une raideur qu'il essayait de dissimuler derrière des chemises décontractées et des sandales indiennes. Il sentait l'après-rasage italien et le savon Lux. Il avait des joues roses rebondies.

« Tout va très bien, Henry. »

Il prit les tomates et posa le sac par terre, puis se laissa tomber dans le canapé bas aux accoudoirs râpés et s'y étira. Henry Gannet resta debout, les mains dans les poches.

« J'ai remarqué que tu avais fait venir le désinsectiseur.

– C'est ce que tu m'as dit sur la plage.

225

– Ça a l'air grave, alors.

– Qu'est-ce qui a l'air grave, Henry ?

– L'infestation ou ce que tu as. Avec tout ce bois dans la maison, c'est toujours à envisager. Ça devait arriver, si tu veux mon avis, sous notre climat et avec toutes les espèces de vermines qu'on a dans le coin, dit-il, avant d'ajouter dans un haussement d'épaules : Je suis épaté que ça ait mis autant de temps.

– Le désinsectiseur n'a rien trouvé.

– Alors pourquoi il a pulvérisé ? On ne pulvérise pas s'il n'y a rien.

– Parce que je voulais être sûr. Je crois que j'entends des choses.

– Des choses ?

– Oui. Je crois que j'entends quelque chose, mais je ne trouve rien, alors je pense que ce n'est rien.

– Tu ne devrais pas prendre ça à la légère, Danny.

– Je ne le prends pas à la légère.

– Je dois dire qu'Elsie et moi sommes très inquiets, en tant que voisins.

– Je vois ça. »

Il savait qu'ils le considéraient comme un benêt lent et balourd. Un manuel. Un homme qui n'avait pas su garder sa femme. Il se demandait s'ils en savaient plus qu'ils ne voulaient bien le dire. Marion était leur amie. Elle s'était proposée pour retourner et fertiliser leurs parcelles de légumes plusieurs fois par an – ils avaient un motoculteur diesel dont elle se servait pour faire pénétrer du compost et de la chaux dans le sol. Quand elle avait le temps, elle aidait à l'ensemencement et entretenait le tas de compost. Ils étaient contents de cette aide. Marion aimait avoir de la terre sur les mains. Il la regardait parfois travailler au soleil en imaginant que c'était une inconnue, quelqu'un qu'il n'avait jamais rencontré.

Henry Gannet continua : « Nous avons beaucoup à perdre. Les termites peuvent franchir l'espace entre deux maisons en un clin d'œil. Le temps de se retourner et on en

226

aura dans la charpente. Et après notre maison ne vaudra plus un clou. On aurait de la chance de réussir à vendre. Une grande partie de ma retraite est investie dans cette maison, Danny. Ça représente une grosse somme.

– Il y a aussi beaucoup d'argent dans cette maison.

– Je sais.

– Qu'est-ce que tu attends de moi, Henry ?

– Je veux que tu me certifies que tu prends ça au sérieux. Pas de demi-mesure. Et ne laisse pas ça traîner. Fais le nécessaire pour résoudre le problème. »

Il se demanda ce qu'ils savaient au juste sur Marion et ce qu'ils cachaient. Marion n'avait pas fait de valise, elle était partie sans rien emporter de sa vie, et ça le laissait pantois quand il y songeait. Les Gannet n'étaient pas assez occupés, pensa-t-il. Ils avaient trop de temps libre. Il était possible qu'ils aient encouragé Marion à partir. Qu'ils l'aient montée contre lui. Elsie Gannet, une jeune femme qui avait épousé un homme âgé – elle aussi avait des problèmes.

« Je fais **tout ce que** je peux, répondit Danny.

– Écoute, laisse-moi faire venir une autre entreprise pour examiner la maison. Je paierai. Considère ça comme un deuxième avis.

– Je ne crois pas, Henry.

– Un de mes collègues a perdu sa maison. Il ne se doutait de rien jusqu'au jour où il est passé au-travers de son plancher. Complètement bouffé. Toute la baraque envahie par les fourmis. Pourrie jusqu'à la moelle.

– Il va falloir que tu me laisses m'occuper de ça.

– Ne prends pas ça à la légère. C'est très sérieux, Danny.

– Je sais.

– Je t'ai à l'œil. Sache-le. Je m'inquiète, c'est tout. En tant que voisin. Pour ton propre bien. »

Danny se leva brusquement et serra la main d'Henry Gannet. Il ne le regarda pas en le raccompagnant à la porte. Il ressentait une colère noire qu'il ne pouvait pas montrer. Elle bouillonnait dans sa tête, exerçait une pression qui lui brouillait la vue. Il avait l'impression que toute cette colère était contenue dans son crâne. Rien ne descendait sous son cou. Ses épaules et ses bras étaient mous et lourds lorsqu'il ouvrit la porte. L'air chaud, à l'extérieur, embaumait le frangipanier. Des criquets chantaient dans la haie. Henry Gannet traversa la pelouse et, lorsqu'il fut à bonne distance, s'arrêta et dit : « Je t'appellerai. Je suivrai l'affaire. » Il était encore là quand Danny Dalton referma la porte.

Les Gannet ne voyaient pas le soin qu'il avait mis à construire sa maison. Ils voyaient seulement qu'il l'avait fait lui-même – qu'il avait été obligé de le faire lui-même.

Il avait construit la maison pour elle. Il l'avait dessinée, avait coulé les fondations et l'avait ensuite fait sortir de terre. Il était devenu charpentier sans le vouloir. Il avait un don pour le bois et travaillait de ses mains avec soin et minutie. Il avait complètement quitté la ville après que sa mère eut quitté son père et se fut installée avec une de ses amies. Employé dans une scierie pendant quelque temps, il s'était ensuite associé à un charpentier, qui exécutait des travaux saisonniers dans les petites villes et faisait de tout, depuis la construction d'entrepôts à laine jusqu'au remplacement du chêne dans les vieilles propriétés. Il avait appris à faire les assemblages à queue d'aronde, à réussir ses angles et ses joints. Il aimait cette sensation, la solidité brute du bois et la précision d'un bel assemblage. Il aimait l'odeur de la sciure et la douceur du pin sous ses doigts.

Pendant la construction de la maison il avait vécu six mois en caravane à proximité. Marion et les enfants habitaient chez ses parents à lui et il allait y passer des nuits et des week-ends. Il avait fabriqué la charpente en thuya géant et doublé les épaisseurs habituelles pour s'assurer qu'elle pourrait résister à une bonne tempête. Il avait terminé l'intérieur en pin et fini l'aménagement avec du chêne de récupération et du vieux teck trouvé sur les chantiers navals.

Il avait travaillé sur les finitions pendant trois ans. La

maison semblait complètement sienne, luisait à l'intérieur de nuances brun foncé, embaumait la cire d'abeille et le vernis. Elle se tenait comme un vaisseau de bois ancré là, au-dessus des falaises. Il savait que c'était une expression de lui-même qui démentait son physique. Les gens portaient sur lui, le grand boxeur au nez écrasé, un regard différent après avoir vu la maison. Il savait que Marion aussi y avait découvert une autre facette de lui-même et il voulait qu'elle l'en aime davantage. Il voulait qu'elle comprenne ce que cette maison signifiait, qu'elle la considère comme un symbole de leur couple. Et maintenant il était terrifié à l'idée qu'elle soit dévorée.

Il regagna la cuisine et s'assit. Le bourdonnement était distinct, constant, et sa colère empirait la situation. Il devinait que le bruit n'était pas réel, que c'était une chose en lui qu'il fallait réparer. Il n'avait jamais compris Freud, mais il pensait qu'il y avait quelque chose dans cette histoire d'inconscient. Il n'avait pas fait d'études, mais il n'était pas stupide et apprenait vite. Les bruits étaient peut-être liés à la tare fatale qu'il portait en lui. Du moment qu'il pouvait rester avec ses enfants, il se fichait de ce qui lui arrivait. Il faudrait qu'il soit fou à lier pour laisser quiconque l'emmener loin de ses enfants.

Il ne s'était jamais plaint de leur vie sexuelle. Quelque chose de sa rudesse plaisait à Marion. Tout cela lui avait semblé très étrange, une révélation, lorsqu'elle avait sorti une valise contenant des menottes en acier, une cagoule en cuir et un fouet du type de ceux qu'il avait vus utiliser pour rassembler les moutons. Il ne comprenait pas son besoin d'être attachée et frappée, mais cela la mettait dans un état qu'il n'avait jamais vu auparavant (c'était presque compulsif) et la violence l'excitait. Lorsqu'il vit l'effet que produisaient les menottes sur elle, il apprit à s'accommoder de cette habitude et à faire ce qu'elle demandait. Il n'était jamais excessivement brutal – même si elle le suppliait parfois de lui faire mal et qu'il sentait ses gros bras se contracter en faisant claquer le fouet sur l'arrière de ses jambes.

On dit parfois que les gens deviennent psychiatres pour se soigner – que les psychiatres sont aussi détraqués que ceux qu'ils sont censés traiter. Il avait feuilleté ses manuels et s'était aperçu qu'elle ne correspondait à aucun diagnostic codifié, qu'elle se trouvait à une extrémité de l'éventail des comportements sexuels normaux. Il ne comprenait pas ce qui la poussait à agir ainsi et se demandait s'il lui était arrivé quelque chose chez elle, dans son enfance. Mais il avait l'esprit large. Et elle se montrait si droite et si responsable dans le reste de sa vie – médecin à l'attitude clinique impassible, les cheveux bien tirés en arrière – que ce qu'elle faisait au lit semblait sans importance. Pour dire la vérité, son désir d'être attachée l'excitait aussi un peu. « Fais-moi mal, murmurait-elle, attache-moi et frappe-moi. » Les nuits chaudes résonnaient du cliquetis des menottes qui se refermaient. Elle aimait être arrimée comme une étoile de mer, nue, aux quatre coins du lit.

C'était dans cette position qu'elle lui demandait de se servir des légumes, les légumes frais du jardin, sur elle. Les Gannet auraient frémi s'ils avaient su ce qu'il faisait de leurs productions maraîchères. Il avait vu son visage prendre cet air clinique impassible lorsqu'elle le regardait, qui tenait une courge ou un épi de maïs, et il avait eu peur de son abandon, de son absence d'inhibition, alors qu'elle était si vulnérable, si incapable de bouger les bras et les jambes. Elle avait voulu qu'il lui mette le masque pour qu'elle ne puisse pas voir ce qu'il faisait.

Et elle avait voulu qu'il place ses mains autour de son cou aussi, et qu'il resserre son étreinte tandis qu'elle se redressait sous lui, presque comme s'il l'étranglait. Par la suite, il avait lu quelque chose à ce sujet dans le manuel de psychiatrie légale – l'hypoxie cérébrale induite par la compression des carotides redoublait l'intensité de l'orgasme. Elle lui avait demandé de mettre ses mains autour de son cou, lui avait murmuré d'appuyer de plus en plus fort, perdue dans son monde à elle. Son cou fin et pâle semblait si petit entre ses grosses pattes de charpentier. Il se surprenait parfois à regarder ses propres mains comme si elles avaient appartenu à quelqu'un d'autre.

Depuis qu'elle était partie, il prenait parfois ses livres – il avait jeté un œil à *Psychopathologie de la vie quotidienne* et *La Vie sexuelle* de Freud – pour essayer de comprendre comment la sexualité peut se répercuter sur toute la vie quotidienne. Ces lectures étaient indigestes et il n'était toujours pas persuadé que tout se résumait à des pulsions refoulées. La plupart des théories qu'il lisait n'avaient aucun sens pour lui. Il feuilleta également les livres de Carl Jung, les préférés de Marion, et lut de bout en bout un de ses essais : « Le mariage, relation psychologique ». Mais il n'eut pas l'impression que cela l'aidait à mieux comprendre Marion ou son propre inconscient. Il n'arrivait pas à croire que des processus se déroulaient en lui à son insu. Il avait rangé tous les livres de Freud et Jung dans un carton pour les fourrer dans les combles.

Il termina sa bière et sortit pieds nus. C'était marée haute, en bas, et les vagues se brisaient au pied de la falaise. Les brins d'herbe drus étaient rêches et spongieux sous ses orteils. De la fumée de cigarette flottait dans les airs ; il marcha jusqu'à la barrière et regarda entre les feuilles du citronnier. Elsie Gannet fumait dans le potager d'à côté. Le bout de sa cigarette rougeoyait dans l'obscurité et il l'entendit souffler de la fumée. Il attendit, la regarda retraverser son jardin et rentrer.

Il écouta le vent dans les eucalyptus fantômes et sentit l'odeur de ces arbres.

Il franchit ensuite le portillon au bout de son jardin et suivit le chemin jusqu'au bord de la falaise. Cette partie du jardin était envahie d'orties, d'acanthes sauvages, et les plantes tourbillonnaient autour de lui à son passage. Les feuilles d'ortie lui râpaient les tibias. Il s'immobilisa et tendit l'oreille, mais n'entendit rien d'autre que les criquets et l'océan. Au bord de la falaise, il y avait un haut mur de pierre et il retrouva ses prises de pied pour se hisser dessus.

Le dessus du mur était encore chaud de soleil et il sentit

des fragments de ciment s'effriter sous ses doigts. Puis il découvrit soudain une vue étourdissante sur la baie, noire et dense devant lui. L'eau étincelait sous les lueurs des lampadaires et il distinguait des langues d'écume blanche qui couraient jusqu'à la grève. Des lumières rouges brillaient au loin sur les cheminées de la raffinerie et les phares de quelques voitures silencieuses glissaient sur le front de mer. Il n'avait jamais eu peur de l'océan, qui l'avait toujours apaisé. Il voulait qu'il en soit de même pour ses enfants. Ils étaient à l'aise dans l'eau et il prenait soin de ne pas leur transmettre de craintes ou de superstitions injustifiées.

Un vent léger passa sur son visage. La falaise tombait à pic sous lui, confus magma de grès et d'argile. Mais il s'était souvent tenu là, reconnaissait au toucher les angles, les points d'équilibre, et il se sentait en sécurité sur ce mur. Il s'imaginait derrière le gouvernail d'un grand vaisseau qui fendrait la nuit, escorté d'une longue procession de navires de guerre portugais.

Pendant leur voyage de noces, ils étaient allés sur l'île grecque de Thássos, avaient déambulé dans les rues pavées escarpées, entre les maisons d'un blanc éblouissant. Sous le soleil corrosif, les cheveux de Marion avaient pris une couleur de farine, sa peau olivâtre un teint d'or profond. Ils s'étaient assis en milieu d'après-midi pour prendre d'âcres cafés sirupeux dans de petites tasses en regardant des vieillards aux jambes émaciées revenir de la pêche. Ces pêcheurs avaient des visages hérissés de poils blancs et des yeux noirs. Marion avait pris ses mains dans les siennes. Il se rappelait avoir baissé les yeux et vu ses gros doigts brûlés dans ses petites paumes. Leurs articulations étaient rondes et irrégulières. Des mains de boxeur. Elle avait dessiné un huit dans sa paume. Quand elle lui tenait les mains, il se sentait fragile, désarmé, serein. Ils se promenaient ensemble et il s'imprégnait des couleurs : les bleus et les verts vifs, les rouges terre cuite et les blancs délavés des collines. Le soir, ils s'asseyaient sur le quai de pierre taillée face à la mer Égée, laissaient pendre leurs jambes dans l'eau chaude, sentaient dans l'obscurité de légers souffles de vent passer dans leurs cheveux. Ils allaient nager ensemble la nuit, s'éloignaient dans l'eau chaude épaisse et se retournaient pour voir les lumières blanches des maisons sur la colline. Un soir, Marion se leva sur le quai de pierre et ôta son short et son tee-shirt. Elle se tint là un moment en lui souriant, dans la lumière pâle qui baignait ses petits seins et la courbe de ses hanches, puis plongea dans la mer en soulevant une petite gerbe. Il vit dans un éclair ses chevilles disparaître sous la surface.

Une minute passa. Une deuxième. Elle ne réapparaissait pas. Il scruta l'obscurité et connut un instant de peur panique. Il se leva et se jeta à l'eau dans la direction vers laquelle il l'avait vue partir. Il tomba à l'eau dans le noir, l'attaqua des mains et des bras, rua furieusement des deux jambes. Des vagues de phosphorescence tournoyaient devant lui. Il plongea brusquement, ne vit rien, tâta devant lui. Il se cogna le front contre le fond sablonneux et nagea la poitrine contre le sable, cherchant à saisir quelque chose devant lui, les poumons prêts à éclater. Après quelques instants, il remonta et creva la surface en suffoquant. Il sentit le calme de la nuit autour de lui, vit les lumières étinceler sur l'eau. Lorsque ses yeux accommodèrent, il distingua Marion, de nouveau assise sur le quai, secouant ses cheveux à deux mains pour les faire sécher. Les bras de Danny tremblaient et l'eau salée lui piquait les yeux.

« J'ai cru t'avoir perdue, pendant un moment, lui dit-il d'une voix haletante, dans l'eau.

– Je suis une excellente nageuse, répondit Marion.

– J'ai cru que tu avais coulé.

– Tu t'inquiètes trop.

– J'ai plongé pour te sauver. »

Il rejoignit la massive paroi de pierre du quai et se hissa hors de l'eau, près d'elle.

« Je n'ai pas besoin d'être sauvée », lui dit-elle en prenant une de ses mains entre les deux siennes. Des gouttes d'eau claquèrent sur la pierre sèche. Il entendit le bruit de son propre souffle qui allait et venait entre ses dents. Il sut alors qu'il ne pourrait jamais la laisser partir et se sentit à sa merci, comme un bateau au large, désirant à toute force toucher terre.

Il s'agenouilla, puis se leva sur le mur. Il se sentait seul et écrasé par les forces telluriques qui agissaient sous lui. Il se demanda s'il avait toujours été fou. Peut-être avait-il été insensé de croire que Marion pourrait jamais être sa femme. Il n'était qu'un charpentier qui ressemblait à un boxeur. Il contempla la mer noire et se tint en équilibre sur ses pointes de pied. Il leva ses gros poings et ses gros bras devant son visage et regarda vers la baie. Il retrouverait sa femme lui-même, s'il le fallait. Il était seul, mais il pouvait le supporter. Les enfants faisaient face et c'était la seule chose qui comptât réellement.

Il commença à donner des coups de poing en l'air, l'un après l'autre, gauche, droite. Il enfonçait ses poings dans le vide et sentait le sang lui monter au visage. Les coups partaient vers la raffinerie, l'horizon, le monde déployé devant lui. Il sentit l'énergie courir sur toute la longueur de ses bras, partir en tourbillon dans la nuit. Les enfants faisaient face. C'était ce qui comptait. Il battait des bras et baissait la tête. Il se sentait léger sur ses pieds au sommet de ce mur, entendait des bruits dans sa tête. Il tapait, gauche, droite. Plus tard, il regarderait encore dans le manuel de psychiatrie s'il pouvait trouver ce qui n'allait pas chez lui.

## Bleu

Simon atteignit le sommet au matin du cinquantième anniversaire de son père. Il parcourut lentement le dernier éperon pour gagner une pente douce couverte d'une couche de neige intacte. Il prenait de petites inspirations laborieuses. Les derniers pas lui demandèrent toute son énergie. Ses crampons crissaient en brisant la fine croûte de glace à la surface. Il n'entendait que sa propre respiration, qui traversait son masque avec un bruit râpeux, et le petit cliquetis métallique régulier de la valve de la bouteille à oxygène. Il savait que Gilbert n'était pas loin derrière lui. Mais il n'avait pas vu Brechner depuis plus de deux heures. Il sentait les muscles de ses cuisses le tirailler et le fond de sa gorge était à vif. Après plusieurs minutes de respiration régulière, il s'autorisa à couper l'oxygène. Il avait un goût de caoutchouc chaud dans la bouche. L'air était rare et sec sur ses lèvres et il en sentait l'inanité, l'insuffisance. Il consulta sa montre et l'altimètre, ajusta ses crampons, se moucha dans la neige et essuya la condensation sur ses lunettes de protection.

Un petit cairn se dressait au point le plus haut : au-dessus d'un tas de quatre galets venus de la vallée tout en bas, le drapeau japonais de l'expédition menée deux semaines plus tôt s'enroulait autour d'un fin piquet métallique, qui était retombé sur les pierres. Il régnait le même calme que dans une clairière en hiver. Un silence et une propreté absolus. Simon se laissa aller à écouter ce vide désertique. À cette altitude, le monde possédait une pureté à laquelle il aspirait. Il avala sept mètres de mou sur sa corde d'assurance et sut que Gilbert serait bientôt à ses côtés. Brechner, encordé à Gilbert, devait être une quinzaine de mètres plus loin. Il regarda sa montre pour la deuxième fois, puis aperçut les nuages au loin sur l'horizon, encore très lointains mais noirs et menaçants.

L'air froid léger et la neige fraîche firent remonter le souvenir. Il a dix ans et il court dans le champ à l'arrière de leur maison à Oxford. Derrière lui, son père, couché à côté du fusil, se vide de son sang dans les bois. Il escalade la barrière pour entrer dans le champ, avec ses chaussures montantes détrempées, dont l'extrémité est couverte d'une pellicule de glace. Il porte des mitaines et souffle des nuages de buée devant lui dans sa course. La neige est plus profonde dans le champ et il s'y affale jusqu'aux hanches, tombe en avant sur ses mains tendues. Le sang sur ses mitaines macule de rouge la neige blanche. Il trébuche et tombe de la sorte jusqu'à rejoindre le chemin dégagé au bout du champ ; il fait des taches de sang à chaque chute, le répand devant lui en traînées comme des lettres japonaises sur du papier de riz.

Ensuite, il se précipite dans la cuisine chaude de la maison, qui sent le thé sucré et le pain, et il appelle sa mère. Elle est en ville pour la messe du matin et la maison est déserte. Il sort en courant par la porte principale pour aller chez les voisins, les Strong, les Newton, les Barnaby, les Timmler. Il y a dans l'air cette quiétude des dimanches matin. Et tandis qu'il court de porte en porte, pour se rendre compte que personne n'est chez lui, il sent son désespoir laisser place à la peur.

L'ambulance ne doit pas arriver avant deux heures encore. La balle a fracassé la deuxième vertèbre thoracique de son père et sectionné la moelle épinière avant de se loger dans le poumon droit. Il est vivant parce que la balle s'est arrêtée avant d'atteindre les vaisseaux sanguins de la cage thoracique. On a considéré cela comme un accident de chasse. Sur la neige, à côté de son père, trois faisans mêlent leur sang au sien. Et son père, le meilleur alpiniste de Grande-Bretagne, ne doit plus jamais remarcher ni se servir de ses mains.

Gilbert apparut quelques minutes plus tard, ours pesant qui gravissait l'éperon à pas lents et mesurés. Son rythme résonnait dans l'air raréfié : respiration, coup de piolet, pas, respiration, coup de piolet, pas. Il gagna le plateau dans un bruit de neige écrasée et s'immobilisa pour inspirer profondément et prendre ses repères. Il resta figé dans cette position, à moitié penché en avant, les bras ballants, pendant cinq bonnes minutes. Puis il reprit sa marche titubante, extrayant péniblement ses chaussures de la croûte à chaque foulée pour avancer vers Simon.

« Bon sang de bois. » Gilbert ôta son masque et cracha. Ses lèvres écaillées étaient couvertes de peau sèche et son nez cloqué pelait. Le bout de son menton était nappé de salive gelée.

« Où est Brechner ?

– Il arrive. Il a détaché la corde au pied de la dernière corniche. Il m'a dit de continuer. Qu'il nous attendrait s'il n'y arrivait pas tout seul.

– Je ne vais pas l'attendre.

– Donnons-lui quelques minutes. »

Ils restèrent ensemble en silence à contempler le panorama. Des nuages laiteux flottaient dans les vallées profondes et Simon s'imagina regarder d'en haut le dos des oiseaux. Au sud et à l'ouest, la chaîne himalayenne s'étirait sous la lumière éblouissante, en une série de sentinelles taillées au couteau : l'Everest, le massif du Lhotse-Nuptse, l'Ama Dablam et plus loin sur le côté, les Annapurnas et le K2. Le soleil éclatant produisait de petits arcs-en-ciel de réfraction dans ses lunettes. Simon songeait à redescendre tout de suite. Avant que leurs neurones cessent de fonctionner. Avant qu'ils perdent leur faculté de jugement et de perception. Ils brûlaient les calories plus vite qu'ils ne pouvaient les remplacer, laissaient leur masse musculaire s'évaporer. Simon voyait déjà que quelque chose se préparait et il savait que le mauvais temps était fatal aux alpinistes dans ces montagnes. Ils burent de l'eau à la gourde et Simon s'autorisa à enlever un gant pour prendre du chocolat, des noisettes et des barres énergétiques dans une des poches de son blouson. Ils se forcèrent à manger. Les aliments, complètement gelés, n'avaient aucun goût.

« C'était une erreur d'emmener Brechner, dit Simon.

– On avait besoin de lui.

– Pas s'il se tue.

– Il grimpe bien.

– Je ne le porterai pas dans la descente, tu peux me croire.

– Écoute. On lui donne cinq minutes. Et s'il n'est pas là, on s'en va. On le récupérera à la descente. » Gilbert avait détaché son appareil photo et un petit trépied, qu'il commença à installer dans la neige pour prendre des clichés. Simon leva son visage vers le ciel et pivota lentement sur place. Il sentit, pour la première fois, un vent qui soufflait du sud-ouest.

Sans Brechner, jamais ils ne se seraient retrouvés sur cette montagne. Il assurait plus de la moitié du financement de l'expédition. C'était le frère jumeau de son père. Il leur avait rarement rendu visite après l'accident. Et quand il l'avait fait, il s'était assis le dos tourné vers le père de Simon et avait discuté avec lui, mais sans le regarder. C'était très difficile pour des jumeaux, avait expliqué sa mère, parce qu'il existe entre eux un lien spécial, et que ce qui arrive à l'un arrive aussi à l'autre. Sa mère disait que, en un sens, Brechner pouvait avoir l'impression d'être paralysé et qu'il fallait le comprendre et le respecter. Brechner était borgne. Il avait perdu son œil droit à huit ans, à cause d'un club de golf. Il était en train de jouer avec des amis au bord de la rivière. L'extrémité plate du club était rentrée directement dans son œil et l'avait écrasé comme un grain de raisin. Le père de Simon affirmait qu'il avait, lui aussi, ressenti la douleur dans son œil, à la maison, au même instant. Il savait ce qui s'était passé, disait-il, alors même qu'il n'était pas présent. Brechner avait continué à jouer, malgré l'intensité des écoulements et de la douleur. Il s'était finalement présenté avec une manche maculée d'humeur vitrée et l'œil avait été enlevé le soir même au Radcliff Hospital. Le père de Simon avait temporairement perdu la vue de son propre œil droit, comme s'il avait été atteint, et il prétendait que sa vision n'avait plus jamais été la même après l'accident de son frère.

Simon fit précautionneusement le tour de l'îlot de neige plat au sommet et s'assit pour rajuster ses chaussures. Des rochers noirs et des cascades de glace cannelées se dressaient autour de lui. À l'ouest, les vallées profondes étaient encore plongées dans l'ombre.

« Il me semble entendre Brechner. » Gilbert regardait à travers les objectifs de son appareil photo, les yeux plissés. Simon entendit le choc léger d'un piolet sur l'arête de l'éperon.

« C'est lui, dit Gilbert.

— Je ne sais pas s'il faut s'en réjouir.

— Il est là, maintenant. Finissons ça et partons.

— Il va avoir besoin de se reposer.

— Très bien. Laissons-lui quelques minutes.

— On ne peut plus se permettre de perdre beaucoup de temps. » Simon se laissa aller en arrière pour s'adosser aux pierres du sommet. Il sentait sa respiration lente. Les muscles de ses jambes avaient cessé de le tirailler.

Simon n'avait jamais vraiment connu Brechner, qui, des deux, avait toujours été le frère calme et intelligent. Alors que son père, athlète naturel, était d'un tempérament optimiste et sociable, Brechner était volontiers maussade et ne s'intéressait pas du tout au sport. Il avait été reçu à l'école de médecine de l'université de Londres et avait décidé de suivre une spécialisation en ophtalmologie, chirurgie de l'œil. Personne n'avait jamais vu de chirurgien borgne. La chirurgie de l'œil est un travail délicat, qui s'effectue sous de très puissants microscopes et exige une vision en trois dimensions dont Brechner ne pouvait pas jouir avec un seul œil. Grâce à des heures de pratique en laboratoire, sur des sujets cadavériques, Brechner avait appris tout seul à déduire la profondeur en s'appuyant sur des indices secondaires, tels que les ombres et la lumière. Il excella dans la microchirurgie par la seule force de sa volonté, disait la mère de Simon. Il possédait une ténacité à toute épreuve. Sa famille pensait que, d'une certaine manière, il agissait ainsi pour se redonner la vue à lui-même : plus il opérait d'yeux, plus il faisait renaître de vues, moins il se sentait aveugle.

Et puis Brechner avait fait ses preuves en montagne. Simon avait été stupéfait de sa confiance en lui, de la puissance de ses mollets brun noisette et de l'intensité avec laquelle il vous fixait de son œil valide. Il n'avait jamais glissé. Durant le trek de quatre semaines jusqu'au camp de base, c'était Brechner qui avait ouvert la marche dans la vallée de l'Arun, le long des eaux torrentielles blanches et glacées, sur les ponts suspendus métalliques. C'était lui qui avait dirigé la caravane d'ânes et de yacks. Lui qui avait veillé sur eux. Il avait négocié leur passage dans des vallées malaisées, où ils croisaient des hommes de petite taille armés de machettes et de dagues. Il avait su quels villages étaient accueillants et les avait conduits dans des huttes de terre enfumées, qui sentaient la bouse de vache et le blé, pour y manger du riz au gruau de soja et de petites pommes de terre noueuses. Et il avait parcouru les échelles fixes sur la cascade de glace, s'était engagé sans hésiter sur les pentes glacées escarpées qu'ils avaient choisies. C'était Simon qui avait glissé, pas Brechner.

C'était Simon qui avait glissé. Il sentit une douleur sourde irradier dans sa jambe gauche. Ses épaules et son cou commençaient à être douloureux. Il avait été plus secoué par sa chute qu'il ne le croyait. Il essaya de la chasser de son esprit. Dans le calme tranquille, au rythme lent du piolet de Brechner qui gravissait le dernier éperon, Simon calcula le temps qu'il leur faudrait pour redescendre. Ils avaient quitté le dernier camp, perché sur une plate-forme de glace abritée, à trois heures du matin. Le froid était glacial, et la nuit noire et paisible quand ils s'étaient pesamment extraits de leurs sacs de couchage pour ramasser de la neige pour le thé et s'équiper en vue de la longue course jusqu'au sommet. Alors que le réchaud sifflait sous la tente, dans un cocon de lumière, Simon avait redemandé à Brechner s'il était sûr de vouloir faire la dernière étape. Simon et Gilbert souhaitaient y aller seuls, parce qu'ils étaient partenaires depuis des années. Ils avaient pris leurs habitudes et réglaient mutuellement leur allure. Ils se sentaient plus en sécurité tout seuls.

« Je viens. C'est mon anniversaire, avait répondu Brechner avec un regard mauvais, son faux œil luisant dans la lumière vaporeuse.

– Tu n'as rien à prouver, avait dit Simon.

– Comment tu sais ce que j'ai à faire ou pas ?

– Cela peut devenir dangereux pour nous tous.

– Je viens pour que vous puissiez tenir votre promesse.

– C'est inutile.

– C'était mon frère.

– Où est le rapport ?

– C'est plus important pour moi.

– C'était mon père.

– Si vous essayez de m'arrêter, je vous jure que je prends ce piolet et que je vous transperce le crâne avec. » Brechner s'était avancé d'un pas chancelant, mal rasé, le visage gris dans la petite tente.

« Du calme, Brechner. C'est d'accord. »

Le manque de sommeil et d'oxygène les rendait tous hargneux et irritables. Simon et Gilbert se sentaient tous deux une dette envers Brechner et ils avaient promis de faire de leur mieux pour l'aider. Mais Simon était conscient qu'en montagne on ne peut pas fonder une décision sur un tel argument. Aujourd'hui l'ascension leur avait demandé huit longues heures, dont les trois premières de nuit. La chute les avait ralentis, mais ils avaient continué. Ils avaient affronté l'énorme masse de glace devant eux, conscients du vide et de la mort qui guettaient de part et d'autre. Simon savait faire abstraction du monde environnant et se concentrer sur la bulle de lumière de sa lampe frontale. Il s'était focalisé sur les rythmes familiers du piolet et des crampons, sur la lente élévation et poussée de la jambe à chaque pas. Dans ce monde bleu glace, il sentait la moindre partie de lui-même bouger, son diaphragme se contracter pour aspirer l'air, le cartilage de ses genoux s'articuler sur lui-même, les petits os de ses mains jouer les uns contre les autres. Il faisait de son mieux pour créer des prises de pied et de main qui aideraient Brechner et installait des cordes fixes dans les passages difficiles.

À présent, au sommet, il calculait qu'il leur faudrait encore six heures pour redescendre. Ils iraient plus vite sur les pentes et un peu plus lentement sur les parois de glace. S'ils marchaient bien, ils seraient de retour au camp à cinq heures de l'après-midi. Mais, assis là en attendant l'apparition de Brechner, Simon savait que la tempête les rattraperait avant. Des nuages mauvais bouillonnaient à l'horizon et il sentait un vent constant sur ses joues.

« Le souffle des anges, dit Gilbert.

– Oui, je le sens. »

Simon changea de position pour que son poids ne porte plus sur sa jambe gauche et regarda de nouveau le ciel lointain. Au-dessus des nuages, il était noir. D'un noir profond comme une nuit insondable et sans étoiles.

Simon savait que la famille de son père tenait plus ou moins sa mère pour responsable de l'accident. Comme si elle avait pu l'empêcher. Quand ils venaient chez eux pour voir son père, ils l'ignoraient. Jamais ils ne lui parlaient, jamais ils ne buvaient le thé ni ne mangeaient les sandwiches qu'elle avait préparés. Il la revoyait encore, debout dans le salon, à l'écart, dans ses jupes de tweed et ses cardigans en cachemire, qui les regardait aller et venir comme des étrangers. Elle s'était alors endurcie, il le savait. De ce même endurcissement qui lui avait permis d'obtenir un poste de secrétaire dans les bureaux d'une compagnie d'assurances à Oxford. C'était là qu'elle s'était trouvé un nouveau cercle de jeunes amies, qui l'avaient fait sortir de chez elle. Et c'était comme cela qu'elle avait rencontré d'autres hommes. Des hommes avec des vies, des jambes et des bras.

Son père avait finalement été transféré à la maison et le poumon d'acier placé dans le salon, près des fenêtres, pour qu'il puisse voir dehors. C'était l'image qu'il gardait de son père, une tête qui dépassait d'un tube en métal industriel. Le claquement régulier du respirateur résonnait jour et nuit dans la maison. De petites marches en bois furent installées sur un côté afin que Simon puisse y grimper et parler à son père. Il y passait des heures : il le nourrissait à la paille de purées de légumes et de boissons ; le savonnait à la brosse de crin et le rasait avec un rasoir de sécurité ; le coiffait ; essuyait les croûtes de ses yeux ; nettoyait les traînées de salive sur son menton et sur son cou. Et, debout sur les marches à côté du poumon d'acier, il lisait à son père le *Times,* le magazine *Life* et les caricatures de *Punch.* Il regardait sa pomme d'Adam coulisser le long de sa gorge quand il riait. C'était en montant et en descendant ces marches qu'il avait décidé de devenir alpiniste.

« Dans ce cas, lui avait dit son père, promets-moi de ne jamais tomber.

– Comment est-ce que je peux promettre une chose pareille ?

– Tu le peux. Une chute, c'est dans la tête. Si tu crois impossible de tomber, tu ne tomberas pas. Tu ne peux pas. Promets-le-moi.

– Je te le promets. »

Son père avait été le meilleur alpiniste de Grande-Bretagne. Il avait ouvert des voies sur le mont Cervin, le mont

Blanc et l'Eiger. Au cours du mois précédant son accident, il préparait une expédition en Himalaya. La maison était pleine de rouleaux de corde, de paquets de pitons et de crampons cliquetants, de piles de chaussures en cuir huilées. Il avait eu un corps d'acier, tout en mollets, cuisses et avant-bras. Avec l'infirmière à domicile, ils le portaient jusqu'à la baignoire, ballant et mou, comme une poupée de chiffon. Simon vit son robuste père se dessécher. Un dépérissement, une atrophie qui suggéraient qu'il était en train de partir doucement. De peu à peu s'anéantir. Quand son père pleurait, Simon ne trouvait rien à dire ni à faire. Lorsqu'il voyait ces grosses larmes sourdre des paupières rougies de son père, tout ce dont il était capable, c'était de pleurer à son tour. Comme il se tenait au-dessus de lui, ses larmes tombaient en lourdes gouttes sur le visage levé de son père. Un mélange de liquides salés coulait en rivières limpides dans la machine d'acier qui claquait. « Regarde-nous un peu tous les deux, disait toujours son père, on dirait des bébés. »

Son père mourut d'une pneumonie, un an après son transfert à la maison. Une maladie due au *Streptococcus pneumoniae*, expliqua le docteur, comme si ça devait les aider de le savoir. Le claquement du poumon d'acier s'accéléra, comme un train sur des rails, et son père se remplit d'eau. Il se noya sur la terre ferme. Brechner vint à l'enterrement, mais n'adressa la parole à personne et partit tout de suite après. Le poumon d'acier resta vide dans le salon pendant six semaines avant que l'hôpital vienne le chercher, plus inanimé et plus froid que jamais. Quelquefois, quand il était encore là, Simon grimpait pour regarder dans le contenant métallique, sans penser à rien, la tête aussi vide que la machine devant lui. « Regarder là-dedans ne le ramènera pas », disait sa mère.

Simon n'avait jamais vu sa mère pleurer son père. Elle travaillait et s'efforçait de reconstruire sa vie, il le comprenait. Mais la mort de son père marqua la fin d'une certaine intimité entre eux. Il commença à croiser des inconnus

244

dans la maison, qui sentaient l'huile capillaire et le talc. Il dînait souvent tout seul dans la cuisine en écoutant Radio 1, tournait le sucre dans son thé d'une petite cuillère bruyante.

Gilbert et Simon durent porter Brechner jusqu'au sommet. Il tremblait de manière incontrôlable, à peine capable de marcher. Il n'avait plus de gants, et sa veste en duvet, la fermeture éclair ouverte, béait. Le bout de ses oreilles était blanc cassé. Ils le tirèrent sur l'éperon jusqu'au plateau enneigé. Le masque à oxygène avait glissé sur sa joue gauche, ses lèvres étaient bleues et couvertes de particules de glace. Simon replaça le masque sur sa bouche et sur son nez, puis ils l'allongèrent sur le dos. Ils réajustèrent son anorak, lui enfilèrent de nouveaux gants et attachèrent la capuche de son blouson sur sa tête. Simon se demanda si ses oreilles étaient gelées.

« Il est mal en point, dit Simon.

– On dirait qu'il est en hypothermie.

– Il est dans les vapes. Il ne sait plus où il est.

– On le réchauffe et on fait le point.

– Pas moyen que je le porte.

– Je sors le réchaud pour faire bouillir de l'eau. On a encore le temps.

– Bon sang, pourquoi est-ce qu'il a essayé de monter ?

– C'est la chute qui lui a fait ça. Il allait très bien avant. »

Simon se savait responsable de cette chute. Et il savait que Gilbert ne le jugeait pas, qu'il constatait simplement. Gilbert ôta son petit sac et commença à installer le réchaud, tandis que Brechner gisait entre eux sur la neige, sans réaction. Sa respiration passait avec un grincement rauque dans le masque à oxygène remis en place. En le regardant, Simon aperçut son propre reflet dans les lunettes de Brechner, contre l'océan bleu du ciel. Il releva doucement le masque au-dessus des yeux de Brechner. Sa peau formait une saillie blême en forme de lunettes. Ses paupières, tels deux pâles mollusques, étaient fortement serrées et ses cils parsemés de minuscules gouttelettes d'eau. À cet instant, le faux œil droit, amande en forme de larme à l'iris bleu vif, jaillit sur la joue de Brechner. Simon vit l'objet en verre brillant le fixer. Il était glissant et il dut s'y reprendre à plusieurs fois pour le ramasser avec ses gants. Il tint l'œil sur sa paume ouverte. L'iris avait la couleur du ciel, le blanc de l'œil la couleur des sommets alentour. Il le posa avec précaution dans la neige, saphir étincelant, à côté de Brechner.

Après la mort du père de Simon, Brechner s'était volatilisé. Il avait vendu son appartement, tous ses biens, et il était parti en voyage. Sa famille avait parfois de ses nouvelles grâce à des cartes postales déchirées en provenance de Rabat, Tripoli ou Bombay. La rumeur le disait fou ou héroïnomane. Beaucoup croyaient qu'il avait renoncé à la vie après la mort de son frère jumeau. Quand il avait enfin refait surface trois ans plus tard, il vivait au Népal et exerçait à nouveau comme chirurgien ophtalmologue. Il avait une boîte postale permanente à Katmandou et pratiquait des opérations de la cataracte et du trachome dans les contreforts himalayens. Rarement dans la capitale, il n'était pas marié et passait la majeure partie de son temps en montagne, à travailler dans des villages isolés. Il parlait le népalais et le dialecte sherpa. Sa famille était heureuse qu'il soit vivant et qu'il se soit trouvé un but dans la vie. Quand ses parents lui avaient rendu visite, il avait refusé de les voir et était resté dans les montagnes jusqu'à leur départ.

Accroupi au sol, Simon sentit un vent constant et une odeur d'eau et de terre sèche dans l'air. Plus loin sur la chaîne, des panaches blancs s'élevaient des plus hauts sommets, lorsque des rafales de poudreuse s'envolaient en nuages tourbillonnants qui chatoyaient pour disparaître aussitôt. Le front était en train de se constituer sur ces crêtes lointaines et il se rapprochait d'eux à toute vitesse dans le vent qui fraîchissait. Simon voulait à toute force bouger, fuir, descendre. Gilbert, devant le petit réchaud à gaz chuintant, faisait fondre de la neige. Simon se leva et croisa les bras sur sa poitrine pour se tenir chaud. Le rituel de l'eau bouillante le réconfortait. Il ramassa le drapeau japonais sur les pierres et l'ouvrit dans un claquement, le secoua pour déplier le tissu rouge et blanc et le replanta d'aplomb. C'était Gilbert en réalité qui l'apaisait, il le savait. Gilbert, qui savait rester concentré sur l'objectif, analyser la situation avec lucidité et prendre des décisions mesurées. Simon trouva une guirlande de drapeaux à prière sous la neige entassée autour des pierres et la déploya. Des ailes roses et jaunes décolorées palpitèrent dans ses mains.

Gilbert était le meilleur ami de Simon. Son seul véritable ami. La seule personne qui comprît la nature exclusive de son obsession. Ils étaient devenus partenaires de cordée dix ans auparavant et se complétaient parfaitement. Gilbert était carré, très musclé, lent et pratiquement muet. Chacune de ses actions était soigneusement pesée, minutieusement préparée. Devant sa puissance maîtrisée, les gens s'arrêtaient de parler pour le regarder. Simon était un bavard, un rêveur, doué et plein d'énergie, mais sans contrôle de lui-même. Il aurait toujours atteint le sommet le premier, par un itinéraire bien à lui, mais se serait tué sans Gilbert. Simon ne connaissait pas la peur, alors qu'elle habitait Gilbert. Simon n'avait jamais de petite amie, Gilbert toujours. Simon fumait des cigarettes sans filtre, Gilbert les refusait.

À l'université, ils avaient commencé par des parois de granite dans le parc de Snowdonia et dans la région des Lacs. Leurs vacances les emmenaient dans les Alpes. Ils avaient passé trois hivers à apprendre à grimper en glace, tout en travaillant comme liftiers, chauffeurs de cars touristiques ou employés de ménage dans des chalets et des pensions. Ils avaient gravi le mont Cervin cinq fois, le mont Blanc deux fois et l'Eiger une fois. Ils avaient dormi à l'arrière de camionnettes, mangé à même des boîtes de conserve pendant des semaines et, à eux deux, s'étaient cassé six doigts, huit orteils et une clavicule. Simon savait que c'était grâce à Gilbert qu'il pouvait encore grimper. Gilbert lui avait sauvé la vie à trois reprises. Grâce à lui, il n'était jamais tombé. L'hiver précédent, Gilbert l'avait rattrapé sur la corde alors qu'il s'était détaché d'un mur de glace de trois cents mètres. En se tendant d'un coup sec vers le bas, la corde avait brisé la clavicule de Gilbert. En route vers l'hôpital de Berne, assis dans un bus propret, ils avaient englouti de gros morceaux de saucisse noire sur des bouts de pain directement arrachés à la miche.

« Ton problème, c'est que tu n'as pas assez peur, lui avait dit Gilbert.

– On n'a pas le temps.

– Il faudrait. C'est moi qui ai une épaule fêlée.

– Toi, tu as peur. Moi, je prends les risques. Il faut que quelqu'un le fasse.

– Tu sais pourquoi tu es alpiniste ?

– Non, je ne sais pas. C'est comme ça. Il n'y a aucune raison.

– Ça a quelque chose à voir avec ton père.

– Faux.

– Je crois que tu essayes de prouver quelque chose.

– Je ne sais pas. Le jour où j'aurai peur, j'arrêterai. Ça, c'est une certitude. »

L'été, ils allaient chacun de leur côté. Simon passait quelque temps avec sa mère dans le petit appartement de Brighton où elle s'était retirée. Installé dans sa cuisine, au milieu des bibelots en verre soufflé, sur le linoléum craquelé et une fine couche de sable venu de la plage, il préparait des ascensions pour l'année suivante. Il occupait régulièrement un emploi saisonnier dans une boulangerie, où il prenait son poste au petit matin et regardait le jour émerger dans le ciel bleu de l'aube, tout en jetant des miches chaudes et croustillantes dans des paniers métalliques. Sa mère s'était résignée à son manque d'intérêt pour le monde réel, une vie réglée, la routine quotidienne. Quand il se penchait sur des cartes et des listes de matériel, la mâchoire rentrée dans la poitrine, les dents serrées, elle croyait voir son père. Il avait toujours un paquet de Camel devant lui sur la table de cuisine en Formica et il fumait distraitement, en balançant ses jambes croisées. Ses iris étaient mouchetés de brun et ses mains carrées agrippaient le papier comme s'il s'était agi de bois. Il montait et descendait les dunes en chaussures pour se renforcer les mollets et les cuisses.

Simon et Gilbert s'agenouillèrent à côté de Brechner et l'aidèrent à s'asseoir, tout en lui versant de l'eau chaude dans la bouche. L'oxygène avait fait son effet. Il respirait régulièrement et, conscient, regardait autour de lui. Le vent soufflait violemment autour d'eux, secouait leurs capuches et leurs manches. Simon les sentit vulnérables, blottis là, petites silhouettes dans un paysage écrasant. Ils se trouvaient maintenant périodiquement dans l'ombre, car des nuages rebondis commençaient à passer à toute vitesse devant le soleil. Ils réussirent à faire boire cinq tasses de liquide chaud à Brechner sans qu'il les vomisse et en prirent une chacun. Au bout de quinze minutes, ils purent soulever Brechner pour le remettre sur pied. Debout, bien campé, il tapait du pied pour activer la circulation dans ses jambes.

« Je vais bien, dit-il.

– Tu es sûr ? demanda Simon.

– Je peux marcher.

– Quand tu seras prêt.

– Ton œil est sorti. » Simon s'accroupit, ramassa l'objet en verre dans la neige et le tendit sur sa main vers Brechner.

« Je n'en ai pas besoin. Je le laisse. »

Brechner prit son œil et le posa avec précaution sur une des pierres en l'enfonçant dans la neige. Gilbert prit trois clichés d'eux au sommet et remballa tout. Simon sortit une photo de sa poche intérieure. Il la tint devant lui, claquant au vent. C'était une photo en noir et blanc de son père, l'année avant sa mort. On y voyait son père, assis sur une saillie rocheuse ensoleillée, qui prenait son déjeuner en faisant signe à l'appareil. À l'instant du cliché, il avait été distrait et il regardait vers le côté, la main toujours levée, un sandwich à la bouche. Tout à la fois présent et absent. Sous le soleil éclatant, ses cheveux semblaient blancs et ses avant-bras étaient bruns sur sa chemise blanche. Simon fixa la photographie dans la neige, près du drapeau japonais, à l'aide d'une broche à glace.

C'était l'idée de Simon de tenter ce qui aurait été la dernière ascension de son père. Un sommet himalayen de trois cents mètres moins haut que l'Everest, mais d'une plus grande difficulté technique. Depuis sa mort, cinq alpinistes avaient perdu la vie en tentant cette ascension. Simon étudia les cartes de randonnée et les itinéraires originaux de son père, parcourut ses notes sur la stratégie à adopter, la localisation des camps et fit un résumé de ses vieilles listes de matériel. C'est seulement plus tard, lorsque la logistique fut en place, qu'il eut l'idée de faire coïncider l'expédition avec le cinquantième anniversaire de son père.

Il avait appelé Brechner à tout hasard. Il ne l'avait pas vu depuis vingt ans, depuis son enfance, mais il avait besoin de lever plus de fonds. Dans la mesure où Brechner vivait en Himalaya, raisonnait-il, il était possible qu'il voie d'un œil favorable l'ascension qu'ils étaient en train d'organiser. Brechner faisait partie de la famille, malgré tout, et c'était le frère de son père. Simon composa le numéro du Sunshine Guest House and Dining Room à Katmandou et patienta un quart d'heure pendant que la voix désincarnée à l'autre bout du fil allait le chercher. Simon entendait le bruit d'une friture et le caquètement de poulets. Brechner prit le combiné en demandant : « Qu'est-ce qui s'est passé ? » et il fallut dix minutes à Simon pour lui présenter l'expédition ; l'autre bout de la ligne restait absolument silencieux. Quand il eut fini, un long blanc s'ensuivit. Puis Brechner répondit : « Je vais y réfléchir » et raccrocha. Mais il accepta sans poser de questions lorsque Simon le rappela, à condition de faire partie de l'expédition, de les aider à la mettre sur pied et de participer à l'assaut final. L'argent fut viré dans la semaine depuis une banque anglaise. « On grimpe avec un borgne de cinquante ans, expliqua Simon à Gilbert, mais on a les sous. » Ni l'un ni l'autre ne pensaient se retrouver à faire l'ascension avec Brechner. Tous deux croyaient qu'il renoncerait rapidement.

Ils atterrirent à Katmandou début novembre, après avoir survolé des collines brumeuses en terrasses et des vallées où couraient des rivières comme des rubans argentés. Une demi-tonne de matériel et de provisions les accompagnait. Simon rencontra Brechner dans un café sombre, dans les odeurs fruitées de chaussons aux pommes, d'égouts et de feu de bois. Les rebords des fenêtres étaient jonchés de cadavres de mouches desséchés. Un camelot vendait des médicaments dans la rue et un mendiant cul-de-jatte sur un chariot était adossé au comptoir. Brechner entra en coup de vent, d'un pas vif. C'était un petit homme trapu, chauve, aux lèvres minces et sèches. Il portait un pantalon et une chemise kaki, une parka bleu délavé et des tennis crottées de boue. Ils se serrèrent la main à la table et Brechner passa commande en népalais. On leur servit deux verres de thé bouillant sucré et laiteux.

« Je sais ce que tu penses, dit Brechner.

– Et qu'est-ce que je pense ?

– Que je suis vieux, peut-être fou, et borgne.

– Ce n'est pas moi qui l'aurai dit.

– Je vis dans ces montagnes depuis dix ans. Je les connais. J'ai opéré avec ces mains plus de cataractes que la plupart des ophtalmologues dans toute leur vie.

– C'est une chose que je respecte.

– Je suis habitué à l'altitude, acclimaté. Il vous faudra des semaines pour vous renforcer.

– Exact.

– Autre chose : je ne suis pas fou. Je suis ici par choix. Je me suis remis de la mort de ton père. Il ne s'agit pas d'une quelconque expédition autopunitive.

– Je ne le pensais pas. Et je ne croyais pas vraiment non plus que tu étais fou.

– Ce que je veux savoir, c'est pourquoi tu fais ça. Ce n'est pas une ascension facile. Le coin est dangereux. J'ai rencontré trois des types qui n'en sont jamais revenus. Tous d'excellents grimpeurs. Excellents. Ce n'est pas comme en Europe. C'est autre chose.

– L'alpinisme, c'est ma vie.

– Écoute. Tu ne seras jamais aussi bon que ton père. Jamais. Il avait un don. Si tu crois pouvoir rivaliser avec lui d'une manière ou d'une autre, tu te trompes. »

Les doigts de Brechner ressemblaient à de grosses saucisses et le dos de chaque doigt était couronné d'une touffe de poils noirs drus. Simon sentit son haleine chargée d'alcool.

« Je n'essaye pas de rivaliser.

– Il faut savoir abandonner. Tu sais que pas un seul villageois népalais vivant ne gravirait cette montagne.

– Pourquoi ça ? »

Brechner vida son thé d'un trait.

« Parce que ce n'est pas une montagne. C'est un esprit. On aura du mal à trouver des porteurs et des sherpas pour cette course.

– Tu crois ?

– Oui, je le crois. Si ton père était vivant et assis à ma place, il te dirait de renoncer. De rester quelque temps dans les montagnes, aucun problème. Mais de renoncer à celle-là. »

Dehors, un troupeau de moutons passait devant la devanture poussiéreuse du café. Les clochettes métalliques accrochées à leurs cous tintaient dans l'air raréfié. Le berger, un jeune garçon, portait un foulard rouge vif autour de la tête. Dans sa main, il tenait un long bâton poli avec lequel il tapotait doucement le dos des moutons les plus proches. Simon termina son thé et sentit sur ses lèvres l'épais résidu de sucre au fond du verre. Il savait qu'il ne pouvait pas renoncer.

Le jour était levé lorsque Simon glissa. Ils avaient grimpé dans l'obscurité pendant plus de trois heures, puis le ciel s'était éclairci jusqu'à devenir bleu et s'épanouir autour d'eux en efflorescences de rose et d'or. Simon sentit la chaleur sur son dos et fut heureux de cette lumière. La pente devant lui resplendissait d'un vif éclat sous le soleil et il éteignit sa lampe frontale. Il se retourna et fit signe à Brechner et Gilbert derrière lui.

Ils étaient montés en biais le long d'une arête qui partait à l'ouest vers le sommet. Ils atteignirent le premier mur juste après le lever du soleil, une paroi de glace qui menait à une terrasse et à la prochaine arête au-dessus d'eux – une tour de soixante mètres, entourée de part et d'autre de précipices donnant dans des vallées vertigineuses. Ils se regroupèrent à son pied avant d'en entamer l'ascension et mangèrent du chocolat. Brechner releva ses lunettes sur son front en se tournant vers la vallée. « C'est de la folie, dit-il, mais je dois reconnaître que c'est impressionnant. » L'œil de verre de Brechner n'était jamais parfaitement aligné, si bien qu'une partie de lui-même semblait toujours regarder ailleurs. Quand ils étaient enfants, ils se moquaient de cet œil de verre et Brechner, d'une fouille rapide des doigts, le retirait régulièrement de son orbite pour le brandir à bout de bras et les poursuivre dans toute la maison. Simon ressentait un certain trouble devant ce visage, le visage de son père, si incomplet et si inhumain avec cet œil manquant d'un côté. « Ce sera mieux du sommet », répondit-il en ouvrant la voie.

La glace était bien solide et il gravit rapidement les trente premiers mètres. Il évitait de regarder le vide des vallées insondables de chaque côté, les plus profondes et les plus vastes qu'il ait jamais vues. Il creusait de profondes prises dans la paroi à grands coups de piolet et envoyait une pluie de glace voler comme du sucre en poudre par-dessus son épaule. Il enfonçait des broches tous les six mètres et installait au fur et à mesure une corde fixe passée dans des mousquetons. Le choc métallique du marteau contre l'acier sonnait creux et dérisoire dans la montagne, aussi inconsistant que l'eau ou l'air. Il lui fallut une heure pour atteindre le sommet. De fins ruisselets d'eau luisaient sur la paroi, la glace de surface fondait sous le soleil du matin. Brechner et Gilbert étaient à trente mètres sous lui.

Il avait rejoint la terrasse supérieure et se tenait debout trop près du bord lorsque c'était arrivé. Il entendit un petit craquement. Sentit ses pieds bouger légèrement. Et la plaque de glace sous lui se détacha de la paroi. Ses jambes furent envoyées vers le vide. Il tomba de la terrasse, vers Brechner et Gilbert. Il sentit les broches de la corde d'assurance ressortir du mur à mesure qu'il passait à leur hauteur. Il était incapable d'émettre le moindre son. Il éprouva une étrange sérénité dans sa chute rapide le long de cette paroi bleue, vit son propre piolet creuser une tranchée étroite dans la glace et entendit tout l'air contenu dans ses poumons brutalement expulsé par sa bouche et ses oreilles lorsqu'il fut repris au bout de la corde. Il entendit celle-ci claquer en absorbant sa chute et il fut violemment projeté contre la paroi. Brechner, une trentaine de mètres au-dessus de lui, attaché à une corde fixe, les deux piolets enfoncés jusqu'à la garde, resta immobile et silencieux en rattrapant tout son poids. Simon était suspendu dans les airs, porté par Brechner grâce à la corde. Celle-ci, tendue, vibrait. Simon se balança en larges arcs devant la paroi, puis manœuvra à coups de pied pour se rapprocher du mur et y trouva prise avec ses crampons et son piolet. Il assura ses prises. Il tremblait et haletait, aspirant avidement l'oxygène de sa bouteille. Il était accroché à la paroi en équilibre instable, sous Brechner et Gilbert, sur le côté, près du bord. Une douche de neige et de glace leur tombait dessus en voltigeant.

« Tu y es ? cria Gilbert.

– C'est bon.

– OK, on oublie, on oublie. Calme-toi maintenant.

– Ça va aller.

– OK. Concentre-toi maintenant. On remonte. »

Simon reprit sa lente ascension. Il grimpait, lorsqu'il entendit un nouveau craquement, et le cri de Brechner.

Cet été-là, Gilbert et lui avaient passé deux mois dans les Alpes à faire des courses d'entraînement. Le monde était si ordonné et si clair en Europe que tout semblait possible. Simon s'était senti devenir plus fort, brunir, se raffermir. En montagne, il se rasait tous les jours parce que cela lui donnait l'impression d'être plus rapide. La petite amie de Gilbert, Marie, avait passé les trois dernières semaines avec eux. Elle les accompagnait pour des randonnées sur des cols piquetés de fleurs sauvages violettes. Assis en tailleur dans les pâturages, ils avaient ri sans raison, parlé de l'Himalaya, pris des photos de groupe surexcitées. Pendant la dernière semaine, ils avaient fêté ça au cours d'un repas à Chamonix. Dans un restaurant en terrasse avec vue sur le mont Blanc, sur un plancher en pin parsemé de tables et de parasols, ils avaient commandé du saumon et un chardonnay italien. Le saumon, grillé tout entier, était entouré d'ail et d'amandes. La peau de son bas-ventre, bleu luminescent, étincelait au soleil. La chair était blanche à l'extérieur et rose pâle à l'intérieur.

« C'est ma dernière année d'alpinisme, déclara Gilbert au moment du café.

– Qu'est-ce que tu veux dire ? »

Gilbert tenait la main de Marie sur la table devant elle. Elle lui caressait le dos de la main avec son pouce.

« Juste ça. Je veux faire d'autres choses. Je ne peux pas continuer toute ma vie. Je ne serai jamais meilleur que maintenant. J'ai posé ma candidature pour un poste d'ingénieur à Sheffield.

– Et si tu décroches le boulot ?

– Je le prendrai, j'imagine.

– Renonçant ainsi à la pauvreté, aux boîtes de conserve, et à moi. »

Ils rirent en chœur.

« Oui.

– Bon, si c'est ce que tu dois faire.

255

– Simon, je crois que tu devrais aussi penser à faire autre chose pendant un moment.

– Comment ?

– Quoi, comment ? Juste faire autre chose. Pour changer.

– Mais pourquoi ? Je ne suis pas sûr d'en avoir envie.

– Parce c'est peut-être le moment. Voilà. Nous ne serons jamais meilleurs que maintenant. Et nous n'aurons pas toujours la chance avec nous.

– Moi, si.

– Eh bien, moi pas. »

Simon prit conscience de la blancheur dure et friable des morceaux de sucre qui se trouvaient devant lui, dans un petit sucrier en argent. Il en brisa deux pour les mettre dans sa tasse, dont le bord épais était orné de petites armoiries bleues. Il sentit ses orteils, mouillés dans ses chaussures. En levant les yeux vers les montagnes, qui se reflétaient dans la peau bleue du poisson, il sut qu'il ne pourrait jamais s'arrêter. Et il savait que c'était grâce à Gilbert qu'il grimpait encore.

Simon sentit la température chuter au sommet. Pour la première fois, le soleil disparut complètement et ils furent plongés dans une obscurité crépusculaire. Simon savait qu'ils n'avaient plus de temps. Il n'était pas certain de la forme de Brechner, mais il savait qu'il leur faudrait partir et tenter leur chance. Il n'eut pas besoin de le dire à Gilbert. « Allez. Il faut y aller maintenant », dit celui-ci en se dirigeant à pas pesants vers l'arête.

Ils raccourcirent les cordes à six mètres. Gilbert était premier de cordée et ils placèrent Brechner entre Simon et lui. À eux deux, raisonnait-il, ils seraient capables de le rattraper en cas de glissade. « Joyeux anniversaire, Brechner », dit Simon, puis ils remirent leurs masques à oxygène et cessèrent de parler. Simon savait qu'il lui fallait trouver une cadence et se concentrer sur le sol devant lui. Il pensait trop à Brechner. Il était trop inquiet, trop pressé de redescendre. Les alpinistes sont un danger mortel pour leurs propres compagnons, il le savait. C'était l'air rare, la fatigue et le froid qui le mettaient dans cet état. Il prit de longues et profondes bouffées d'oxygène. Il vérifia une nouvelle fois ses gants et sa veste et essaya de décontracter son ventre et ses mollets. Puis il se mit pesamment en marche et regagna l'arête en douceur à la suite de Gilbert et de Brechner. Il entendait le cliquetis des pitons et des mousquetons autour de la taille de Gilbert.

Ils progressaient sur l'éperon en suivant la première arrête lorsque le front froid les rattrapa. Le vent atteignit une vitesse constante de trente kilomètres-heure et des murs de nuages commencèrent à passer sur la montagne. L'air était envahi de rideaux de brouillard gris. Le nuage devant le visage de Simon était vaporeux et gluant. Plus loin, il voyait la silhouette sombre de Brechner, courbé, qui marchait avec de grands mouvements de balancier des bras. La corde avait du mou entre eux et traînait dans la neige comme une fissure sur un mur de ciment blanc. Simon parvenait encore tout juste à distinguer Gilbert devant, qui progressait régulièrement dans la pente, à longues et hautes enjambées. Leurs traces de pas étaient toujours bien visibles dans la neige et Simon se concentrait pour poser ses chaussures au centre de chacune, afin de minimiser son effort et le risque de glissade. Il sentit les muscles de son front se contracter. Ses yeux, secs, le picotaient. Il savait qu'il leur faudrait environ une heure pour parcourir cette arête supérieure vers le sud. Ce serait le moment de la descente où ils seraient le plus vulnérables. Il les imagina tous trois, petits points dansants, semblables à des baies tourbillonnant dans du lait.

Un quart d'heure plus tard, il se mit à neiger. De lourds flocons obliques commencèrent à s'abattre sur eux depuis le sud et l'air s'opacifia. Brechner fut réduit à une tache puis disparut. La visibilité était nulle. En se penchant, Simon pouvait continuer à suivre les traces devant lui. Il estimait que la crête était large de quatre ou cinq mètres à leur droite et à leur gauche. Il savait qu'il leur fallait atteindre son extrémité avant que la neige effaçât la piste précédente. Sans ce guide, ils tomberaient. Simon se concentrait pour maintenir son rythme, focalisé sur chaque pas, sur ses inspirations régulières.

Il ne voyait rien autour de lui, quand il entendit la voix de son père. « Par ici, disait-elle. Par ici. » C'était Brechner, à l'avant, qui l'appelait, qui criait par-dessus son épaule pour qu'il reste dans les traces. Brechner, qui veillait une nouvelle fois sur lui. Qui le prenait sous sa responsabilité. Simon mit son masque sur le côté et répondit, mais sa voix affaiblie fut aussitôt emportée par le vent.

Simon sent le fusil de chasse, noir et huilé, peser dans ses petites mains. Le fusil se détache nettement sur la neige et on dirait une branche d'arbre noire. Son père, devant lui, arpente d'un pas vigoureux les roncières, les hauts fourrés, pour faire s'envoler des faisans. Tout en marchant, il lève les bras au-dessus de sa tête et les rabat en les claquant sur le côté de ses jambes. « Hé, crie-t-il. Hé, hé. » Simon suit, ses petits doigts délicats sur le canon. Comme il marche, le canon pique du nez, s'enfonce dans la neige, et il doit constamment le relever au niveau de ses épaules pour avancer.

Il se concentra sur sa marche, tête baissée. Les traces commençaient à se remplir de neige fraîche. Il voyait la glace dure et compressée, bleue au fond de chaque empreinte, disparaître. Ses genoux lui faisaient mal. Il sentait des centaines de petites particules de glace palpiter contre ses joues. De la sueur ruisselait à l'intérieur de ses lunettes.

Le fusil est armé. Il a déjà tiré à cinq reprises avec son père. Il n'a jamais touché de faisan, mais comprend comment équilibrer le fusil, comment le caler contre son épaule et viser en l'air. Il sent ses orteils, mouillés dans ses chaussures montantes. Un trille retentit et le faisan jaillit. « Par ici, s'écrie son père, par ici. » Simon court sur deux foulées, lève le fusil à ses épaules et tombe en avant. Il sent la pression du métal épais de la détente sur ses deuxième et troisième doigts. Et en tombant, il appuie, appuie doucement, et sent le soubresaut du fusil sous lui. Il respire l'odeur de cordite et d'herbe humide sous la neige. Il voit son père s'affaisser vers l'avant et tomber comme une pierre.

Brechner l'appelait encore. Simon devait pratiquement se plier en deux pour distinguer les empreintes. Il se sentait respirer et marcher. Il sentait ses abdominaux se contracter violemment à chaque pas. Il savait qu'il était en train de casser son rythme, d'accélérer malgré lui. Le bruit du masque à oxygène avait cessé, remplacé par le souffle constant du vent sur son visage.

Quand Simon ouvrit les yeux, il se rendit compte qu'il avait dormi. Il était adossé au cairn du sommet, avachi, le menton sur la poitrine. Il ignorait depuis combien de temps il se trouvait là. Le vent était froid sur son visage. Des nuages noirs filaient au-dessus de lui, masquant le soleil. Il ôta un gant et tâta son tibia gauche poisseux, et l'os, qui saillait de sa jambe. Il ne ressentait aucune douleur. Il était seul. Il appela, mais savait que Gilbert et Brechner n'avaient jamais atteint le sommet avec lui. Ils étaient tombés. Simon avait assisté à leur chute, juste après la sienne. Il était cramponné à la glace à côté d'eux, quand celle-ci, craquant à nouveau, les avait précipités dans le vide. Il avait vu Brechner fouetter l'air de son piolet dans leur chute. Gilbert glisser. Simon avait crié le nom de Gilbert. Et il avait laissé filer sa corde. L'avait regardée tomber en claquant derrière eux. Ils avaient disparu derrière l'arête, vers le Tibet, vers le néant. Il était monté seul jusqu'au sommet, trébuchant aveuglément dans son ascension vers le ciel.

Assis au sommet, Simon écoutait. Il ne sentait ni ses doigts ni ses orteils. Il vit ses empreintes disparaître devant lui, leur fond bleu glace recouvert de neige fraîche. Il vit les montagnes reflétées dans la peau bleue d'un poisson. En penchant la tête en arrière, il vit un soleil éclatant dans un ciel d'azur et sentit le goût amer du café moulu sur sa langue. Il sentit ses pieds mouillés, ses orteils couverts de glace et son propre souffle sur ses lèvres. Puis, sans bouger, il ferma les yeux et commença à marcher, tête baissée, vers son père qui l'attendait dans la neige.

# Souvenirs, sagesse des hommes

« Le hasard ne favorise que les esprits préparés, nous disait mon père lorsque nous étions enfants. Il faut faire travailler votre cerveau pour l'affûter. » Il nous demandait de mémoriser des informations qu'il jugeait importantes. Quand nous sommes entrés au lycée, il nous a fait apprendre la géographie du monde par cœur : les capitales et leur population ; les États d'Amérique ; tous les pays frontaliers du Luxembourg, de la Hongrie et de la Côte d'Ivoire. Ensuite, il s'est attaqué à l'anatomie du corps humain : morphologie du poumon ; valves, cavités, vaisseaux efférents et afférents du cœur ; muscles du pied. L'été, il nous soumettait toutes les semaines à un petit questionnaire, pendant le déjeuner du samedi, autour de notre table de salle à manger en acajou.

Au cours de l'été 1968, l'été qui devait bouleverser nos vies, notre père nous mit sur les douze nerfs crâniens de l'homme. J'avais quatorze ans, j'allais entrer au lycée, et mon frère Alex, dix-neuf ans, venait de réussir son bac. Le soir, assis devant les pesants volumes des *Gray's Anatomy* et *Cunningham's Textbook of Anatomy*, les manuels de mon père, j'étudiais les lithographies rouge-brun du corps humain étalé sur les pages comme de la viande à la boucherie. Après le déjeuner du samedi, nous nous installions autour de la table et notre père nous posait des questions, puis consignait nos résultats dans un de ses carnets de notes reliés en toile cirée.

261

Alex mémorisait au prix de très peu d'efforts. « Ce qu'il y a, petit frère, me disait-il, c'est que j'arrive à retenir les détails alors que je m'en fiche. Et toi, tu n'y arrives pas alors qu'ils t'intéressent tous. Ce n'est pas juste, hein ? » Je n'avais que quatorze ans et l'anatomie me fascinait, me stupéfiait. J'ai une mémoire visuelle, ce qui a sans doute du bon et du mauvais, et qui m'a bien servi une fois adulte, mais à quatorze ans, le stress me paralysait la mémoire. L'idée d'être en compétition directe avec mon frère me désarçonnait. Je n'étais jamais sûr de moi et je passais des heures plongé dans les livres, jusqu'à voir les planches anatomiques se confondre. Plus je me concentrais, plus l'information semblait embrouillée.

En juin de cette année-là, nous avons commencé à apprendre l'anatomie du septième nerf crânien, une arborescence complexe de branches motrices et sensorielles qui se déploient sur le visage. Ce nerf me faisait penser à un plan de ville surchargé, avec ses boulevards, ses avenues, ses ruelles sans début défini ni fin précise, et où la moindre ramification semblait revêtir une importance déconcertante. Je prenais cela très au sérieux, restais éveillé tard le soir pour lire les manuels sous la lampe de travail métallique de mon bureau. De gros papillons de nuit aux ailes poudrées entraient dans la chambre par la fenêtre ouverte et venaient se heurter à l'ampoule. Les soirs où il faisait chaud, j'entendais Alex dans le jardin, qui lançait un ballon de basket dans le cercle. Alex mémorisait l'anatomie en une ou deux heures d'efforts fiévreux sur son lit. Il abordait cette tâche avec le même sérieux que les jeux de ballon. Il voyait cela comme une compétition.

Par un samedi après-midi de juin, nous étions assis à la table en acajou après le déjeuner, quand mon père sortit le carnet dans lequel il avait rédigé quatre questions sur le nerf facial. Il faisait doux et un fort vent frais soufflait de la rivière. Les portes-fenêtres étaient ouvertes sur le jardin, et le vent apportait une odeur d'herbe coupée et de pollen. Ma mère, assise à la table, lisait le journal. Mon père, qui portait des demi-lunes à monture dorée, regardait par-dessus les verres, sourcils levés.

« Dis-moi par où le nerf facial sort du crâne », demanda-t-il à Alex.

Celui-ci, penché en avant sur sa chaise, les coudes sur la table et le menton dans les mains, répondit : « Par le trou stylo-mastoïdien. »

Je savais que mon frère avait raison. Mon père écrivit au stylo-plume dans son carnet. Ma mère tourna bruyamment les pages de son journal et lissa le papier sur la table à deux mains.

Mon père se tourna vers moi. « Harry, décris-moi les fonctions sensorielles du nerf facial. »

Immobile, j'essayais de me souvenir. Je l'avais compris à la lecture, mais cela n'avait pour moi aucune réalité. Alex m'adressa un large sourire et un clin d'œil, désigna son propre visage et fit jouer les muscles dépendant de son nerf facial. Je me résignai, gardai le silence, sentis le moment m'échapper, incapable de retrouver ce que j'avais lu et vu sur les schémas du manuel. Le plateau de la table en bois, poli et doux sous mes doigts, chatoyait légèrement sous la lumière réfléchie du soleil, comme la surface d'un plan d'eau.

« Allez, chef. Je t'écoute.

– Il ne sait pas, dit Alex.

– Au nom du ciel, arrêtez un peu avec ces bêtises, dit ma mère. Pourquoi devrait-il savoir une chose pareille ? On s'en fiche pas mal, des nerfs du visage. Il devrait être dehors, à s'en servir avec une petite copine.

– Il est bon de s'exercer, dit mon père.

– De s'exercer à quoi, Ishfaq Maroon ? En quoi, veux-tu me dire, est-ce tellement important de connaître tous ces trucs anatomiques ? Qu'ils fassent des choses de leur âge !

– Je les entraîne à se servir de leur cerveau, Shabana.

– N'importe quoi. Tu les dresses à être exactement comme toi. Voilà ce que tu fais : tu régentes. Tu es autoritaire.

– Shabana, je n'ai jamais été autoritaire. Je m'efforce de les préparer aux dures réalités de la vie moderne. En quoi ai-je été autoritaire, bon sang ?

– Je ne voulais pas quitter l'Inde. On m'a forcée.

– C'est faux.

– Si, c'est vrai.

– La branche sensorielle du nerf facial transmet les informations gustatives fournies par les deux tiers antérieurs de la langue, dit Alex.

– Mais de quoi tu parles ? demanda mon père.

– Tu le sais parfaitement, répondit ma mère.

– Harry, reprit mon père, le cerveau humain est un organe lobuleux, en forme de noix, qui pèse environ un kilo cinq. On peut le façonner, comme un muscle au repos, si on le fait travailler régulièrement et avec vigueur. Soulève des poids avec ton cerveau, Harry, il se développera et deviendra digne de Monsieur Muscles.

– La branche sensorielle du nerf facial se trouve dans la corde du tympan, qui comprend également les nerfs vasodilatateurs des glandes submaxillaires et sublinguales, dit Alex.

– Nous vivons en dictature, affirma ma mère. C'est étouffant.

– Sans discipline, nous ne sommes rien, dit mon père. Tout part à vau-l'eau.

– Connaître la vésicule biliaire dans ses moindres détails, c'est ça qui compte ? Que tu puisses comprendre cette foutue vésicule au prix de toute une vie d'épreuves ? »

Mon père se leva. « J'ai réussi, à ma manière, répondit-il posément. Je te prierais de ne pas ironiser. » Il ôta ses lunettes, les rangea dans la poche de sa chemise et resta là un moment, les bouts des doigts joints. Puis il sortit dans le jardin par la porte-fenêtre. Ma mère ne le regarda pas partir. Elle se lécha le pouce et l'index, tourna une page de son journal et lut, les mains dans son giron. Nous restâmes là tous les trois, assis en silence, jusqu'à ce qu'Alex

fasse glisser le carnet de notes sur la table et le ferme
bruyamment. « J'ai gagné », dit-il ; une rafale de vent entra
par les fenêtres et souleva doucement les pages du journal,
qui palpitèrent un instant, puis retombèrent à plat sur la
table, et j'eus, pour la première fois, l'impression que quelque chose avait silencieusement, profondément, changé
entre mes parents.

Mon père était chirurgien et collectionneur amateur de
coléoptères. Sa passion pour ces insectes le définissait, lui
donnait une place dans l'univers. Quatorze ans plus tôt,
quand nous étions arrivés d'Inde, il en avait transporté
deux mille spécimens dans des malles en fer, et il les considérait comme la clé de quelque mystère occulte et fondamental. Obsédé par la classification systématique de ses
spécimens, il pouvait parler pendant des heures de leur
taxinomie et de leur phylogenèse.

Il était né à New Delhi, d'une famille de commerçants
musulmans qui avait fait fortune au XIX$^e$ siècle dans l'expor-
tation d'indigo vers l'Angleterre. Il était le benjamin de trois
frères. Son père à lui, que je n'ai jamais connu, avait
commencé à collectionner les coléoptères et avait réuni une
collection personnelle considérable. Des entomologistes
venaient le voir d'Angleterre et des États-Unis, et il avait
emmené son fils lors de grandes expéditions sur le terrain
dans le nord de l'Inde. Mon père avait appris dès l'enfance
le système de classification systématique des coléoptères et
il pensait que cette capacité à ordonner et à hiérarchiser la
nature le rendait plus européen que les gens autour de lui.

Mon père nous racontait cela sans honte ni hésitation.
Dans son enfance, il avait fréquenté les écoles anglaises
en Inde, lu les poètes romantiques. Le palanquin plaqué
d'or abandonné par Siraj-ud-Dawlah sur le champ de
bataille de Plassey, la guerre des Boers et le phénoménal
talent du légendaire joueur de cricket W.G. Grace avaient
enflammé son imagination. « J'étais musulman, nous

disait-il, mais je me considérerais d'abord comme un gentleman, ensuite comme un capitaliste et enfin comme un médecin. » Il étudia la médecine et se rendit en Angleterre pour achever sa formation dans des hôpitaux anglais de pierre grise et d'ardoise, sous des rideaux de bruine. Certains de ses professeurs étaient les fils des militaires et des représentants de commerce sur lesquels avait reposé l'Empire britannique des Indes et mon père voyait là une sorte d'étrange symétrie, un retour au bercail si l'on veut, comme si était bouclée la boucle des liens et des origines. On lui inculqua tout ce qui fait un Anglais : respect des règles, goût pour les clôtures de piquets blancs autour des terrains de sport verdoyants. Il étudia au Guy's Hospital de Londres et retourna en Inde muni de manuels anglais, d'abonnements au *Lancet* et au *British Medical Journal* et de la garde-robe qui sied à un gentleman.

Il nous emmena en Iowa sept ans après la partition et voulut se croire libéré de l'Inde. Il conserva la collection de son père et commença la sienne ; il se regardait comme un coléoptériste amateur respectable et collectionnait les buprestes du monde entier. L'hiver, il portait des chemises écossaises, des vestes de chasse et des casquettes en daim avec oreillettes. Au printemps, nous partions quelquefois vers l'ouest, jusqu'au Mississippi, rien que pour contempler l'immensité même du fleuve.

Nous menions, dans notre maison victorienne en bardeaux sur les rives de l'Iowa River, une existence rangée et prévisible. Mon père saluait les fermiers impassibles aux visages sereins, et voyait en eux quelque chose d'intéressant, qu'il voulait que nous comprenions. Le personnel de l'hôpital l'avait adopté et il s'était fait une petite réputation en se spécialisant dans la chirurgie de la vésicule biliaire. Enfant, je m'aperçus que mon père était admiré et accepté grâce à tout ce qui faisait de lui un Anglais : ses manières et son accent ; son raffinement et ses vêtements ; ses histoires de pique-niques à Oxford avec des amis de Christ Church, coiffé d'un canotier en paille qu'il s'était confectionné tout spécialement pour de telles occasions.

Nous grandîmes sans Bible ni Coran. Mon père considérait les religions institutionnelles comme un scandale et se déclarait agnostique, fervent partisan des seuls principes de la démocratie et de la liberté individuelle. Du travail. De la discipline. Il refusait les fêtes et les cérémonies. Les rituels folkloriques, les tours de passe-passe, le charabia. « Devenez des princes parmi les hommes, nous disait-il, pensez par vous-même et devenez des princes en vous servant de votre tête. Déchiffrez la nature. Lisez les œuvres de M. Charles Darwin. Le *Voyage d'un naturaliste autour du monde*, affirmait-il, est plus instructif que n'importe quelle religion, lisez le chapitre dix-sept sur les îles Galápagos et comprenez-en les leçons. » Mon père vénérait Darwin tant pour sa passion des coléoptères et ses liens de parenté avec Josiah Wedgwood, le créateur de la célèbre céramique, que pour ce qu'il avait apporté à la biologie. Darwin représentait la quintessence de l'état d'esprit à la fois curieux et autodiscipliné qui régnait à l'époque victorienne, sous l'impulsion d'hommes bien nés disposant de fortunes personnelles. Mon père s'accrochait à une vision du monde datant du XIXᵉ siècle. « C'est le malheur de ma génération d'Indiens, disait-il : nous sommes plus anglais que les Anglais eux-mêmes. »

Il ne paraissait pas faillible. Il semblait avoir acquis une maîtrise du monde, avec ses théories darwiniennes et son application stricte de principes scientifiques. Il m'apprit à examiner les faits, à soutenir des arguments, à fonder toutes mes opinions sur des preuves solides. Rétrospectivement, je me rends compte que mon père dut être aussi surpris que nous par le mouvement d'humeur de ma mère à la table du déjeuner, ce samedi de juin.

C'était la première fois que mes parents s'étaient trouvés aussi fortement en désaccord devant nous. Je ressassais ce que j'avais vu et n'arrivais pas à m'endormir. Cette nuit-là, je me levai et me rendis dans le cabinet de travail de mon père. Un vieux bureau en chêne y faisait face à la fenêtre donnant sur le jardin et j'allumai la lampe de travail. Sur le mur, le plâtre couleur crème était traversé de fines craquelures ajourées. Un squelette humain articulé était accroché à un fin support métallique près de la fenêtre et deux images se trouvaient encadrées au mur : *Nos côtes anglaises, 1852,* de Holman Hunt et une photographie de Winston Churchill à la conférence de Yalta. Tous ces détails, l'odeur, les formes sombres et les images, me réconfortèrent.

Les grands carnets de notes de mon père étaient rangés sur une étagère de la bibliothèque. Il y avait catalogué sa collection de coléoptères, considérant les listes comme un moyen d'arracher de l'ordre au chaos. Ces grands carnets à reliure de toile cirée lui étaient envoyés par un papetier d'Oxford, qui en fabriquait depuis plus de cent cinquante ans. Des explorateurs et des aristocrates en avaient emporté jusqu'aux avant-postes de l'Empire et ils avaient servi à l'étude de sujets tels que la flore amazonienne ou la forme du crâne des habitants des hauts plateaux de Nouvelle-Guinée.

Au cours des deux années précédentes, j'avais participé au catalogage de la collection. Les coléoptères que mon père avait apportés d'Inde n'avaient jamais été étudiés en bonne et due forme, même si mon grand-père était capable de citer de mémoire le nom d'espèce de chaque spécimen. Au début, ils me paraissaient tous semblables. J'appris à les examiner avec méthode, à ralentir lorsque j'avais envie de me presser et à les voir tous différents. Je commençai à comprendre la beauté des variations subtiles. J'appris par moi-même à m'appuyer sur les ouvrages de référence ; mon père possédait un exemplaire des catalogues de Junk et Schenkling, qui recensaient plus de deux cent mille espèces. Il me montra une copie de la dixième édition du *Systema Naturae,* publiée en 1758 par Carl von Linné, qui établit le premier système de classification des plantes et des animaux fondé sur l'anatomie comparée.

« Ce Linné, m'expliqua-t-il, avait entrepris de décrire tous les êtres vivants du monde. Tu te rends compte, Harry ? Tous les êtres vivants. L'audace même d'une telle entreprise est enthousiasmante. Un Suédois. Ordonner les choses. C'est la clé. Ordonner. » Il me parla de Johann Fabricius, qui classa les insectes selon la forme de leurs pièces buccales et décrivit plus de quatre mille nouvelles espèces de coléoptères entre 1775 et 1801.

Quand j'y repense, j'étais, je crois, un garçon exceptionnellement appliqué pour mon jeune âge. J'attribuais aux spécimens épinglés un numéro de catalogue et inscrivais chaque coléoptère sous un nom de famille. Si je les trouvais, je recopiais les descriptions de leur habitat, de leur régime alimentaire et de leur distribution géographique. Cela ne me demandait aucun effort. Je me servais des stylos à encre de mon père et écrivais d'une écriture serrée de gaucher dont je suis encore assez fier.

Ce soir-là, je me souviens d'avoir laissé mes doigts courir sur les dos minces des carnets de notes. J'en pris un sur l'étagère. La couverture était noire et rugueuse dans mes mains. J'ouvris la fenêtre, me rassis au bureau et commençai à lire les noms de spécimens. Je me rappelle encore parfaitement la liste de cerfs-volants consignée sur la première page :

CERFS-VOLANTS D'INDE DU NORD

*Dorcus curvidens*
*Dorcus antaeus*
*Dorcus tityus*
*Dorcus nepalensis*
*Lucanus cantori*
*Lucanus lunifer*
*Rhaetus westwoodi*

Je lisais depuis cinq minutes peut-être lorsque, dans le coin sombre de la pièce, je remarquai une autre personne

269

assise dans un fauteuil. J'eus un instant de panique et me levai d'un bond. C'était ma mère – pâle silhouette au-delà de l'îlot de lumière de la lampe, absolument immobile dans son fauteuil. Les pieds bien campés au sol devant elle, elle portait un pyjama de coton blanc.

« Moi non plus, je n'arrivais pas à dormir, dit-elle.

– Il fait trop chaud, répondis-je en posant le carnet sur la table.

– Je suis contente que tu lises, Harry. Il y a une différence entre comprendre les choses et s'en souvenir.

– Je sais.

– Les gens les plus intelligents n'apprennent pas par cœur. Ils ont des idées par eux-mêmes.

– Je n'ai pas exactement l'impression de ne pas avoir d'idées.

– Mon père était comme toi. Il s'intéressait aux choses. Il lisait beaucoup. Il avait des idées incroyables. »

Je me laissai aller en arrière dans le fauteuil. Je portais un short et je sentais la douceur du cuir du fauteuil contre mes jambes. Le vent qui entrait par la fenêtre semblait frais sur ma peau.

« Tu pensais ce que tu as dit aujourd'hui ? Sur le fait d'avoir été forcée à partir. D'Inde, je veux dire.

– Je ne me pardonnerai jamais d'être partie de chez moi.

– Tu pourrais y retourner.

– Il y a des choses qu'on ne peut pas faire, même si on en a envie. Je sais que c'est difficile à concevoir.

– Je comprends.

– Les choses les plus étranges me rappellent mon pays. Aujourd'hui, M. Elkhardt est venu avec du fumier de porc pour le jardin. Je l'ai invité à prendre une tasse de thé et, tu sais quoi, ce qui m'a frappée chez lui, ç'a été ses mains. Des mains de fermier. Des mains calleuses à force de travail. Avec cette peau épaisse. Comme une sorte de cuir rigide. Il m'a serré la main et, tu vois, ça m'a rappelé quand j'étais petite fille. Parce que tout le monde avait ces mains-là, à l'époque. La peau dure. Quand on la touche, on n'a pas impression de toucher une personne. Ça m'a ramenée à ce temps-là.

– Le temps d'avant le réfrigérateur. »

C'était ainsi que ma mère désignait son enfance en Inde. Elle en parlait avec une sorte de nostalgie. Plus elle restait loin de l'Inde, plus le temps d'avant le réfrigérateur prenait du charme et de l'importance. Il faisait partie de ces années où elle s'était construite. Il lui avait donné de bonnes bases dans la vie. Mais, déjà à l'époque, je savais qu'il n'y a aucun charme à vivre sans électricité, ni eau ou sanitaires fonctionnels. Ma mère avait la mémoire sélective qu'ont tous les émigrés.

« Les mains d'Elkhardt. Elles m'ont rappelé un gars que je connaissais en Inde. Il y a des années, maintenant. Un grand garçon qui avait dû manier la charrue depuis l'enfance. Il venait chez nous pour vendre des produits. Des œufs, des légumes, des choses de ce genre. Il avait exactement ces mains-là. Je me souviens que je sortais dans la cour pour le voir, et jamais il ne parlait. Mais quelquefois ma mère me donnait l'argent et je lui mettais dans la main. Et alors je touchais sa peau, Harry. De la peau épaisse. Ce n'était encore qu'un enfant, en fait. J'étais sidérée parce que je n'avais jamais touché une peau comme ça. Et je crois que je prenais conscience que des gens vivaient très différemment de ma famille. Je ne l'ai jamais oublié.

– C'est drôle comme tu te souviens des choses. Des choses auxquelles tu n'as pas pensé depuis des années, remarquai-je.

– Ça me rassure. Que les souvenirs ne s'effacent pas. C'est parfois la seule chose que nous possédons, nos souvenirs. Les souvenirs sont la sagesse des hommes, Harry. Qu'avons-nous si nous n'en avons pas ? Pas grand-chose. »

Ma mère se leva et s'approcha de la fenêtre. Ses cheveux longs tombaient sur ses épaules. La lumière de la lampe brillait sur son front et dans ses yeux et, l'espace d'un instant, je vis ma mère comme une jeune femme.

271

Elle regarda par la fenêtre sombre, observa mon reflet sur la vitre. « On fait tous des choix dans la vie, dit-elle. Toi aussi, tu devras en faire.

– Je comprends.

– Reste toi-même, Harry. C'est ce que tu peux faire de mieux. »

Elle se détourna de la fenêtre, s'approcha de mon fauteuil et me déposa un baiser sur le front. « Tu seras parfait », murmura-t-elle. Puis elle ouvrit doucement la porte et quitta la pièce.

Je retournai au carnet de notes et lus les pages couvertes d'une écriture soigneuse. Je songeai à ce que ma mère avait dit et m'endormis dans le fauteuil, le carnet dans les mains. Je n'entendis pas mon père entrer dans la pièce au petit matin pour éteindre la lumière. Lorsque je m'éveillai, il y avait des cardinaux dans les arbres dehors et quelques feuilles sèches sur le rebord de la fenêtre. Le carnet était pressé à plat sur ma poitrine, comme une bible.

Au lendemain de cet incident à la table du déjeuner, je trouvai mon père dans son musée aux coléoptères, debout près de la fenêtre, qui regardait à la jumelle dans le jardin. Mon père avait consacré une pièce, qu'il appelait son musée, à sa collection. Elle contenait les deux mille spécimens qu'il avait rapportés d'Inde, ainsi que des centaines d'autres collectés depuis. Les plus spectaculaires et les plus colorés étaient exposés dans des tables-vitrines. D'autres étaient conservés sur des plateaux de bois dans de grands meubles classeurs verticaux. Mon père se retourna brusquement en m'entendant entrer dans la pièce. C'était un petit homme aux doigts délicats, et ses mains semblaient enfantines sur les lourdes jumelles métalliques.

Il donnait l'impression d'avoir été interrompu en pleine réflexion. « Harry, je vais t'apprendre quelque chose. » Il me conduisit vers une des vitrines et me désigna un coléoptère monté sur une planche de liège. Il avait des ailes d'un vert cuivré brillant. « Regarde ça, me dit-il. L'espèce *chrysochroa* de la famille des Buprestides. Il se trouve dans la collection depuis la fin du XIX^e siècle. Grâce à mon père. Il vient des forêts d'Arakan en Birmanie, sur le golfe du Bengale. Dans ces forêts, plusieurs espèces de Buprestides étaient considérées comme des marchandises, comme des bijoux. On les ramassait à la saison des pluies et on les envoyait à Calcutta pour les vendre. »

Il y avait sur une étagère un exemplaire original de la *Cyclopedia of India*, révisée en 1885, et mon père alla la chercher. Le volume était poussiéreux, relié cuir. Il le feuilleta rapidement et, après quelques instants, s'arrêta pour me montrer un passage sur les coléoptères. Et il lut ceci à voix haute :

> Durant la saison des pluies, il est possible de se procurer cinq mille *maunds* d'ailes de coléoptères, sachant qu'un *maund* est une unité de poids valant de vingt-cinq à quatre-vingt-deux livres et un huitième, suivant la matière pesée. Dans le bazar du Bengale, un *maund* équivaut à quatre-vingt-deux livres et deux onces et à Akyab, les ailes de coléoptères rapportent six à sept roupies par *maund*.

Les pages étaient jaunies et sentaient le vieux. Le soleil de l'après-midi entrait par la fenêtre et il faisait chaud dans la pièce. Des gouttes de sueur perlaient sur la lèvre supérieure de mon père. « Que dis-tu de ça ? demanda-t-il en frappant le livre du dos de la main.

— Les coléoptères étaient très précieux.

— Tout est arbitraire, Harry. Voilà ce que ça m'apprend. Aujourd'hui, ces ailes de coléoptères ne valent plus rien. À l'époque, on pouvait en tirer une fortune. Tout est arbitraire. Toute signification dépend d'un ensemble de règles arbitraires. Tu comprends, chef ?

— Oui.

— Que serait cette collection de coléoptères si elle n'était pas classée, rangée, organisée ? Je vais te dire : Rien. Rien du tout. Sans règles, rien n'a de sens.

– C'est comme l'argent.

– Qui n'est jamais que du papier coloré et des morceaux de métal poinçonnés. C'est nous qui leur attribuons une valeur, elle ne tient pas à leur matière.

– Pareil pour la religion.

– Pareil.

– Et la science ?

– Rien n'est absolu. Il se trouve que je crois à la sélection naturelle et aux méthodes scientifiques. Nous devons tous décider de nos propres règles de conduite. L'essentiel est d'avoir des principes. »

« Tout est arbitraire. » Je méditai les mots de mon père et, m'approchant de la fenêtre, regardai dehors entre les arbres. Ma mère, agenouillée dans le potager entre des rangées de semis, jardinait avec un déplantoir. Elle portait un chapeau de paille à mentonnière. Ce chapeau d'un blanc éblouissant contrastait avec le sol noir des plates-bandes. Il me vint à l'idée que mon père était en train de regarder ma mère quand j'étais entré dans la pièce, de l'observer à la jumelle.

« Tu crois que Shabana serait d'accord avec nous ? » demandai-je, tout en la regardant.

Mon père referma le livre d'un coup sec. « Sincèrement, je ne sais pas. »

J'observai ma mère dans le jardin pendant plusieurs minutes. Il régnait un calme tel que je croyais mon père sorti de la pièce, mais lorsque je me retournai, il était encore là, parfaitement immobile, le livre à la main et les jumelles autour du cou, pris un instant dans un rayon de soleil. En revoyant ce moment, je comprends que le mariage se fonde, lui aussi, sur des lois arbitraires, d'éphémères arrangements, aussi dérisoires que la ligne du milieu qui empêche les voitures de se percuter sur la route. À l'époque, je ne vis que mon père qui regardait ma mère, comme s'il observait le comportement d'un de ses coléoptères en milieu naturel.

Il y avait, sur le bureau de mon père, une photo de famille prise à l'aéroport de New Delhi, ce soir de 1954 où nous avions définitivement quitté l'Inde. Aujourd'hui, bien des années plus tard, je l'ai toujours, sur mon bureau, et elle s'y trouve depuis si longtemps que je n'y prête pas attention. Sur cette photo, mes parents sont inclinés l'un vers l'autre et semblent surpris dans la confusion et la chaleur. Niché dans les bras de mon père, le cou tordu vers l'appareil photo, je n'ai qu'un an et Alex, debout entre mes parents, regarde le visage de ma mère en levant les bras. Celle-ci, de lourds billets d'avion cartonnés dans la main gauche, paraît jeune et méfiante. Le photographe, voûté et penché en arrière, se reflète dans la vitre derrière nous.

Je nous imagine marcher vers l'appareil sur le tarmac mouillé, de profondes flaques de mousson scintillant sous les lumières de l'aéroport. J'imagine mes parents s'attacher sur les sièges en tissu de l'avion argenté. Quand je pense à cet instant, je ressens la terreur et l'impatience de cette ascension dans le ciel balayé de pluie, envahi de nuages lourds comme de noirs boulets. En regardant cette photo, je peux l'interpréter de deux manières. À mon père, l'excitation, l'énergie débordante et l'optimisme d'une nouvelle vie. À ma mère, la colère, la frustration et une sorte de désespoir de n'avoir pas le choix, aucun moyen de revenir en arrière. Je sais aujourd'hui que, pour elle, ce fut un moment déchirant.

Nous nous envolâmes pour l'Angleterre, où nous habitâmes deux mois dans une chambre meublée en attendant que les papiers de l'immigration soient prêts. Mon père fit le vœu de ne jamais retourner en Inde. Il avait été horrifié par la partition, la vue des foules enragées et des cadavres dans les rues. Il maudissait les hindous comme les musulmans et se disait désabusé. « Il faut partir vers l'ouest, avait-il dit. Chercher un nouveau front pionnier. Un système libéral. La séparation de l'Église et de l'État. Les droits individuels. » Il lui avait fallu sept ans pour économiser assez d'argent afin de quitter l'Inde et d'obtenir un poste de chirurgien dans un hôpital américain. Il nous emmena à Iowa City avec la promesse d'un emploi hospitalier et de vastes plaines consacrées à perte de vue au maïs et aux cochons, sur une terre plus dense et plus noire que nous n'en avions jamais vu.

J'ai toujours considéré ma mère comme une Indienne. Quand elle sortait, elle mettait des jupes en tweed et des pulls en cachemire sur des soutiens-gorge à armature, mais à la maison elle portait encore ses saris et ses châles traditionnels. Mon père disait d'elle que c'était une femme énergique. Toujours active, même quand il n'y avait rien à faire, elle marchait d'un pas rapide sur de petites jambes musclées. Des parents lui envoyaient des aliments et des épices bien empaquetés dans des ballots de tissu. Elle avait une réserve de cardamome et de cumin, d'huile de moutarde, de graines de pavot et de lentilles blanches dans des bocaux en verre. Une fois par semaine, nous mangions indien – des assiettes fumantes de dhal bouillant, des pommes de terre arrosées d'huile de moutarde, des parathas et des galettes de pita huileuses. Ces odeurs rendaient ma mère nostalgique et, le dimanche après-midi, gagnée par le sommeil, elle faisait une sieste dans un coin ensoleillé du jardin.

Elle essayait de garder le contact avec sa famille. Les plus vieux vivaient encore au Bihar et à New Delhi. Des cousins plus jeunes, qui avaient fui à Amritsar en 1947 et passé la nouvelle frontière vers le Pakistan à Wagah, vivaient maintenant à Lahore. Elle entretenait une correspondance. Sa propre famille lui disait qu'elle était mieux en Amérique. Elle me racontait que de petites choses lui manquaient : l'ambiance des marchés, le grouillement de la foule qui entre et sort des maisons, les mangues mûres et les conversations pédantes d'hommes assis pieds nus dans des fauteuils en osier.

Mais ses souvenirs d'Inde ne m'évoquaient rien. Je sais que ce n'est pas à la mode de l'avouer mais, en 1968, à

quatorze ans, je me sentais chez moi sur ces étendues agri-
coles de l'Iowa qui m'avaient vu grandir. J'allais à l'école
avec les enfants des fermiers, mais on ne me traitait pas en
immigré et je me sentais des leurs. Ma peau était à peine
hâlée, guère plus sombre que le visage estival des enfants
qui aidaient à la moisson sur les plaines ventées de ce bassin céréalier. Je n'avais pas honte de mon fort accent du
Midwest et j'avais de l'Inde la même image que mon père :
un pays de barbares et de fanatiques religieux ; de frères
qui s'entretuaient ; de bureaucrates tracassiers. Un pays qui
m'était étranger.

Jamais on ne parlait de ce qui pouvait se passer entre
mes parents. Il y avait une fissure implicite, une légère
fêlure, à peine visible. L'année précédente, ma mère avait
appris à conduire. Au cours de l'été 1968, mon père lui
acheta une Cadillac d'occasion, une gigantesque voiture à
châssis métallique qui lui donnait l'air ridiculement petite,
recroquevillée derrière le volant. La liberté que lui procura
cette voiture lui permettait de rendre visite à des amis dans
la journée et d'aller faire des courses toute seule. Je me
rendais compte à quel point elle semblait détendue et
volubile au retour de ces promenades et j'avais l'impression qu'une partie d'elle nous avait quittés. Elle parlait de
prendre des cours d'été à l'école de droit. « Il faut que je
fasse travailler mon cerveau, disait-elle, que j'acquière des
compétences. Que je me rende utile. »

La toute nouvelle indépendance de ma mère était
applaudie par sa meilleure amie, Gretchen Tappero,
épouse de Peter Tappero, lequel dirigeait le département
d'entomologie à l'université. Mon père invitait souvent
Peter à la maison pour parler de sa collection de coléoptères. Ils emportaient les spécimens de mon père dehors, à
la lumière du jour, pour examiner leur morphologie à la
loupe. Gretchen était venue à la maison avec Peter et une
forte amitié s'était nouée avec ma mère. Elles aimaient parler littérature. Gretchen connaissait et adorait toutes les
œuvres des auteurs expatriés à Paris après la Première

Guerre mondiale : Miller, Nin, Stein, Hemingway, Fitzgerald. Ma mère dédaignait tout ce qui avait été écrit depuis le début du siècle, lisait encore Swift, Walter Scott et Dickens. Mais elles prenaient plaisir à ces conversations et, déjà, je voyais que Gretchen fascinait ma mère, symbolisait une liberté à laquelle ma mère aspirait pour elle-même ; Gretchen était végétarienne, féministe convaincue, opiniâtre et indépendante.

Gretchen parlait haut et fort, et procédait par affirmations. « Les gens du coin sont bornés, déclara-t-elle un jour à la table du dîner. Des fermiers bornés. Tout ce qui ne concerne pas le prix du cochon ne les intéresse pas. C'est ça, l'Iowa. » Quand elle était arrivée, elle avait découvert que la bibliothèque municipale ne possédait aucun exemplaire de *Tropique du Cancer*, un livre banni depuis plusieurs années, et elle était partie en campagne pour qu'il soit mis en rayon. « Le sexe, disait-elle, n'a rien de honteux. Les gens d'ici ont l'air de croire que cela n'existe pas. Ou, en tout cas, pas dans les livres. C'est de la censure, voilà ce que je dis. Ils veulent imposer leur propre étroitesse d'esprit aux autres. Je ne suis pas d'accord. » Mon père sourit, manifestement gêné, et acquiesça poliment. Le sexe était un sujet que mes parents n'abordaient jamais et je me sentis rougir en entendant cette conversation. Mais ma mère semblait contente et approuvait Gretchen.

Celle-ci avait la petite trentaine, dix ans de moins que Peter. Ils semblaient très différents. Lui était posé, sec et pâle, dévoré par sa profession, il parlait peu et avec circonspection. L'été, il partait sur le terrain et ses fréquentes absences ajoutaient à son image de personnage distant et réservé. Gretchen, au contraire, disait ce qu'elle pensait sans, apparemment, se soucier de l'opinion des autres. Anthropologue, elle avait passé son diplôme à Harvard et occupait désormais un poste universitaire. Elle avait gravi le mont McKinley en Alaska, savait lire les cartes, s'orienter, grimper en s'aidant de cordes. « On se sent vraiment vivant quand on risque de mourir », voilà le genre de choses qu'elle disait pour expliquer pourquoi elle pratiquait l'escalade, ou encore : « Quand on est sur une montagne, on est plus près de Dieu. » Elle avait fait sa thèse en Afrique, avait vécu pendant un an dans un village du sud de l'Éthiopie où elle avait observé les médecines traditionnelles. Pendant qu'elle se trouvait là-bas, elle avait contracté le choléra et le paludisme et avait pris des préparations à base d'herbes locales pour se soigner. En route pour l'Éthiopie, elle était passée par l'Égypte, puis avait navigué sur la mer Rouge et passé quelque temps dans les cités portuaires d'Assab et de Massaoua. Par la suite, elle avait traversé le Soudan et était entrée en République centrafricaine dans le camion de trafiquants de diamants allemands. Elle s'intéressait à des choses auxquelles je n'avais jamais songé : les langues et les traditions ; la transmission des maladies ; les cités disparues d'Afrique, qui avaient été le centre du monde. Elle semblait aussi exotique que les coléoptères de la collection de mon père et je dois avouer qu'elle me fascinait autant qu'elle fascinait ma mère.

Gretchen passait souvent à la maison sans prévenir. Elle entrait par la porte de derrière avec une poignée de fleurs de son jardin ou des pots de confiture qu'elle avait faite elle-même. Un après-midi, elle s'introduisit dans la maison avec un panier de provisions et nous prépara un dîner ; quand ma mère rentra, Gretchen avait plusieurs casseroles sur le feu et elle avait cuisiné des plats moyen-orientaux. Elle portait de longues jupes en tissu de couleurs vives, des chemises de mousseline, de lourds bracelets et boucles d'oreilles en argent. Elle coiffait souvent sa longue chevelure noire en tresses épaisses. Pendant la dernière année de lycée d'Alex, elle sortait de la bibliothèque de l'université des ouvrages de référence dont il avait besoin pour ses cours et les apportait après l'école. Je les trouvais parfois assis ensemble à la table de cuisine, les livres étalés devant eux. Elle apportait aussi des livres de poésie chinoise ou beatnik et elle en parlait avec une certaine érudition, de même que de ses idées sur la révolution sociale. À l'épo-

que, son côté apparemment provocant et anticonvention-
nel était séduisant pour des adolescents. Un jour, au retour
de l'école, je la trouvai avec Alex, assise en tailleur sur le
toit à côté de la fenêtre de sa chambre. Tous deux avaient
les yeux fermés. Je restai à la fenêtre à les regarder. Après
quelques instants, Alex ouvrit les yeux et me vit. « La médi-
tation est la voie de l'Éveil, petit frère. » Il referma les yeux.
Gretchen resta immobile et silencieuse et je grimpai sur le
toit pour les rejoindre. Je m'assis et fis mine de fermer les
yeux à mon tour. Je n'avais en réalité aucune idée de ce
qu'ils étaient en train de faire, mais je me sentais au seuil
d'une vie nouvelle, ma vie d'adulte, assis sur le toit de la
maison de mes parents.

Je me rends compte aujourd'hui que mon père considérait Gretchen comme une menace, une influence dangereuse pour son épouse. Mon père avait un sens de la
propriété très anglais et une vision traditionnelle du rôle
de la femme. Gretchen ne voulait pas d'enfants, ce que
mon père jugeait égoïste et déraisonnable. Elle s'opposait
violemment à la guerre du Vietnam, une cause que mon
père défendait. « C'est une hippie, nous disait mon père.
Très bien. Pas de problème. Mais rappelez-vous : ce genre
d'attitude ne nous a donné ni le moteur à explosion ni le
miracle des antibiotiques. Ces gens qui se mettent des
fleurs dans les cheveux ont foncièrement peur du progrès.
Ce n'est pas bien. Je suis un homme raisonnable, mais je
vais vous dire une chose : le jour où j'aurai besoin d'un
neurochirurgien ou d'un conseiller fiscal, je n'irai pas voir
un hippie, non merci. »


Notre maison se trouvait au sommet d'une colline qui
descendait jusqu'à l'Iowa River. Mon père entreposait une
barque à fond plat en aluminium dans une petite cabane
en pin. Il pêchait sur la rivière depuis des années, alors
même qu'il avait toujours été mal à l'aise sur l'eau. En
Inde, il avait passé son enfance à entendre les histoires

poignantes d'un oncle et de cousins qui avaient sombré avec un navire en doublant le cap de Bonne-Espérance, par une nuit si noire qu'on ne pouvait distinguer ses propres mains. Des parents trop zélés l'avaient quelquefois jeté à l'eau dans les piscines municipales de New Delhi et il en était ressorti, terrifié et toussotant, avec une aversion pour la natation. Mais pêcher en barque était pour lui l'image même de l'Amérique. En dominant sa peur de l'eau, il dépassait ses terreurs enfantines. « La meilleure description d'un homme comme moi, aimait-il à dire, est celle que M. Darwin donnait du cerf-volant chilien, le *Chaisognathus granti* : intrépide et pugnace. »

En juillet de cette année-là, je laissais les fenêtres de ma chambre constamment ouvertes et restais allongé dans la chaleur, incapable de dormir. Toutes les journées étaient chaudes et les nuits, paisibles et silencieuses au sommet de la colline, résonnaient du chœur strident des cigales dans les roseaux de la rivière. Une nuit, j'entendis dans la nuit le choc des rames contre les flancs du bateau de mon père. Au matin, le bateau et les rames étaient humides et boueux. Je me mis à regarder par ma fenêtre la nuit, penché par-dessus le rebord, à scruter la pelouse jusqu'à voir la silhouette sombre de mon frère dévaler la pente. J'enfilais alors un short et descendais jusqu'à la rivière, caché dans l'obscurité profonde sous les arbres, pour voir Alex tirer la barque jusqu'à l'eau et ramer avec le courant. Je m'allongeais à plat ventre sur le sol frais et humide, les oreilles pressées contre l'herbe, grouillante de vie microscopique. J'attendais là. Parfois je m'endormais sous les arbres et me réveillais, les joues en feu, avec des insectes rampant sur mes jambes nues. Trois ou quatre heures plus tard, Alex remontait la rivière, tirait le bateau hors de l'eau et gravissait la colline en courant.

Je commençai à attendre Alex sous les arbres. Je le regardais prendre la barque plusieurs nuits par semaine, l'observais comme mon père m'avait appris à étudier le comportement de certains coléoptères pour repérer leur

281

comportement alimentaire et amoureux. Déjà, j'avais la patience d'un naturaliste. J'aimais l'idée d'être invisible, mais, au bout de quelques jours, Alex me trouva à l'attendre, couché sous les arbres. Il arriva derrière moi dans le noir, s'assit sur ma poitrine et m'immobilisa les bras de ses mains.

« Qu'est-ce que tu fous là ? murmura-t-il.

— Rien.

— Tu me suis, petit con.

— Où tu vas avec le bateau ?

— C'est pas tes affaires, petit frère, répondit-il en appuyant un genou sur ma poitrine.

— Je sais.

— Je m'entraîne. Voilà tout. Dans le bateau.

— Je vois.

— Si tu le dis, je te tuerai, petit con. À mains nues. » Il plaça une main sur mon visage et me serra violemment les joues. Puis il se leva et courut vers la barque. Je le suivis et le regardai ramer sur la rivière, glisser dans le courant. Le bout de sa cigarette rougeoyait sur le bateau comme il s'éloignait doucement. Je savais qu'il allait retrouver quelqu'un en aval, quelqu'un qu'il voulait garder secret. J'eus envie de crier quelque chose d'important au-dessus de l'eau, quelque chose qui montrerait que je savais, mais je ne pus que rester là à écouter les insectes dans l'herbe autour de moi, des milliers d'insectes, qui lançaient des signaux dans la nuit.

Quand je revois cet été-là, je comprends clairement, avec le recul et l'expérience, que je voulais être mon frère. J'étais réservé et maladroit, alors qu'Alex semblait sûr de lui et capable de maîtriser avec facilité tout ce qu'il entreprenait. Athlète naturel, il excellait dans tous les sports auxquels il s'essayait et il avait couru le 100 mètres en moins de onze secondes l'année précédente. Ses trophées d'écolier remportés au basket ou au tennis, petites figurines plaqué or sur socle en Bakélite, trônaient sur la cheminée. Cet été-là, il avait commencé à sortir le week-end avec les cyclistes de l'équipe universitaire et il roulait avec eux en formation serrée dans les champs vallonnés pendant cinq ou six heures d'affilée.

J'enviais l'impression d'assurance qu'il dégageait. Il parlait aux filles avec aisance. Ses sorties nocturnes en bateau n'avaient rien d'improbable. Ma mère disait que sa beauté le rendait dangereux. Il avait des yeux de fille, disait-elle, les yeux de la fille qu'elle n'avait jamais eue.

Je n'aimais pas les activités physiques. J'aimais lire et je remarquais de petites choses : les insectes et les plantes ; les endroits où nichaient les oiseaux ; les heures de passage des trains. J'étais myope et je portais de grosses lunettes. Mon père me disait, à moitié sérieusement, que je ressemblais au Mahatma Gandhi avec des cheveux. Le visage rond, un corps menu et des brindilles en guise de jambes. J'avais souvent l'impression de bien mal comprendre mon frère, sa confiance en lui, cette assurance dans tout ce qu'il faisait. Je le voyais comme une montre complexe ou une machine élaborée, au mécanisme caché.

Il y avait chez lui une sorte de retenue, qui semblait faire peur à mes parents. Ceux-ci l'évitaient, ne voulaient pas se mettre en travers de son chemin, savaient qu'il fumait mais n'avaient jamais abordé le problème avec lui. Au cours de l'été 1968, il se comportait plus en pensionnaire qu'en frère. Il allait et venait à son gré, partait faire la fête à Chicago pour le week-end, avait des amis qui garaient leur voiture dans l'allée de gravier, la radio à fond. Il se levait tard et traînassait tout l'après-midi en fumant dehors, languissant et pensif. Des filles venaient aussi parfois à la maison, dont certaines que je reconnaissais du lycée et d'autres que je n'avais jamais vues. Alex les traitait avec nonchalance, affectait une sorte de désinvolture dédaigneuse dont j'étais persuadé qu'elle le rendait plus désirable. Il les emmenait à la rivière, partait sur le bateau en aluminium de mon père et ramait doucement, une cigarette allumée aux lèvres. S'il voulait les impressionner, il démarrait le moteur hors-bord et faisait un aller-retour de quelques kilomètres à toute vitesse. Quand il était seul, il partait souvent pêcher dans l'après-midi, avec le matériel de mon père, et passait des heures à flotter lentement au fil de l'eau sur le bateau.

Et voilà qu'Alex sortait la nuit pour de mystérieux rendez-vous. Je connaissais son secret et me sentais donc, en quelque sorte, plus proche de lui. L'après-midi, je l'observais sur l'eau depuis la fenêtre de ma chambre avec une des jumelles de mon père. Je me regardais dans mon miroir en m'efforçant d'acquérir cette maîtrise de soi que je percevais chez lui. Mais je voyais la même chose que mon père : le Mahatma Gandhi avec des cheveux. J'avais vu des images de Gandhi pendant la Marche du Sel, maigrichon, les os fins, aussi affairé et tendu qu'une fourmi pharaon, mais sans grande séduction pour les membres du sexe opposé. Mes grosses lunettes n'arrangeaient rien et j'essayais de les enlever et de me diriger sans elles. Cet été-là, je pris les manuels d'anatomie de mon père pour étudier les chapitres sur l'appareil reproducteur féminin. J'avais une bonne compréhension de l'anatomie de surface, je maîtrisais l'irrigation sanguine et les mécanismes de base, et il me semblait que ce savoir devait d'une manière ou d'une autre m'aider à attirer les filles.

C'était peut-être là la vanité d'un jeune homme scolaire ; j'ai toujours cru pouvoir dominer les choses en les comprenant parfaitement. Un après-midi, je lisais le *Gray's Anatomy* sur l'herbe au bord de la rivière quand Alex arriva parderrière et me prit l'ouvrage des mains. Il s'allongea à côté de moi et s'abrita le visage du soleil avec le livre ouvert.

« Harry, dit-il, tu t'y prends avec les femmes comme notre père avec ses coléoptères. » Sa voix était étouffée sous le pesant volume relié cuir.

Je rougis et répondis : « Je lis, c'est tout. »

– L'important, ce n'est pas ce qu'on sait, mais ce qu'on fait.

– Tu te prends pour Casanova, peut-être. Le plus grand séducteur du monde.

– Ce sera *monsieur* Casanova pour toi, petit frère.

– Je n'ai que cinq ans de moins que toi, je te ferai remarquer. Je ne suis pas petit.

– D'accord. Mais moi, je suis grand. Énorme, même. » Il souleva le livre de ses yeux et me jeta un regard de côté. « Je rigole. »

Je contemplai l'eau. Une procession de canards descendait la rivière.

« Je ne suis pas comme toi, dis-je en me levant. Je n'ai pas de secrets.

– Et qu'est-ce que tu connais aux secrets ? » demanda-t-il, mais je me détournai pour remonter la pente. Je me souviens de ce moment avec une grande acuité parce que j'avais, pour la première fois, la sensation de détenir une information importante qui me conférait un certain ascendant sur Alex et l'obligeait à s'intéresser à moi.

À table, ce soir-là, cette sensation de connaître un secret essentiel sur Alex fut confortée. Mon père sortit une lettre de son frère aîné, Abdul, qui était aussi médecin et vivait alors à Bombay. Il lissa la lettre manuscrite sur la table et chaussa ses lunettes.

« Laissez-moi vous dire ce qu'Abdul a écrit dans cette lettre, dit-il avant de commencer à lire : "J'ai renoncé à ma clientèle privée, parce que je ne peux plus tolérer les conditions de vie des gens d'ici. Cinq à six cent mille habitants de cette ville passent la nuit sur le trottoir, emmitouflés dans des couvertures ou dans des châles. J'ai décidé de les aider." » Il s'interrompit dans sa lecture et regarda par-dessus ses verres. « Que dites-vous de ça ? » demanda-t-il. J'avais eu deux ou trois fois l'occasion de rencontrer mon oncle Abdul de passage aux États-Unis pour des congrès médicaux. Je m'en souviens comme d'un homme de grande taille, les yeux noirs, peu loquace.

« Abdul agit selon sa conscience, dit ma mère. Tant mieux pour lui. »

Mais il ne s'agissait pas d'Abdul. Mon père se renfonça dans son siège, les deux mains sur la table devant lui. « Vous vous rappelez peut-être, dit-il, les mots du grand homme de lettres américain, M. Mark Twain. Il se trouvait à Bombay en 1896 et, parcourant les rues de nuit, il déclara, je cite : "Le sol était jonché d'indigènes endormis – des centaines et des centaines. Ils gisaient de tout leur long, bien enroulés des pieds à la tête dans des couvertures. Leur attitude et leur raideur contrefaisaient la mort."

– C'est de Mark Twain ? demandai-je.

– De monsieur Mark Twain, Harry. Vous avez entendu ça ? *"Le sol était jonché d'indigènes endormis – des centaines et des centaines."* » Il se pencha en avant, frappa la table de sa main ouverte, puis tendit le bras pour m'attraper le coude. « Tu te rends compte, Harry ? Tu te rends compte ? » Il me serrait fortement le bras en le secouant. « Rien n'a changé en soixante-douze ans. Tu comprends ça ? Rien, strictement rien, n'a changé en soixante-douze ans !

– Les choses changent lentement là-bas, dit ma mère.

– Là-bas, les choses ne changent jamais, répliqua mon père. La vie y a moins de valeur. C'est évident. Qu'a apporté l'Indépendance ? Quelle importance a un individu, là-bas ? Quelle importance ont dix personnes ? Aucune.

– Quelqu'un veut du dessert ? demanda ma mère. Il y a de la glace et du chocolat chaud. »

Mon père lâcha mon bras et dévisagea ma mère. « Et d'où cette glace et ce chocolat nous viennent-ils ? Pourquoi pouvons-nous nous délecter de glace et de chocolat quand les habitants de Bombay dorment dans le caniveau ?

– Parce qu'on a un réfrigérateur ? avança Alex.

– Parce que nous avons une Constitution, répondit mon père.

– Oui, une solide constitution, dit Alex.

– C'est facile de faire de l'esprit, dit mon père. Je parle des droits de l'homme. Vous n'avez jamais eu besoin d'y réfléchir. Mais c'est trop simple de croire que cela va de soi. Tes seuls soucis dans la vie, c'est ton basket et ta petite amie.

– Ses petites amies, corrigeai-je, trop rapidement, avant d'ajouter : Il n'en a pas qu'une seule.

– Ça m'étonne que tu saches ce que c'est qu'une petite amie », répliqua brusquement Alex. Il rougit et je vis immédiatement que je l'avais mis dans l'embarras.

« L'important, reprit mon père en regardant fixement ses mains, c'est que le système a besoin d'être réformé en Inde. Le système tout entier. Je veux que vous compreniez ça, les garçons.

– Casanova, murmurai-je, mais mon père ne sembla pas entendre et continua à regarder ses mains.

– Samuel Clemens, dit ma mère en se levant de table. Je crois que c'était ça, son vrai nom. »


Quelques jours plus tard, bien après minuit, je me réveillai et trouvai Alex dans ma chambre. Parfaitement immobile, les bras croisés, il regardait par la fenêtre. C'était une nuit chaude et la fenêtre était ouverte. Je cherchai mes lunettes à tâtons et les chaussai.

« Qu'est-ce que tu fais ? murmurai-je.

– Je réfléchis.

– Ah. »

Alex sortit par la fenêtre et s'assit sur le toit pentu. Je le suivis et marchai à quatre pattes sur les bardeaux lisses et chauds. La rivière étincelait au pied de la colline. Alex sortit deux cigarettes de sa poche de jogging. Il m'en donna une ; je la pris et la gardai maladroitement sur la paume de ma main. Alex alluma les deux cigarettes et tira sur la sienne jusqu'à ce que l'extrémité rougeoie vivement. Il aspira la fumée profondément. Je laissai la cigarette se consumer dans ma main.

« Dis-moi ce que tu sais, dit-il, la bouche enfumée.

– Tu vas voir quelqu'un avec le bateau, c'est évident.

– Je vais voir une amie.

– Pourquoi faut-il que tu ailles la voir la nuit ? Elle n'a qu'à venir.

– Elle ne veut pas.

– Bizarre. » Je sentis la cendre de la cigarette tomber sur le dos de ma main.

Alex tira longuement sur la sienne. « Je ne veux pas que tu en parles à quiconque.

– Je ne le dirai à personne.

– Et arrête de me surveiller. » Alex souffla bruyamment. Un train de marchandises traversa silencieusement la plaine en contrebas, projetant un mince faisceau de lumière dans l'obscurité.

« Pourquoi tout ce mystère ?

– Pour ton propre bien, petit frère. Sincèrement.

– Vous le faites ? »

Je laissai la cigarette tomber sur le toit avec une petite explosion de cendres rouges.

« Oui, on le fait.

– J'espère que vous vous protégez. »

Alex alluma une nouvelle cigarette. « Tu as l'air bien au courant, petit frère, mais tu ne sais pas de quoi tu parles.

– La position du missionnaire. La levrette. Je connais tout ça. Le Kama-sutra a été inventé en Inde, oui ou non ?

– Mais pas par notre famille, je crois. Pas par un Maroon. »

Alex toussa et regarda le ciel. « Chaque étoile est un vœu formulé il y a un million d'années. Tu te souviens, petit frère ? C'est toi qui m'as dit ça. Tu connaissais aussi le nom de chaque constellation.

– Je les connais encore.

– Ça n'a aucune importance, en fait. Je ne crois pas.

– Ce dont je me souviens ?

– Le sexe, Harry. Te prends pas la tête avec ça. »

J'ôtai mes lunettes et essuyai les verres avec mon tee-shirt. Un vent léger soufflait autour de nous. « Je ne me prends pas la tête, répondis-je.

– Tu es différent, Harry.

– Ce qui veut dire ?

– N'essaie pas de me ressembler. Je ne te ressemble pas. »

Alex termina sa deuxième cigarette et rentra à quatre pattes. Je m'allongeai sur le toit et essayai d'imaginer la femme que mon frère allait retrouver. Peut-être venait-elle à sa rencontre en bateau sur la rivière. J'avais croisé certaines des petites amies d'Alex, mais celle-là était différente. Elle n'était libre que la nuit. Elle ne venait jamais le voir. Elle était probablement belle, cela me semblait une certitude, timide, inaccessible. Peut-être descendaient-ils la rivière en bateau pour s'éloigner des habitations et pénétrer dans la forêt dense, là-bas. C'était insensé, cette fille qu'on ne pouvait retrouver que la nuit sur une rivière et qui ne voulait pas être vue. Cela donnait une impression d'abandon, la sensation que rien d'autre n'avait d'importance. Je me surpris à imaginer une jeune Indienne aux cheveux longs et aux sourcils noirs, qui connaîtrait parfaitement les dessins du Kama-sutra.

Je restai longtemps dans le noir sur le toit. Puis je rentrai, pris une paire de lourds ciseaux de tailleur sur la table de travail du musée aux coléoptères et remontai le couloir jusqu'à la chambre d'Alex. La porte étant légèrement entrouverte, j'appliquai mon oreille à la fente, tendis l'oreille, puis poussai la porte en douceur pour me faufiler dans la chambre. Je restai parfaitement immobile un moment, à regarder Alex dans son lit. Son visage et ses bras étaient visibles sous la lumière grise de la fenêtre. J'avançai à pas de loup et m'agenouillai près du lit. Les ciseaux pesaient dans ma main. Je respirais doucement par la bouche en considérant dans la pénombre le visage de mon frère sur l'oreiller, la mâchoire ronde, le front haut et les sourcils arqués, ses cheveux noirs en corolle autour de sa tête. Dans son sommeil, Alex ressemblait à un enfant, absurdement jeune et innocent, très loin de ce qu'il était à l'état d'éveil.

J'écoutai sa respiration. J'attendis là longtemps, puis

avançai à genoux avec précaution. Quand je fus assez près, je tendis la main pour prendre, très lentement, une mèche de ses cheveux entre mes doigts, la soulever de l'oreiller et la couper avec les ciseaux. Je transpirais dans mon tee-shirt. Les cheveux semblaient effilés et secs dans ma main. Je m'éloignai du lit en douceur et regagnai la porte à pas lents. Une fois dans ma chambre, je passai l'épais carré de cheveux noirs entre mon pouce et mon index, sentis les fins filaments sur mes doigts et m'allongeai, les cheveux toujours dans la main. C'est seulement en sombrant dans le sommeil que je compris pourquoi j'étais allé dans la chambre de mon frère. Je voulais qu'il se réveille. Voilà ce que je voulais. Qu'il me trouve là, debout dans le noir près de son lit, en train de le regarder avec des ciseaux.

Quand Alex avait quinze ans, il était évident qu'il allait devenir un champion. Cette année-là, il fut capitaine de l'équipe de basket de son lycée et ils remportèrent le championnat national dans les cinq dernières secondes de jeu, grâce à un long tir d'Alex depuis le milieu du terrain. J'ai assisté à cette finale avec mon père. Nous étions assis tout en haut des gradins, parmi une foule enthousiaste. L'équipe porta Alex en triomphe autour du terrain. Lorsqu'il quitta la salle, il me semblait plus grand et plus lumineux que quiconque. Il nous fallut attendre une demi-heure pour l'approcher. D'autres parents serraient la main de mon père. En voyant Alex au milieu de cette foule, avec ses cheveux noirs, parfaitement à l'aise, je me rendis compte que mon frère était beau. L'espace d'un instant, je le vis comme un étranger, comme les autres le voyaient, apparition parfaite, et je compris alors tout ce que je ne pourrais jamais être.

Nous rentrâmes à la maison dans l'Oldsmobile et mon père revint sur tous les moments-clés du match. Alex était assis à l'avant, les pieds sur la boîte à gants et les bras derrière le siège. Il avait de grandes mains brun clair et il pianotait sur le cuir du fauteuil. À le voir rire avec mon père, je me sentis plus léger que jamais, comme libéré d'un terrible fardeau. Cet après-midi-là, je sus que je ne pourrais jamais rivaliser avec mon frère.

En arrivant à la maison après le match, nous enfilâmes des shorts et courûmes à la rivière. Dans la lumière déclinante, nous sautâmes dans l'eau trouble et brunâtre. Alex gagna le milieu de la rivière en longues brasses lentes. Je plongeai, touchai le fond avec mes mains et remontai sur le ponton. Le bois était chaud et sec et je m'allongeai sur le dos pour regarder le ciel qui s'assombrissait. Je fermai les yeux un instant et imaginai que mon frère se noyait. Je visualisai ce qu'il me faudrait faire pour le sauver : mon plongeon depuis le ponton, le nombre de brasses pour atteindre le milieu de la rivière, la façon dont je l'enlacerais par-derrière au niveau du torse pour lui maintenir la tête hors de l'eau. Je fis tous ces gestes en pensée, imaginai que je le ramenais vers la berge à contre-courant, que je le tirais sur l'herbe par les bras et que je dégageais sa bouche avec mon doigt, comme j'avais appris à le faire en cours de natation. Si nécessaire, je lui pincerais le nez, lui renverserais la tête en arrière pour lui faire du bouche-à-bouche. Dans mon enfance, j'imaginais parfois que j'étais le seul rempart qui séparait Alex de la catastrophe. Lorsque j'étais seul, je me repassais dans la tête des scénarios d'accidents, réconforté de penser à mon frère comme à une série de gestes répétés, planifiés et chorégraphiés par avance.

Je me levai et me tins en équilibre au bout du ponton. Devant moi, dans le crépuscule, l'eau semblait aussi solide et lisse que du verre. Alex nageait dans ma direction. J'écoutais sa respiration et le léger éclaboussement de sa nage.

Alex s'approcha et dit : « À voir comme tu me regardes, on dirait un secouriste, petit frère. Prêt à intervenir.

– Je regarde, c'est tout.

– Mais j'aime bien cette idée. D'avoir un secouriste particulier. Tu plongerais pour me sauver, Harry ?

– Tu nages mieux que moi. Tu n'as pas besoin qu'on te sauve. »

Alex se hissa sur le ponton et souffla de l'eau par le nez. Il s'assit au bord et m'attrapa une cheville.

« Si tu voulais que j'arrête le basket, je le ferais, tu sais.

– Qu'est-ce que ça veut dire ?

– Les gens en font tout un plat, mais ça n'a pas vraiment d'importance pour moi. En fait, je n'y *crois* vraiment pas, tu vois. Je ne pense pas que ça me rende différent de toi.

– Mais je n'ai pas envie que tu arrêtes.

– Je sais. Mais tu pourrais, c'est ce que je veux dire.

– Ce n'est pas la peine d'avoir pitié de moi. Je vais bien.

– Je sais. Je veux juste dire qu'il est plus important d'être frères que de savoir marquer un panier.

– Tu me fais mal à la cheville.

– Tu es intelligent, Harry. Je le sais. Tout ce que je dis, c'est qu'il ne faut pas que tu croies une seconde que le basket est plus important que d'avoir un cerveau. Je ne pense pas que ce soit le cas.

– Quand on est doué pour un truc, il faut le faire. Tu n'as pas besoin de t'excuser.

– J'arrêterai, si tu veux. »

Alex me tenait la cheville tout en me souriant. J'essayai de soulever ma jambe, mais elle était prisonnière de l'étreinte de mon frère. Je restai là, cloué au bout du ponton, incapable de me dégager avant que mon frère décide de me libérer. J'ai parfois l'impression, encore aujourd'hui, qu'il ne m'a jamais lâché.

Le jour suivant, au lendemain de la finale nationale de basket, un journaliste et un photographe du journal local vinrent à la maison pour interviewer Alex. Ils le photographièrent devant ses trophées sur la cheminée, puis le firent asseoir dans le salon pour lui poser des questions. Je restai un moment à regarder, après quoi mon père me tapa sur l'épaule et m'emmena dans son bureau. Il se dirigea vers la bibliothèque et en sortit un original de l'autobiographie de Darwin, écrite en 1876. Darwin, me dit-il, avait failli ne pas embarquer pour sa célèbre traversée sur le *Beagle*, ce voyage qui devait finalement donner naissance à sa théorie sur la sélection naturelle, sous prétexte que Fitzroy, le capitaine, n'aimait pas la forme de son nez. Il s'enfonça dans son fauteuil de bureau et me lut un passage du livre.

> Par la suite, devenant intime avec Fitzroy, j'appris que j'étais passé bien près d'être refusé à cause de la forme de mon nez ! Ce fervent disciple de Lavater était convaincu de pouvoir juger du caractère d'un homme d'après le dessin de ses traits ; et il doutait qu'une personne avec un nez tel que le mien puisse posséder assez d'énergie et de détermination pour cette traversée. Mais je crois qu'il fut ensuite fort satisfait que mon nez l'ait trompé.

Mon père referma le livre et se renfonça dans son fauteuil. « Une chose aussi superficielle qu'un nez aurait pu nous priver d'une des plus grandes découvertes scientifiques de tous les temps, me dit-il. Une telle absurdité est confondante. » Il resta silencieux un moment. Je me tenais debout, appuyé contre le bureau. Pour finir, mon père s'avança dans son siège et déclara posément : « Toi et moi, chef, nous avons des nez de ce genre-là. Ils ne sont peut-être pas beaux. On ne les remarque peut-être pas dans la foule. Mais, crois-moi, ils ne nous empêcheront pas d'arriver à nos fins. » Je comprends aujourd'hui qu'il essayait de me réconforter, d'être gentil. Mais à l'époque, ce discours eut pour seul effet de renforcer mon sentiment de médiocrité. Dans mon esprit, cela confirmait que je n'avais aucun don, qu'il me fallait avoir des ambitions plus modestes, que j'étais très quelconque. Je ne possédais aucune des dispositions de mon frère et je ne serais jamais distingué comme lui l'était. Je n'étais pas séduisant. Mon talent résidait dans ma capacité à comprendre les choses à force d'étude. Si j'examinais des faits d'assez près, avec une minutie suffisante et un minimum d'application, je parvenais invariablement à les déchiffrer.

Cet été-là, j'allais dans la chambre de mon frère quand il était sorti. Je faisais le tour de la pièce et inventoriais ses maigres possessions : des piles bien nettes de chaussures pour le basket, le foot, le cyclisme et le tennis ; des battes, des raquettes et des gants ; des rangées de *National Geographic* et de *Time* ; une lampe à bulles violette ; des piles de 45 tours de la Motown et d'albums de rock ; plusieurs paquets de préservatifs glissés dans une chaussette et cachés au fond de son tiroir à sous-vêtements. Je comptais régulièrement les préservatifs avant de les remettre soigneusement là où je les avais trouvés. Le couvre-lit d'Alex avait servi à mon père pendant son enfance à Delhi et il me semblait que ce lourd morceau de tissu portait le poids du passé indien de la famille. Je me couchais sur le lit et imaginais que j'étais mon frère.

Un après-midi, j'étais allongé sur son lit à écouter ses disques des Rolling Stones quand il est rentré du cyclisme plus tôt que d'habitude.

« Qu'est-ce que tu fous là, petit frère ? dit-il en baissant le volume du tourne-disque mono. C'est ma chambre.

— Libère-toi des chaînes du matérialisme », répondis-je en feignant de fermer les yeux. Alex s'assit par terre, enleva ses chaussures et sa chemise et commença à faire des abdominaux.

Au bout de quelques minutes, il déclara : « Il se passe quelque chose entre Ishfaq et Shabana.

— Oui.

— C'est super, continua-t-il en expirant bruyamment à chaque mouvement. Il faut qu'ils règlent ça. Et que nous restions en dehors.

— Qu'ils se débrouillent tout seuls.

— Tu as tout compris.

— Ishfaq refuse de changer, hein ?

— C'est lui qui a voulu venir dans ce pays. Il devrait en comprendre les conséquences.

— C'est-à-dire ?

— Qu'il faut vivre et laisser vivre. Épanouir son potentiel

ou quelque chose comme ça. Saisir les occasions ou passer son tour. Tout le monde a droit à sa chance. Shabana n'a pas la partie belle, tu sais. Elle ne peut pas obtenir de carte de crédit sans la signature d'Ishfaq. Et elle ne travaille pas, non plus. C'est encore très traditionnel. »

Je me redressai sur le lit et dis : « Il y a cinq capotes dans ton tiroir aujourd'hui. Ça fait trois de moins que la semaine dernière. »

Alex continuait ses exercices au sol. « Tu devrais être comptable, Harry, ou trésorier, répondit-il en haletant. J'admire ton sens du détail.

– Il faut bien que quelqu'un veille. »

Alex arrêta ses abdominaux et se laissa retomber sur le dos, les mains sous la tête. « Ça n'a rien à voir avec toi, Harry.

– Ce ne sont que des capotes. Et je les ai seulement comptées.

– Nos parents, Harry. Le problème ne vient pas de toi. C'est entre eux. Il faut que nous les laissions régler ça.

– Ils n'y arriveront peut-être pas.

– C'est possible. » Je me levai du lit, pris les mains d'Alex dans les miennes et l'aidai à se relever. « Je ne voulais pas te faire de la peine », dit Alex, alors que je me retournai pour sortir de la pièce. Des larmes coulaient sur mes joues, des larmes auxquelles je ne m'attendais pas et que j'étais incapable d'arrêter, qui tombaient comme une pluie d'été d'un ciel sans nuages.

En juillet, mon père reçut un colis de coléoptères d'Afrique. Ils lui étaient envoyés par M. Roland Hadjeebhoy, un exportateur de café qui résidait au Kenya. Mon père avait été mis en contact avec lui par des parents éloignés, dont certains vivaient désormais en Afrique orientale, et il correspondait avec lui depuis des années. Roland Hadjeebhoy affirmait être en mesure de se procurer des coléoptères de tout le continent grâce à un vaste réseau d'indigènes rémunérés à la commission, et tous les ans il envoyait de nouveaux spécimens à mon père pour sa collection.

C'était pour mon père un événement très excitant et je suis certain qu'il considérait les nouveaux spécimens comme une occasion qui devait réunir la famille. Il refusa d'ouvrir le paquet avant de pouvoir le faire en présence de Peter Tappero et il le laissa trôner sur la table de la salle à manger pendant une semaine. Peter et Gretchen vinrent déjeuner par une chaude journée de dimanche. Nous mangeâmes dehors, sous le pin sylvestre à l'arrière de la maison. Après le repas, j'allai chercher le colis à l'intérieur et le posai avec précaution devant mon père. Celui-ci frappa dans ses mains, se leva pour disposer d'un meilleur angle d'attaque et entreprit de découper le carton à l'aide d'un couteau à fruits.

« Des immigrés clandestins africains, dit ma mère.

– Dans la mesure où ils ne sont pas vivants, je ne suis pas vraiment certain qu'on puisse les qualifier d'immigrés, répondit mon père en maniant le couteau comme une scie.

– Pas à strictement parler, je suppose. Pas comme nous. C'est nous qui sommes les vrais immigrés, reprit ma mère.

– Nous sommes tous des immigrés, pas vrai ? dit Gretchen. Ça dépend seulement jusqu'où on remonte. La famille de Peter était sicilienne.

– Justement, dit mon père. Nous sommes là depuis quatorze ans, Shabana. Un jour viendra où tu ne seras plus une immigrée. Regarde Harry. Il est cent pour cent américain. Pas vrai, chef ?

– Oui, chef, répondis-je.

– Quelle tristesse, dit Gretchen.

– Quoi ? demanda ma mère.

– D'être là à regarder ces pauvres bestioles mortes. »

Mon père tenait le couteau levé dans sa main. « Rappelle-toi qu'ils n'ont pas de cerveau, dit-il. Ils ne peuvent pas ressentir de tristesse. Et puis ils sont morts.

– Mais nous, on peut être tristes pour eux, répondit

Gretchen. Peter m'a déjà entendue le dire, mais je ne vois vraiment pas l'intérêt de les collectionner.

– Ils représentent une banque de données sur les espèces. Sans ça, on ne peut rien y comprendre.

– Mais il y a tellement de choses importantes à faire, dit ma mère. Bon sang, il y a des émeutes dans ce pays. Le Vietnam est un épouvantable gâchis. Et nous, on est là à scruter ces insectes considérés comme un fléau domestique quand j'étais jeune. C'est absurde.

– C'est une science, dit mon père en se concentrant sur la boîte devant lui. Et je suis désolé, mais ce n'est pas absurde. Les coléoptères possèdent mille particularités intéressantes, dont chacune nous apprend quelque chose d'important sur la vie.

– Et pendant ce temps-là, le pays est à feu et à sang autour de nous, dit ma mère.

– Révolution ! » s'écria Alex en frappant de la fourchette sur la table.

Mon père ouvrit la boîte et tira du dessus des bouchons de papier journal et de coton. À l'intérieur se trouvaient deux gros scarabées, fixés sur une planche. Il posa la planche au milieu de la table et la contempla, les mains dans le dos.

« Deux goliaths d'Afrique, si je ne m'abuse, dit-il.

– Des suceurs de sève, renchérit Peter. De magnifiques spécimens.

– Extraordinaires. Ils sont énormes. Fabuleux. »

Chaque scarabée était grand comme ma main. Ils avaient un thorax strié de blanc et de noir, des élytres lisses et tachetés, un corps et des pattes arrière poilus et de petites pièces buccales pointues. Leurs pattes étaient longues et noires, avec des extrémités crochues effilées.

« Vous savez que les coléoptères ont longtemps servi d'objets décoratifs, expliqua mon père. En Inde et au Sri Lanka, par exemple, les élégantes prenaient des spécimens vert iridescent de l'espèce *Chrysochroa ocellata* comme animaux familiers. Elles en portaient lors des fêtes, épinglés sur leurs vêtements. Et chez elles, elles en prenaient grand soin, vous savez. Elles les baignaient, elles les nourrissaient et les gardaient en cage. On ne les trouvait pas répugnants.

– Je ne porterais pas de coléoptère pour tout l'or du monde, dit Alex. Et toi, Harry ?

– Il faudrait que j'y réfléchisse.

– Oui, mais est-ce que tu le ferais, en vrai ? Tu peux y réfléchir autant que tu veux, mais ça m'étonnerait, dit Alex.

– Si, peut-être. »

Ma mère empilait les assiettes. « Ridicule », murmurat-elle dans sa barbe.

« Attends, je t'aide à débarrasser », dit Gretchen. Elle se leva et commença à rassembler les assiettes. Elle avait ôté ses sandales et se trouvait donc pieds nus. Elle tourna autour de la table pour prendre nos assiettes. Les scarabées semblaient extraterrestres et grotesques sur la nappe blanche et de petits insectes volants formaient un nuage audessus d'eux. Gretchen marchait précautionneusement sur les aiguilles de pin brunes et piquantes qui tapissaient le sol sous l'arbre et, quand elle arriva de notre côté de la table, elle posa les assiettes, prit un des scarabées et le porta à son cou.

« Je crois qu'ils pourraient être très seyants. Ils sont vraiment impressionnants. Très primitifs. » Elle allait et venait devant la table en tenant le gros scarabée devant elle.

« Je suis d'accord, dit mon père. Prends le scarabée en Égypte ancienne. Cette bestiole était pratiquement un dieu. »

Gretchen leva le gros insecte noir. « Et ça ferait un chapeau très pratique », dit-elle en éclatant de rire. Elle fit quelques tours sur elle-même en soulevant et en baissant alternativement le scarabée au-dessus de sa tête. Elle avait pris du vin pendant le déjeuner et je compris tout à coup qu'elle était ivre. Elle chancelait légèrement. Elle salua avec exagération et, perdant l'équilibre, s'affaissa sur le côté.

« Bon sang », dit Peter en se levant d'un bond.

Gretchen riait par terre. Elle roula sur le dos, le scarabée dans sa main ouverte. Mon père le lui prit et l'emporta délicatement à deux mains pour le reposer avec soin sur la table.

« La chaleur, certainement, dit mon père. Aide-la à se relever, Harry. »

Gretchen se redressa sur ses coudes. « Je suis désolée, dit-elle en secouant la tête. J'ai perdu l'équilibre un instant.

– Il n'y a pas de raison de s'inquiéter, dit mon père. Harry va t'emmener à l'intérieur un moment. À l'abri du soleil. » Je voyais qu'il était furieux. Il ne bougeait pas d'un pouce, les deux mains agrippées au bord de la table.

« Tu es sûre que ça va ? demanda Peter.

– Oui.

– Va te passer de l'eau sur le visage, dit ma mère, tu te sentiras mieux.

– Je vais très bien. »

Je l'aidai à se relever et Peter fit le tour de la table pour enlever les aiguilles de pin sèches dans le dos de sa robe. Elle ramena ses cheveux en arrière et lui sourit. Je la conduisis sur la pelouse jusqu'à la maison. Le gazon était parsemé de pâquerettes d'un jaune éclatant sous le soleil. Des abeilles volaient dans les fleurs et autour de nos chevilles. Elle marchait dans l'herbe avec précaution, en levant bien haut ses pieds nus, appuyée sur mon bras. À mi-chemin de la maison, elle éclata à nouveau de rire, sans raison.

Il faisait sombre et frais à l'intérieur et je conduisis Gretchen à la cuisine. Je lui servis un verre d'eau, qu'elle but d'un seul trait.

« Je me sens très bien », dit-elle. J'étais adossé à l'évier. Gretchen semblait dangereuse, d'une insouciance qui, imaginais-je, la rendait indépendante et imprévisible. Je voulais l'impressionner.

« Cela vous ferait peut-être plaisir de voir les buprestes de mon père, dis-je.

– Encore des coléoptères ? répondit-elle en riant.

– Ils sont mieux que ceux de dehors. Très jolis. Ça vaut la peine d'être vu. »

Je la conduisis à l'étage dans le musée aux coléoptères pour lui montrer, dans les boîtes-vitrines, les insectes colorés de la famille des Buprestides. Je récitai certains de leurs noms : le *Sternocera aurosignata* d'Asie du Sud-Est, d'un vert éclatant ; le *Demochroa gratiosa* de Malaisie, strié de jaune ; le *Chalcophora japonica oshimana* du Japon, rayé de vert et d'or. Gretchen hochait la tête, attentive, et je voyais qu'elle vacillait légèrement lorsqu'elle ne bougeait pas. Elle sentait très fort le vin.

Je l'emmenai dans le bureau de mon père et sortis deux des nomenclatures de la bibliothèque. Puis je m'assis à la table en lui expliquant que j'allais trouver les noms des deux nouveaux scarabées africains. Debout, Gretchen regardait par la fenêtre. Elle resta silencieuse un moment et dit : « Tu sais, naturellement, que ta mère est une femme très intelligente.

– Oui.

– Elle pourrait faire tout ce qu'elle veut. Médecin ou avocate, peut-être. Certainement un métier de haut niveau.

– Je sais.

– C'est comme ça pour beaucoup de femmes. Et malgré cela, il faut qu'elles continuent comme avant. »

Je tournais les pages du manuel en feignant de me concentrer.

« Je crois que tu comprends, Harry. Que les choses sont en train de changer. La prochaine génération sera différente. C'est à toi de donner la permission à ta mère.

– La permission de quoi ? demandai-je, les yeux toujours baissés sur le livre devant moi.

– La permission d'être elle-même. De suivre sa propre voie. De se découvrir.

– Je vois ce que tu veux dire.

– "L'homme est né libre et partout il est dans les fers." »

Elle s'approcha du bureau, se pencha et me donna un baiser sur la joue. Ses lèvres étaient chaudes. « J'ai trop bu », me glissa-t-elle comme en confidence avant de quitter la pièce.

Je regardai par la fenêtre. Mon père et Peter Tappero, debout à la table sous le pin, étaient penchés sur les scarabées. Alex était couché dans l'herbe, à l'ombre de l'arbre. Ma mère avait descendu la colline et contemplait la rivière. Et tandis que je la regardais, au bord de l'eau mouvante, elle me sembla profondément étrangère à ce jardin, à la collection de coléoptères et à cette chaude après-midi. L'espace d'un instant, je compris ce que j'avais souvent vu sans y prendre garde : elle ne voulait absolument pas être là.

Le bureau était lisse sous le bout de mes doigts et les pages des livres sèches et couvertes de fins caractères. Quelque chose d'indéfinissable me semblait différent et déconcertant dans ma vie. Je regardai dehors le soleil éclatant et vis Gretchen rejoindre ma mère au bord de la rivière. Elles y discutaient encore lorsque je conclus que les nouveaux scarabées étaient des *Goliathus goliathus* et *Goliathus meleagris*, baptisés en référence au géant vaincu par David dans l'Ancien Testament et qu'on voit souvent se nourrir de la sève qui suinte des plaies de certains arbres à feuilles.

En 1968, le monde semblait en pleine décomposition. Ce fut l'année de l'offensive du Têt et de la rupture des négociations de Paris en vue de la paix au Vietnam. L'année de l'assassinat du révérend Martin Luther King, suivi d'émeutes dans une centaine de villes. L'année où Robert Kennedy fut abattu quelques instant après avoir annoncé sa victoire lors des primaires démocrates en Californie. Nous assistions tous les jours à la guerre du Vietnam à la télé. En mai, nous vîmes la marche pacifiste de Chicago dispersée par des policiers armés de matraques face à des civils.

Ma mère se mit à écouter les journaux du BBC World Service, matin et soir, assise à la table de la cuisine avec un calepin. Elle prenait des notes lors de chaque émission et rédigeait de longues listes numérotées à l'encre violette avec son stylo plume. Des notes qu'elle conservait dans un tiroir de la cuisine. « L'information, nous disait-elle, est un pouvoir. Si on ne comprend pas ce qui se passe, on ne peut rien faire. » Elle regardait Walter Cronkite à la télé, les yeux rivés sur les images tremblantes en noir et blanc, secouait la tête avec des claquements de langue. Elle acheta deux cartes, une des États-Unis et une du Vietnam, du Cambodge et du Laos. Elle les accrocha au mur de la cuisine pour pouvoir suivre les reportages sur la guerre et sur les troubles intérieurs. Mon père passait en coup de vent et partait au travail. Quand la radio était allumée, il demandait à ma mère de noter les scores du cricket en Angleterre.

En bas de la pelouse se trouvait un grand figuier planté dans les années 1850 par les premiers habitants de la maison et ma mère en avait revendiqué la propriété. L'arbre, au bord de la rivière, jetait de gros et lourds rameaux au-dessus de l'eau. En été, il était chargé de figues et, soir et matin, peuplé de centaines d'oiseaux qui se disputaient les fruits mûrs.

Quand j'étais petit, ma mère commença à l'escalader pour s'asseoir dedans. Les amples branchages formaient une arche au-dessus de la rivière et fournissaient quelques coins plats où s'installer en toute sécurité ; à cinq ou six mètres de hauteur, il y avait un endroit où les branches formaient une sorte de siège naturel. Tout en haut, au milieu des feuilles, ma mère pouvait s'asseoir et rester invisible. Elle passait des heures dans cet arbre, suspendue au-dessus de l'eau, à contempler les cultures de l'autre côté de la rivière. Mon père finit par construire un escalier de planches sur le tronc et les branches pour en faciliter l'escalade. L'été, ma mère y disparaissait dans l'après-midi, et elle y grimpait parfois le soir pour s'asseoir sur les branches oscillantes, dans les feuilles vertes vernissées et l'odeur fruitée des figues poisseuses. Lorsque j'avais douze ans, je lui ai demandé ce qu'elle regardait quand elle était dans l'arbre et elle m'a répondu qu'elle voyait la mer d'Arabie. «Je regarde la mer d'Arabie, disait-elle, les bateaux, les poissons et les gens qui vivent là-bas.» Elle me dit qu'elle pensait à son pays et que, de cet arbre, il était possible de le voir, de le voir tout entier. Je l'avais crue, inconditionnellement, et j'étais moi-même monté dans l'arbre pour m'asseoir au même endroit. Sur ces branches qui se balançaient doucement, lisses et grises sous mes doigts, je ne vis bien sûr que la rivière, ses abords maréca-geux et les silos argentés au loin. Mais je compris alors l'importance que peuvent revêtir les choses invisibles.

Cet été-là, je trouvais ma mère plus souvent assise dans l'arbre. Le jour de l'assassinat de Robert Kennedy, elle y passa la moitié de la nuit. Je comprends aujourd'hui qu'elle ne nous fuyait pas, mais qu'elle changeait de pers-pectives, qu'elle réfléchissait. Le monde devait ressembler à un violent maelström. Mais quand j'avais quatorze ans, ce figuier me terrifiait et j'imaginais qu'un jour ma mère ne redescendrait tout simplement pas, qu'elle préférerait rester loin de nous.

À la fin du mois d'août, la convention nationale du parti démocrate eut lieu à Chicago et nous vîmes à la télé les rassemblements pacifistes de Grant Park et Lincoln Park, puis les batailles rangées entre manifestants et soldats de la garde nationale. J'avais l'impression d'assister à un fait de guerre dans un tout autre pays. Nous sentions comme une épée de Damoclès au-dessus de nos têtes. «Tout ce que veulent ces gens, disait ma mère, c'est donner leur opinion sur cette guerre de manière pacifique. C'est scan-daleux. Est-ce que ces politiques veulent faire comme s'il ne se passait rien là-bas? Comme s'il n'y avait pas de morts?» Hubert Humphrey fut désigné comme candidat démocrate à la présidence et, au dernier jour de la conven-tion, l'article sur la paix qu'on proposait d'intégrer au programme du parti fut rejeté. Ma mère était hors d'elle. Mon père lui disait que les choses allaient se calmer, qu'elle avait tort de s'énerver, ce qui la conduisit, au soir du 28 août, à courir jusqu'à la rivière pour y jeter sa carte de résidente, seul symbole de l'Amérique qu'elle possédât.

Mon père sortit de la maison avec une lampe-torche. On voyait encore la carte flotter sur l'eau à quelques mètres du ponton et Alex alla la récupérer à la nage. « Il ne faut pas qu'elle perde ça, dit mon père. Ce serait très fâcheux. Vraiment très fâcheux. Elle sera revenue à la raison demain matin. »

Je pris la carte, l'essuyai sur mon short et grimpai dans le figuier. Le bois était lisse, frais, et sentait le fruit pourri. Ma mère, assise sur une fourche, regardait par-delà la rivière.

« On a retrouvé ta carte, dis-je.

– Merci, Harry.

– Tu es en colère à cause de la guerre.

– Nous devrions tous être en colère. C'est ridicule.

– Libère-toi du joug des conventions », répondis-je.

Ma mère resta un instant silencieuse. « Où tu as entendu ça ? demanda-t-elle.

– Je ne sais plus.

– Tu as raison », dit-elle en me posant une main sur l'épaule.


Après la convention démocrate, plus rien ne sembla comme avant. Le lendemain, en rentrant à la maison en fin d'après-midi, après mon cours de natation, je trouvai Alex, Gretchen et ma mère installés dans le salon à écouter de la musique en fumant un joint. Gretchen était assise par terre en tailleur avec Alex. Ma mère était dans le canapé, vêtue d'un sari vert vif. Gretchen avait allumé plusieurs bâtons d'encens, qu'elle avait mis dans des verres sur la table basse. De minces filets de fumée bleue montaient vers le plafond. Je m'assis sur le canapé à côté de ma mère et vis Alex tirer longuement sur le joint avant de le passer à Gretchen.

« On essaye un nouveau truc, me dit ma mère.

— On élève notre niveau de conscience, ajouta Alex dans une bouffée de fumée.

— Super », répondis-je.

Le volume de la stéréo était très élevé. Gretchen avait apporté l'album *Magical Mystery Tour* des Beatles et *All You Need Is Love* était en train de passer. Gretchen tendit le joint à ma mère, qui le tint comme une cigarette entre son majeur et son index pour prendre trois petites bouffées. « Très intéressant, dit-elle, avant de se pencher vers moi pour me murmurer : Pas pour toi, Harry. Tu es trop jeune. Peut-être quand tu seras plus grand. » J'avais naturellement déjà vu des gens fumer des joints à l'école, ça arrivait souvent, et je savais ce qu'ils faisaient. Je rendis consciencieusement le joint à Alex, qui frappait ses genoux au rythme de la musique.

« Ils sont anglais, tu sais, me dit ma mère.

— Les Beatles, expliqua Gretchen. Peter collectionne les insectes. Moi, je collectionne les 33 tours.

— C'est très novateur, très affranchi, dit ma mère. Mozart donnait peut-être la même impression au XVIIIe.

— Génial, dit Alex en tirant encore longuement sur le joint.

— Les choses sont tellement différentes pour les jeunes d'aujourd'hui, dit ma mère. Vous savez que je n'avais jamais rencontré votre père avant notre mariage ? Nos parents avaient décidé que nous allions bien ensemble. Ils ont arrangé le mariage. Ça semble tellement bizarre, non ? On dirait un truc moyenâgeux.

— Je sais, dis-je.

— Nous sommes le produit de notre passé, dit Gretchen, mais les artisans de notre avenir. » Elle prit une bouffée et tendit le joint à ma mère, qui tira dessus et me glissa : « Il faut que je mette le dîner en route. » Je passai le joint à Alex, qui se leva pour replacer la pointe de lecture sur la

305

première chanson de la face deux. C'était John Lennon, qui chantait *I Am the Walrus.*

« Les paroles sont intéressantes, remarqua ma mère après quelques instants. Et mises en valeur par l'utilisation de rythmes primitifs.

– C'est une sorte de montage musical, expliqua Gretchen. Ils ont superposé plusieurs vers du *Roi Lear* de Shakespeare sur la fin du morceau. Acte quatre, scène six, je crois. Et ils font jouer un orchestre au complet. N'est-ce pas une merveilleuse association du classique et du moderne ? »

Ma mère sourit. Alex se rassit par terre en riant. « Naturellement, il ne s'agit pas vraiment d'un morse, dit-il, et il ne peut pas réellement s'asseoir sur un pétale de maïs. Les paroles ne sont pas à prendre au pied de la lettre.

– Et que peut bien être un *"eggman"* ? se demanda ma mère en se levant. Quelqu'un qui livre des œufs, j'imagine. Ça aussi, c'est tout à fait fascinant. »

La chanson se termina et Gretchen se leva pour retourner le disque. Ma mère alla dans la cuisine et je montai à l'étage. Sur le palier, il faisait sombre et frais et j'entrai dans la chambre de mes parents. Tout ce qui les concernait semblait inébranlable quand j'étais dans leur chambre. Le lit était large et son cadre en chêne. Je remarquai les objets posés sur la commode de mon père et je m'en souviens encore : des piles de pièces de monnaie et de billets de banque ; un otoscope de poche ; une pelote d'élastiques ; un fixe-cravate doré en forme de serpent ; un coupe-ongles argenté dont la lime à ongles était déployée ; un petit tas de bouts d'ongles ; une boîte de Metamucil en plastique bleu ; une petite paire de ciseaux et un long peigne noir à fines dents de plastique ; un paquet de Coton-Tige (non entamé) et un autre de coussinets antidurillons (entamé) ; un chausse-pied en ivoire de couleur crème. En voyant ces objets, disposés avec soin, je me vis moi-même avec une plus grande netteté et me sentis plus proche de mon père.

Je m'allongeai sur le lit et fixai le plafond. L'oreiller sentait vaguement la brillantine et l'après-rasage. Un réveil de voyage tictaquait sur la table de chevet. La rumeur lointaine de la musique montait du rez-de-chaussée. Je me sentais somnolent et roulai sur le côté, le dos tourné à la porte.

Mon père s'assit sur un tabouret bas de l'autre côté du lit en me regardant. Il portait son costume de travail rayé. « Je suis rentré tôt, dit-il. Je me cache. »

Couché sur le lit, je le regardais. « On écoute les Beatles en bas. »

Mon père hocha la tête et se leva. Les mains dans le dos, il regarda par la fenêtre. « Il faut bien que quelqu'un opère les vésicules de ce monde, Harry. » Il marqua une pause de quelques secondes avant de me demander : « Tu m'en veux ?

– Seulement si, toi, tu m'en veux.

– J'essaye de faire quelque chose d'utile. De ne pas faire de mal. Voilà la règle que je me suis efforcé de suivre. » Il ouvrit la fenêtre, sortit la tête et prit une profonde inspiration.

« C'est une belle profession de foi », dis-je.

Mon père sourit. « Il est important de se confronter à des choses nouvelles. Je suis content que tu le fasses. Je ne me suis jamais fait de souci pour toi, mon garçon. Tu comprends les méthodes scientifiques. Tu as tout à fait la tête sur les épaules. » Il se détourna de la fenêtre, retira sa cravate et défit le bouton du haut de sa chemise.

« Ils fument une substance illicite. »

Mon père s'approcha du placard, en ouvrit la porte et pendit soigneusement sa cravate sur le porte-cravates. « Je ne suis pas borné, dit-il. Les choses ont l'air de changer, je sais. Mais rien ne change vraiment, mon garçon. Les choses essentielles restent les mêmes, ajouta-t-il en ôtant sa veste pour la pendre sur un cintre. La vésicule, par exemple, sera toujours dans le cadran supérieur droit de l'abdomen. Il y aura toujours un canal hépatique commun. Il y aura toujours des calculs à enlever. » Il retira ses boutons de manchettes et les laissa tomber sur la commode.

« Comme la sélection naturelle, dis-je en m'asseyant au bord du lit.

– C'est fondamental. » Il s'assit sur une chaise, dénoua ses lacets et enleva ses chaussures.

« La première loi de la thermodynamique.

– Irréfutable.

– Gretchen pense que le mariage est un joug visant à dominer les femmes.

– Naturellement, un grand nombre de règles sont arbitraires. Naturellement. Mais c'est ce qui nous tient unis. Mon mariage avec Shabana était un mariage arrangé, c'est vrai. Nos parents ont décidé pour nous. Mais nous nous sommes fiés à leur jugement. Nous y avons cru. Tout est une question de conviction. Tu comprends, chef ? »

Mon père se tenait devant moi, en chaussettes. « Je comprends.

– Si on supprime toutes les règles, il ne reste plus rien. C'est comme ce pantalon, dit-il en défaisant sa ceinture pour la retirer. Si on lève l'ancre, plus rien ne tient la société. » Le pantalon tomba à ses chevilles. « Et alors, chef, que nous reste-t-il ? Quel est le résultat ?

– Des sous-vêtements. »

Mon père pouffa. « L'anarchie. Le chaos. Des jambes nues, pleines de poils. Des grands singes, voilà. Des primates qui se disputent dans les arbres. »

Il enfila son pantalon décontracté et une paire de sandales, puis se dirigea vers une photographie au mur et tapota le verre des ongles. C'était une photo de lui-même, en écharpe et veste blanche, prise à Oxford dans les années trente. Il se tenait devant la Radcliffe Infirmary. « Regarde ce sourire. Le sourire insolent d'un jeune homme persuadé que tout ce qu'il avait besoin de savoir sur le monde se trouvait au British Museum. » Cet instant figé était baigné d'une sorte d'optimisme et de certitude juvéniles. Je me surpris à désirer être moi-même sur cette photo, emmitouflé contre le froid par cette journée en Angleterre, tant d'années auparavant, armé de convictions bien enracinées, immuables.

« La guerre du Vietnam est un acte immoral auquel il faudrait mettre un terme », déclara ma mère deux jours plus tard au déjeuner. C'était le dimanche suivant la convention démocrate et nous mangions des *idlis sambaar* sous le pin. Des guêpes aux pattes noires quittaient les fleurs pour venir planer au-dessus des assiettes. Il faisait grand vent et des aiguilles de pin tombaient sur la nappe.

« Au contraire, dit mon père. Si Alex voulait s'engager, je ne m'y opposerais pas.

– Quelle idée ! C'est vraiment n'importe quoi, dit ma mère. Ce dont Alex a besoin, c'est de faire des études.

– Il faut que je me pose la question de m'enrôler, dit Alex sans lever les yeux de son assiette.

– Comment ça ? En fonction de quoi ? dit ma mère.

– Le problème, c'est de savoir si j'y crois.

– Justement, dit ma mère. Il n'y a rien à croire. Le Vietnam est un scandale.

– Il faudrait que tu gardes la tête froide à l'armée », dit mon père à Alex en mâchant énergiquement avec de grands gestes du couteau et de la fourchette. Sa montre en or allait et venait sur son bras lorsqu'il tendait la main vers les plats.

« Oublie ça, dit ma mère. L'armée n'est pas faite pour les gens sensés. » Ses ongles heurtaient les plats avec un petit bruit. Elle pointait sa fourchette vers Alex tout en parlant.

« Qu'est-ce que ça veut dire ? dit mon père.

– Exactement ce que ça dit. On ne peut pas penser par soi-même à l'armée. Si on te dit de faire quelque chose, tu es obligé de le faire. Que tu croies ou non que c'est bien.

– Mais c'est précisément le but de l'armée, Shabana. On donnera des ordres à Alex, à charge pour lui de les exécuter. Sinon ce n'est pas l'armée. Tout cela est basé sur la discipline.

– N'importe quoi. C'est basé sur la bêtise aveugle, Ishfaq. Si l'armée te disait de faire un truc où tu risquerais de te faire tuer, moi, je te conseillerais de ne pas le faire. Tu servirais bien mieux ton pays en restant en vie. Et tu servirais bien mieux ta mère aussi, mon chéri. » Elle sourit à Alex en lui tapotant l'épaule de sa fourchette.

« Mais il faudrait qu'il obéisse aux ordres à l'armée, Shabana. Sinon, il passerait pour un lâche. Ce serait de la trahison, ma chère. De la trahison pure et simple. Ils pourraient le faire passer en conseil de guerre pour ça. Cela salirait la réputation de la famille. Il serait déshonoré. Non. Ce serait important d'exécuter les ordres, Alex, et passe-moi l'eau.

– Et qu'est-ce que tu y connais aux ordres, Ishfaq ? Quels ordres as-tu jamais suivis ? Tu as agi à ta guise, tu le sais parfaitement, et maintenant tu lui fais un discours sur les ordres. Tu as quitté ton pays à cause des conflits provoqués par la partition. Et maintenant, tu lui expliques qu'il y aurait du mérite à participer au Vietnam. C'est absurde.

– En Inde, ce que j'avais sous les yeux, c'était l'anarchie, Shabana. La disparition de la légalité. L'absence de principes démocratiques. Ici, l'armée soutient ces principes. Cela fait une différence. Ils combattent le péril rouge. Passe-moi le chutney. S'il te plaît.

– Le péril rouge ! Qu'est-ce que c'est que ça, le péril rouge ? Je ne suis même pas sûre de ce que c'est, ce péril rouge à la con ! Quels principes défend-on en combattant ce truc qui n'existe pas et qui ne concerne en rien l'Amérique ? » Ma mère parlait en agitant sa fourchette devant elle. « Dites-moi. Je vous en prie, dites-moi. Ce n'est pas un jeu, nom d'un chien. Il s'agit de vrais fusils, avec de vraies balles. Et c'est ton *vrai* fils qui partirait. Il n'y a aucune gloire à en tirer et ce n'est pas beau à voir. Va à l'université. Fais des études. Ou bien pars au Canada. Je connais des gens là-bas.

– Es-tu en train de suggérer que notre fils ne fasse pas son devoir pour son pays ? Après tout ce que ce pays a fait pour nous ? Tu vois bien ce qui se passe là-bas. Les communistes veulent dominer le monde. Passe-moi ce plat. » Quand il s'emportait, mon père mangeait. Il se resservit une troisième fois ; il remplissait sa bouche de galettes de pommes de terre et avalait de grands traits d'eau entre chaque bouchée. Des particules d'aliments mastiqués tourbillonnaient devant lui quand il parlait. Il était en sueur à force de manger.

Ma mère reprit : « Va à l'université. C'est mon conseil. D'ailleurs, il n'est pas tout à fait américain. Il est à moitié indien. Il a reçu une éducation pacifiste.

– Il a reçu une éducation qui lui permet de distinguer le bien du mal, répliqua mon père. Il faut être prêt à se battre pour ses idées.

– Tu le laisserais partir ! C'est ridicule. Une pure idiotie. Alex, tu le regretterais toute ta vie. » Ma mère s'arrêta de manger et m'agrippa fortement l'épaule.

« Est-ce que tu pourrais tuer un homme, Harry ? me demanda-t-elle.

– Bien sûr qu'il le pourrait. S'il le fallait, dit mon père.

– Laisse-le répondre.

– Moi, je pourrais, dit Alex.

– Bien sûr, dit mon père.

– Ça dépend, répondis-je en regardant ma mère.

– Ça dépend de quoi ? » Ma mère posa ses couverts et me regarda, les coudes sur la table, le menton sur les mains.

« Eh bien, si quelqu'un voulait me tuer, j'imagine qu'il faudrait que je me pose la question.

– Que tu te poses la question ! s'exclama mon père, la bouche pleine de galette et de chutney. On n'a pas le temps de se poser de questions, Harry. Si on s'en pose, on est mort.

– Moi, je ne m'en poserais pas, dit Alex.

– Bien sûr que non. » Mon père aspirait de l'eau et mâchait bruyamment entre les gorgées.

« Je t'ai dit qu'il était pacifiste. Tu vois. Il est pacifiste ! dit ma mère.

– Ce que je veux dire, c'est que je me serais posé la question avant. Comme ça, je saurais quoi faire. Tout de suite. Mais si j'avais le choix, je ne tuerais personne.

– Harry, la guerre n'est pas tendre. On n'a pas le temps de réfléchir. Il faudra tirer pour tuer. C'est toujours comme ça quand on défend ses idées, dit mon père.

– On dirait du John Wayne, dit ma mère. À t'entendre, c'est romanesque, un vrai film hollywoodien. Mais ça n'a rien de romanesque. Tu devrais faire preuve de bon sens au lieu de jouer les John Wayne. Tu les as vues, les conséquences. En Inde. Tu as vu ce que ça donne.

– Jouer les John Wayne, tu penses. Tuer est nécessaire dans le feu de l'action. Il n'y aurait pas de paix sans la guerre, Harry. Celui qui hésite est perdu.

– Exactement, renchérit Alex.

– Va à l'université ! dit ma mère en empilant les assiettes.

– Bats-toi pour tes principes », dit mon père en quittant la table.

Je suivis ma mère sur la pelouse jusqu'à la maison en portant les plats. L'herbe était chaude au soleil, puis froide dans l'ombre projetée par la maison. À l'intérieur, il faisait sombre et les vieilles lattes du plancher de la cuisine craquaient bruyamment sous nos pas. Des gants en caoutchouc jaune étaient pliés sur l'évier. De la cuisine sombre et fraîche, je regardai mon père et Alex descendre la colline au soleil. Mon père portait son matériel de pêche.

Ma mère s'assit pendant que j'empilais les plats et les assiettes dans l'évier. Des larmes coulaient sur ses joues, tombaient sur la table et sur le dos de ses mains.

« Je suis bête. Pardonne-moi de pleurer. Je ne sais pas. Ishfaq et moi nous disputons. Pardonne-moi.

– Ce n'est rien, répondis-je en m'asseyant à côté d'elle.

– Je suis inquiète. Alex pourrait être enrôlé. J'ai l'impression que c'est pire parce qu'il est de sang indien. Je ne me considère pas comme une Américaine. Pas vraiment. Et je ne le considère pas non plus comme un Américain.

– Mais c'en est un.

– Je sais. Mais j'ai peur que nous ne vous ayons pas donné des bases assez solides dans la vie, à tous les deux. Ton père et moi avons grandi dans la religion musulmane et nous ne pratiquons plus, bien sûr, mais ça nous a donné une sorte de code de conduite face au monde. On y trouve des principes moraux qui me semblent très importants. Même si je ne suis pas portée sur la religion.

– Vous avez été de bons parents.

– En quoi cela vous aidera-t-il à l'armée ? Il faut autre chose face au danger de mort. C'est à cela que ça sert, la foi. Et j'ai peur qu'aucun de vous n'ait une foi de ce genre. C'est affreux pour moi de penser ça.

– Alex croit en ce pays. Et moi aussi, il me semble.

– Qu'est-ce que cela a à voir avec ce pays ? Apprendre à courir avec un fusil ? Écoute, je veux te donner quelque chose. » Elle se leva, se dirigea vers un placard et tendit le bras vers l'étagère supérieure. Elle en sortit un gros livre, relié en cuir noir, et me le remit. « C'est le Coran. Mon exemplaire. Celui-là est en anglais. Je le lis encore, tu sais. De temps en temps. Cela m'apporte quelque chose. Je ne sais même pas quoi exactement. Mais je l'ai lu toute mon enfance et ça me parle. »

Je n'avais jamais vu le coran. Je l'ouvris et en feuilletai les pages, fines et sèches, couvertes d'un texte dense.

« Ne laisse pas ton père voir ça. Mais prends-le. Pour moi. Essaie de le lire. Tu es assez grand pour commencer. »

Je refermai le livre et le gardai sur ma main ouverte. Il était pesant, d'une lourdeur et d'un poids qui lui conféraient de l'importance. Je découvrais cette facette de ma mère. Elle qui ne pleurait jamais. Elle qui lisait les journaux, écoutait les nouvelles à la radio. Elle n'avait jamais paru avoir besoin d'une foi et semblait se suffire à elle-même, invulnérable. J'ignorais comment me comporter avec elle quand elle était triste.

« D'accord, répondis-je en tendant le bras pour essuyer du dos de la main les larmes de ses joues. Je le lirai.

– N'en parle pas à ton père. » Ma mère se leva et s'approcha de l'évier pour faire la vaisselle. Le livre pesait dans mes mains et je regardais le dos de ma mère en me demandant si je la comprenais en quoi que ce soit.

À l'étage, je cachai les enseignements du prophète Mahomet au fond de mon placard, sous une pile de *National Geographic*. Je refermai le placard en sachant d'instinct que je ne montrerais pas le livre à Alex, non par peur qu'il le lise, mais par peur qu'il ne le lise pas, qu'il le rejette en bloc et n'y accorde aucune valeur.


Je me rendis dans le musée aux coléoptères, choisis plusieurs buprestes dans une vitrine et les emportai dans le bureau de mon père. Par la fenêtre, je vis celui-ci pousser le bateau jusque sur la rivière avec mon frère. J'allumai la lampe et pris une pince à épiler et une loupe dans un tiroir. J'examinai attentivement les insectes, certain de pouvoir repérer par moi-même les petites différences structurelles.

### COLÉOPTÈRES D'AFRIQUE

*Eudicella gralli* (Afrique centrale) – gris – 5 spécimens

*Fornasinius russus* (Afrique centrale) – vert et blanc – 5 spécimens

*Rhamphorrhina splendens* (Zimbabwe) – rouge – 10 spécimens

*Fornasinius russus* (Afrique centrale) – vert foncé – 5 spécimens

Sous la lumière de la lampe, les petits corps brillants des coléoptères paraissaient lisses et parfaits, chaque segment s'emboîtant avec précision, longueurs et angles ajustés, couleurs d'une incroyable intensité, le moindre poil, la moindre articulation minuscule idéalement adaptée à la survie. Mais ce furent leur couleur et leur beauté qui me frappèrent une nouvelle fois. Ces insectes iridescents et chatoyants semblaient d'une telle perfection qu'on les aurait dits modelés et façonnés par la main d'un artiste. Seul dans la pièce sombre, dans cet îlot de lumière, avec la rivière qui s'écoulait lentement au pied de la colline, je comprenais comment on avait autrefois pu penser qu'une chose aussi parfaite devait être une création divine.

Je savais que le créationnisme était la doctrine dominante au milieu du XIX<sup>e</sup> siècle, à l'époque où se faisait sentir l'influence de la *Théologie naturelle, ou Preuves de l'existence et des attributs de la divinité* par William Paley, un ouvrage que mon père conservait et lisait encore comme un témoignage de la crédulité foncière des hommes. Darwin s'était opposé à l'Église avec sa théorie sur la sélection naturelle, m'expliquait-il, il s'était opposé à l'opinion commune en se fondant sur la logique et la raison. Et mon père considérait cet état d'esprit comme une politique dans la vie. Pense par toi-même et ne te laisse pas influencer par des idées ou des théories répandues qui ne s'appuieraient pas sur des faits observables.

Et voilà que ma mère m'avait donné le Coran. J'avais le sentiment d'avoir inopinément découvert une différence irréconciliable entre mes parents. Il semblait impossible d'expliquer la foi aveugle à mon père. Comment comprendrait-il le besoin de croire en des choses qu'on ne peut jamais voir ? Que représentaient pour lui le passé lointain, les rêves et les miracles, tous les invisibles possibles de l'avenir ?


Je rangeai les coléoptères et descendis à la rivière. C'était la fin d'après-midi et le soleil était bas sur l'horizon. Des nuages rapides jetaient des ombres mouvantes sur la surface de l'eau. Je m'assis sur le ponton et contemplai la rivière en attendant mon père et mon frère. Ils étaient encore sur le bateau lorsque le soleil se coucha. Il faisait frais et humide dans le crépuscule et je remontai la colline vers la maison.

Ma mère travaillait dans la cuisine et je l'observai par la fenêtre. Elle semblait sévère sous la lumière vive du plafonnier, la tête bien droite, le dos raide dans ses allers et venues à la cuisinière. Quand j'étais petit, j'avais l'habitude de la regarder comme ça, de l'extérieur, et je trouvais toujours qu'elle paraissait plus jeune quand elle était seule, qu'elle faisait plus jeune fille. Je contournai la maison par l'allée de gravier, sous les lourds rameaux d'une rangée d'érables, et entrai par la porte principale. La maison sentait le curry vert et l'huile chaude. Des pyramides nettes de citrons verts, de tomates, d'épinards et de choux-fleurs découpés étaient disposées sur la table de cuisine. Ma mère transpirait dans la chaleur. Elle découpait des légumes et ses trois bracelets en argent cliquetaient à son poignet.

« Tu es en retard, Harry. Je suis dedans jusqu'aux coudes. Le dîner est en route.

– Je vois.

– Tu as l'air fatigué, me dit-elle en me tendant un éplucheur à manche noir. Découpe-moi quelque chose. Les oignons, s'il te plaît. »

Elle s'assit pour broyer de la cardamome et des graines de moutarde à l'aide d'un mortier et d'un pilon. Penchée sur la table, elle moulait les graines avec le même mouvement des bras que pour serrer une vis. Elle avait des avant-bras fins et musclés.

« Alex prend le bateau, la nuit, dis-je. Pour aller voir une fille.

– Je sais. Je ne suis pas née de la dernière pluie. Les jeunes gens sont comme ça.

– Ça ne me dérange pas », répondis-je. Le manche du couteau était glissant entre mes doigts.

« Je suis sûre que c'est une jeune fille très bien », dit ma mère.

Elle broyait toujours avec le mortier et le pilon. Ses cheveux étaient tirés en arrière et maintenus en chignon.

« Je sais que tu es fâchée, repris-je.

— Je suis contrariée, Harry. Nous traversons une période éprouvante. »

Je découpais l'oignon en gros morceaux blancs. La préparation du repas, le froid métal des casseroles et l'odeur des citrons verts me faisaient penser aux jours d'été, aux feuilles vertes, au verre chaud des vitres.

« Je sais que tu es différente d'Ishfaq, dis-je. Je sais que tu ne l'aimes pas beaucoup. »

Ma mère prit une gorgée de thé dans une tasse en porcelaine sur la table et me regarda. Je n'ai jamais pu discuter avec elle. Elle avait le don de couper court d'une phrase, d'une intonation, d'une attitude inconsciente. Quand elle ne voulait pas parler, elle était impénétrable. Elle reposa bruyamment la tasse sur la soucoupe. Je sentais le bois ridé de la table, cireux et familier, sous mes doigts. Elle s'approcha de la cuisinière et touilla ses préparations avec une cuillère en bois : « Je repense à ma mère, Harry. Elle a passé sa vie à s'occuper des autres. Courbée au-dessus d'un feu brûlant, à moudre de la farine, à faire du pain, tout ce que tu veux. Elle s'est tuée à la tâche. Elle avait des mains d'ouvrière. Et elle est morte dans cette foutue cuisine. Mais elle a gardé la famille unie. Élevé ses enfants. Et c'est aussi ce que je ferai. »

La cuillère en bois, sur la table, était jaune de safran. Sur le plan de travail, deux vieux *karhais* en fer étaient prêts à servir sur la cuisinière. Le rebord des fenêtres était couvert de rangées de galets et de pierres colorés, de fleurs séchées et de coquilles de noix parfaitement conservées. Ma mère voyait de la beauté dans les choses quotidiennes. Les objets morts. Il y avait des glands polis dans la salle de bain, alignés sur le bord de la baignoire. Elle réalisait des couronnes de fleurs et de brindilles sèches qu'elle accrochait au dos des portes.

« Je ne le dirai à personne.

— Rien n'est facile, Harry. Je fais un effort raisonnable. La vie n'est jamais aussi simple qu'on le croit quand on est enfant. Tu n'es plus un enfant, Harry. Et Alex non plus. » Debout devant la cuisinière, elle me tournait le dos.

« Alex ressemble à Ishfaq, non ? demandai-je. Il a des certitudes sur tout. »

Ma mère acquiesça en continuant à mélanger le contenu de ses casseroles sur la cuisinière. Quand elle se retourna, elle pleurait à nouveau. « Nous serons tous ensemble, ce soir. Nous mangerons ce repas. Comme une famille.

— Oui, répondis-je. Comme une famille. »

Cette nuit-là, il plut à torrent, une pluie diluvienne, sans vent. Après le dîner, ma mère enfila un imperméable et descendit au figuier, malgré les protestations de mon père. Alex et moi la regardâmes sortir par la porte de la cuisine et traverser la pelouse. Mon père la suivit, un parapluie ouvert à la main, et essaya de la faire rentrer. De la fenêtre de la cuisine, nous voyions la lampe-torche de notre père danser sous la pluie au pied de l'arbre. Il finit par remonter la pente tout seul, à pas pesants, trempé jusqu'aux os, les chaussures couvertes de boue, et nous dit d'aller nous coucher. Ce soir-là, j'ouvris ma fenêtre en grand pour écouter la pluie sur la rivière. Allongé, j'imaginais ma mère assise au milieu des feuilles de figuier dégoulinantes, agrippée dans le noir aux branches humides, les yeux tournés vers la mer d'Arabie.

La dispute au sujet de la guerre du Vietnam jeta un voile de tristesse sur la maison. Le lendemain, un lundi, mon père partit tôt pour son programme opératoire du matin. Alex se leva tard et alla pêcher en bateau. Je déjeunai seul avec ma mère dans la cuisine. Nous étions assis en silence à la table, avec le BBC World Service à la radio. Je ne voulais pas laisser ma mère seule, mais, avec le recul, je me rends compte qu'elle avait certainement envie de solitude.

Après le déjeuner, elle emballa les restes du repas indien de la veille au soir et me demanda de les déposer chez Peter et Gretchen Tappero. « Ils apprécieront, eux, au moins », dit-elle en mettant les plats dans un grand sac plastique que je passai en bandoulière. Les Tappero vivaient à cinq kilomètres en aval de la rivière et, comme c'était une belle après-midi, ma mère me suggéra d'y aller à pied.

J'empruntai un chemin qui traversait une pinède. Ce chemin était absolument sec, sablonneux, et sous les arbres je respirais l'odeur chaude et estivale de la résine de pin. J'entraperçus la rivière au pied d'une colline escarpée. Je ressortis des bois et parcourus les deux derniers kilomètres sur la grand-route. Il faisait chaud lorsque j'arrivai et mes verres de lunettes s'embuaient.

La maison était au milieu des bois. C'était un faux pavillon Tudor en pierres de taille, avec un toit en bardeaux et de larges baies vitrées à l'avant. Elle semblait étrangement, absurdement anglaise au milieu des pins secs et chauds. Des arbres surplombaient le toit et donnaient à la maison un air sombre et légèrement mouillé. Le jardin était inculte, avec un grand carré d'herbe depuis longtemps mal entretenu et plusieurs buissons sans forme, à l'abandon.

Il n'y avait pas de sonnette. Je frappai plusieurs fois à la porte, sans réponse ; j'essayai la poignée et la porte s'ouvrit. En entrant prudemment, je me retrouvai dans un couloir sombre. La maison sentait la cuisine et un autre parfum que je ne reconnaissais pas. En arrière-fond résonnait une puissante musique de tambour, pesant concert de percussions qui me désorientait quelque peu.

Cela en dit certainement long sur moi que je ne sois pas simplement rentré chez moi en laissant les restes. Mais j'étais curieux de voir où Gretchen vivait et je remontai donc à pas prudents le couloir devant moi. Un des murs était tapissé de masques en bois sculpté d'apparence africaine. Ces masques, qui représentaient des animaux avec de longues dents et des oreilles allongées, étaient ornés d'herbe sèche, de perles et de poils délicatement entrelacés. Le mur du séjour était couvert d'épais tapis aux motifs complexes, de couteaux, de massues et de bâtons, ainsi que de plusieurs plinthes en bois sombre poli. Il émanait de ces pièces une impression d'indiscipline, de désordre et de négligence comme jamais je n'en avais connu dans une maison. Magazines, lettres et papiers divers s'entassaient sur des chaises et recouvraient la table de la salle à manger. Le mobilier occupait tout l'espace disponible : commodes, fauteuils à haut dossier, et un long banc en bois qui semblait avoir été sculpté dans un seul tronc d'arbre ; dans le salon, trois divans bas drapés de tissus effilochés aux couleurs vives ; au sol, des coussins à housses brodées. Les tapis, les coussins et tout ce fatras exotique m'apparaissaient comme un décor tout à fait original et bohème, qui faisait fi des conventions et suggérait des possibilités inexprimées.

La musique de tambour provenait d'un magnétophone à bobines posé par terre dans un coin du salon. La boîte de la bobine, décolorée, portait sur l'extérieur une inscription au crayon : « Tambours des hauts plateaux du Burundi », suivie d'un nom : « Marceilline Ntkatikabora », et j'en conclus qu'il s'agissait de l'enregistrement personnel de quelqu'un qui s'était rendu sur place et avait assisté à une sorte de cérémonie.

La pièce était déserte. Une porte vitrée coulissante était ouverte sur le jardin et je sortis sur une terrasse en pierre. Celle-ci était bordée d'une rangée de sculptures en bois pourvues de seins ballants, de larges ventres ronds et d'organes génitaux énormes, démesurés. Au-delà, un bout de gazon sec en friche, sur lequel avaient été disposées plusieurs sculptures abstraites en fer rouillé, à moitié dissimulées par les herbes hautes. Derrière la pelouse commençaient les arbres, qui se pressaient de toutes parts. Un chemin conduisait directement dans les bois. De minuscules rubans de tissu coloré avaient été noués autour des troncs le long du chemin.

L'atmosphère était chaude et paisible. Avec la musique des tambours qui sortait par la porte ouverte et ces étranges statues, je me sentais à l'avant-poste d'une principauté lointaine.

Je rentrai et gagnai la cuisine par un court passage, dont les murs étaient couverts de photos encadrées : un petit garçon tenant un poisson au bout d'une ligne ; deux jeunes filles en foulards rouges et verts portant des bébés dans leur dos ; des femmes hilares devant des nattes couvertes de pyramides d'oranges, de pommes de terre et de cacahuètes à vendre. Il y avait trois portraits d'hommes en gros plan, impassibles et solennels, avec des dents d'un blanc éclatant, une peau presque bleue à force d'être noire, qui regardaient l'appareil photo comme s'il renfermait la réponse à une question importante. Ils portaient des calottes et, sur le front et les joues, des cicatrices traditionnelles en forme de profondes lignes irrégulières.

La cuisine était exiguë, l'évier plein de casseroles et de plats et les plans de travail jonchés d'épluchures de légumes, de sacs en papier et de bols. Sur le côté du frigo, des listes manuscrites : liste des courses, liste des choses à faire, anniversaires. Sur la cuisinière, une petite casserole en inox avec un long bec verseur, encore chaude. Par la fenêtre, je voyais les pins de la forêt et quelques nuages blancs floconneux qui passaient dans un ciel bleu.

Je retournai au salon et décidai d'attendre. Je dois reconnaître que je ressentais une sorte de plaisir illicite à me trouver dans cette maison inconnue et que je voulais prolonger ce moment. Je m'assis sur un des gros coussins près des divans, le sac en plastique contenant les restes toujours à la main. Je me sentais comme dans une tente aux couleurs criardes, au milieu d'un trésor de guerre. Une sensation qui me rappelait mon premier séjour en camping, lorsque j'avais pour la première fois dormi hors de chez moi. Pendant ce séjour, les choses les plus insigni-fiantes, faire la cuisine, aller aux toilettes, dormir par terre en pleine nature, m'avaient paru très différentes et d'un intérêt inattendu. Le simple fait de s'asseoir par terre sem-blait tout changer : la façon de voir une pièce, la façon d'envisager les choses, les priorités.

Après quelques minutes, je commençai à me sentir mal à l'aise. Je ne voulais pas que Gretchen me trouve dans son salon. Le martèlement de la musique tourbillonnait autour de moi. Je me relevai, allai au pied de l'escalier et appelai. Ma voix était presque inaudible à cause du fracas des tam-bours. Je gravis les escaliers et gagnai un petit palier recou-vert d'une moquette orange décollée. La porte de la première pièce donnant sur ce palier était ouverte. Il s'agissait d'un bureau avec une grande table et des fau-teuils, mais il n'y avait personne. La porte suivante était entrebâillée et je frappai d'un coup sec. Il y eut une sorte de réponse étouffée, comme un appel, et je crus que c'était Gretchen. Je poussai la porte. Gretchen était assise sur le lit, entièrement nue, à cheval sur un homme dont la peau semblait très sombre sur les draps. Les cheveux de Gretchen tombaient sur son visage et ses épaules. Immo-bile, les yeux écarquillés, elle me regardait. Les draps étaient très blancs sous le soleil qui entrait par les fenêtres. Je reconnus immédiatement mon frère. J'eus l'impression de regarder dans un microscope, de voir pour la première fois avec une grande netteté un petit objet lointain. Agrippé au sac de nourriture indienne, je dévisageai Alex, aussi étranger dans cette maison que les masques africains aux murs, couché sous le corps pâle et couvert de taches de rousseur de la meilleure amie de ma mère.

Aujourd'hui, je suis ophtalmologue, spécialisé dans les maladies de la rétine. J'ai consacré vingt ans de ma vie à cette profession mystérieuse et délicate et, au cours de cette période, j'ai rendu leurs yeux à beaucoup et vu la cécité s'emparer de certains. J'accomplis ce travail, qui tient à la fois de l'art et de la science, sous un microscope, dans des pièces sombres. Mon métier est un asile et une retraite, ce serait m'aveugler que de ne pas le reconnaître, et j'avoue que je m'y réfugie. Je goûte ses finesses : la certitude de l'anatomie, l'extrême précision de la chirurgie, les instruments usinés.

J'imagine que toute ma vie s'est articulée autour de ces secondes de 1968 où je me suis tenu sur le seuil de cette chambre, à regarder mon frère. L'été tout entier sembla se figer dans cet instant et le chaos de ma quatorzième année s'y incarner. Tout s'effaça et je restai avec, entre les mains, les seules certitudes que je possédais : quelques principes d'anatomie humaine ; la collection de coléoptères de mon père, classée par genre et espèce ; et le lourd coran qui dormait, sans avoir été lu, sous une pile de magazines dans mon placard.

Mes maigres connaissances sur la nature me semblèrent immédiatement essentielles. Elles m'aidaient à donner une consistance au désordre et au relâchement ambiant, et je compris, dans cette maison, ce jour-là, combien la certitude absolue de ces faits m'était nécessaire. Comme rien n'avait de sens pour moi, et encore moins pour mon frère, j'eus le réflexe d'imposer un ordre à mon environnement. Cela m'est resté. Et cela m'a conduit à poursuivre des vérités solides sur lesquelles construire ma vie. J'ai recherché les limites et les constantes. Je suis devenu un adolescent étrange. L'univers de mes pairs, un univers fait de musique pop, de télé, de modes et d'engouements divers, me semblait fallacieux. Je ne m'intéressais pas aux femmes et je n'ai eu aucune petite amie au lycée. J'ai passé mon adolescence à classer les coléoptères de mon père et à apprendre leur biologie. J'ai accompagné mon père sur le terrain pour collecter de nouveaux spécimens. Et j'ai commencé à lire le Coran, d'abord lentement, une page ou deux par soir, avant de m'endormir.

Et voilà ce que je fis. Je rebroussai chemin, dévalai les

escaliers et je ressortis dans le jardin de derrière, le sac de nourriture indienne toujours à la main. Le ciel était dégagé, d'un bleu profond, et je pris le chemin entre les arbres derrière la maison. Au bout de cinq minutes, ce chemin commença à descendre. Je le suivis, respirai profondément et commençai à me sentir mieux, loin de la maison. La pente s'accentua, et je descendis la colline en longues enjambées quand le sentier s'arrêta brusquement pour déboucher sur un coin d'herbe plate au bord de la rivière. L'eau brunâtre s'écoulait lentement. Un ponton en bois fait de pilotis immergés et de planches en pin s'élançait de la berge au-dessus de l'eau, et le bateau de mon père, qui y était amarré, dansait mollement dans le courant.

Je m'appuyai contre un arbre et restai parfaitement immobile. La résine de pin me collait aux doigts. L'air était frais et j'écoutai le frémissement léger du vent dans les branches. La forêt résonnait du bruit des insectes, d'invisibles mouvements tout juste hors de portée. Je n'étais jamais monté seul en bateau, mais j'embarquai, posai le sac de nourriture sous le siège et détachai le canot. Celui-ci tanguait et roulait sous moi. Je fixai bien les rames dans leurs tolets et remontai le courant à coups de rames maladroits qui soulevaient des gerbes d'eau. Et, tout en ramant, je me sentis peu à peu m'anéantir, devenir un point du paysage, rouage d'un système dont l'ordre et la course étaient tout à fait indépendants de tout ce que je pouvais dire ou faire.


Mon père se trouve depuis maintenant trois jours dans l'unité de soins coronariens du Massachusetts General Hospital, mon hôpital, et je reste à ses côtés aussi souvent que possible dans la journée, ainsi que la majeure partie de la nuit. Mes parents étaient venus me rendre visite ici, à Boston, quand mon père a fait sa crise cardiaque, une douleur d'installation brutale à l'épaule et à la mâchoire gauches, survenue alors qu'il gravissait l'escalier de secours menant à mon appartement. Il a joui toute sa vie d'une excellente santé et n'a jamais eu de problèmes cardiaques. Il se dit désormais tout à fait prêt à mourir. Les médecins de garde m'ont montré ses ECG et ses résultats de labo, et je sais que cela risque d'arriver. J'ai réussi à l'emmener aux urgences très rapidement, mais pas assez pour prévenir d'importants dommages myocardiques dans la région auriculo-ventriculaire gauche. Au moment même où j'écris, son cœur décoche des salves de battements aux rythmes anormaux, et c'est précisément une volée de ces tirs de mitraillette qui pourrait l'emporter.

C'est aujourd'hui un homme relativement corpulent, comme de nombreux Indiens d'un certain âge, qui arbore un tour de taille généreux et de petites jambes épaisses. Sa poitrine est très mate sur le lit d'hôpital, tapissée de poils gris et désormais ornée d'une série de fils reliés au moniteur cardiaque qui bipe à côté de lui. Les pics et les creux de son tracé défilent constamment sur l'écran noir, minuscules monts et vallées, jour et nuit. Je me vois en lui. J'ai les mêmes petites mains et petits pieds, le même nez et la même bouche. Et je me rends compte également que nous partageons un certain attachement indéfectible aux principes et à l'ordre. J'ai désormais repris sa collection de coléoptères et, dans ma vie, je classe tout en fonction de systèmes stricts. Je possède une pièce entièrement consacrée à des meubles classeurs. Nous avons beaucoup de points communs mais il m'est étranger. Il vient d'un autre temps et d'une autre génération, d'une Inde d'avant l'Indépendance que je n'ai jamais connue ni comprise. Parfois, lorsque je le vois en plein jour, en chemisette, cravate et chaussures Richelieu, les cheveux gominés, il me semble ridicule et déplacé. Je m'amuse de le voir tirer un plaisir voluptueux d'un havane et d'un verre de cognac, deux de ses petites faiblesses occasionnelles.

On lui a posé une voie veineuse centrale et on lui perfuse de la morphine à la pompe. Le soir de son arrivée, il délirait un peu à cause de la morphine et il a demandé à voir Alex. Il voulait, expliquait-il, lui dire qu'il lui pardonnait. Comme il insistait, j'ai finalement dû lui répondre qu'Alex ne viendrait pas le voir, mais que j'étais sûr qu'il pensait à lui. Ça l'a calmé un moment et, plus tard, lorsque les effets de la morphine se sont estompés, il n'a semblé garder aucun souvenir de cet épisode. Le fait qu'il ait parlé de mon frère m'a singulièrement inquiété. Cela me donne à penser qu'il est plus malade qu'il n'y paraît.

Ma mère s'affaire tranquillement. Elle est là toute la journée et je ne l'ai jamais vue s'asseoir. J'ai insisté pour qu'elle aille dormir dans mon appartement la nuit, pendant que je veille mon père, un arrangement qu'elle a accepté à contrecœur. Chez moi, elle s'est mise à préparer des plats indiens dans ma petite cuisine et à apporter à mon père des Tupperware pleins de riz au poulet et au curry de légumes. Elle a découvert une épicerie indienne, où elle s'approvisionne. Ce matin, elle est arrivée avec de grands sacs de *dalmoot* et de *bhelpuri* en guise d'en-cas et cela a fait sourire mon père, même s'il refuse d'en avaler une bouchée. J'ignore ce que pense ma mère. Elle semble toujours certaine de sa guérison, bien que je lui aie expliqué la sévérité des lésions cardiaques de mon père.

Les nuits sont longues et je n'arrive pas à dormir dans le fauteuil recouvert de vinyle de cette chambre d'hôpital. J'écoute la respiration de mon père, envahi de souvenirs de ma quatorzième année et d'Alex. Aux heures les plus noires de la nuit, lorsqu'il n'y a rien d'autre à voir que les arbres qui se balancent dehors, je comprends pourquoi je suis musulman. J'ai appris à avoir foi en un Dieu que je ne verrai jamais et que je ne peux pas comprendre, parce que je crois que c'est ce qui fait de nous des hommes. Certaines choses ne peuvent s'expliquer par la seule raison. Certaines choses échappent totalement au simple entendement, j'en suis persuadé – la naissance et la mort, les principes moraux, le bien et le mal. Je n'éprouve aucune difficulté à concilier ma foi en l'islam avec les principes de la sélection naturelle et de la biologie élémentaire. C'est ainsi que j'ai appris à comprendre ce qui sépare mon père de ma mère.

Je suis loin d'être un fanatique et je considère la religion comme une affaire privée. Je lis encore l'exemplaire du Coran que ma mère m'a donné il y a des années et c'est devenu un livre usé et familier, rassurant au toucher, tout écorné. Je prie chaque jour, à ma façon mais pas dans les formes, sur un tapis de prière tourné vers la Mecque. Et je me rends aussi à la mosquée toutes les semaines, pour rencontrer les autres et pour le plaisir de la cérémonie, même si ma foi n'a pas besoin d'un temple ou d'un sanctuaire.

Mais tout cela m'était inconnu en cet après-midi d'août 1968 où, à quatorze ans, je remontais la rivière dans la barque de mon père. J'amarrai le bateau avec difficulté et gravis la colline vers la maison.

Mon père, rentré tôt du travail, était assis dehors sous le pin. Je lui racontai brièvement et précisément ce que j'avais vu. Les mains posées à plat sur la table, il regarda fixement la rivière. Je sentis qu'il réprimait quelque réaction violente par un effort de volonté. « Merci de ta franchise, Harry », me dit-il sans me regarder. Je l'observais de profil, son nez légèrement crochu, son grand front incliné. Rétrospectivement, je comprends que le comportement d'Alex devait d'une certaine manière symboliser tout ce qui n'allait pas dans le pays à l'époque, l'absence de principe et de discipline qu'il croyait indispensables.

Il quitta la table et rentra pour informer ma mère. Quelques minutes plus tard, ils ressortirent ensemble. Mon père avait pour la première fois, aussi loin que remontaient mes souvenirs, passé son bras autour des épaules de ma mère. Ils ne se parlaient pas et ne me dirent rien. Nous restâmes assis en silence sous le pin pendant une demi-heure environ, en attendant le retour d'Alex. Il arriva finalement à la maison et traversa la pelouse dans notre direction. Il s'assit avec nous sous l'arbre en disant : « J'imagine qu'Harry vous a raconté », et je rougis avec un immédiat sentiment de culpabilité. Mon père acquiesça et suggéra une promenade en bateau. C'était une chose que nous ne faisions jamais en famille.

Nous descendîmes à la rivière. Mon père stabilisa le canot pendant que nous montions dedans depuis le ponton. Il soufflait un vent fort, transperçant, et je frissonnais dans mon short et mon tee-shirt. Nous nous assîmes sur les banquettes plates et mon père s'installa à la poupe derrière nous. Il tira sur le câble du moteur hors-bord pendant cinq minutes avant que celui-ci s'anime. Et nous nous élançâmes sur l'eau brune, dont le vent ridait la surface. Sur l'horizon, entre les arbres de la rive, on voyait d'épais nuages noirs et des éclairs jetaient des lueurs sur la plaine. Un vent humide constant devançait un front orageux et nous apportait une odeur de terre mouillée et de foin. Pas un mot n'était prononcé et Alex détournait son regard de moi. Nous descendîmes la rivière sur plusieurs kilomètres en longeant la berge. Puis nous remontâmes le courant en sens inverse. Ma mère, tout à fait immobile, laissait sa main traîner dans l'eau en observant le front orageux. Nous répétâmes la manœuvre en amont de la maison, les yeux plissés par le vent, et je savais que mon père ne regardait rien autour de nous.

Il arrêta le bateau au milieu de la rivière et coupa le moteur. Le courant nous berçait mollement. « Magnifique, dit mon père. Tout simplement magnifique. Nous sommes privilégiés de vivre dans ce pays. » Il était assis derrière nous et parlait dans notre dos. « J'ai travaillé dur pour rendre cela possible et pour vous donner une chance, à tous les deux. Voilà ce que j'ai fait. Je vous ai donné une chance. » Il se déplaça sur son siège et le bateau tangua violemment pendant un moment. « Je ne suis pas en colère, reprit-il. Mais je vais vous dire une chose : certains principes doivent être maintenus au nom de l'honneur et des convenances. Par égard pour cette famille. » Il y eut un instant de silence et il ajouta : « Alex doit se racheter. Il le faut. Il doit faire son devoir. »

Nous restâmes là quelques minutes encore, silencieux sur l'eau brune, et la pluie se mit à tomber. Mon père nous ramena au ponton. Il commençait à faire nuit. Alex monta dans sa chambre et je pris le dîner seul avec mes parents à la table de la cuisine. Quand nous eûmes terminé, je préparai à mes parents une tasse de thé noir avec du lait et du sucre. Je passai ensuite un pull et une veste et sortis m'asseoir sous la véranda. Le vent secouait les érables qui bordaient la maison. Il pleuvait maintenant à verse, un épais rideau d'eau qui remplissait rapidement les gouttières et s'écoulait du toit pour rejaillir sur la véranda. Je contemplais la pluie en me la représentant comme je me représentais la neige, chaque goutte d'une parfaite symétrie, minuscule perfection modelée par des forces physiques qui m'échappaient en partie. Le vent souffla de l'eau sur mon visage et je compris brusquement ce que mon père avait voulu dire quand il avait parlé de devoir. Il me fut alors clair, dans cette véranda balayée de pluie, qu'Alex irait au Vietnam.

Quand j'avais dix ans, mon père nous emmena courir, Alex et moi, sur le terrain de foot de l'université, par une froide journée d'octobre. Il mesura 100 mètres avec un mètre-ruban et plaça un bout de ficelle le long de la ligne d'arrivée, tendu entre deux piquets de jardin. Le vent était glacial et je frissonnais en m'agenouillant avec Alex. Nous étions pieds nus et en short. Mon père se tenait près de la ligne d'arrivée en survêtement bleu marine, lourdes chaussures et épaisse écharpe jaune enroulée autour du cou. Il nous donna le signal du départ en agitant un mouchoir blanc et en criant « Partez », puis il nous chronométra avec la montre Omega que lui avaient donnée ses parents en Inde. Il tenait son poignet gauche devant ses yeux tandis que nous courions vers lui sur la pelouse.

Alex remporta toutes les courses. Après quatre sprints, hors d'haleine, j'avais du mal à respirer dans l'air froid et mon visage était engourdi. Mon père consigna nos temps dans un petit carnet d'une minuscule écriture en pattes de mouches.

« Très bien, très bien, dit-il à Alex. Tu es doué pour le sport. Tu cours plus vite qu'Harry. Excellent. » Il frappa dans ses mains, souffla de la buée devant lui et se tourna vers moi. « Harry, tu n'essayes pas. Il faut vouloir gagner, chef. Pars plus vite, fixe la ligne d'arrivée, bouge tes bras. Donne des coups de poing dans l'air, Harry, des coups de poing. Mais il faut vouloir gagner. C'est très important, ça. »

Je m'assis dans l'herbe pour reprendre mon souffle et vis mon père enlever ses chaussures et son pantalon de survêtement. Il portait un short de tennis blanc en dessous. Il avait de grosses jambes courtes, avec de lourdes cuisses, très mates sous la lumière blafarde et parsemées de frisottis noirs serrés. Il se défit de l'écharpe jaune et sauta sur l'herbe à plusieurs reprises.

« Laissez-moi vous montrer une ou deux choses, les garçons. Que je te montre comment on fait, Harry. D'abord, quelques exercices d'assouplissement. » Il s'accroupit plusieurs fois, les bras levés au-dessus de la tête, et fit ensuite trois pompes énergiques. Il avait de petits pieds pâles. Quand il sauta sur place avec un mouvement de ciseaux des bras, sa bedaine rebondit sous son maillot. « C'est important, l'échauffement. Et le mental aussi.

– Tu vas courir ? demanda Alex.

– Bien sûr. Je vais faire la course avec toi. »

Il enleva sa montre et me la donna. « Tu vas nous chronométrer, Harry. Surveille bien l'aiguille des secondes. » Je traçai une nouvelle colonne dans le calepin, au-dessus de laquelle j'écrivis « Ishfaq » au stylo-plume bleu. L'encre bava un peu sous mes doigts et je soufflai sur la page pour la faire sécher. Quand mon frère et mon père furent prêts, je levai la montre et leur donnai le signal du départ. Mon père courut pesamment sur l'herbe dans ma direction en balançant les bras et les poings. Ses cuisses tremblaient et

330

le vent dressait son épaisse chevelure sur sa tête. Il produisait en courant un sifflement entre ses lèvres pincées. Alex semblait minuscule à côté de lui, ses jambes frêles et légères. Ils coururent vers moi contre le vent et mon père toucha la ficelle de la poitrine le premier. Il gagna trois fois.

« Le mental, les garçons, dit-il. Je suis vieux, mais j'ai un bon mental. Regardez comment je me sers de mes bras. C'est comme ça qu'il faut faire. » Il haletait et transpirait dans l'air froid pendant que nous nous rhabillions. Les temps victorieux de mon père étaient tous de cinq à dix secondes plus lents que ceux d'Alex quand il avait couru contre moi quelques minutes plus tôt. Alex l'avait laissé gagner. Dans le calepin, j'inventai à mon père des temps plus rapides que tous ceux qu'avait réalisés Alex : 10'3 ; 10'5 ; 10'3. J'inscrivis ces faux temps en petits chiffres soignés dans la colonne en dessous d'« Ishfaq », en prenant bien garde que cela ne bave pas. Je ne regardai pas Alex pendant que nous remettions nos pantalons et nos chaussures dans cet après-midi froid. Nous rentrâmes à la maison à pied sous un ciel gris et je compris que nous avions créé là un moment qui durerait toujours, aussi parfait que les chiffres bleus que j'avais notés dans le carnet avec le stylo-plume de mon père. Je savais qu'Alex avait lui aussi compris et que nous avions partagé quelque chose dont nous ne parlerions jamais.

Mon père ne nous laissa pas rentrer dans la maison avant que ma mère ait pris une photo de nous trois dehors en survêtement. Il alla chercher un peigne à l'intérieur, coiffa ses cheveux en arrière et se plaça entre nous deux, les mains sur nos épaules. Je frissonnais dans l'air froid en m'efforçant de sourire. Les longs cheveux de ma mère, l'appareil devant les yeux, tournoyaient au vent. Elle nous photographia tous les trois devant le côté de la maison. « Le grand héritage des Anglais, nous dit mon père alors que nous nous tenions en petit groupe sur la pelouse, c'est l'importance qu'ils accordaient au sport. Tout est là. Le sport nous apprend à nous conformer à des règles. Il nous enseigne l'ordre et la discipline. Voilà ce qui compte dans la vie. Les règles. »


Cette photographie se trouve sur la table de chevet dans la chambre d'hôpital de mon père. Placée dans un mince cadre en bois, c'est la seule photo que mon père garde avec lui. Je l'ai examinée à la lumière du jour. Alex et moi semblons jeunes et heureux. Nos visages sont transis par le vent et mon père nous attire à lui. Cette photographie a quelque chose d'euphorique et je me rends compte que, lorsque nous avons laissé mon père gagner ce jour-là, nous l'avons laissé gagner pour cet instant, l'instant où nous le verrions débordant d'énergie et radieux. Hier soir, j'ai enlevé le fond en bois du cadre et j'ai découvert la page originale du calepin où j'avais consigné les temps mensongers. L'encre bleue a pâli et la page jauni. En regardant mon écriture enfantine maladroite, à quarante ans de distance, je comprends qu'un instant peut bouleverser tout ce qui le suit.

Mon père conduisit lui-même Alex au bureau de recrutement de Des Moines. Assis à l'arrière de la voiture, sur la banquette froide, je regardais la campagne sans relief filer derrière les fenêtres. La guerre n'avait aucune réalité pour moi, aucune réalité pour aucun d'entre nous, malgré les images télévisées et les bilans des victimes. Ce n'est que beaucoup plus tard que nous avons compris tout ce qu'elle signifiait, que nous avons appris l'horreur et l'inanité de cette guerre. Ma mère s'effaça. Il y avait entre elle et mon père un accord tacite, une chose qui les rapprochait silencieusement, dont je sentais qu'elle venait de leur passé en Inde et qu'eux seuls partageaient. J'ignore ce qui s'est passé entre Gretchen Tappero et ma mère, mais je sais qu'elle n'a jamais remis les pieds à la maison. Quand Peter venait, il venait seul, jamais pour le dîner, et ma mère l'évitait.

Alex croyait en ce qu'il faisait. Il me dit de ne pas m'inquiéter et aborda son service militaire de la même façon que le sport ; comme n'importe quel jeune de dix-neuf ans, il se sentait invulnérable et imaginait que, parce qu'il était plus rapide et plus fort, il serait au-dessus des autres. Je savais déjà à l'époque qu'il prenait mon père au mot et croyait devoir se racheter. Il fut affecté au 3e bataillon de la 26e compagnie de marines et envoyé au front à la fin de 1969. C'était un correspondant assidu et appliqué et j'ai toutes ses lettres bien classées.

La chambre d'hôpital est blanche et stérile. Quand il est réveillé, mon père lit le journal et exige de voir ses courbes et ses résultats de tests. Les médecins sont connus pour être des patients difficiles. Ma mère le gronde comme elle sait le faire et lui enjoint de se détendre et de se concentrer sur l'amélioration de son état de santé. Elle a apporté sa radio à ondes courtes pour qu'il puisse écouter la BBC, une habitude qu'elle lui a passée. Calé sur des coussins, le poste collé à l'oreille, la longue antenne argentée déployée, il peste contre les progrès des pourparlers de paix au Cachemire entre l'Inde et le Pakistan.

La nuit, lorsque mon père dort, c'est pour moi un réconfort de savoir que j'ai tracé ma propre voie. Je suis instruit et je crois faire quelque bien. Je connais mieux la chambre postérieure de l'œil que la plupart des gens et, grâce à cette science et à mes talents de chirurgien, j'ai le pouvoir de rendre la vue. J'ai eu plusieurs amies intimes, dont certaines ont, je pense, envisagé le mariage, mais je n'ai jamais pu m'imaginer marié. Ce n'est pas que je n'étais pas assez proche d'elles, ou qu'elles ne m'aimaient pas, mais plutôt qu'au bout du compte je n'ai pas besoin d'elles dans ma vie. J'ai ma religion, mon métier, mes souvenirs.

Il me semble être encore avec mon frère lorsque je me souviens de lui. Je fais parfois sur Alex des rêves si clairs et pénétrants que je suis absolument certain, à l'instant du réveil, qu'il est là à mes côtés. J'avais déjà seize ans quand le soldat en uniforme d'apparat vint nous apprendre la nouvelle de sa mort. La maison était silencieuse et vide. Assis avec mes parents, j'eus la sensation qu'une part de moi-même avait disparu. J'allai m'asseoir dans la chambre d'Alex et essayai de me raccrocher au moment où je l'avais vu pour la dernière fois. Par la suite, je correspondis avec un de ses camarades de bataillon et appris ce qui s'était passé. Alors qu'ils patrouillaient dans l'est de la province de Quang Tri, ils étaient tombés dans une embuscade à la fin d'une après-midi. Alex avait pris la fuite dans la jungle et réussi à s'échapper. Il détalait sur un sentier quand il avait marché sur une mine antipersonnel qui lui avait emporté la jambe droite sous le genou. Ils l'avaient retrouvé là, avaient posé un garrot sur sa jambe et demandé par radio une évacuation aérienne. Emmené à l'hôpital de campagne de Chulai, il fut ensuite transféré à Saigon. Ils traitèrent sa jambe mais ne s'aperçurent pas qu'il avait une rupture de la rate et il mourut d'hémorragie sur un lit d'hôpital, en fin de soirée, avant qu'on puisse faire quoi que ce soit pour lui. Il était seul alors, comme je le suis aujourd'hui.

Alors que je veille mon père mourant la nuit, ce que je revois avec le plus de netteté, c'est ce moment au bord de la rivière, il y a tant d'années. Je venais de descendre de la maison des Tappero, le sac de nourriture indienne à la main. J'entendais le bruissement des pins au bord de l'eau et je sentais l'odeur de la résine sur mes doigts. Le vent dans les arbres soufflait comme une pensée imprécise, un conseil chuchoté. Je me rends compte que tout aurait pu être différent si je n'avais rien dit à mon père à propos d'Alex. Peut-être ma vie aurait-elle pris un autre cours. Peut-être mon frère serait-il vivant aujourd'hui.

Et maintenant, j'écoute le flux et le reflux de l'air dans les poumons de mon père et je me souviens du sentiment de triomphe que j'éprouvais en grimpant dans le bateau et en remontant la rivière. La seule fois de ma vie où j'aie éprouvé un tel sentiment, et la dernière. Quelle sorte de triomphe était-ce ? J'avais immédiatement compris que mon frère agissait mal. Pourtant, mon sentiment de triomphe ne venait pas de là, mais de la brusque reconnaissance que mon père avait raison – raison sur Gretchen et sur la faillite d'un monde dénué de principes. Un instant de foi en mon père que je porte encore en moi – quelque chose de si éclairant pour moi, de si juste, que je voulais le faire partager à ma mère afin qu'elle aussi voie mon père sous un nouveau jour. Je n'avais que quatorze ans lorsque j'acquis la conviction que certaines lois immuables ne doivent jamais être violées et que, en révélant le secret de mon frère, je pourrais préserver pour toujours le couple de mes parents. Plus que tout au monde, je voulais les garder ensemble, les réunir autour d'une cause commune, les conserver tels qu'ils apparaissaient sur les vieilles photographies sépia de leur jeunesse.

Je crois encore avoir choisi la seule voie acceptable. Qu'est-ce qu'une vie sans principes ? Que sommes-nous sans code de conduite strict ? Je suis peut-être vieux. Et, comme beaucoup de vieux, j'ai la certitude que nous devons accepter le caractère avec lequel nous sommes nés. Cela m'est désormais étonnamment clair. Aussi clair que cette chambre d'hôpital blanche. Il me faut accepter mon sort, mon caractère. Au cœur silencieux de la nuit, lorsque je suis tout à fait seul, je comprends cela. Au cœur silencieux de la nuit, je découvre la vérité sur moi-même : je ne suis en rien différent de mon père, je suis, après tout, devenu lui et il n'y a aucune échappatoire au destin avec lequel chacun de nous vient au monde.

## REMERCIEMENTS

J'aimerais remercier Connie Brothers, Ethan Canin, Paul Cirone, Molly Friedrich, Rae Galloway, John Kulka, Nandini Oomman, Wendy Osborne, Ron Waldman et Gail Winston, grâce à qui ce livre existe.

# Table

## « Terres d'Amérique »

## Collection dirigée par Francis Geffard

*Composition Nord Compo*
*Impression : Imprimerie Floch, août 2005*
*Éditions Albin Michel*
*22, rue Huyghens, 75014 Paris*
*www.albin-michel.fr*

ISBN : 2-226-16733-1
ISSN : 1272-1085
N° d'édition : 23576. – N° d'impression : 63559.
Dépôt légal : septembre 2005
Imprimé en France

1/52

# John Murray

## Quelques notes sur les papillons tropicaux

TRADUIT DE L'ANGLAIS PAR CÉCILE DENIARD

« *Il serait difficile de trouver un premier recueil de nouvelles aussi ambitieux et puissant que celui de John Murray. Ces huit nouvelles sont si variées dans les origines ethniques, familiales et sociales de leurs personnages, si provocatrices dans les idées qu'elles développent, et si généreusement empreintes d'une culture éclectique et cosmopolite que dire de cet auteur qu'il possède un talent prodigieux serait en deçà de la réalité.* »

**Joyce Carol Oates**

John Murray a longtemps été médecin avant de se consacrer à la littérature. *Quelques notes sur les papillons tropicaux*, le premier livre de cet auteur américain d'origine australienne, est riche de cette expérience au plus près de la condition humaine. Qu'il s'agisse d'un chirurgien vieillissant qui utilise la collection de papillons tropicaux de son grand-père pour tenter de comprendre son propre passé, d'un jeune homme hanté par la mort accidentelle de son père qui se lance à l'assaut de l'Himalaya ou d'une équipe de médecins américains confrontés à l'horreur en Afrique, les personnages de John Murray pourraient à eux seuls fournir matière à plusieurs romans. La famille, l'identité, le deuil, la mémoire… Dans une langue élégante, qui allie la tension narrative à la densité émotionnelle, Murray explore les recoins des existences. Et, au-delà de la fiction, il porte un regard d'une extrême profondeur sur la vie et sur le monde.

61 0958 1
ISBN 2-226-16733-1
€ TTC

9 782226 167330